喻世明言

會校本

上

〔明〕馮夢龍 編著
李金泉 點校

上海古籍出版社

圖書在版編目(CIP)數據

喻世明言(會校本)/(明)馮夢龍編著;李金泉點校. —上海:上海古籍出版社,2023.9(2024.7重印)
(中國古典文學叢書)
ISBN 978-7-5732-0794-4

Ⅰ.①喻… Ⅱ.①馮… ②李… Ⅲ.①話本小説-小説集-中國-明代 Ⅳ.①I242.3

中國國家版本館CIP數據核字(2023)第146893號

中國古典文學叢書
喻世明言(會校本)
(全二册)
[明]馮夢龍 編著
李金泉 點校
上海古籍出版社出版發行
(上海市閔行區號景路159弄1-5號A座5F 郵政編碼201101)
(1)網址:www.guji.com.cn
(2)E-mail:gujil@guji.com.cn
(3)易文網網址:www.ewen.co
上海展强印刷有限公司印刷
開本850×1168 1/32 印張29.25 插頁12 字數495,000
2023年9月第1版 2024年7月第3次印刷
印數:1,601—2,650
ISBN 978-7-5732-0794-4

I·3754 精裝定價:168.00元
如有質量問題,請與承印公司聯繫
電話:021-66366565

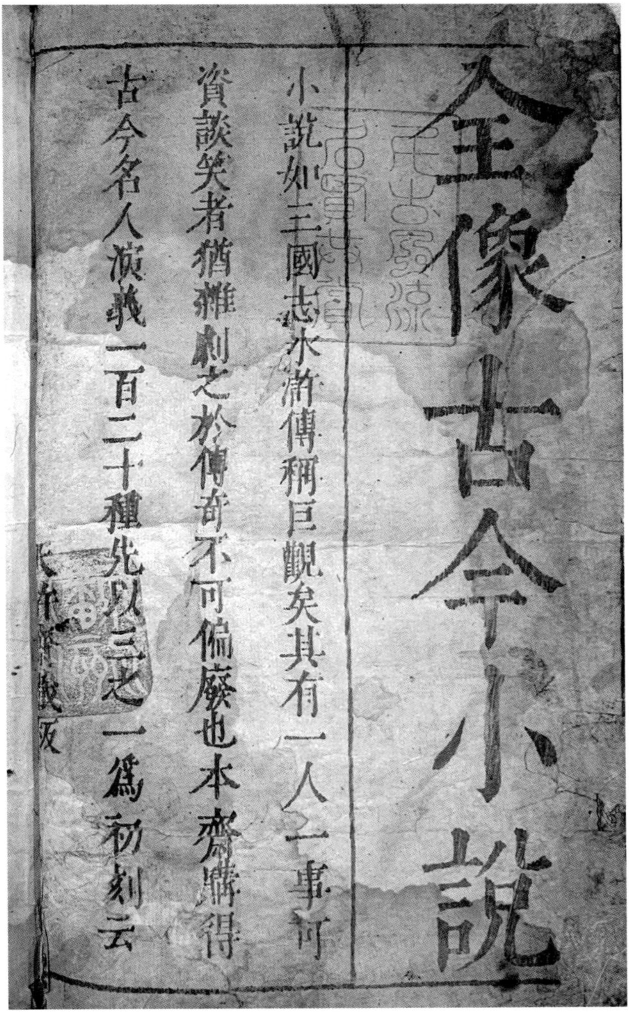
全像古今小說

小說如三國志水滸傳稱巨觀矣其有一人一事可
資談笑者猶雜劇之於傳奇不可偏廢也本齋購得
古今名人演義一百二十種先以三之一爲初刻云

天許齋藏版

日本國立公文書館内閣文庫藏《古今小說》扉頁

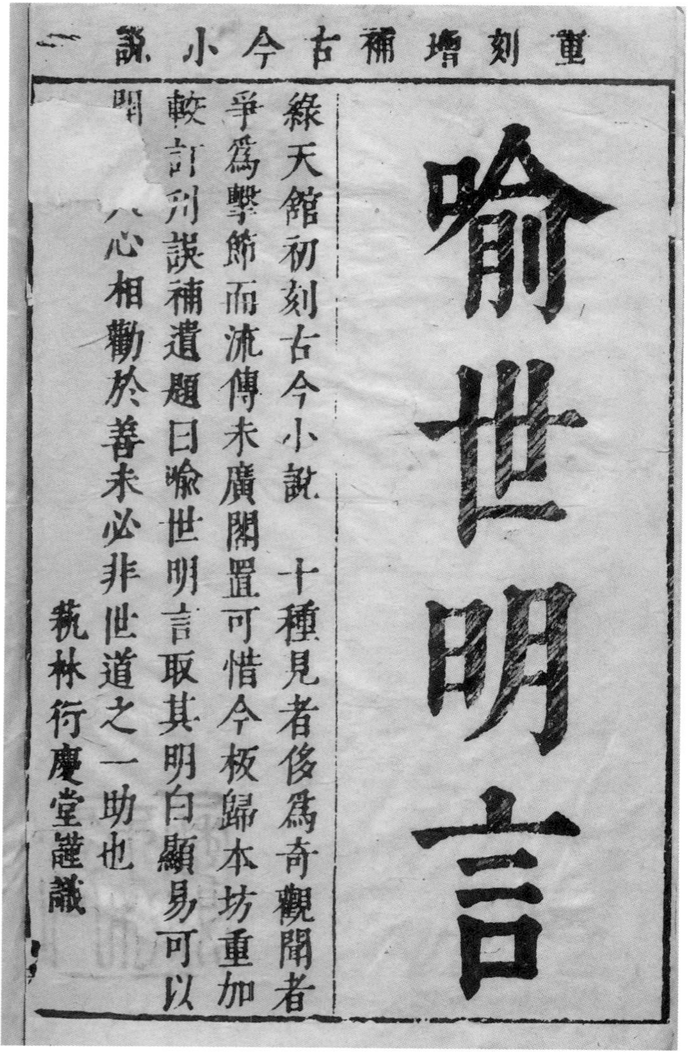
重刻增補古今小説

喻世明言

綠天館初刻古今小説 十種見者侈爲奇觀聞者爭爲擊節而流傳未廣閣置可惜今板歸本坊重加較訂刊誤補遺題曰喻世明言取其明白顯易可以開[illegible]人心相勸於善未必非世道之一助也

藝林衍慶堂謹識

日本國立公文書館内閣文庫藏《喻世明言》扉頁

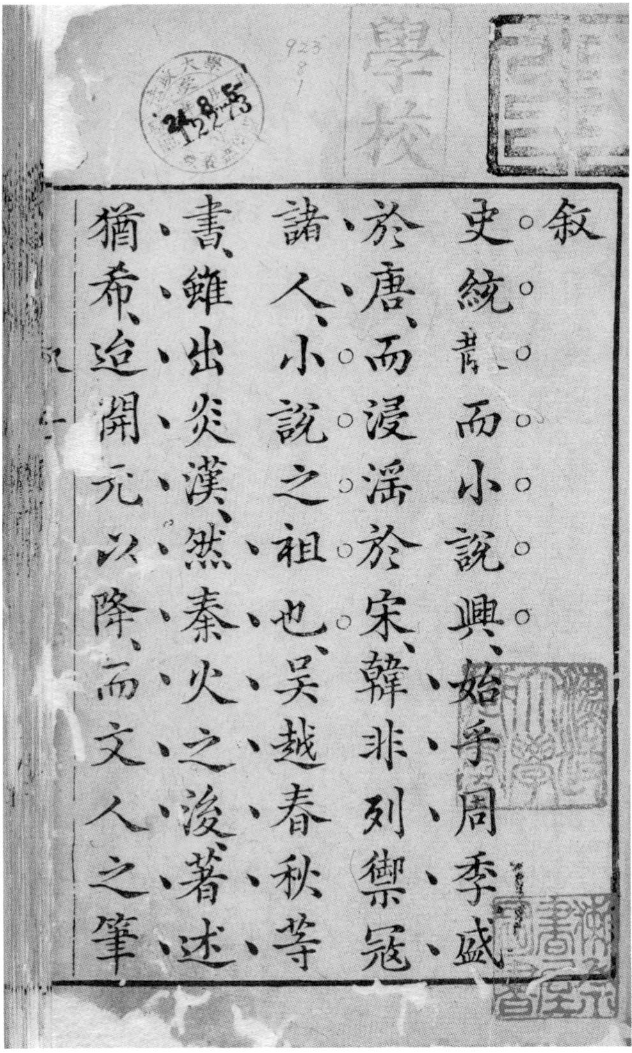
叙
史統散而小說興始乎周季盛
於唐而浸淫於宋韓非列禦寇
諸人小說之祖也吳越春秋等
書雖出炎漢然秦火之後著述
猶希迨開元以降而文人之筆

日本法政大學藏《古今小說》叙

序

潘建国

一、馮夢龍的生平與著述

馮夢龍（一五七四—一六四六），字猶龍，另有龍子猶、墨憨齋主人、緑天館主人、茂苑野史、無礙居士、可一居士等多個别號。長洲（今屬蘇州）人，父馮曙，廪生，母張氏。兄夢桂，弟夢熊，皆爲庠生，頗富文才，時人稱爲「吴下三馮」。據新近發現的史料，馮夢龍另有一位幼弟夢麟，爲儒醫（參馮保善《馮夢龍史實三考》，載《江蘇第二師範學院學報》二〇二一年第六期）。由「桂」、「龍」、「熊」、「麟」四字，可知父母對其兄弟科考成功懷有極大期望，然造化弄人，他們竟無一中舉及第。馮夢龍幼即志在經學，尤其是《春秋》之學，經過數十年孜孜研讀，造詣頗深，先後編纂出版了《麟經指月》、《春秋衡庫》、《春秋定旨參新》等多部經學著作兼科考資料書，被譽爲「燁燁乎古之經神」（馮夢熊《〈麟經指月〉叙》），但他「早歲才華衆所驚，名場若個不稱兄」（明文從簡《贊馮猶龍》），屢試屢敗，始終「未得一以《春秋》舉」（馮夢熊《〈麟經指月〉叙》），令人嘆惜。崇禎三年

（一六三〇），五十七歲的馮夢龍不得已選擇出貢，先是做了一任丹徒訓導，崇禎七年八月，升任福建壽寧知縣，在這個偏僻的閩北山城裏，馮夢龍清正廉潔，勤政愛民，興利除弊，移風化俗，積極扶持地方文教，還親自編纂了地方史《壽寧待志》，充分展現了一名傳統文人的政治熱情和管治才能。

若僅就科舉仕途而言，馮夢龍大概只能列爲舊時代衆多蹭蹬失意文人之一。慶幸的是，文學藝術的璀璨光芒照亮了他的人生，帶給他愉悅、聲名和滿足感，也讓他的名字最終鐫刻在中國文學史的豐碑上，熠熠生輝。吴中地區是明代各類通俗文藝滋長的温床和繁盛的中心，受此熏染，馮夢龍從青年時代開始，就對小説戲曲産生了濃厚興趣，并展現出卓越不凡的才華。他創作時間最早的一部通俗文學作品是《雙雄記》傳奇，這是根據友人「東山劉某」與青樓女子白小樊的故事改編而成，成書於萬曆二十九年（一六〇一）前後，當時還不到三十歲的馮夢龍，「逍遥艷冶場，游戲煙花裏」（明王挺《挽馮夢龍》），還曾對蘇州名妓侯慧卿情有獨鍾。也許正是這段游冶青樓的生活經歷，促使馮夢龍開始關注吴地山歌，他先後搜集評注編刊了《挂枝兒》（又名《童痴一弄》，約刊行於萬曆三十八年）、《山歌》（又名《童痴二弄》，編刊時間稍晚於前者），這是中國歷史上彌足珍貴的兩部民歌專集，具有重要的學術文獻價值。馮夢龍在書中提出的藝術主張「但有假詩文，無假山歌」以及「借男女之真情，發名教之僞藥」（《叙山歌》），更是振聾發聵，極大地提升了民間文藝的文學品格和思想意義。

馮夢龍通俗文學編創的高峰時期，在泰昌元年（一六二〇）至崇禎七年（一六三四）赴任福建之前。這十五年裏，他著述不斷：先後纂輯了《古今笑》（又名《古今譚概》）、《太平廣記鈔》、《智囊》（後增纂爲《智囊補》）、《情史》等文言筆記小説集，各具特色，風行一時；改訂了十餘部戲曲作品并刊爲《墨憨齋定本傳奇》，選編評點了散曲集《太霞新奏》；將二十回舊本《三遂平妖傳》擴編改寫爲四十回的《新平妖傳》，字數約從原來的十萬擴增到三十萬，小説情節人物乃至主題傾向，都發生了顯著變化；又利用明余邵魚《列國志傳》小説文本，廣參博採《左傳》、《國語》、《史記》、《吴越春秋》等史籍稗乘，「重加輯演」（明可觀道人《新列國志》叙）爲一百零八回的《新列國志》，字數約從原來的二十八萬擴增到七十餘萬，增改幅度巨大，庶幾可以視爲一部新作品；他還將明代思想家王陽明的學術人生故事，敷衍爲白話小説《皇明大儒王陽明先生出身靖難録》，并與《濟顛羅漢净慈寺顯聖記》、《許真君旌陽宫斬蛟傳》合刊爲《三教偶拈》小説。而在馮夢龍諸多通俗文學成就之中，最爲令人矚目者，自然非話本小説《喻世明言》、《警世通言》、《醒世恒言》（簡稱三言）莫屬，詳參下文。可以毫不誇張地説，在明末清初的通俗文藝界，馮夢龍享有盛名，其名號一直是書坊商業出版的賣點和亮點，譬如清初刊本「古吴逸叟」所撰章回小説《莽男兒》，卷首題署仍假托「明龍子猶遺傳」，以招徠讀者。

崇禎十一年（一六三八），六十五歲的馮夢龍自福建壽寧知縣離任（或説離任時間爲崇禎十年，參馮保善《馮夢龍壽寧知縣任期辨正》，載《江蘇第二師範學院學報》二〇二三年第三期），返回蘇州老家，「歸來結束墻東隱，翰膾機蒓手自烹」（明文從簡《贊馮猶龍》），準備安度晚年。他不時與吴中友朋游謁酬唱，爲鄉人著述題寫序跋，崇禎十六年（一六四三），他喜度七十大壽，東南文壇盟主錢謙益贈詩《馮二丈猶龍七十壽》，以爲古稀之祝。馮夢龍的人生，似乎正以一種水到渠成的方式趨於圓滿。然而，一切都在崇禎甲申年（一六四四）陡然逆轉：三月十九日，李自成攻陷北京，崇禎皇帝在煤山自縊；五月二日，清軍入關，攻城略地，勢如破竹，由北向西向南掃蕩而來。這一天崩地裂般的巨變，給七十一歲的馮夢龍帶來了沉重打擊，悲憤之餘，他的精神密切關注着飄摇崩塌的皇明基業，迅速編纂了《甲申紀事》、《中興實録》、《中興偉略》三書，存史鑒史，建言獻策；他的身體則勉力追隨着不斷流亡的南明小朝廷，從蘇州到台州到福建，「忽忽念故國，匍匐千餘里」（明王挺《挽馮夢龍》），憂心如焚，却又無可奈何。南明隆武二年、清順治三年（一六四六），馮夢龍在倉皇離亂中溘然離世，享年七十三歲，其卒地一説在福建，一説在蘇州（參高洪鈞《馮夢龍卒地考辨》，載《明清小説研究》二〇〇〇年第二期）。

二、《三言》的編刊過程與素材來源

中國古代小説按照語體分爲文言小説和白話小説，白話小説按照文體又可分爲話本（白話短篇小説）和章回（白話長篇小説）。其中，話本小説乃脱胎於唐宋「説話」伎藝，歷經從口頭表演到書面文本的轉寫編創，至宋元時期，陸續産生了一批早期作品，這些話本小説在明代續有流播。嘉靖時，杭州書坊清平山堂主人洪楩，搜集所見宋元舊本（亦雜有明人之作）加以整理刊印，總其名爲《六十家小説》，共六十種，這成爲明代中前期最爲大宗的話本小説集群。萬曆時期，福建書林熊龍峰也曾刻印若干話本小説，存世僅有《張生彩鸞燈傳》、《馮伯玉風月相思》等四種，當年實際刊印的數量應該更多。此外，諸如《稗家粹編》、《小説傳奇》、《國色天香》、《繡谷春容》、《萬錦情林》、《燕居筆記》等明代通俗彙編類書，也選録了不少新舊話本小説文本。很顯然，生活在晚明的馮夢龍，身處刻書藏書極爲繁盛的蘇州地區，本人又對通俗文學興趣濃厚，他完全有條件搜集購藏豐富的小説資料，提供給自己進行選輯、改編乃至擬寫。

《三言》的編刊約始於天啓初（天啓四年之前），應書坊之請，馮夢龍利用「家藏古今通俗小説」（緑天館主人《古今小説》叙），首先推出了《古今小説》，凡四十卷四十種，存世明天許齋刊本目録頁題爲「古今小説一刻總目」，既題「一刻」，自然還有續刻的計劃，但是否一開始就已確定編刊三刻共一百二十種，尚無材料可證此説。天許齋本卷首「緑天館主人」叙云：「抽其可以嘉惠里耳者，凡四十種，畀爲一刻」，也并未提及擬編三刻總計一百二十種的信息。借助對文字、眉批和插圖等項的勘查，研究者考定天許齋本不是《古今小説》的原刻本，據此反觀内封頁上的天許齋識語，聲稱「本齋購得古今名人演義一百二十種，先以三之一爲初刻云」，流露出已知曉三刻一百二十種的口吻，恰好表明了其後出後知的特點。《古今小説》原刻本今未發現。

天啓甲子四年（一六二四），馮夢龍續編《警世通言》，亦四十卷四十種，存世明金陵兼善堂刊本，卷首有「天啓甲子臘月豫章無礙居士題」叙，文末特别强調了《警世通言》的題名緣由，或意在交代本集爲何未沿用「古今小説二刻」書名。據研究，兼善堂本也不是《警世通言》原刻本。原刻本今未發現。

天啓丁卯七年（一六二七），馮夢龍再次編刊了《醒世恒言》，同樣是四十卷四十種，存世明金閶葉敬池刻本，學界認定其爲原刻本（非初印）。卷首有「天啓丁卯中秋隴西可一居士題於白下之棲霞山房」叙，文中有云「此《醒世恒言》四十種，所以繼《明言》、《通言》而刻也。明者，取其可以導愚也；通者，取其可以適俗也；恒則習之而不厭，傳之而可久。三刻殊名，其義一耳」，「以《明言》、《通言》、《恒言》爲六經國史之輔，不亦可乎？若夫淫譚褻語，取快一時，貽穢百世」，「吾不知視此『三言』者，得失何如也」，首次拈出「三刻」、「三言」的稱法，帶有明顯的歸結總論意味。值得注意的是，可一居士叙已提及「明言」這一書名，據此，《古今小説》重版并改題爲《喻世明言》（爲保持《三言》稱法的完整性，下文循學界慣例，統一使用《喻世明言》指稱《古今小説》）的時間，應在天啓四年（一六二四）至七年（一六二七）之間。可惜四十卷本《喻世明言》尚未發現，目前存世爲衍慶堂本《重刻增補古今小説·喻世明言》，全書僅二十四卷，其中卷一、卷五取自《醒世恒言》，則其刊印時間已在《醒世恒言》出版後，顯然不是《喻世明言》的初刻本。此外，這位「金閶葉敬池」是晚明頗具聲名的蘇州葉氏出版家族成員，崇禎間刊刻了馮夢龍的《新列國志》，又曾梓行「墨憨主人評」《石點頭》小説，與馮氏關係頗密，對《三言》的編刊過程也相當瞭解，其《新列國志》

内封頁識語云：「墨憨齋向纂《新平妖傳》及《明言》、《通言》、《恒言》諸刊，膾炙人口。今復訂補二書，本坊懇請先鐫《列國》，次當及《兩漢》。」較早以知情人身份，確認了馮夢龍對於《三言》的著作權，也爲讀者撥開了籠罩在《三言》卷首題署上的迷霧，所謂「緑天館主人」、「茂苑野史」、「無礙居士」、「可一居士」（又作「可一主人」）等，實際皆爲馮夢龍别號。

《三言》一百二十篇小説，可確認的嚴格意義上的馮夢龍獨創作品，只有《警世通言》卷十八《老門生三世報恩》一篇，即便把標準放寬些，這個數字也相當有限。《三言》絶大部分小説皆有所本，而由馮夢龍進行了程度不一的增飾改寫，這符合中國古代小説歷史悠久的輯採改寫傳統。因此，考察素材來源成爲《三言》學術研究的一大版塊。經譚正璧《三言二拍資料》、胡士瑩《話本小説概論》、孫楷第《小説旁證》等論著的持續搜考，《三言》諸篇小説的素材來源問題，基本上得到了梳理和揭示，主要包括如下三大來源：

其一是宋元明話本舊種。《三言》輯採了數量可觀的宋元明話本，這是明末讀者早已指出的事實，與馮夢龍同時代的小説家凌濛初（一五八〇——一六四四）就曾感嘆，當他受到《三言》刺激開始編創《二拍》時，居然發現「宋元舊種，亦被搜括殆盡」（凌濛初《拍案驚奇》序）。馮夢龍本人對此亦不諱言，他用題下自注或文末標注方式，交代了部分篇目的舊本信息：譬如《喻世明言》卷七《羊角哀捨命全交》題下原注：「一本作《羊角哀一死戰荆軻》。」《警世通言》卷八《崔待詔生死冤家》題下原注：「宋人小説題作《碾玉觀音》。」卷十四《一窟鬼懶道人除怪》題下原注：「宋人小説舊名《西山一窟鬼》。」卷十九《崔衙内白鷂招妖》題下原注：「古本作《定山三怪》，又云《新羅白鷂》。」卷二十《計押番金鰻産禍》題下原注：「舊本《金鰻記》。」《醒世恒言》卷三三《十五貫戲言成巧禍》題下原注：「宋本作《錯斬崔寧》。」卷三七《萬秀娘仇報山亭兒》篇末云：「話名只喚做《山亭兒》，亦名《十條龍》、《陶鐵僧》、《孝義尹宗事迹》。」

不妨重點來看一下《三言》與《六十家小説》的關係問題。目前雖無法證明馮夢龍購藏了清平山堂刊本《六十家小説》，但他確有途徑接觸到此書，明末山陰祁氏《澹生堂藏書目》卷七「記異類」著録有：「《六十家小説》，六册，六十卷。《雨窗集》十卷，《長燈集》十卷，《隨航集》十卷，《欹枕集》十卷，《解閑集》十卷，《醒夢集》十卷。」馮夢龍與祁承㸁、祁彪佳父子交往頗密，如欲借閲或轉抄這部完足的澹生堂藏本《六十家小説》，大概亦非難事。清平山堂刊本《六十家小説》今僅存二十九種，其中有十一種爲《三言》輯採改寫，包括《喻世明言》八篇，分别爲卷三《閑雲庵阮三償冤債》（《戒指兒記》，括號内爲《六十家小説》篇名，下同）、卷七《羊角哀捨命全交》（《羊角哀一死戰荆軻》，原書首缺，此據《喻世明言》題注補）、卷十二《衆名姬春風吊柳七》（《柳耆卿詩酒玩江樓記》）、卷十六《范巨卿鷄黍死生交》（《死生交范張鷄黍》）、卷二十《陳從善梅嶺失渾家》（《陳巡檢梅嶺失妻記》）、卷三十《明悟禪師赶五戒》（《五戒禪師私紅蓮記》）、卷三四《李公子救蛇獲稱心》（《李元吴江救朱蛇》）、卷三五《簡帖僧巧騙皇甫妻》（《簡帖和尚》）；《警世通言》三篇，分别爲卷六《俞仲舉題詩遇上皇》入話（《風月瑞仙亭》）、卷三三《喬彦杰一妾破家》（《錯認尸》）、卷三八《蔣淑真刎頸鴛鴦會》(《刎頸鴛鴦會》)。

事實上,《三言》據《六十家小説》改寫的篇目遠不止十一種。《三言》另有十七種小説,著録於明抄本晁氏《寶文堂書目》,却又不在《六十家小説》今存二十九種之列,研究者一般傾向於認爲《寶文堂書目》收録了嘉靖本《六十家小説》的全部篇目,因此,推測《三言》的這十七種小説有可能也是採自《六十家小説》(參[日]中里見敬《反思〈寶文堂書目〉所録的話本小説與清平山堂〈六十家小説〉之關係》,載《復旦學報》二〇〇五年第六期)。它們包括《喻世明言》八篇,分别爲卷十一《趙伯昇茶肆遇仁宗》(《趙旭遇仁宗傳》,括號内爲《寶文堂書目》著録篇名,下同)、卷十五《史弘肇龍虎君臣會》(《史弘肇傳》)、卷二四《楊思温燕山逢故人》(《燕山逢故人》或《燕山逢故人鄭意娘傳》)、卷二五《晏平仲二桃殺三士》(《齊晏子二桃殺三學士》)、卷二六《沈小官一鳥害七命》(《沈鳥兒畫眉記》)、卷三三《張古老種瓜娶文女》(《種瓜張老》)、卷三六《宋四公大鬧禁魂張》(《趙正侯興》)、卷三八《任孝子烈性爲神》(《任珪五顆頭記》);《警世通言》五篇,分别爲卷八《崔待詔生死冤家》(《玉觀音》)、卷十六《小夫人金錢贈年少》(《小金錢記》)、卷二十《計押番金鰻産禍》(《金鰻記》)、卷二九《宿香亭張浩遇鶯鶯》(《宿香亭記》)、卷三七《萬秀娘仇報山亭兒》(《山亭兒》);《醒世恒言》四篇,分别爲卷十三《勘皮靴單證二郎神》(《勘皮靴》)、卷十六《陳五漢硬留合色鞋》(《合色鞋兒》)、卷三一《鄭節使立功神臂弓》(《紅白蜘蛛記》)、卷三三《十五貫戲言成巧禍》(《錯斬崔寧》)。

若將上述兩項相加，《三言》據《六十家小説》舊本改寫的話本小説，至少有二十八種之多，當然，《六十家小説》仍有半數未被《三言》輯採，説明馮夢龍在遴選舊本時有自己的標準，他曾在《古今小説》序文中説：「然如《玩江樓》、《雙魚墜記》等類，又皆鄙俚淺薄，齒牙弗馨焉。」這部《雙魚墜記》蓋即今存熊龍峰刊本《孔淑芳雙魚扇墜傳》，馮夢龍當年應握有一定數量的熊刊本小説，《喻世明言》卷二三《張舜美元宵得麗女》即據熊刊《張生彩鸞燈傳》改寫，但他却主動放弃了「鄙俚淺薄」的《雙魚墜記》。這一取一捨之間，正凸顯了馮夢龍對於小説作品思想性和藝術性的評估與考量。

值得注意的是，《三言》所利用的包括《六十家小説》在内的話本舊本，并非都是宋元舊種，也包含了若干明人新編的作品；即便是宋元舊種，也不是原汁原味的宋元刊本，而是明人翻刻本。况且，馮夢龍將它們採入《三言》時，又進行了程度不一的增飾改寫，因此，這部分《三言》小説文本内部往往累積着宋元明三代的歷史基因，體現了俗文學堆垛衍生的特點，難以僅據若干語詞或名物制度作出簡單的斷代處理。此外，經文本比勘發現，馮夢龍對於上述話本舊本的改寫幅度并不大，基本保留着舊本的情節文字。當然也有例外，譬如《喻世明言》卷十二《衆名姬春風吊柳七》乃據《六十家小説》之《柳耆卿詩酒玩江樓記》改寫，小説新增了不少人物情節，篇幅大爲擴展，男主人公柳永的形象也發生了顛覆性改變，即從原來的才子加流氓，升格爲一位有情有義有風骨的傳統文人典型，這其中蓋亦寄寓着馮夢龍自己的情懷和理想。

其二是明人新撰章回小説。章回小説由於篇幅較爲長大，一般不適合改寫爲相對短小的話本小説，但也有例外。譬如明代萬曆以降興起的公案小説集，雖然學界將其籠統歸入章回小説，實際上它們一集包含數十至百餘篇，每篇叙述一個獨立故事，語言俚俗，篇幅不大，與話本小説存在相通之處。馮夢龍頗爲關注福建建陽書坊主余象斗編撰的公案小説集《新刻皇明諸司廉明公案》（刊行於萬曆二十六年，一五九八）、《新刻皇明諸司公案傳》（刊行於萬曆晚期），《三言》共有四篇小説輯採於此，即《喻世明言》卷二《陳御史巧勘金釵鈿》、卷十《滕大尹鬼斷家私》，《醒世恒言》卷三九《汪大尹火焚寶蓮寺》，分别改寫自《廉明公案》卷二《陳按院賣布賺臟》、卷三《滕同知斷庶子金》、卷二《汪縣令燒毁淫寺》，《警世通言》卷三五《况太守路斷死孩兒》改寫自《諸司公案》卷二《顔尹判謀陷寡婦》。此外，供職於福建建陽余氏書坊的江西籍文人鄧志謨，編撰有章回小説《新鐫晋代許旌陽得道擒蛟鐵樹記》十五回（刊行於萬曆三十一年，一六〇三），馮夢龍將其删削改造後，收爲《警世通言》卷四十《旌陽宫鐵樹鎮妖》，後又作爲道教小説的代表刊入《三教偶拈》。從數量上來看，《三言》改寫自章回小説的篇目不多，但它們不但顯示了白話小説内部的跨文體改編，也見證着遠在江南的小説家對於閩本小説的閲讀接受，具有特殊的學術意義。

其三是歷代文言筆記小説。這是《三言》最大的素材來源，其數量遠超前兩類。文言筆記小説代有編撰，數量龐大，藴涵着極爲豐富的故事資源。早在宋元時代，優秀的説話表演藝人就很注意從中汲取滋養，所謂「幼習《太平廣記》，長攻歷代史書」，「《夷堅志》無有不覽，《琇瑩集》所載皆通」云云（羅燁《醉翁談録》卷一《小説開闢》）。明代的白話小説家、戲曲家亦莫不以其爲取之不竭的題材淵藪。嘉靖以降，文言筆記小説迎來一個彙編刊印熱潮，如蘇州陸氏編刊《三十家小説》（後定名爲《虞初志》）、顧元慶編刊《顧氏文房小説》《明朝四十家小説》、松江陸楫編刊《古今説海》、杭州洪楩刊印《新編分類夷堅志》、無錫談愷刊印《太平廣記》、紹興商濬編刊《稗海》等，紛至沓來。與此同時，明代文人新編新撰的文言小説野史筆記亦層出不窮，吴中地區的子書編撰之風尤爲熾盛。晚明馮夢龍能够取資的文言筆記小説資料可謂充足，他本人對選編文言小説也興致盎然，雖然《太平廣記鈔》、《智囊》（後增纂爲《智囊補》）、《情史》的刊印時間，稍晚於《喻世明言》、《警世通言》，但這幾部著作卷帙浩大，所涉作品數量可觀，皆非短時間内可以急就，需經較長時間的搜訪、閲讀、摘抄、評點，期間就有可能對馮氏的話本小説編寫産生積極影響。從實際輯採情況來看，宋人《太平廣記》、洪邁《夷堅志》、劉斧《青瑣高議》，明瞿佑《剪燈新話》、田汝成《西湖游覽志》《西湖游覽志餘》、郎瑛《七修類稿》、趙弼《效顰集》、宋懋澄《九籥集》等文言筆記小説，都是馮夢龍較爲關注的對象。通常而言，將文言小説改寫爲話本小説，首先要完成語體的文白轉换，其次是實施小説文體改造，再次是因應篇幅擴大而對故事情節人物進行增飾串接，最後還需完成小説主題的調適，凡此種種，改寫者花費的心力頗爲巨大，有時已不啻是一種脱胎换骨的重新創作。馮夢龍正是在此面向上充分展現了其卓越的小説編創能力。

三、《三言》的思想旨趣與藝術成就

《三言》一百二十篇小説覆蓋了寬廣的題材範圍，有草莽英雄（如錢鏐、趙匡胤、史弘肇、郭威等）的發迹變泰，有歷史名流（如老子、晏子、李白、柳永、蘇東坡、蘇小妹、王安石、唐解元等）的逸聞遺事，有佛道人物（如吕洞賓、許旌陽、杜子春、李道人、月明和尚、明悟禪師等）的修度轉世，還有民間久傳的神怪傳説（如西山一窟鬼、定州三怪、白娘子永鎮雷峰塔、司馬貌鬧陰司、胡母迪游地獄等）；而更多作品則聚焦於宋明時期世俗社會的日常生活，諸如家庭婚戀、私會幽情、商賈妓女、風流僧尼、斷獄公案、俠客復仇，等等，勾勒出光怪陸離、活色生香的市井百態，記録了飲食男女對於愛情婚姻、家業財富、生理欲望乃至生命價值的追求向往，也承載着諸多晚明時代的新觀念與新思想。

《三言》第一篇爲《蔣興哥重會珍珠衫》，馮夢龍將這篇集「家庭」、「婚戀」、「私情」、「商賈」於一身的小説置頂推出，大概非出偶然，而是表明了他對此類題材内容的偏愛，也透露出《三言》思想旨趣的一個重要面向，即對於情的書寫與褒揚。早在編刊民歌《挂枝兒》、《山歌》的青年時期，馮夢龍就已開始注重「真情」，提出要以「男女真情」來對抗「名教」虚僞。壯年時又擇取「古今情事之美者」，輯評爲《情史》二十四卷，聲稱「我欲立情教，教誨諸衆生」，戲言自己死後會成佛來度化世人，佛號就叫「多情歡喜如來」（龍子猶《情史》叙）。可以説，重「情」是貫穿馮夢龍一生的思想特質，也是其文藝編創活動的獨特旨歸。《三言》演繹了形形色色的情之故事，有夫妻之情（如《喻世明言》卷二七《金玉奴棒打薄情郎》，《警世通言》卷二二《宋小官團圓破氈笠》、卷二四《玉堂春落難逢夫》，《醒世恒言》卷九《陳多壽生死夫妻》等篇），有戀人之情（如《喻世明言》卷二三《張舜美元宵得麗女》、《警世通言》卷三二《杜十娘怒沉百寶箱》、《醒世恒言》卷十四《鬧樊樓多情周勝仙》等篇），有友朋之情（如《喻世明言》卷七《羊角哀捨命全交》、卷八《吴保安棄家贖友》，《警世通言》卷一《俞伯牙摔琴謝知音》等篇），有手足之情（如《警世通言》卷五《吕大郎還金完骨肉》、《醒世恒言》卷二《三孝廉讓産立高名》等篇），有師生之情（如《警世通言》卷十八《老門生三世報恩》）等。借助鮮活的情節文字，《三言》熱情謳歌了情的真摯、無私、温暖、寬厚與綿長，以及人們對於真情的勇敢追尋和忠貞堅守，同時也深細地呈現了情與多種因素的衝突。

譬如《喻世明言》卷一《蔣興哥重會珍珠衫》中美麗的妻子王三巧，與蔣興哥「行坐不離，夢魂作伴」，夫妻極爲恩愛，後因丈夫外出經商，獨守空房的她難耐寂寞，遂爲徽商陳大郎設計誘姦，但小説關於這對「姦夫淫婦」的描寫却相當帶有温情色彩，寫他們「如膠似漆，勝如夫婦一般」，分别時「兩下恩深義重，各不相捨」，王三巧贈以珍珠衫，説「穿了此衫，就如奴家貼體一般」，陳大郎聽了「哭得出聲不得，軟做一堆」，恩愛程度較之原配夫婦有過之而無不及。這些渲染性文字，無疑緩解了「情」與「欲」之間的傳統衝突，展露出晚明特有的人性之光，那些基於真情而産生的欲望及其伴隨而來的失節行爲，是可以被寬容以待的，至少不是罪惡的。《警世通言》卷三二《杜十娘怒沉百寶箱》，太學生李甲向友人柳遇春籌借三百兩銀子，爲青樓女子杜十娘贖身，柳氏起初未允，當他得知杜十娘願意自己拿出一半銀兩，大爲感動，「此婦真有心人也，既係真情，不可相負」，兩日内就幫李甲凑足了銀兩；贖身後，李甲携杜十娘坐船前往蘇杭，途中爲鹽商孫富巧言蠱惑，竟答應以千金將杜十娘轉讓與他，杜十娘聞之傷心絶望，怒駡孫富，并在對李甲「妾不負郎君，郎君自負妾」的哀怨控訴聲中，抱着價值萬金的百寶箱投江自盡。小説的結局是孫富受驚病卒，李甲「鬱成狂疾，終身不痊」，柳遇春則得到了杜十娘陰魂送上的百寶箱，在這場「情」與「利」的抉擇中，尊重并付出真情的柳遇春獲得了最終的福報。《喻世明言》卷八《吴保安棄家贖友》叙述了一個令人動容的友情故事，吴保安與郭仲翔素未謀面，只因郭氏對他曾有薦舉之恩便引爲知己，後來郭仲翔戰敗被擄，吴保安爲籌措巨額贖金營救友人，抛下家中妻幼，外出經商，「眠裏夢裏只想着『郭仲翔』三字，連妻子都忘記了。整整的在外過了十個年頭」，其妻兒在家苦捱數年，「衣單食缺，萬難存濟」，只得離家尋夫，乞食於路。吴保安的「棄家贖友」雖在小説中受到正面褒贊，反映出了晚明社會對於「友倫」的推重（參黄衛總《晚明朋友楷模的重寫：馮夢龍〈三言〉中的友倫故事》，載《人文中國學報》二〇一二年總第十八期），但也牽扯出「知己情義」與「家庭倫理」的内在糾纏以及如何平衡的思考。《喻世明言》卷二七《金玉奴棒打薄情郎》，丈夫莫稽因嫌棄妻子金玉奴出身低微，將她推落江中，至小説結尾，莫稽在經受一番打駡之後，居然與僥倖存活的玉奴「夫婦和好，比前加倍」，對於這位犯下殺妻未遂罪行而非一般「薄情郎」的丈夫，玉奴顯然不可能真的冰釋前嫌，她最後屈從於破鏡重圓的倫理傳奇，其實質就是「理」對「情」的裹挾。

《三言》對於明代新崛起的商人階層相當關注，涉及此類題材的篇目數量頗爲可觀，《喻世明言》前四卷故事均與商人有關，亦可見馮夢龍的着意之處。《三言》正面叙寫了商賈經商的艱辛不易，所謂「人生最苦爲行商，抛妻棄子離家鄉。餐風宿水多勞役，披星戴月時奔忙」（《喻世明言》卷十八《楊八老越國奇逢》）。他們有聰明靈活的頭腦，吃苦耐勞的身體，奉行誠實守信的商業道德，《醒世恒言》卷十八《施潤澤灘闕遇友》中的盛澤人施復，是位「忠厚」的絲織小作坊主，他在途中撿到一包銀子，想到失主也許是和自己一樣的「小經紀」，這些銀兩「乃是養命之根，不争失了，就如絶了咽喉之氣」，遂守在原地等待失主回來認領，只因這一善舉，施復後來連得福報，生意不斷擴大，最終富冠一鎮。《喻世明言》卷二六《沈小官一鳥害七命》中的藥材商人賀某、朱某，富有同情心和正義感，他倆爲生意夥伴李吉的受冤屈死鳴不平，親自暗查綫索，主動告官，促使這起連環冤案獲得昭雪。《三言》還將筆觸深入到商人家庭的婚戀生活之中，《蔣興哥重會珍珠衫》叙寫了因商人常年在外導致家中妻子出軌、婚姻破裂的故事，這種情況在晚明社會應該具有一定的普遍性。而《醒世恒言》卷三《賣油郎獨占花魁》中的小商販秦重，則以他的樸實、善良、真誠，打敗「黄翰林的衙内，韓尚書的公子，齊太尉的舍人」，赢得名妓美娘的芳心，此等商賈愛情神話在現實生活中恐怕不多見，它見證了商人文學形象在明末的改變和提升。當然，《三言》對於商賈的書寫并不都是正面的，也揭露了他們貪圖錢財、重利薄情、好色貪淫的另一面。在那些叙述私情姦情的小説中，作爲流動人口的商人往往扮演着不光彩的角色，他們放縱聲色的行爲，不僅破壞了别人的婚姻，也殃及自己的家庭。《蔣興哥重會珍珠衫》中的徽商陳大郎勾引了王三巧，結果他的妻子平氏後來陰差陽錯成了蔣興哥的妻子，小説插入詩歌云：「天理昭昭不可欺，兩妻交易孰便宜？分明欠債償他利，百歲姻緣暫换時。」《警世通言》卷三三《喬彦杰一妾破家》叙商人喬彦杰在經商途中，貪戀鄰船上的美婦春香，以千金納爲小妾帶回家中，後來春香私通家僕，引發血案，最終喬氏合家死於非命。這篇小説是馮夢龍根據舊本《錯認尸》改編的，亦足爲明代商賈之戒。

需要特别指出的是，一方面，《三言》包含了數量可觀的宋元明話本舊種，還有更多輯採自歷代文言筆記小説的故事，這些舊本故事，携帶着原有的時代文化印記與道德觀念基因；另一方面，《三言》一百二十篇又是馮夢龍按照自己的標準輯選出來，并且進行了程度不一的情節文字增改，不可避免地融入了他個人及其所處晚明時代的主體色彩，這是新與舊的融匯。此外，作爲文人的馮夢龍固然有其獨立的價值觀和審美觀，但《三言》本質上是應商業性書坊邀約而編刊的通俗文學，它需要儘量貼合市民文藝和小説讀者的欣賞口味，這又是文人與市民的混合。因此，《三言》小説的篇與篇之間，甚至同一篇文本内部的情節與結局、細節文字與插入韻文之間，往往回響着不盡一致的「聲音」，其思想旨趣呈現出多元混雜捏合的鮮明特點。譬如《喻世明言》卷二八《李秀卿義結黄貞女》和《醒世恒言》卷十《劉小官雌雄兄弟》均叙述女子女扮男裝，與男子結爲兄弟，朝夕相處多年，感情甚篤，而等到性别恢復之後，兩位女主人公的態度却迥然不同。《劉小官雌雄兄弟》中劉方欣然與劉奇成爲夫婦，并且認爲「昔爲弟兄，今爲夫婦，此豈人謀，實由天合」；《李秀卿義結黄貞女》中的黄善聰，則堅稱「今日若與配合，無私有私，把七年貞節一旦付之東流，豈不惹人嘲笑」，幾次三番拒絶了李秀卿的婚約，體現了「理」對「情」的鉗制。兩篇作品情節基本同構，而表達的「情」、「理」關係主題却并不同質。《醒世恒言》卷三六《蔡瑞虹忍辱報仇》叙寫少女蔡瑞虹爲報殺父毁家之仇，屈從於水賊，受盡凌辱、誘騙和拐賣，終令仇人伏法，十年間蔡瑞虹表現出了非凡的勇氣和超强的意志力，但在大仇得報之後，她似乎頓時失去了力量，感覺自己「失節貪生，貽玷閥閲」，竟「將剪刀自刺其喉而死」，這一突如其來的悲劇結局，明顯受到傳統保守貞節觀的負面影響，與《蔣興哥重會珍珠衫》所表現出來的晚明相對寬容的貞節觀存在顯著差異。而即便是在《蔣興哥重會珍珠衫》小説中，其首尾文字及文中韻文，反復强調「可見果報不爽」，「却不是一報還一報」，「殃祥果報無虚謬，咫尺青天莫遠求」，流露出市民文藝常見的果報勸懲口吻，與更具人性化的故事情節也構成了一種觀念層面的裂隙和對峙。事實上，《三言》的書名「喻世」、「警世」、「醒世」，早已清楚地表明小説的道德教化旨歸，這提醒小説讀者需要具體、完整、辯證地理解和闡釋《三言》諸篇的思想内涵。

《三言》是晚明話本小説的代表作，它既保留着若干宋元明舊本的文字，也融入了衆多馮夢龍改寫的成分。故所謂《三言》的藝術成就，既可視作宋明時期話本小説藝術的一次集中呈現，同時也是優秀小説家馮夢龍的最新個體創造。要而言之，概括爲如下三個方面：

其一，確立了話本小説的文本體制。

《三言》之前的話本小説舊本，較爲大宗的就是嘉靖清平山堂所刊《六十家小説》，從現存二十九種來看，其體制尚未趨於穩定，篇名長短不一，語言文白俱陳，文本構造也互有出入。至馮夢龍編刊《三言》時，對此作出了前所未有的規整：篇名統一採用七言或八言單句，相鄰兩篇對仗齊整（譬如《喻世明言》卷一爲《蔣興哥重會珍珠衫》，卷二爲《陳御史巧勘金釵鈿》）。語言採用白話，尤其是將輯採自文言筆記小説的故事，逐篇敷演爲白話，殊費心力。定型了由篇首詩詞、入話（頭回）、正話、篇尾詩等構成的話本小説體制，并貫徹落實於絶大部分文本。經過此番整飭，話本小説的藝術規範和文人化程度，均有顯著提高。《三言》由此成爲話本小説的藝術典範，并在明末清初引發一個編刊熱潮。

其二，推進了白話小説的細節藝術。

中國早期小説傳統相對追求情節奇曲，而對文本細節不甚注重，這實際上不利於小説藝術感染力的生發，也影響到人物形象的細膩塑造。《六十家小説》所收宋元明話本舊種，已開始出現細節敘寫的萌芽，但總體上仍專注於情節的翻轉演進，諸如《簡帖和尚》、《西湖三塔記》、《洛陽三怪記》等小説，雖然充滿懸念的緊張感，具備了較好的情節骨架，却還缺少由細節生成的豐滿血肉。馮夢龍編刊《三言》的核心工作蓋即文本改寫，無論是對宋元明話本舊本的「略施手脚」，還是將文言小說改造爲白話話本時的「大動干戈」，文本改寫的重點之一就在於細節的增設鋪敘，《三言》於此取得了令人驚喜的成就。

《蔣興哥重會珍珠衫》乃據明宋懋澄《九籥別集》卷二《珠衫》改寫，《珠衫》中「楚人」（即蔣興哥）與「新安人」（即陳大郎）偶遇，獲知家中妻子失節，文言小說僅以「貨盡歸家」四字，冷靜交代過去。馮夢龍則增入了大段對於蔣興哥心理和神情的描寫：「當下如針刺肚，推故不飲，急急起身別去。回到下處，想了又惱，惱了又想，恨不得學個縮地法兒，頃刻到家。連夜收拾，次早便上船要行。」「急急的赶到家鄉，望見了自家門首，不覺墮下泪來。想起：『當初夫妻何等恩愛，只爲我貪着蠅頭微利，撇他少年守寡，弄出這場醜來，如今悔之何及！』在路上性急，巴不得赶回。及至到了，心中又苦又恨，行一步，懶一步。」這些文字，將一位丈夫既感到痛苦悔恨，欲着急回家了斷此事，但又因心中還愛着妻子，害怕面對現實的糾結內心，刻畫得淋漓盡致；而蔣興哥在得知真相後，首先想到的不是責駡妻子，竟是反省自己，這些心理活動細節，有效地烘托出了他寬容有愛、洋溢着人性溫煦的開明丈夫形象。王三巧被休回到娘家，《珠衫》寫：「婦人内慚欲死，父母不詳其事，姑慰解之。」寥寥幾句，純作叙事，不見情感波瀾。馮夢龍增改爲：三巧先是「悲悲咽咽，哭一個不住」，又想到「四年恩愛，一旦决絶，是我做的不是，負了丈夫恩情」，準備懸梁自盡，恰好被進房送酒的母親撞見，「急得他手忙脚亂，不放酒壺，便上前去拖拽。不期一脚踢番坐兀子，娘兒兩個跌做一團，酒壺都潑翻了」，母親扶起女兒勸慰道：

你好短見！二十多歲的人，一朵花還沒有開足，怎做這沒下梢的事？莫説你丈夫還有回心轉意的日子，便真個休了，恁般容貌，怕沒人要你？少不得別選良姻，圖個下半世受用。你且放心過日子去，休得愁悶。

這番話，出自十六世紀一位底層母親之口，頗有些石破天驚，充溢着晚明社會突破傳統貞節觀念、重視個體生命價值的時代新風。類似細節文字在《蔣興哥重會珍珠衫》中還有不少，可以説，正是借助這些極具感染力的細節，馮夢龍將一則情節巧合色彩濃重的《珠衫》故事，成功改造爲一篇富有時代精神特質的話本小説，完成了文本的蜕變和升華。

《警世通言》卷二二《宋小官團圓破氈笠》乃據明王同軌文言小説集《耳譚》中的「金三妻」敷演而成：父母雙亡的宋小官乞食街頭，爲船户劉翁收留，某日下雨，劉翁女兒宜春取出舊氈笠，親手縫補後給他遮雨。後兩人結爲夫婦，生下一女，又不幸夭折，宋小官抑鬱成疾，被岳父母遺弃於江中荒島，却意外發現了强盜偷藏於此的金銀珠寶，由此成爲巨富。數年後，宋小官假扮錢員外，尋訪到劉翁船上，得知妻子宜春始終爲他守候，不肯改嫁，内心感動不已。宋小官遂向劉翁求借「破氈笠」，劉翁莫名其妙，宜春却非常敏感，疑心錢員外就是宋郎，「不然何以知吾船有破氈笠」。次日清早，宋小官「梳洗已畢，手持破氈笠於船頭上翻覆把玩」，宜春細辨面龐聲音，認出丈夫，終於闔家團圓。這本是個常見的破鏡重圓故事，但小説關於「破氈笠」的細節描寫，别出心裁，散發着舊時今日濃濃的夫妻鰜鶼之情，令人過目難忘，成爲本篇小説的一大藝術亮點。

如前文所述，《賣油郎獨占花魁》敷演了賣油郎秦重的愛情神話，標志着商人形象在晚明文學中的轉變和改善。不過，小説又以一連串細節文字，揭示出了商人婚戀現實的另一面：秦重湊足嫖資銀兩，想去會會花魁娘子，老鴇王九媽告訴他：「我家美兒，往來的都是王孫公子，富室豪家。」「他豈不認得你是做經紀的秦小官，如何肯接你？」秦重回家後，特意停下賣油生意，「到典鋪裏買了一件見成半新不舊的紬衣，穿在身上，到街坊閑走，演習斯文模樣」。青樓相會之夜，美娘感動於秦重的人品，但内心仍很糾結：「難得這好人，又忠厚，又老實，又且知情識趣，隱惡揚善，千百中難遇此一人。可惜是市井之輩，若是衣冠子弟，情願委身事之。」凡此，皆表明傳統社會對於商人群體的輕視和不良印象，仍然根深蒂固，影響着他們的日常生活。

總之，《三言》諸篇小説中存有豐富的細節文字，看似與主幹情節關係不大，却并非無用之閑筆，往往出自小説家的匠心設計，它們或者烘染了情感氣氛，或者參與了人物塑造，或者點化了文本主題，是小説藝術感染力形成生效的重要因素，也是白話小説叙事藝術成熟的文本標記之一。

其三，提升了小説的白話語言藝術。

《三言》一百二十篇小説，只有少量篇目（如《警世通言》卷十《錢舍人題詩燕子樓》、卷二九《宿香亭張浩遇鶯鶯》，《醒世恒言》卷二四《隋煬帝逸游召譴》等）由於受到底本或者素材來源限制，採用了淺近文言，絶大多數作品的語體均爲散體白話。這些白話語言，覆蓋宋元明三代，雖然根據某些語詞、語義、語言風格，可以分辨或者感覺出時代的差異，但想對文本的語言層次作出清晰的區分，殊爲不易。從《三言》與《六十家小説》共存的十一篇文本來看，馮夢龍對於舊本中的白話語言，基本予以保留。而在那些輯採自文言筆記小説的篇目中，由於涉及文白轉换，馮夢龍獲得了展現其白話語言藝術的馳騁空間。

譬如小説《珠衫》以文言寫王三巧錯看陳大郎一節：「婦人嘗當窗垂簾臨外，忽見美男子貌類其夫，乃啓簾潛眄，是人當其視，謂有好於己，目攝之，婦人發赤下簾。」《蔣興哥重會珍珠衫》將其改寫爲白話，叙陳大郎偶從蔣家窗下經過：

又恰好與蔣興哥平昔穿着相像。三巧兒遠遠瞧見，只道是他丈夫回了，揭開簾子，定睛而看。陳大郎擡頭，望見樓上一個年少的美婦人，目不轉睛的，只道心上歡喜了他，也對着樓上丢個眼色。誰知兩個都錯認了。三巧兒見不是丈夫，羞得兩頰通紅，忙忙把窗兒拽轉，跑在後樓，靠着床沿上坐地，兀自心頭突突的跳一個不住。誰知陳大郎的一片精魂，早被婦人眼光兒攝上去了。回到下處，心心念念的放他不下。

兩相對讀，不難見出白話語言明白如畫、細緻入微的藝術效果。《喻世明言》卷十《滕大尹鬼斷家私》改寫自《廉明公案》卷三《滕同知斷庶子金》，後者也是一個白話文本，但文字較爲簡略，馮夢龍的改寫主要集中在細節的鋪陳和白話的渲染。故事中巨富倪守謙晚年納妾，兒子倪善繼擔心分走家産，心生不悦，《廉明公案》對此一筆帶過，馮夢龍增入了大段倪善繼夫婦的私房話：

背後夫妻兩口兒議論道：「這老人忒没正經！一把年紀，風燈之燭，做事也須料個前後。知道五年十年在世，却去幹這樣不了不當的事。討這花枝般的女兒，自家也得精神對付他，終不然擔誤他在那裏，有名無實。還有一件，多少人家老漢身邊有了少婦，支持不過，那少婦熬不得，走了野路，出乖露醜，爲家門之玷。還有一件，那少婦跟隨老漢，分明似出外度荒年一般，等得年時成熟，他便去了。平時偷短偷長，做下私房，東三西四的寄開，又撒嬌撒痴，要漢子製辦衣飾與他。到得樹倒鳥飛時節，他便顛作嫁人，一包兒收拾去受用。這是木中之蠹，米中之蟲。人家有了這般人，最損元氣的。」又説道：「這女子嬌模嬌樣，好像個妓女，全没有良家體段，看來是個做聲分的頭兒，擒老公的太歲。在咱爹身邊，只該半妾半婢，叫聲『姨姐』，後日還有個退步。可笑咱爹不明，就叫衆人唤他做『小奶奶』，難道要咱們叫他娘不成？咱們只不作準他，莫要奉承透了，討他做大起來，明日咱們顛到受他嘔氣。」夫妻二人，唧唧噥噥，説個不了。

這段對話使用了諸多生動的俚語俗諺，帶有濃郁的草根性和煙火氣，仿佛是從閭里小巷中傳來的市井聲音，惟妙惟肖。同父異母的嫡庶子女争奪家産，大概是傳統中國較爲普遍的社會現象，小説戲曲對此類故事多有演繹，而上述夫妻對話，不僅道出了當事人的真實心理，也因繪聲繪色的白話語言，成爲考察《三言》語言藝術的樣本之一。

此外，中國早期白話小説中的風景描寫，大多使用模式化的韻文，且與情節叙事的關聯度較低，而在《三言》中出現了若干白話寫景文字，頗可注意。《警世通言》卷二十《計押番金鰻産禍》，叙計押番與被休的前贅婿周三重逢，「其時是秋深天氣，濛濛的雨下」，看到周三衣衫襤褸，計押番動了惻隱之心，請他到家中喝杯熱酒，周三酒罷告辭時，「天色却晚，有一兩點雨下」，他想起自己身無分文，「深秋來到，這一冬如何過得」，遂起了盜竊計家的歹念。此處，「秋雨」渲染了一種陰冷愁鬱的氣氛，先後引發了計押番的憐憫之情和周三的鋌而走險。小説結尾處，身負命案逃亡在外的慶奴，迫於生計到酒樓唱曲兒，「一日，却是深冬天氣，下雪起來。慶奴立在危樓上，倚着闌干立地」，恰好被追捕而來的衙役撞見，慶奴受縛歸案，伏法問斬。此處，「冬雪」、「危樓」又營造出了一種肅殺緊張的氣氛，預示着慶奴最終的悲劇命運。這兩處關於「秋雨」、「冬雪」的白話寫景文字，雖略感簡單，却與小説情節人物深度關聯，烘染效果明顯，展現出了白話寫景頗爲寬廣的小説藝術前景。

馮夢龍豐厚的白話語言藝術資源，既來自於生活，來自於民歌，也取資於他當時所能接觸閱讀的白話文學。譬如熊龍峰刊本《張生彩鸞燈傳》小説，故事雖然平平，白話語言藝術却相當出色。寫劉素香與張舜美一見鍾情，她「禁持不住，眼也花了，心也亂了，腿也蘇了，脚也麻了，痴呆了半晌」；寫張舜美獨自回到家中，「開了房門，風兒又吹，燈兒又暗，枕兒又寒，被兒又冷，怎生睡得」。次日，他赶去兩人邂逅之地，「立了一會，轉了一會，尋了一會，靠了一會，呆了一會，只是等不見那女子來」。這種特殊的近義排比句式，將青年男女墜入愛河後興奮悸動、失魂落魄的心理神態，描摹得入木三分。馮夢龍後將《張生彩鸞燈傳》改寫爲《喻世明言》卷二三《張舜美元宵得麗女》，文字大同小异，期間他顯然關注到了上述白話句式的魅力，積極學習吸收，并屢屢用諸小説編創實踐。如《蔣興哥重會珍珠衫》寫蔣興哥歸途中獲知妻子失節，「氣得興哥面如土色，説不得，話不得，死不得，活不得」；《陳御史巧勘金釵鈿》寫阿秀得知自己被假冒的情郎騙姦，「那時一肚子情懷，好難描寫：説慌又不是慌，説羞又不是羞，説惱又不是惱，説苦又不是苦。分明似亂針刺體，痛癢難言」；《滕大尹鬼斷家私》寫老邁的倪守謙無奈忍受長子對異母幼子的欺凌，「常時想一會，悶一會，惱一會，又懊悔一會」，皆可謂得其神髓。

實際上，馮夢龍之所以特别重視白話語言藝術，是因爲在他看來，白話不僅僅是一種有别於文言的、具有文學表現力的鮮活語言系統，也是小説能够實現「諧於里耳」進而感化世人的重要媒介。

四、《三言》的文學影響與文本流播

《三言》編刊行世之後，産生了良好的讀者市場效應，重印翻刻不斷。受此情勢的刺激，浙江烏程（今湖州）小説家淩濛初應書坊之請，仿照《三言》樣式，分别於崇禎元年（一六二八）、崇禎五年（一六三二），編撰出版了《拍案驚奇》與《二刻拍案驚奇》，史稱「《二拍》」。淩氏在《拍案驚奇》序中以同好身份，高度稱揚了《三言》的開創性意義：「獨龍子猶氏所輯《喻世》等諸《言》，頗存雅道，時著良規，一破今時陋習。而宋元舊種，亦被搜括殆盡。肆中人見其行世頗捷，意余當別有秘本，圖出而衡之。」《二拍》每集各四十卷四十種，文本體制大致模擬《三言》，惟將篇名由單句改爲雙句，兩句「自相對偶」，這是「仿《水滸》、《西游》舊例」（《拍案驚奇》凡例）。《二拍》推出後反響也相當熱烈，它們庶可視爲《三言》文學影響最爲重要的體現。《三言》、《二拍》成爲中國文學史上的一個經典組合，也是古代白話短篇小說的杰出代表。

大概明末清初，蘇州「抱瓮老人」編刊《今古奇觀》，由吴郡寶翰樓首先刊行，凡四十卷四十種，選自《三言》者二十九篇，選自《二拍》者十一篇，具體包括《喻世明言》八篇、《警世通言》十篇、《醒世恒言》十一篇、《拍案驚奇》八篇、《二刻拍案驚奇》三篇，收入時諸篇文字略有改動。這是存世最早的《三言》、《二拍》選本，也是影響最爲深遠的話本小説選本。《今古奇觀》的清代翻刻本極多，它的廣泛流播擠壓了《三言》單行本的流傳，《喻世明言》、《警世通言》兩書的清刻本尤其稀少。《今古奇觀》之外，清代陸續産生了《覺世雅言》、《警世選言》、《二奇合傳》等十餘種《三言》、《二拍》選本，雖然具體選目不盡相同，但《三言》始終是重要的選輯對象。可以説，正是這些話本小説選本，合力拓展了《三言》的文學影響，并且完成了其經典篇目的遴選凝定，諸如《賣油郎獨占花魁》、《金玉奴棒打薄情郎》、《十五貫戲言成巧禍》、《杜十娘怒沉百寶箱》、《白娘子永鎮雷峰塔》、《崔待詔生死冤家》、《沈小霞相會出師表》、《喬太守亂點鴛鴦譜》、《灌園叟晚逢仙女》、《蔣興哥重會珍珠衫》等篇，皆是入選頻次較高的《三言》小説。

《三言》在中國編刊後不久就迅速傳入了東鄰日本，寬永十年（一六三三，明崇禎六年）尾張藩的購書目録《寬永御書物帳》中，赫然就有《警世通言》十二册，這部書目前仍存藏於名古屋的蓬左文庫。此後，《三言》的各種明清版本隨着中日書籍貿易，不斷舶載東傳。不僅如此，江户時代，日本還推出了著名的『和刻《三言》』，即岡白駒（一六九二—一七六七）訓譯的《小説精言》（一七四三）、《小説奇言》（一七五三）和澤田一齋（一七〇一—一七八二）訓譯的《小説粹言》（一七五八），共選録了十篇源自《三言》的話本小説，其中《醒世恒言》六篇、《警世通言》三篇、《喻世明言》一篇。《三言》的重要選本《今古奇觀》，在日本的流播也相當廣泛。作爲中國短篇白話小説的代表作，《三言》對日本本土通俗文學讀本小説的創作，産生了頗爲深遠的影響。約十八世紀初期，《三言》開始西傳歐洲，法國籍耶穌會士杜赫德（一六七四—一七四三）編著的《中華帝國全志》第三卷，收録了耶穌會士殷宏緒（一六六二—一七四一）根據《今古奇觀》翻譯的三篇作品，這是迄今所知最早被譯成西文的中國古典小説，其中的兩篇《吕大郎還金完骨肉》、《莊子休鼓盆成大道》乃源自《警世通言》。十九世紀以降，《三言》的東西方外文譯本時有問世，流傳日盛。無論在東亞還是在泰西，《三言》不僅成爲海外讀者領略中國古典小説藝術的文學窗口，也是他們瞭解中國庶民社會日常生活的重要媒介。

至二十世紀二三十年代，古代小説研究成爲一門專學，與《三國志演義》、《水滸傳》、《西游記》、《金瓶梅》、《紅樓夢》等名著相比，由於文獻的匱乏，《三言》的文本整理與研究均相對滯後。

魯迅《中國小説史略》下册（一九二四年六月初版）第二十一篇《明之擬宋市人小説及後來選本》云：「三言云者，一曰《喻世明言》，二曰《警世通言》，今皆未見。」大概他當時只讀到了《醒世恒言》一種而已。較早對《三言》版本作出調查研究的，是日本學者鹽谷温、長澤規矩也以及中國學者馬廉、孫楷第、鄭振鐸、王古魯等人，經過他們的持續努力搜訪，庋藏於海内外的《三言》珍稀版本，逐漸浮出歷史地表。至一九三三年，孫楷第《中國通俗小説書目》出版，其中著録的《三言》中日藏本多達十五部，較爲重要的善本已基本在列。但《三言》的文本仍遲遲未得整理出版，因此，胡雲翼《新著中國文學史》（一九三二年初版）儘管提及了《三言》，却只能根據《今古奇觀》的選輯，旁敲側擊，略作介紹。

帶有學術性的《三言》文本整理，始於鄭振鐸主編《世界文庫》收録《警世通言》、《醒世恒言》兩種，一九三六年九月由生活書店排印出版。一九四七年十月，《三言》中最早行世的《古今小説》，經王古魯校點，由商務印書館排印出版，此本以日本内閣文庫（今屬日本國立公文書館）所藏明天許齋本爲底本，以尊經閣文庫藏本爲校本，歷經王古魯、張元濟、商務編輯多輪往返校訂，卷首附有書影，卷末附録王古魯跋語，堪爲古代小説文本學術整理的示範性實例。一九五六年，人民文學出版社推出了嚴敦易校注本《警世通言》、顧學頡校注本《醒世恒言》，一九五八年，又出版許政揚校注本《古今小説》。《三言》的文本流播，自此進入由專業學者承擔完成的校注本時代。其後，海内外先後出版的《三言》影印本、點校本、注釋本，不勝枚舉。近年較具影響的學術整理本，乃二〇一四年十月中華書局推出的「中華經典小説注釋系列」《三言》，包括陳熙中校注本《喻世明言》、吴書蔭校注本《警世通言》以及張明高校注本《醒世恒言》。

毋庸贅言，《三言》文本整理的學術質量，與《三言》版本研究的進展密切相關。自二十世紀九十年代以來，中日學者對於《三言》存世版本的調查甚爲興盛，研究漸趨深細，從注重不同版本的比勘，兼及同一版本不同藏本的比勘，以釐定同版書的印次先後，并判別存世版本或藏本的學術優劣。此外，隨着古籍數字化的展開，海内外藏書機構陸續公布了諸多秘藏的《三言》版本，高清彩色書影的方便獲取，也進一步助推了版本的精細化研究，關於《三言》版本的學術認知，較前有了頗足可喜的更新。因此，站在最新研究基礎之上，檢討現有《三言》整理本的種種不足，圍繞底本遴選、校本參訂、文字勘正諸環節，重新進行科學的學術整理，不僅是可行的，也是有必要的。

本次《三言》校點者李金泉，長期專注於古代小説文獻調查研究，對《三言》、《二拍》尤多關注，曾系統調查搜集了庋藏於東亞各地的《三言》版本，同時積極吸納中日學界的最新成果，較爲全面掌握了《三言》的各種文獻資料和學術資訊。據此，他審慎選定了本次《三言》整理的底本：《喻世明言》選用日本尊經閣文庫藏明刻本爲底本，這是現存明刻本中文字最優、最接近原本的版本；《警世通言》選用日本東京大學東洋文化研究所倉石文庫藏明金陵兼善堂系統本爲底本，這是現存明刻本中保存最完善、刻印時間也較早的版本；《醒世恒言》選用日本國立公文書館内閣文庫藏明葉敬池刻本爲底本，這是現存明刻本中刷印最早、保存最好的版本（詳參三書《整理說明》）。很顯然，上述三種底本的遴選，乃是綜合考察了刷印時間早晚、書葉保存好壞、文字正誤數量等版本細況之後，作出的學術最優解。至於參校本，除涵括存世其他明刻本之外，還列入了明嘉靖清平山堂刊《六十家小説》、明末寶翰樓刊本《今古奇觀》等與《三言》文本存在特殊關係的文獻。凡此，皆爲本次文本整理奠定了可靠的文獻基礎。而從校點實際結果來看，本次整理所確定的底本和校本，藉由校點者嚴謹細緻的校勘工作，充分發揮出了其應有的學術效應，訂補了大量之前整理本存在的錯訛缺漏文字（包括正文與眉批）。此《三言》新校本允爲目前最善之學術整理本。

整理説明

《三言》是明末傑出的通俗文學作家馮夢龍編撰的著名話本總集。其中，最早出版的爲《古今小説》四十卷，其目録首行題「古今小説一刻總目」，據天許齋刊《古今小説》封面識語「本齋購得古今名人演義一百二十種，先以三之一爲初刻云」推測，馮夢龍原計劃後續梓行《古今小説二刻》、《古今小説三刻》，後此三書分别名爲《喻世明言》、《警世通言》、《醒世恒言》。葉敬池刊《醒世恒言》叙中説「此《醒世恒言》四十種，所以繼《明言》、《通言》而刻也」，那麽至遲在天啓七年，《喻世明言》四十卷已經問世。不過到目前爲止，四十卷本的《喻世明言》尚未發現，現在人們所能見到的《喻世明言》，只有二十四卷，且其中有一卷來自《警世通言》、兩卷來自《醒世恒言》，顯然並非原貌，目前學界一般認爲《古今小説》四十卷就是《喻世明言》别名。儘管《喻世明言》一名較《古今小説》晚出，但其實際使用更久，流行亦更廣，本書亦採用之。

本書因現存版本有《古今小説》、《喻世明言》之區别，爲方便叙述，下文涉及具體版本的地方仍以二書之原名稱之。

《古今小說》約刊於天啓初年，目前已知存世的版本有三部，均藏日本。

一曰尊經閣文庫本，原係加賀藩前田氏家族的藏書，現歸公益財團法人前田育德會管理，其書庫名曰「尊經閣文庫」。原書二十六册，四十卷四十篇，扉頁佚，次叙、古今小説一刻總目，下題「緑天館主人評次」，次圖像及正文四十卷，半葉十行，行二十字，有眉批，圖像四十葉八十幅，每卷兩幅。正文除卷三十五缺第七葉、卷八衍第九葉及個别葉有破損缺字外，其他保存完好。

二曰法政大學本，原係日本作家正岡子規藏書，現歸日本法政大學圖書館正岡子規文庫收藏。原書十一册，存叙、目録、圖像，正文卷二十四至卷二十九缺，其他卷次亦偶有缺葉，有眉批，圖像缺卷二十三、卷二十八、卷三十二共六幅，存七十四幅，卷三十七第二圖記刻工信息「素明刊」。扉頁亦不存。

三曰内閣文庫本，原係佐伯藩毛利家藏書，現歸日本國立公文書館内閣文庫收藏。原書五册，有扉頁，框内右刻「全像古今小説」六字，左爲識語：「小説如《三國》、《水滸傳》，稱巨觀矣。其有一人一事可資談笑者，猶雜劇之於傳奇，不可偏廢也。本齋購得古今名人演義一百二十種，先以三之一爲初刻云。」後題「天許齋藏板」。全書依次爲叙、目録、圖像及正文四十卷，與法政大學本係同版所出，圖像完整，存四十葉八十幅，正文卷九缺第十三葉，卷二十一缺第十二葉，卷三十八缺第十九葉。

除了上述三種四十卷本外，日本國立公文書館内閣文庫還藏有一部二十四卷本《喻世明言》，原書六册，有扉頁，框外横刻「重刻增補古今小説」，框内右刻「喻世明言」四字，左爲識語，云「緑天館初刻《古今小説》□十種，見者侈爲奇觀，聞者争爲擊節，而流傳未廣，閣置可惜。今板歸本坊，重加校訂，刊誤補遺，題曰《喻世明言》，取其明白顯易，可以開□人心，相勸於善，未必非世道之一助也」，後題「藝林衍慶堂謹識」。次叙、目次，下題「可一居士評，墨浪主人較」。全書二十四卷，除卷一及卷五取自《醒世恒言》、卷二十三取自《警世通言》外，其餘二十一卷均係《古今小説》文本。有圖像二十四葉四十八幅，但圖與文并非完全一一對應。此外，國内北京大學圖書館藏有一《喻世明言》殘本，僅存第四、五、六共三卷，其第五卷爲《范巨卿鷄黍死生交》，不見於二十四卷本《喻世明言》。

又，日據時代大連「滿鐵」圖書館曾經藏有一部日本人據映雪齋本抄録的本子，題《七才子書》，僅十四篇，均出自《古今小説》，不過今天大連圖書館此書已不存。

另外，二〇一七年，中國學者劉蕊發表了一篇在丹麥皇家圖書館的訪書録（《丹麥皇家圖書館藏稀見戲曲小説版本述略》，《圖書館雜誌》二〇一七年第五期），記録了不少戲曲小説版本，其中有一部《古今小説》的殘本，僅存目録及卷一至卷三正文。從訪書録所提供的幾幅書影來比較，此《古今小説》版本與日本尊經閣文庫本相同而異於内閣文庫本。

根據日本學者大塚秀高、廣澤裕介等人的研究，尊經閣文庫本《古今小説》爲目前已知的最早刻本，但是否爲原刻本尚無法確定。法政大學本、内閣文庫本爲同版所出，僅極個别葉異版。

法政大學本比内閣文庫本刷印時間要早，所以板木完好度比内閣文庫本高，天頭上的眉批也較内閣文庫本爲多。至於尊經閣文庫本和法政大學本、内閣文庫本的關係，可以作這樣的一個基本判斷，即尊經閣文庫本刻印在前，法政大學本、内閣文庫本係尊經閣文庫本系統版本的覆刻本。雖然尊經閣文庫本原有部分文字錯誤，但法政大學本、内閣文庫本在覆刻過程中又産生不少新的錯誤，故總體來説，尊經閣文庫本的文字爲優，比較接近原本。《喻世明言》二十四卷，其中文本屬於《古今小説》的二十一卷係利用法政大學本、内閣文庫本的板木修訂而來，刷印時間還要更晚，同時板木的磨損、漫漶也進一步增加。

此次整理，以尊經閣文庫本（簡稱「尊經閣本」）爲底本，以法政大學本（簡稱「法政本」）、内閣文庫本（簡稱「内閣本」）爲校本。因爲法政本與内閣本同版，且法政本刷印在前，所以在出校時，一般只提法政本，不再提内閣本，以免繁瑣；只有在法政本闕卷、闕葉或與内閣本存有異文的情況下，才據内閣本出校。另外，《古今小説》有八卷被選入《今古奇觀》，經考證，法國國家圖書館藏吴郡寶翰樓刊《今古奇觀》是《今古奇觀》的原刻本，其文本最接近《三言》、《二拍》原本。所以，在對被收入《今古奇觀》的八卷文本出校時，還適當參考了法國藏《今古奇觀》（簡稱《奇觀》）。又，《古今小説》有部分卷次改編自《清平山堂話本》，若底本、校本都錯或有異文時，則適當以《清平山堂話本》文字出校。最後，《古今小説》部分卷次引用了古人詩文，除文字明顯不通外，一般異文不據古人詩文集校改。

本書的整理方法如下：

一、底本與校本文字有異，若底本文字錯，校本不錯，則據校本改字，同時説明底本作某字，以便覆核；若底本文字不錯，校本文字有異但有資參考者或有版本價值的，則保留底本文字，同時列明校本作某字。整理採取謹慎原則，一般底本文字勉强可通，即不據校本或其他參考資料改。同樣，對列出的校本異文，一般不下正誤斷語，謹供讀者自行辨別。

二、若底本與校本文字出現相同錯誤，有可據資料校改的，如《今古奇觀》、《清平山堂話本》，則曰據某書改。若無可據資料，則區分幾種情況：屬明顯刻誤，則徑改；有前後文參考，則曰「據前後文改」；從文意可判别的，則曰「據文意改」。

三、底本卷三十五缺第七葉，文字據法政本補入，并於文中出校説明。

四、明清通俗小説，往往使用大量的俗體字、異體字、通假字，本書的處理方法是，對於比較冷僻的、極少使用的、現代字庫找不到的俗刻字，酌情改成通行正體；對於明清時期流行的一些異體字，包括部分不會引起歧義的俗體字，酌情予以保留；通假字依通例予以保留，一般不作改動。總之，在整理過程中，整理者力求最大限度保留作品原來的文化信息，以期對研究明清通俗小説的用字習慣及文字演化有所裨益。

五、圖像的處理。本書插圖採自日本國立公文書館藏本，凡四十葉八十幅圖像，每卷兩幅，本次整理將圖像分插在每卷之前。

六、眉批的處理。本次整理，根據文意將眉批移録於正文中作小字夾注，并於句首加【眉批】，以與正文區别。

本次整理，充分尊重原作，一般不以今人的用詞、用字習慣而强改古人作品。在整理過程中，參考了日本學者大塚秀高、廣澤裕介合作的《古今小説眉批對應一覽表》（《中國古典小説研究》第九號，二〇〇四年五月三十一日）及廣澤裕介所作的《古今小説現存版本三種文字異同一覽表》（見廣澤裕介《明代末期白話小説出版：以〈三言〉爲主的短篇小説集和其周邊》第一章附録，神户大學二〇〇六年博士論文），以及前賢和時人的整理成果，在此向他們致以誠摯的謝意！限於整理者的水平，校點工作肯定存在各種錯誤和疏失，謹希讀者和專家批評指正。

二〇二〇年十二月

目録

叙

史統散而小説興。始乎周季，盛於唐，而浸淫於宋。韓非、列禦寇諸人，小説之祖也。《吴越春秋》等書，雖出炎漢，然秦火之後，著述猶希。迨開元以降，而文人之筆横矣。若通俗演義，不知何昉。按南宋供奉局，有説話人，如今説書之流。其文必通俗，其作者莫可考。泥馬倦勤，以太上享天下之養，仁壽清暇，喜閲話本，命内璫日進一帙，當意，則以金錢厚酬。於是内璫輩廣求先代奇迹及閭里新聞，倩人敷演進御，以怡天顔。然一覽輒置，卒多浮沉内庭，其傳布民間者，什不一二耳。然如《玩江樓》、《雙魚墜記》等類，又皆鄙俚淺薄，齒牙弗馨焉。暨施、羅兩公，鼓吹胡元，而《三國志》、《水滸》、《平妖》諸傳，遂成巨觀。要以韞玉違時，銷鎔歲月，非龍見之日所暇也。

皇明文治既郁，靡流不波；即演義一斑，往往有遠過宋人者。而或以爲恨乏唐人風致，謬矣。食桃者不費杏，絺縠毳錦，惟時所適。以唐説律宋，將有以漢説律唐，以春秋戰國説律漢，不至於盡掃羲聖之一畫不止！可若何？大抵唐人選言，入於文心；宋人通俗，諧於里耳。天下之文心少而里耳多，則小説之資於選言者少，而資於通俗者多。試今説話人當場描寫，可喜可愕，可悲可涕，可歌可舞；再欲捉刀，再欲下拜，再欲决脰，再欲捐金。怯者勇，淫者貞，薄者敦，頑鈍者汗下。雖日誦《孝經》、《論語》，其感人未必如是之捷且深也。噫，不通俗而能之乎？

茂苑野史氏，家藏古今通俗小説甚富，因賈人之請，抽其可以嘉惠里耳者，凡四十種，畀爲一刻。余顧而樂之，因索筆而弁其首。

緑天館主人題

颿盡愁難盡春歸
人不歸朝來嗔寂
寞不肯試新衣

珠还合浦重生采
劍合豐城倍有神

第一卷　蔣興哥重會珍珠衫

仕至千鍾非貴，年過七十常稀。浮名身後有誰知？萬事空花游戲。　休逞少年狂蕩，莫貪花酒便宜。脱離煩惱是和非，隨分安閑得意。

這首詞名爲《西江月》，是勸人安分守己，隨緣作樂，莫爲酒、色、財、氣四字損却精神，虧了行止。求快活時非快活，得便宜處失便宜。説起那四字中，總到不得那「色」字利害。眼是情媒，心爲欲種。起手時，牽腸挂肚；過後去，喪魄銷魂。假如墻花路柳，偶然適興，無損於事；若是生心設計，敗俗傷風，只圖自己一時歡樂，却不顧他人的百年恩義，假如你有嬌妻愛妾，别人調戲上了，你心下如何？古人有四句道得好：

人心或可昧，天道不差移。
我不淫人婦，人不淫我妻。

看官，則今日聽我説《珍珠衫》這套詞話，可見果報不爽，好教少年子弟做個榜樣。

話中單表一人，姓蔣名德，小字興哥，乃湖廣襄陽府棗陽縣人氏。父親叫做蔣世澤，從小走熟廣東做客買賣。因爲喪了妻房羅氏，止遺下這興哥，年方九歲，别無男女。這蔣世澤割捨不下，又絶不得廣東的衣食道路，千思百計，無可奈何，只得帶那九歲的孩子同行作伴，就教他學些乖巧。這孩子雖則年小，生得：

眉清目秀，齒白唇紅。行步端莊，言辭敏捷。聰明賽過讀書家，伶俐不輸長大漢。人人唤做粉孩兒，個個羡他無價寶。

蔣世澤怕人妒忌，一路上不説是嫡親兒子，只説是内侄羅小官人。原來羅家也是走廣東的，蔣家只走得一代，羅家到走過三代了。那邊客店牙行，都與羅家世代相識，如自己親眷一般。這蔣世澤做客，起頭也還是丈人羅公領他走起的。因羅家近來屢次遭了屈官司，家道消乏，好幾年不曾走動。這些客店牙行見了蔣世澤，那一遍不動問羅家消息，好生牽挂。今番見蔣世澤帶個孩子到來，問知是羅家小官人，且是生得十分清秀，應對聰明，想着他祖父三輩交情，如今又是第四輩了，那一個不歡喜。閒話休題。却説蔣興哥跟隨父親做客，走了幾遍，學得伶俐乖巧，生意行中，百般都會，父親也喜不自勝。何期到一十七歲上，父親一病身亡。且喜剛在家中，還不做客途之鬼。興哥哭了一場，免不得揩乾淚眼，整理大事。殯殮之外，做些功德超度，自不必說。七七四十九日内，内外宗親都來吊孝。本縣有個王公，正是興哥的新岳丈，也來上門祭奠，少不得蔣門親戚陪侍叙話。中間説起興哥少年老成，這般大事，虧他獨力支持。因話隨話間，就有人攛掇道：「王老親翁，如今令愛也長成了，何不乘凶完配，教他夫婦作伴，也好過日。」王公未肯應承，當日相别去了。衆親戚等安葬事畢，又去攛掇興哥。興哥初時也不肯，却被攛掇了幾番，自想孤身無伴，只得應允。央原媒人往王家去説，王公只是推辭，説道：「我家也要備些薄薄妝奩，一時如何來得？況且孝未期年，於禮有礙。便要成親，且待小祥之後再議。」媒人回話，興哥見他説得正理，也不相强。

光陰如箭，不覺周年已到。興哥祭過了父親靈位，換去粗麻衣服，再央媒人王家去説，方纔依允。不隔幾日，六禮完備，娶了新婦進門。有《西江月》爲證：

孝幕翻成紅幕，色衣換去麻衣。畫樓結綵燭光輝，合卺花筵齊備。那羨妝奩富盛，難求麗色嬌妻。今宵雲雨足歡娱，來日人稱恭喜。

説這新婦是王公最幼之女，小名唤做三大兒，因他是七月七日生的，又唤做三巧兒。王公先前嫁過的兩個女兒，都是出色標致的。棗陽縣中，人人稱羨，造出四句口號，道是：

天下婦人多，王家美色寡。
有人娶着他，勝似爲駙馬。

常言道：「做買賣不着，只一時；討老婆不着，是一世。」若干官宦大户人家，單揀門户相當，或是貪他嫁資豐厚，不分皂白，定了親事。後來娶下一房奇醜的媳婦，十親九眷面前，出來相見，做公婆的好没意思。又且丈夫心下不喜，未免私房走野。偏是醜婦極會管老公，若是一般見識的，便要反目；若使顧惜體面，讓他一兩遍，他就做大起來。【眉批】説得極暢快。〔一〕有此數般不妙，所以蔣世澤聞知王公慣生得好女兒，從小便送過財禮，定下他幼女與兒子爲婚。今日取過門來，果然嬌姿艷質，説起來，比他兩個姐兒加倍標致。正是：

吴宫西子不如，楚國南威難賽。
若比水月觀音，一樣燒香禮拜。

蔣興哥人才本自齊整，又娶得這房美色的渾家，分明是一對玉人，良工琢就，男歡女愛，比别個夫妻更勝十分。三朝之後，依先换了些淺色衣服，只推制中，不與外事，專在樓上與渾家成雙捉對，朝暮取樂。真個行坐不離，夢魂作伴。自古苦日難熬，歡時易過。暑往寒來，早已孝服完滿。起靈除孝，不在話下。

興哥一日間想起父親存日廣東生理，如今擔閣三年有餘了，那邊還放下許多客帳不曾取得，夜間與渾家商議，欲要去走一遭。渾家初時也答應道「該去」，後來說到許多路程，恩愛夫妻，何忍分離？不覺兩淚交流。興哥也自割捨不得，兩下悽慘一場，又丢開了。如此已非一次。【眉批】好摹寫。

光陰荏苒，不覺又捱過了二年。那時興哥決意要行，瞞過了渾家，在外面暗暗收拾行李。揀了個上吉的日期，五日前方對渾家說知，道：「常言『坐吃山空』，我夫妻兩口，也要成家立業，終不然抛了這行衣食道路？如今這二月天氣，不寒不暖，不上路更待何時？」渾家料是留他不住了，只得問道：「丈夫此去幾時可回？」興哥道：「我這番出外，甚不得已，好歹一年便回，寧可第二遍多去幾時罷了。」渾家指着樓前一棵椿樹道：「明年此樹發芽，便盼着官人回也。」說罷，淚下如雨。興哥把衣袖替他揩拭，不覺自己眼淚也挂下來。兩下裏怨離惜別，分外恩情，一言難盡。

到第五日，夫婦兩個啼啼哭哭，說了一夜的說話，索性不睡了。五更時分，興哥便起身收拾，將祖遺下的珍珠細軟，都交付與渾家收管，自己只帶得本錢銀兩、帳目底本及隨身衣服、鋪陳之類，又有預備下送禮的人事，都裝叠得停當。原有兩房家人，只帶一個後生些的去；留一個老成的在家，聽渾家使喚，買辦日用。兩個婆娘，專管厨下。又有兩個丫頭，一個叫晴雲，一個叫暖雪，專在樓中伏侍，不許遠離。分付停當了，對渾家説道：「娘子耐心度日。地方輕薄子弟不少，你又生得美貌，莫在門前窺瞰，招風攬火。」【眉批】説着了。渾家道：「官人放心，早去早回。」兩下掩淚而別。正是：

世上萬般哀苦事，無非死別與生離。

興哥上路，心中只想着渾家，整日的不偢不倸。不一日，到了廣東地方，下了客店。這夥舊時相識都來會面，興哥送了些人事，排家的治酒接風，一連半月二十日，不得空閒。興哥在家時，原是淘虛了的身子，一路受些勞碌，到此未免飲食不節，得了個瘧疾，一夏不好，秋間轉成水痢。每日請醫切脉，服藥調治，直延到秋盡，方得安痊。把買賣都擔閣了，眼見得一年回去不成。正是：

只爲蠅頭微利，抛却鴛被良緣。

興哥雖然想家，到得日久，索性把念頭放慢了。

不題興哥做客之事，且説這裏渾家王三巧兒，自從那日丈夫分付了，果然數月之內，目不窺户，足不下樓。光陰似箭，不覺殘年將盡，家家户户鬧轟轟的暖火盆，放爆竹，吃合家歡要子。三巧兒觸景傷情，思想丈夫，這一夜好生凄楚！正合古人的四句詩，道是：

臘盡愁難盡，春歸人未歸。
朝來嗔寂寞，不肯試新衣。

明日正月初一日，是個歲朝。晴雲、暖雪兩個丫頭，一力勸主母在前樓去看看街坊景象。原來蔣家住宅前後通連的兩帶樓房，第一帶臨着大街，第二帶方做卧室，三巧兒閒常只在第二帶中坐卧。這一日被丫頭們攛掇不過，只得從邊廂裏走過前樓，分付推開窗子，把簾兒放下，三口兒在簾內觀看。這日街坊上好不鬧雜！三巧兒道：「多少東行西走的人，偏没個賣卦先生在内。若有時，唤他來卜問官人消息也好。」晴雲道：「今日是歲朝，人人要閒耍的，那個出來賣卦？」暖雪叫道：「娘限在我兩個身上，五日内包唤一個來占卦便了。」

到初四日早飯過後，暖雪下樓小解，忽聽得街上噹噹的敲響。響的這件東西，唤做「報君知」，是瞎子賣卦的行頭。暖雪等不及解完，慌忙檢了褲腰，跑出門外，叫住了瞎先生，撥轉脚頭，一口氣跑上樓來，報知主母。三巧兒分付，唤在樓下坐啓内坐着。討他課錢，通陳過了，走下樓梯，聽他剖斷。那瞎先生占成一卦，問是何用？那時厨下兩個婆娘，聽得熱鬧，也都跑將來了，替主母傳語道：「這卦是問行人的。」瞎先生道：「可是妻問夫麽？」婆娘道：「正是。」先生道：「青龍治世，財爻發動。若是妻問夫，行人在半途，金帛千箱有，風波一點無。青龍屬木，木旺於春，立春前後，已動身了。月盡月初，必然回家，更兼十分財采。」【眉批】算命起課的誤人不淺。三巧兒叫買辦的，把三分銀子打發他去，歡天喜地上樓去了。真所謂「望梅止渴」，「畫餅充饑」。

大凡人不做指望，到也不在心上；一做指望，便癡心妄想，時刻難過。三巧兒只爲信了賣卦先生之語，一心只想丈夫回來，從此時常走向前樓，在簾内東張西望。直到二月初旬，椿樹抽芽，不見些兒動静。三巧兒思想丈夫臨行之約，愈加心慌，一日幾遍，向外探望。也是合當有事，遇着這個俊俏後生。正是：

有緣千里能相會，無緣對面不相逢。

這個俊俏後生是誰？原來不是本地，是徽州新安縣人氏，姓陳名商，小名叫做大喜哥，後來改口呼爲大郎。年方二十四歲，且是生得一表人物，雖勝不得宋玉、潘安，也不在兩人之下。這大郎也是父母雙亡，凑了二三千金本錢，來走襄陽販糴些米豆之類，每年常走一遍。他下處自在城外，偶然這日進城來，要到大市街汪朝奉典舖中問個家信。那典舖正在蔣家對門，因此經過。你道怎生打扮？頭上帶一頂蘇樣的百柱騌帽，身上穿一件魚肚白的湖紗道袍，又恰好與蔣興哥平昔穿着相像。三巧兒遠遠瞧見，只道是他丈夫回了，揭開簾子，定睛而看。陳大郎擡頭，望見樓上一個年少的美婦人，目不轉睛的，只道心上歡喜了他，也對着樓上丟個眼色。誰知兩個都錯認了。三巧兒見不是丈夫，羞得兩頰通紅，忙忙把窗兒拽轉，跑在後樓，靠着床沿上坐地，兀自心頭突突的跳一個不住。【眉批】絶似河間婦初景。誰知陳大郎的一片精魂，早被婦人眼光兒攝上去了。回到下處，心心念念的放他不下，肚裏想道：「家中妻子，雖是有些顔色，怎比得婦人一半？【眉批】伏案。欲待通個情款，争奈無門可入。若得謀他一宿，就消花這些本錢，也不枉爲人在世。」嘆了幾口氣，忽然想起大市街東巷，有個賣珠子的薛婆，曾與他做過交易。這婆子能言快語，况且日逐串街走巷，那一家不認得？須是與他商議，定有道理。

這一夜番來覆去，勉强過了。次日起個清早，只推有事，討些凉水梳洗，取了一百兩銀子、兩大錠金子，急急的跑進城來。這叫做：

欲求生受用，須下死工夫。

陳大郎進城，一徑來到大市街東巷，去敲那薛婆的門。薛婆蓬着頭，正在天井裏揀珠子，聽得敲門，一頭收過珠包，一頭問道：「是誰？」纔聽説出「徽州陳」三字，慌忙開門請進，道：「老身未曾梳洗，不敢爲禮了。大官人起得好早！有何貴幹？」陳大郎道：「特特而來，若遲時，怕不相遇。」薛婆道：「可是作成老身出脱些珍珠首飾麽？」陳大郎道：「珠子也要買，還有大買賣作成你。」薛婆道：「老身除了這一行貨，其餘都不熟慣。」陳大郎道：「這裏可説得話麽？」薛婆便把大門關上，請他到小閣兒坐着，問道：「大官人有何分付？」大郎見四下無人，便向衣袖裏摸出銀子，解開布包，攤在卓上，道：「這一百兩白銀，乾娘收過了，方纔敢説。」婆子不知高低，那裏肯受。大郎道：「莫非嫌少？」慌忙又取出黄燦燦的兩錠金子，也放在卓上，道：「這十兩金子，一并奉納。若乾娘再不收時，便是故意推調了。今日是我來尋你，非是你來求我。只爲這椿大買賣，不是老娘成不得，所以特地相求。便説做不成時，這金銀你只管受用，【眉批】重賞之下，必有勇夫。終不然我又來取討，日後再没相會的時節了？我陳商不是恁般小樣的人！」

看官，你説從來做牙婆的，那個不貪錢鈔？見了這般黄白之物，如何不動火？薛婆當時滿臉堆下笑來，便道：「大官人休得錯怪，老身一生不曾要别人一厘一毫不明不白的錢財。今日既承大官人分付，老身權且留下；若是不能效勞，依舊奉納。」説罷，將金錠放銀包内，一齊包起，叫聲：「老身大膽了。」拿向卧房中藏過，忙趄出來，【眉批】趄，寺劣切。道：「大官人，老身且不敢稱謝，你且説甚麽買賣，用着老身之處？」大郎道：「急切要尋一件救命之寶，【眉批】誰知到是喪命之媒。是處都無；只大市街上一家人家方有，特央乾娘去借借。」婆子笑將起來，道：「又是作怪！老身在這條巷住過二十多年，不曾聞大市街有甚救命之寶。大官人你説，有寶的還是誰家？」大郎道：「敝鄉里汪三朝奉典舖對門高樓子内是何人之宅？」婆子想了一回，道：「這是本地蔣興哥家裏。他男子出外做客一年多了，止有女眷在家。」大郎道：「我這救命之寶，正要問他女眷借借。」便把椅兒掇近了婆子身邊，向他訴出心腹，如此如此。婆子聽罷，連忙摇首道：「此事大難！蔣興哥新娶這房娘子，不上四年，夫妻兩個如魚似水，寸步不離。如今没奈何出去了，這小娘子足不下樓，甚是貞節。因興哥做人有些古怪，容易嗔嫌，【眉批】怪不得他嗔嫌。老身輩從不曾上他的階頭。連這小娘子面長面短，老身還不認得，如何應承得此事？方纔所賜，是老身薄福，受用不成了。」陳大郎聽説，慌忙雙膝跪下。婆子去扯他時，被他兩手拿住衣袖，緊緊按定在椅上，動撣不得。口裏説：「我陳商這條性命，都在乾娘身上。你是必思量個妙計，作成我入馬，救我殘生。事成之日，再有白金百兩相酬。若是推阻，即今便是個死。」慌得婆子没理會處，連聲應道：「是，是，莫要折殺老身，大官人請起，老身有話講。」陳大郎方纔起身，拱手道：「有何妙策，作速見教。」薛婆道：「此事須從容圖之，只要成就，莫論歲月。若是限時限日，老身决難奉命。」陳大郎道：「若果然成就，便遲幾日何妨。只是計將安出？」薛婆道：「明日不可太早，不可太遲，早飯後，相約在汪三朝奉典舖中相會。大官人可多帶銀兩，只説與老身做買賣，其間自有道理。若是老身這兩隻脚跨進得蔣家門時，【眉批】第一義。便是大官人的造化。大官人便可急回下處，莫在他門首盤桓，被人識破，誤了大事。討得三分機會，老身自來回覆。」陳大郎道：「謹依尊命。」唱了個肥喏，欣然開門而去。正是：

未曾滅項興劉，先見築壇拜將。

當日無話。到次日，陳大郎穿了一身齊整衣服，取上三四百兩銀子，放在個大皮匣内，唤小郎背着，跟隨到大市街汪家典舖來。瞧見對門樓窗緊閉，料是婦人不在，便與管典的拱了手，討個木凳兒坐在門前，向東而望。不多時，只見薛婆抱着一個篾絲箱兒來了。陳大郎唤住，問道：「箱内何物？」薛婆道：「珠寶首飾，大官人可用麽？」大郎道：「我正要買。」薛婆進了典舖，與管典的相見了，叫聲咶噪，便把箱兒打開。内中有十來包珠子，又有幾個小匣兒，都盛着新樣簇花點翠的首飾，奇巧動人，光燦奪目。陳大郎揀幾吊極粗極白的珠子，和那些簪珥之類，做一堆兒放着，道：「這些我都要了。」婆子便把眼兒瞅着，説道：「大官人要用時儘用，只怕不肯出這樣大價錢。」陳大郎已自會意，開了皮匣，把這些銀兩白華華的攤做一臺，【眉批】賣富。高聲的叫道：「有這些銀子，難道買你的貨不起！」此時鄰舍閒漢已自走過七八個人，在舖前站着看了。婆子道：「老身取笑，豈敢小覷大官人。這銀兩須要仔細，請收過了，只要還得價錢公道便好。」兩下一邊的討價多，一邊的還錢少，差得天高地遠。那討價的一口不移，這裏陳大郎拿着東西，又不放手，又不增添，故意走出屋檐，件件的翻覆認看，言真道假，彈觔估兩的在日光中烜耀。惹得一市人都來觀看，不住聲的有人喝采。婆子亂嚷道：「買便買，不買便罷，只管擔閣人則甚！」陳大郎道：「怎麽不買？」兩個又論了一番價。正是：

只因酬價争錢口，驚動如花似玉人。

王三巧兒聽得對門喧嚷，不覺移步前樓，推窗偷看。只見珠光閃爍，寶色輝煌，甚是可愛。又見婆子與客人争價不定，便分付丫鬟去唤那婆子，借他東西看看。【眉批】不見可欲，使心不亂。婆子妙算，不得不墮其術中。晴雲領命，走過街去，把薛婆衣袂一扯，道：「我家娘請你。」婆子故意問道：「是誰家？」晴雲道：「對門蔣家。」婆子把珍珠之類劈手奪將過來，忙忙的包了，道：「老身没有許多空閒與你歪纏！」陳大郎道：「再添些賣了罷。」婆子道：「不賣不賣，像你這樣價錢，老身賣去多時了。」一頭說，一頭放入箱兒裏，依先關鎖了，抱着便走。晴雲道：「我替你老人家拿罷。」婆子道：「不消。」頭也不回，徑到對門去了。陳大郎心中暗喜，也收拾銀兩，别了管典的，自回下處。正是：

眼望捷旌旗，耳聽好消息。

晴雲引薛婆上樓，與三巧兒相見了。婆子看那婦人，心下想道：「真天人也！怪不得陳大郎心迷，若我做男子，也要渾了。」當下說道：「老身久聞大娘賢慧，但恨無緣拜識。」三巧兒問道：「你老人家尊姓？」婆子道：「老身姓薛，只在這裏東巷住，與大娘也是個鄰里。」三巧兒道：「你方纔這些東西，如何不賣？」婆子笑道：「若不賣時，老身又拿出來怎的？只笑那下路客人，空自一表人才，不識貨物。」【眉批】點綴得妙。說罷，便去開了箱兒，取出幾件簪珥，遞與那婦人看，叫道：「大娘，你道這樣首飾，便工錢也費多少！他們還得忒不像樣，教老身在主人家面前，如何告得許多消乏？」又把幾串珠子提將起來，道：「這般頭號的貨，他們還做夢哩。」三巧兒問了他討價還價，便道：「真個虧你些兒。」婆子道：「還是大家寶眷，見多識廣，比男子漢眼力到勝十倍。」三巧兒喚丫鬟看茶，婆子道：「不擾茶了。老身有件要緊的事，欲往西街走走，遇着這個客人，纏了多時，正是：『買賣不成，擔誤工程。』這箱兒連鎖放在這裏，權煩大娘收拾。老身暫去，少停就來。」説罷便走。三巧兒叫晴雲送他下樓，出門向西去了。

三巧兒心上愛了這幾件東西，專等婆子到來酬價，一連五日不至。【眉批】博家放遲局。到第六日午後，忽然下一場大雨。雨聲未絶，閛閛的敲門聲響。【眉批】閛，音烹。三巧兒喚丫鬟開看，只見薛婆衣衫半濕，提個破傘進來，口兒道：

晴乾不肯走，直待雨淋頭。

把傘兒放在樓梯邊，走上樓來萬福道：「大娘，前晚失信了。」三巧兒慌忙答禮道：「這幾日在那裏去了？」婆子道：「小女托賴新添了個外甥，老身去看看，留住了幾日，今早方回。半路上下起雨來，在一個相識人家借得把傘，又是破的。却不是晦氣！」三巧兒道：「你老人家幾個兒女？」婆子道：「只一個兒子，完婚過了。女兒到有四個，這是我第四個了，嫁與徽州朱八朝奉做偏房，就在這北門外開鹽店的。」三巧兒道：「你老人家女兒多，不把來當事了。本鄉本土少什麽一夫一婦的，怎捨得與異鄉人做小？」婆子道：「大娘不知，到是異鄉人有情懷。雖則偏房，他大娘子只在家裹，小女自在店中，呼奴使婢，一般受用。老身每遍去時，他當個尊長看待，更不怠慢。如今養了個兒子，愈加好了。」【眉批】又點綴得妙。三巧兒道：「也是你老人家造化，嫁得着。」説罷，恰好晴雲討茶上來，兩個吃了。婆子道：「今日雨天没事，老身大膽，敢求大娘的首飾一看，看些巧樣兒在肚裏也好。」三巧兒道：「也只是平常生活，你老人家莫笑話。」就取一把匙鑰，開了箱籠，陸續搬出許多釵、鈿、纓絡之類。薛婆看了，誇美不盡，道：「大娘有恁般珍異，把老身這幾件東西，看不在眼了。」三巧兒道：「好説，我正要與你老人家請個實價。」婆子道：「娘子是識貨的，何消老身費嘴。」三巧兒把東西檢過，取出薛婆的篾絲箱兒來，放在卓上，將鑰匙遞與婆子道：「你老人家開了，檢看個明白。」婆子道：「大娘忒精細了。」當下開了箱兒，把東西逐件搬出。三巧兒品評價錢，都不甚遠。婆子并不争論，歡歡喜喜的道：「恁地，便不枉了人。老身就少賺幾貫錢，也是快燥的。」〔二〕三巧兒道：「只是一件，目下凑不起價錢，只好現奉一半。等待我家官人回來，一并清楚。他也只在這幾日回了。」婆子道：「便遲幾日，也不妨事。只是價錢上相讓多了，銀水要足紋的。」三巧兒道：「這也小事。」便把心愛的幾件首飾及珠子收起。唤晴雲取杯見成酒來，與老人家坐坐。婆子道：「造次如何好攪擾？」三巧兒道：「時常清閒，難得你老人家到此，作伴扳話。你老人家若不嫌怠慢，時常過來走走。」婆子道：「多謝大娘錯愛，老身家裏當不過嘈雜，像宅上又忒清閒了。」三巧兒道：「你家兒子做甚生意？」婆子道：「也只是接些珠寶客人，每日的討酒討漿，刮的人不耐煩。老身虧殺各宅們走動，在家時少，還好。若只在六尺地上轉，怕不燥死了人。」【眉批】妙。三巧兒道：「我家與你相近，不耐煩時，就過來閒話。」【眉批】墮其計了。婆子道：「只不敢頻頻打攪。」三巧兒道：「老人家説那裏話。」

只見兩個丫鬟輪番的走動，擺了兩副杯筯，兩碗臘鷄，兩碗臘肉，兩碗鮮魚，連果碟素菜共一十六個碗。婆子道：「如何盛設！」三巧兒道：「見成的，休怪怠慢。」説罷，斟酒遞與婆子，婆子將杯回敬，兩下對坐而飲。原來三巧兒酒量儘去得，那婆子又是酒壺酒甕，吃起酒來，一發相投了，只恨會面之晚。那日直吃到傍晚，剛剛雨止，婆子作謝要回。三巧兒又取出大銀鍾來，勸了幾鍾，又陪他吃了晚飯，説道：「你老人家再寬坐一時，我將這一半價錢付你去。」婆子道：「天晚了，大娘請自在，不爭這一夜兒，明日却來領罷。連這篋絲箱兒，老身也不拿去了，省得路上泥滑滑的不好走。」【眉批】又用放遲局。三巧兒道：「明日專專望你。」婆子作別下樓，取了破傘，出門去了。正是：

世間只有虔婆嘴，哄動多多少少人。

却説陳大郎在下處呆等了幾日，并無音信。見這日天雨，料是婆子在家，拖泥帶水的進城來問個消息，又不相值。自家在酒肆中吃了三杯，用了些點心，又到薛婆門首打聽，只是未回。看看天晚，却待轉身，只見婆子一臉春色，脚略斜的走入巷來。陳大郎迎着他作了揖，問道：「所言如何？」婆子搖手道：「尚早。如今方下種，還没有發芽哩。再隔五六年，開花結果，纔到得你口。你莫在此探頭探腦，老娘不是管閒事的。」陳大郎見他醉了，只得轉去。

次日，婆子買了些時新果子、鮮鷄、魚、肉之類，喚個厨子安排停當，裝做兩個盒子，又買一甕上好的釃酒，央間壁小二挑了，來到蔣家門首。三巧兒這日，不見婆子到來，正教晴雲開門出來探望，恰好相遇。婆子教小二挑在樓下，先打發他去了。晴雲已自報知主母，三巧兒把婆子當個貴客一般，直到樓梯口邊迎他上去。婆子千恩萬謝的福了一回，便道：「今日老身偶有一杯水酒，將來與大娘消遣。」三巧兒道：「到要你老人家壞鈔，不當人子。」〔三〕婆子央兩個丫鬟搬將上來，擺做一卓子。三巧兒道：「你老人家忒迂闊了，恁般大弄起來。」婆子笑道：「小户人家，備不出甚麽好東西，只當一茶奉獻。」晴雲便去取杯筯，暖雪便吹起水火爐來。霎時酒暖，婆子道：「今日是老身薄意，還請大娘轉坐客位。」三巧兒道：「雖然相擾，在寒舍豈有此理？」

兩下謙讓多時，薛婆只得坐了客席。這是第三次相聚，更覺熟分了。飲酒中間，婆子問道：「官人出外好多時了，還不回，虧他撇得大娘下。」三巧兒道：「便是説過一年就轉，不知怎地擔閣了。」婆子道：「依老身説，放下了恁般如花似玉的娘子，便博個堆金積玉也不爲罕。」婆子又道：「大凡走江湖的人，把客當家，把家當客。比如我第四個女婿朱八朝奉，有了小女，朝歡暮樂，那裏想家？或三年四年，纔回一遍，住不上一兩個月，又來了。家中大娘子替他擔孤受寡，那曉得他外邊之事？」【眉批】狠下説詞，字字真切。三巧兒道：「我家官人到不是這樣人。」婆子道：「老身只當閒話講，怎敢將天比地？」【眉批】收得好。當日兩個猜謎擲色，吃得酩酊而別。

第三日，同小二來取家火，就領這一半價錢。三巧兒又留他吃點心。

從此以後，把那一半賒錢爲由，只做問興哥的消息，不時行走。這婆子俐齒伶牙，能言快語，又半癡不顛的慣與丫鬟們打諢，【眉批】像，像。所以上下都歡喜他。三巧兒一日不見他來，便覺寂寞，叫老家人認了薛婆家裏，早晚常去請他，所以一發來得勤了。【眉批】墮其計了。

世間有四種人惹他不得，引起了頭，再不好絕他。是那四種？

游方僧道，乞丐，閒漢，牙婆。

上三種人猶可，只有牙婆是穿房入户的，女眷們怕冷静時，十個九個到要扳他來往。今日薛婆本是個不善之人，一般甜言軟語，三巧兒遂與他成了至交，時刻少他不得。正是：

畫虎畫皮難畫骨，知人知面不知心。

陳大郎幾遍討個消息，薛婆只回言尚早。其時五月中旬，天漸炎熱。婆子在三巧兒面前，偶說起家中蝸窄，又是朝西房子，夏月最不相宜，不比這樓上高廠風凉。三巧兒道：「你老人家若撇得家下，到此過夜也好。」【眉批】墮其計了。婆子道：「好是好，只怕官人回來。」三巧兒道：「他就回，料道不是半夜三更。」婆子道：「大娘不嫌蒿惱，老身慣是桠相知的，只今晚就取鋪陳過來，與大娘作伴，何如？」三巧兒道：「鋪陳儘有，也不須拿得。你老人家回覆家裏一聲，索性在此過了一夏家去不好？」婆子真個對家裏兒子媳婦說了，只帶個梳匣兒過來。三巧兒道：「你老人家多事，難道我家油梳子也缺了，你又帶來怎地？」婆子道：「老身一生怕的是同湯洗臉，合具梳頭。大娘怕没有精緻的梳具，老身如何敢用？其他姐兒們的，老身也怕用得，還是自家帶了便當。【眉批】閒話都趣。只是大娘分付在那一間房安歇？」三巧兒指着床前一個小小藤榻兒，道：「我預先排下你的卧處了，我兩個親近些，夜間睡不着好講些閒話。」【眉批】墮其計了。說罷，檢出一頂青紗帳來，教婆子自家挂了，又同吃了一會酒，方纔歇息。兩個丫鬟原在床前打鋪相伴，因有了婆子，打發他在間壁房裏去睡。

從此爲始，婆子日間出去串街做買賣，黑夜便到蔣家歇宿。時常携壺挈榼的殷勤熱鬧，不一而足。床榻是丁字樣鋪下的，雖隔着帳子，却像是一頭同睡。夜間絮絮叨叨，你問我答，凡街坊穢褻之談，無所不至。【眉批】一步步緊去，摹得絶似。這婆子或時裝醉詐風起來，到說起自家少年時偷漢的許多情事，去勾動那婦人的春心。害得那婦人嬌滴滴一副嫩臉，紅了又白，白了又紅。【眉批】惡甚。婆子已知婦人心活，只是那話兒不好啓齒。

光陰迅速，又到七月初七日了，正是三巧兒的生日。婆子清早備下兩盒禮，與他做生。三巧兒稱謝了，留他吃麵。婆子道：「老身今日有些窮忙，晚上來陪大娘，看牛郎織女做親。」【眉批】下句都有味。說罷，自去了。

下得階頭不幾步，正遇着陳大郎。路上不好講話，隨到個僻静巷裏。陳大郎攢着兩眉，埋怨婆子道：「乾娘，你好慢心腸！春去夏來，如今又立過秋了。你今日也說尚早，明日也說尚早，却不知我度日如年。再延捱幾日，他丈夫回來，此事便付東流，却不活活的害死我也！陰司去少不得與你索命。」婆子道：「你且莫喉急，老身正要相請，來得恰好。事成不成，只在今晚，須是依我而行。」如此如此，這般這般。「全要輕輕悄悄，莫帶累人。」陳大郎點頭道：「好計，好計！事成之後，定當厚報。」説罷，欣然而去。正是：

排成竊玉偷香陣，費盡携雲握雨心。

却説薛婆約定陳大郎這晚成事，午後細雨微茫，到晚却没有星月。婆子黑暗裏引着陳大郎埋伏在左近，自己却去敲門。晴雲點個紙燈兒，開門出來。婆子故意把衣袖一摸，説道：「失落了一條臨清汗巾兒。姐姐，勞你大家尋一尋。」哄得晴雲便把燈向街上照去。這裏婆子捉個空，招着陳大郎一溜溜進門來，先引他在樓梯背後空處伏着。【眉批】步步精細，薛婆儘可用兵。婆子便叫道：「有了，不要尋了。」晴雲道：「恰好火也没了，我再去點個來照你。」婆子道：「走熟的路，不消用火。」兩個黑暗裏關了門，摸上樓來。三巧兒問道：「你没了什麽東西？」婆子袖裏扯出個小帕兒來，道：「就是這個冤家，雖然不值甚錢，是一個北京客人送我的，却不道：『禮輕人意重。』」三巧兒取笑道：「莫非是你老相交送的表記。」婆子笑道：「也差不多。」當夜兩個耍笑飲酒。婆子道：「酒肴儘多，何不把些賞厨下男女？也教他鬧轟轟，像個節夜。」三巧兒真個把四碗菜，兩壺酒，分付丫鬟拿下樓去。那兩個婆娘，一個漢子，吃了一回，各去歇息，不題。

再説婆子飲酒中間，問道：「官人如何還不回家？」三巧兒道：「便是，算來一年半了。」婆子道：「牛郎織女，也是一年一會，你比他到多隔了半年。常言道：『一品官，二品客。』做客的那一處没有風花雪月？只苦了家中娘子。」【眉批】惡甚。三巧兒嘆了口氣，低頭不語。婆子道：「是老身多嘴了。今夜牛女佳期，只該飲酒作樂，不該説傷情話兒。」【眉批】正是傷情話兒。説罷，便斟酒去勸那婦人。

約莫半酣，婆子又把酒去勸兩個丫鬟，説道：「這是牛郎織女的喜酒，勸你多吃幾杯。後日嫁個恩愛的老公，寸步不離。」兩個丫鬟被纏不過，勉强吃了，各不勝酒力，東倒西歪。三巧兒分付關了樓門，發放他先睡。【眉批】中計了。他兩個自在吃酒。

婆子一頭吃，口裏不住的説囉説皂，道：「大娘幾歲上嫁的？」【眉批】來了。三巧兒道：「十七歲。」婆子道：「破得身遲，還不吃虧；我是十三歲上就破了身。」三巧兒道：「嫁得恁般早？」婆子道：「論起嫁，到是十八歲了。不瞞大娘説，因是在間壁人家學針指，被他家小官人調誘，一時間貪他生得俊俏，就應承與他偷了。初時好不疼痛，兩三遍後，就曉得快活。大娘你可也是這般麽？」三巧兒只是笑。婆子又道：「那話兒到是不曉得滋味的到好，嘗過的便丢不下，心坎裏時時發癢。日裏還好，夜間好難過哩。」三巧兒道：「想你在娘家時閲人多矣，虧你怎生充得黄花女兒嫁去？」婆子道：「我的老娘也曉得些影像，生怕出醜，教我一個童女方，用石榴皮、生礬兩味，煎湯洗過，那東西就瘶緊了。我只做張做勢的叫疼，就遮過了。」三巧兒道：「你做女兒時，夜間也少不得獨睡。」婆子道：「還記得在娘家時節，哥哥出外，我與嫂嫂一頭同睡，兩下輪番在肚子上學男子漢的行事。」三巧兒道：「兩個女人做對，有甚好處？」婆子走過三巧兒那邊，挨肩坐了，説道：「大娘，你不知，只要大家知音，一般有趣，也撒得火。」三巧兒舉手把婆子肩胛上打一下，説道：「我不信，你説慌。」【眉批】也來了。婆子見他欲心已動，有心去挑撥他，又道：「老身今年五十二歲了，夜間常癡性發作，打熬不過，虧得你少年老成。」三巧兒道：「你老人家打熬不過，終不然還去打漢子？」婆子道：「敗花枯柳，如今那個要我了？不瞞大娘説，我也有個自取其樂，救急的法兒。」三巧兒道：「你説謊，又是甚麽法兒？」婆子道：「少停到床上睡了，與你細講。」

説罷，只見一個飛蛾在燈上旋轉，婆子便把扇來一撲，故意撲滅了燈，【眉批】婆子賊智，非常可畏，可畏！叫聲：「阿呀！老身自去點個燈來。」便去開樓門。陳大郎已自走上樓梯，伏在門邊多時了。都是婆子預先設下的圈套。婆子道：「忘帶個取燈兒去了。」又走轉來，便引着陳大郎到自己榻上伏着。婆子下樓去了一回，復上來道：「夜深了，厨下火種都熄了，怎麽處？」三巧兒道：「我點燈睡慣了，黑魆魆地，好不怕人！」婆子道：「老身伴你一床睡何如？」三巧兒正要問他救急的法兒，應道：「甚好。」婆子道：「大娘，你先上床，我關了門就來。」三巧兒先脱了衣服，床上去了，叫道：「你老人家快睡罷。」婆子應道：「就來了。」却在榻上拖陳大郎上來，赤條條的攛在三巧兒床上去。三巧兒摸着身子，道：「你老人家許多年紀，身上恁般光滑！」那人并不回言，【眉批】説不得。鑽進被裏，就捧着婦人做嘴。婦人還認是婆子，雙手相抱。那人驀地騰身而上，就幹起事來。那婦人一則多了杯酒，醉眼朦朧；二則被婆子挑撥，春心飄蕩，到此不暇致詳，憑他輕薄。

一個是閨中懷春的少婦，一個是客邸慕色的才郎。〔四〕一個打熬許久，如文君初遇相如；一個盼望多時，如必正初諧陳女。分明久旱逢甘雨，勝過他鄉遇故知。

陳大郎是走過風月場的人，顛鸞倒鳳，曲盡其趣，弄得婦人魂不附體。雲雨畢後，三巧兒方問道：「你是誰？」【眉批】到此不必問，然亦不得不問。陳大郎把樓下相逢，如此相慕，如此苦央薛婆用計，細細説了：「今番得遂平生，便死瞑目。」婆子走到床間，説道：「不是老身大膽，一來可憐大娘青春獨宿，二來要救陳郎性命。你兩個也是宿世姻緣，非干老身之事。」【眉批】會說。三巧兒道：「事已如此，萬一我丈夫知覺，怎麽好？」婆子道：「此事你知我知，只買定了晴雲、暖雪兩個丫頭，不許他多嘴，再有誰人漏泄？在老身身上，管成你夜夜歡娛，一些事也没有；只是日後不要忘記了老身。」三巧兒到此，也顧不得許多了，兩個又狂蕩起來。直到五更鼓絶，天色將明，兩個兀自不捨。婆子催促陳大郎起身，送他出門去了。

自此無夜不會，或是婆子同來，或是漢子自來。兩個丫鬟被婆子把甜話兒偎他，又把利害話兒嚇他，又教主母賞他幾件衣服，漢子到時，不時把些零碎銀子賞他們買果兒吃，騙得歡歡喜喜，已自做了一路。夜來明去，一出一入，都是兩個丫鬟迎送，全無阻隔。真個是你貪我愛，如膠似漆，勝如夫婦一般。陳大郎有心要結識這婦人，不時的製辦好衣服、好首飾送他，又替他還了欠下婆子的一半價錢。又將一百兩銀子謝了婆子。往來半年有餘，這漢子約有千金之費。三巧兒也有三十多兩銀子東西送那婆子。婆子只爲圖這些不義之財，所以肯做牽頭。這都不在話下。

古人云：「天下無不散的筵席。」

纔過十五元宵夜，又是清明三月天。

陳大郎思想蹉跎了多時生意，要得還鄉。夜來與婦人説知，兩下恩深義重，各不相捨。婦人到情願收拾了些細軟，跟隨漢子逃走，去做長久夫妻。陳大郎道：「使不得。我們相交始末，都在薛婆肚裏。就是主人家吕公，見我每夜進城，難道没有些疑惑？况客船上人多，瞞得那個？兩個丫鬟又帶去不得。你丈夫回來，跟究出情由，怎肯干休？【眉批】説得是。〔五〕娘子權且耐心，到明年此時，我到此，覓個僻静下處，悄悄通個信兒與你，那時兩口兒同走，神鬼不覺，却不安穩？」婦人道：「萬一你明年不來，如何？」陳大郎就設起誓來。婦人道：「既然你有真心，奴家也決不相負。你若到了家鄉，倘有便人，托他稍個書信到薛婆處，也教奴家放意。」陳大郎道：「我自用心，不消分付。」

又過幾日，陳大郎雇下船隻，裝載糧食完備，又來與婦人作别。這一夜倍加眷戀，兩下説一會，哭一會，又狂蕩一會，整整的一夜不曾合眼。到五更起身，婦人便去開箱，取出一件寶貝，叫做「珍珠衫」，遞與陳大郎道：「這件衫兒，是蔣門祖傳之物，暑天若穿了他，清凉透骨。此去天道漸熱，正用得着。奴家把與你做個記念，穿了此衫，就如奴家貼體一般。」陳大郎哭得出聲不得，軟做一堆。婦人就把衫兒親手與漢子穿下，叫丫鬟開了門户，親自送他出門，再三珍重而别。詩曰：

昔年含淚别夫郎，今日悲啼送所歡。

堪恨婦人多水性，招來野鳥勝文鸞。

話分兩頭。却説陳大郎有了這珍珠衫兒，每日貼體穿着，便夜間脱下，也放在被窩中同睡，寸步不離。一路遇了順風，不兩月，行到蘇州府楓橋地面。那楓橋是柴米牙行聚處，少不得投個主家脱貨，不在話下。

忽一日，赴個同鄉人的酒席。席上遇個襄陽客人，生得風流標致。那人非别，正是蔣興哥。原來興哥在廣東販了些珍珠、玳瑁、蘇木、沉香之類，搭伴起身。那夥同伴商量，都要到蘇州發賣。興哥久聞得「上説天堂，下説蘇杭」，好個大馬頭所在，有心要去走一遍，做這一番買賣，〔六〕方纔回去。還是去年十月中到蘇州的。因是隱姓爲商，都稱爲羅小官人，所以陳大郎更不疑惑。他兩個萍水相逢，年相若，貌相似，譚吐應對之間，彼此敬慕。即席間問了下處，互相拜望，兩下遂成知己，不時會面。

興哥討完了客帳，欲待起身，走到陳大郎寓所作别。大郎置酒相待，促膝談心，甚是款洽。此時五月下旬，天氣炎熱。兩個解衣飲酒，陳大郎露出珍珠衫來。興哥心中駭異，又不好認他的，只誇將此衫之美。陳大郎恃了相知，便問道：「貴縣大市街有個蔣興哥家，羅兄可認得否？」興哥到也乖巧，回道：「在下出外日多，里中雖曉得有這個人，并不相認。陳兄爲何問他？」陳大郎道：「不瞞兄長説，小弟與他有些瓜葛。」便把三巧兒相好之情，告訴了一遍。扯着衫兒看了，眼淚汪汪道：「此衫是他所贈。兄長此去，小弟有封書信，奉煩一寄，明日侵早送到貴寓。」興哥口裏答應道：「當得，當得。」心下沉吟：「有這等異事！現在珍珠衫爲證，不是個虛話了。」當下如針刺肚，推故不飲，急急起身別去。回到下處，想了又惱，惱了又想，恨不得學個縮地法兒，頃刻到家。連夜收拾，次早便上船要行。

只見岸上一個人氣吁吁的赶來，却是陳大郎。【眉批】有景。親把書信一大包，遞與興哥，叮囑千萬寄去。氣得興哥面如土色，説不得，話不得，死不得，活不得。只等陳大郎去後，把書看時，面上寫道：「此書煩寄大市街東巷薛媽媽家。」興哥性起，一手扯開，却是八尺多長一條桃紅縐紗汗巾。又有個紙糊長匣兒，內有羊脂玉鳳頭簪一根。書上寫道：「微物二件，煩乾娘轉寄心愛娘子三巧兒親收，聊表記念。相會之期，準在來春。珍重，珍重。」興哥大怒，把書扯得粉碎，撇在河中；提起玉簪在船板上一摜，折做兩段。一念想起道：「我好糊塗！何不留此做個證見也好。」便檢起簪兒和汗巾，做一包收拾，催促開船。

急急的赶到家鄉，望見了自家門首，不覺墮下淚來。【眉批】可憐。想起：「當初夫妻何等恩愛，只爲我貪着蠅頭微利，撇他少年守寡，弄出這場醜來，如今悔之何及！」

在路上性急，巴不得赶回。及至到了，心中又苦又恨，行一步，懶一步。【眉批】真，真。進得自家門裏，少不得忍住了氣，勉强相見。興哥并無言語，三巧兒自己心虚，覺得滿臉慚愧，不敢殷勤上前扳話。興哥搬完了行李，只説去看看丈人丈母，依舊到船上住了一晚。

次早回家，向三巧兒説道：「你的爹娘同時害病，勢甚危篤。昨晚我只得住下，看了他一夜。他心中只牽挂着你，欲見一面。我已顧下轎子在門首，你可作速回去，我也隨後就來。」三巧兒見丈夫一夜不回，心裏正在疑慮；聞説爹娘有病，却認真了，如何不慌？慌忙把箱籠上匙鑰遞與丈夫，唤個婆娘跟了，上轎而去。興哥叫住了婆娘，向袖中摸出一封書來，分付他送與王公：「送過書，你便隨轎回來。」

却説三巧兒回家，見爹娘雙雙無恙，吃了一驚。王公見女兒不接而回，也自駭然。在婆子手中接書，拆開看時，却是休書一紙。上寫道：

立休書人蔣德，係襄陽府棗陽縣人，從幼憑媒聘定王氏爲妻。豈期過門之後，本婦多有過失，正合七出之條。因念夫妻之情，不忍明言，情願退還本宗，聽憑改嫁，并無異言。休書是實。

成化二年　月　日　手掌爲記

書中又包着一條桃紅汗巾，一枝打折的羊脂玉鳳頭簪。王公看了，大驚，叫過女兒問其緣故。三巧兒聽説丈夫把他休了，一言不發，啼哭起來。

王公氣忿忿的一徑跟到女婿家來。蔣興哥連忙上前作揖，王公回禮，便問道：「賢婿，我女兒是清清白白嫁到你家的，如今有何過失，你便把他休了？須還我個明白。」蔣興哥道：「小婿不好説得，但問令愛便知。」王公道：「他只是啼哭，不肯開口，教我肚裏好悶！小女從幼聰慧，料不到得犯了淫盜。若是小小過失，你可也看老漢薄面，恕了他罷。你兩個是七八歲上定下的夫妻，完婚後并不曾争論一遍兩遍，且是和順。你如今做客纔回，又不曾住過三朝五日，有什麽破綻落在你眼裏？你直如此狠毒，也被人笑話，説你無情無義。」【眉批】口氣逼真。蔣興哥道：「丈人在上，小婿也不敢多講。家下有祖遺下珍珠衫一件，是令愛收藏，只問他如今在否。若在時，半字休題；若不在，只索休怪了。」王公忙轉身回家，問女兒道：「你丈夫只問你討什麽珍珠衫，你端的拿與何人去了？」那婦人聽得説着了他緊要的關目，羞得滿臉通紅，開不得口，一發號啕大哭起來，慌得王公没做理會處。王婆勸道：「你不要只管啼哭，實實的説個真情與爹媽知道，也好與你分剖。」婦人那裏肯説，悲悲咽咽，哭一個不住。王公只得把休書和汗巾簪子，都付與王婆，教他慢慢的偎着女兒，問他個明白。

王公心中納悶，走在鄰家閒話去了。王婆見女兒哭得兩眼赤腫，生怕苦壞了他，安慰了幾句言語，走往厨房下去暖酒，要與女兒消愁。三巧兒在房中獨坐，想着珍珠衫泄漏的緣故，好生難解！這汗巾簪子，又不知那裏來的。沉吟了半晌道：「我曉得了，這折簪是鏡破釵分之意，這條汗巾，分明教我懸梁自盡。【眉批】猜得都似。他念夫妻之情，不忍明言，是要全我的廉耻。可憐四年恩愛，一旦決絶，是我做的不是，負了丈夫恩情。便活在人間，料没有個好日，不如縊死，到得乾凈。」説罷，又哭了一回，把個坐兀子填高，將汗巾兜在梁上，正欲自縊。也是壽數未絶，不曾關上房門。恰好王婆暖得一壺好酒走進房來，見女兒安排這事，急得他手忙脚亂，不放酒壺，便上前去拖拽。不期一脚踢番坐兀子，娘兒兩個跌做一團，酒壺都潑翻了。王婆爬起來，扶起女兒説道：「你好短見！二十多歲的人，一朵花還没有開足，怎做這没下梢的事？莫説你丈夫還有回心轉意的日子，便真個休了，恁般容貌，怕没人要你？少不得别選良姻，圖個下半世受用。你且放心過日子去，休得愁悶。」王公回家，知道女兒尋死，也勸了他一番，又囑付王婆用心提防。過了數日，三巧兒没奈何，也放下了念頭。正是：

夫妻本是同林鳥，大限來時各自飛。

再説蔣興哥把兩條索子，將晴雲、暖雪捆縛起來，拷問情由，那丫頭初時抵賴，吃打不過，只得從頭至尾，細細招將出來，已知都是薛婆勾引，不干他人之事。到明朝，興哥領了一夥人，赶到薛婆家裏，打得他雪片相似，只饒他拆了房子。薛婆情知自己不是，躲過一邊，并没一人敢出頭説話。興哥見他如此，也出了這口氣。回去唤個牙婆，將兩個丫頭都賣了。樓上細軟箱籠，大小共十六隻，寫三十二條封皮，打叉封了，更不開動。這是甚意兒？只因興哥夫婦，本是十二分相愛的。雖則一時休了，心中好生痛切。見物思人，何忍開看？

話分兩頭。却説南京有個吴傑進士，除授廣東潮陽縣知縣，水路上任，打從襄陽經過。不曾帶家小，有心要擇一美妾。一路看了多少女子，并不中意。聞得棗陽縣王公之女，大有顔色，一縣聞名，出五十金財禮，央媒議親。王公到也樂從，只怕前婿有言，親到蔣家，與興哥説知。興哥并不阻當。臨嫁之夜，興哥顧了人夫，將樓上十六個箱籠，原封不動，連匙鑰送到吴知縣船上，交割與三巧兒，當個賠嫁。【眉批】纔見真恩愛處。婦人心上到過意不去。傍人曉得這事，也有誇興哥做人忠厚的，也有笑他癡呆的，還有駡他没志氣的：正是人心不同。【眉批】閒話妙。

閒話休題。再説陳大郎在蘇州脱貨完了，回到新安，一心只想着三巧兒。朝暮看了這件珍珠衫，長吁短嘆。老婆平氏心知這衫兒來得蹺蹊，等丈夫睡着，悄悄的偷去，藏在天花板上。陳大郎早起要穿時，不見了衫兒，與老婆取討。平氏那裏肯認。急得陳大郎性發，傾箱倒篋的尋個遍，只是不見，便破口駡老婆起來。惹得老婆啼啼哭哭，與他争嚷，鬧炒了兩三日。陳大郎情懷撩亂，忙忙的收拾銀兩，帶個小郎，再望襄陽舊路而進。

將近棗陽，不期遇了一夥大盗，將本錢盡皆劫去，小郎也被他殺了。陳商眼快，走向船梢舵上伏着，幸免殘生。思想還鄉不得，且到舊寓住下，待會了三巧兒，與他借些東西，再圖恢復。嘆了一口氣，只得離船上岸。走到棗陽城外主人吕公家，告訴其事；又道如今要央賣珠子的薛婆，與一個相識人家借些本錢營運。吕公道：「大郎不知，那婆子爲勾引蔣興哥的渾家，做了些醜事。去年興哥回來，問渾家討甚麽『珍珠衫』，原來渾家贈與情人去了，無言回答，興哥當時休了渾家回去，如今轉嫁與南京吴進士做第二房夫人了。那婆子被蔣家打得個片瓦不留，婆子安身不牢，也搬在隔縣去了。」

陳大郎聽得這話，好似一桶冷水没頭淋下，這一驚非小。當夜發寒發熱，害起病來。這病又是鬱症，又是相思症，也帶些怯症，又有些驚症，床上卧了兩個多月，翻翻覆覆，只是不愈，連累主人家小厮，伏侍得不耐煩。陳大郎心上不安，打熬起精神，寫成家書一封，請主人來商議，要覓個便人稍信往家中，取些盤纏，就要個親人來看覷同回。這幾句正中了主人之意，恰好有個相識的承差，奉上司公文要往徽寧一路，水陸驛遞，極是快的。呂公接了陳大郎書札，又替他應出五錢銀子，送與承差，央他乘便寄去。果然的「自行由得我，官差急如火」，不勾幾日，到了新安縣。問着陳商家裏，送了家書，那承差飛馬去了。正是：

只爲千金書信，又成一段姻緣。

話說平氏拆開家信，果是丈夫筆迹，寫道：

陳商再拜，賢妻平氏見字：別後襄陽遇盗，劫資殺僕。某受驚患病，見卧舊寓呂家，兩月不愈。字到可央一的當親人，多帶盤纏，速來看視。伏枕草草。

平氏看了，半信半疑，想道：「前番回家，虧折了千金貲本。據這件珍珠衫，一定是邪路上來的。今番又推被盗，多討盤纏，怕是假話。」又想道：「他要個的當親人，速來看視，必然病勢利害。這話是真，也未可知。如今央誰人去好？」左思右想，放心不下。與父親平老朝奉商議，收拾起細軟家私，帶了陳旺夫婦，就請父親作伴，顧個船隻，親往襄陽看丈夫去。到得京口，平老朝奉痰火病發，央人送回去了。平氏引着男女，上水前進。

不一日，來到棗陽城外，問着了舊主人吕家。原來十日前，陳大郎已故了。吕公賠些錢鈔，將就入殮。平氏哭倒在地，良久方醒。慌忙换了孝服，再三向吕公説，欲待開棺一見，另買副好棺材，重新殮過。吕公執意不肯。平氏没奈何，只得買木做個外棺包裹，請僧做法事超度，多焚冥資。吕公已自索了他二十兩銀子謝儀，隨他鬧炒，并不言語。

過了一月有餘，平氏要選個好日子，扶柩而回。吕公見這婦人年少姿色，料是守寡不終，又且囊中有物，思想兒子吕二還没有親事，何不留住了他，完其好事，可不兩便？吕公買酒請了陳旺，央他老婆委曲進言，許以厚謝。陳旺的老婆是個蠢貨，那曉得什麽委曲，不顧高低，一直的對主母説了。平氏大怒，把他駡了一頓，連打幾個耳光子，連主人家也數落了幾句。吕公一場没趣，敢怒而不敢言。正是：

羊肉饅頭没的吃，空教惹得一身騷。

吕公便去攛掇陳旺逃走。陳旺也思量没甚好處了，與老婆商議，教他做脚，裏應外合，把銀兩首飾偷得罄盡，兩口兒連夜走了。吕公明知其情，反埋怨平氏説：「不該帶這樣歹人出來，幸而偷了自家主母的東西，若偷了别家的，可不連累人！」【眉批】皆是人情之常，莫怪吕公。又嫌這靈柩礙他生理，教他快些擡去。又道後生寡婦，在此住居不便，催促他起身。平氏被逼不過，只得别賃下一間房子住了。顧人把靈柩移來，安頓在内。這凄凉景象，自不必説。

間壁有個張七嫂，爲人甚是活動。聽得平氏啼哭，時常走來勸解。平氏又時常央他典賣幾件衣服用度，極感其意。不勾幾月，衣服都典盡了。從小學得一手好針線，思量要到個大户人家，教習女工度日，再作區處。正與張七嫂商量這話，張七嫂道：「老身不好説得，這大户人家，不是你少年人走動的。死的没福自死了，活的還要做人。你後面日子正長哩，終不然做針線娘了得你下半世？况且名聲不好，被人看得輕了。還有一件，這個靈柩如何處置？也是你身上一件大事。便出賃房錢，終久是不了之局。」平氏道：「奴家也都慮到，只是無計可施了。」張七嫂道：「老身到有一策，娘子莫怪我説。你千里離鄉，一身孤寡，手中又無半錢，想要搬這靈柩回去，多是虚了。莫説你衣食不周，到底難守；便多守得幾時，亦有何益？依老身愚見，莫若趁此青年美貌，尋個好對頭，一夫一婦的，隨了他去。得些財禮，就買塊土來葬了丈夫，你的終身又有所托，可不生死無憾？」【眉批】如此説，便委曲多了。〔七〕平氏見他説得近理，沉吟了一會，嘆口氣道：「罷，罷，奴家賣身葬夫，傍人也笑我不得。」張七嫂道：「娘子若定了主意時，老身現有個主兒在此。年紀與娘子相近，人物齊整，又是大富之家。」平氏道：「他既是富家，怕不要二婚的。」張七嫂道：「他也是續弦了，原對老身説，不拘頭婚二婚，只要人才出衆。似娘子這般丰姿，怕不中意？」原來張七嫂曾受蔣興哥之托，央他訪一頭好親。因是前妻三巧兒出色標致，所以如今只要訪個美貌的。那平氏容貌，雖不及得三巧兒，論起手脚伶俐，胸中涇渭，又勝似他。

張七嫂次日就進城，與蔣興哥説了。興哥聞得是下路人，愈加歡喜。這裏平氏分文財禮不要，只要買塊好地殯葬丈夫要緊。張七嫂往來回復了幾次，兩相依允。

話休煩絮。却説平氏送了丈夫靈柩入土，祭奠畢了，大哭一場，免不得起靈除孝。臨期，蔣家送衣飾過來，又將他典下的衣服都贖回了。成親之夜，一般大吹大擂，洞房花燭。正是：

規矩熟閑雖舊事，恩情美滿勝新婚。

蔣興哥見平氏舉止端莊，甚相敬重。一日，從外而來，平氏正在打叠衣箱，内有珍珠衫一件。興哥認得了，大驚，問道：「此衫從何而來？」平氏道：「這衫兒來得蹺蹊。」便把前夫如此張智，〔八〕夫妻如此争嚷，如此賭氣分别，述了一遍。又道：「前日艱難時，幾番欲把他典賣，只愁來歷不明，怕惹出是非，不敢露人眼目。連奴家至今，不知這物事那裏來的。」興哥道：「你前夫陳大郎名字，可叫做陳商？可是白净面皮，没有鬚，左手長指甲的麽？」平氏道：「正是。」蔣興哥把舌頭一伸，合掌對天道：「如此説來，天理昭彰，好怕人也！」平氏問其緣故，蔣興哥道：「這件珍珠衫，原是我家舊物。你丈夫奸騙了我的妻子，得此衫爲表記。我在蘇州相會，見了此衫，始知其情，回來把王氏休了。誰知你丈夫客死，我今續弦，但聞是徽州陳客之妻，誰知就是陳商！却不是一報還一報！」平氏聽罷，毛骨竦然。從此恩情愈篤。這纔是「蔣興哥重會珍珠衫」的正話。詩曰：

天理昭昭不可欺，兩妻交易孰便宜？
分明欠債償他利，百歲姻緣暫换時。

再説蔣興哥有了管家娘子，一年之後，又往廣東做買賣。也是合當有事，一日到合浦縣販珠，價都講定。主人家老兒，只揀一粒絶大的偷過了，再不承認。興哥不忿，一把扯他袖子要搜。何期去得勢重，將老兒拖翻在地，跌下便不做聲。忙去扶時，氣已斷了。兒女親鄰，哭的哭，叫的叫，一陣的簇擁將來，把興哥捉住。不由分説，痛打一頓，關在空房裏。連夜寫了狀詞，只等天明，縣主早堂，連人進狀。縣主准了，因這日有公事，分付把兇身鎖押，次日候審。

你道這縣主是誰？姓吴名傑，南畿進士，正是三巧兒的晚老公。初選原在潮陽，上司因見他清廉，調在這合浦縣採珠的所在來做官。是夜，吴傑在燈下將准過的狀詞細閲。三巧兒正在傍邊閒看，偶見宋福所告人命一詞，兇身羅德，棗陽縣客人，不是蔣興哥是誰！想起舊日恩情，不覺痛酸，哭告丈夫道：「這羅德是賤妾的親哥，出嗣在母舅羅家的。不期客邊犯此大辟。官人可看妾之面，救他一命還鄉。」縣主道：「且看臨審如何。若人命果真，教我也難寬宥。」三巧兒兩眼噙淚，跪下苦苦哀求。縣主道：「你且莫忙，我自有道理。」明早出堂，三巧兒又扯住縣主衣袖哭道：「若哥哥無救，賤妾亦當自盡，不能相見了。」

當日縣主升堂，第一就問這起。只見宋福、宋壽弟兄兩個，哭啼啼的與父親執命，禀道：「因争珠懷恨，登時打悶，仆地身死。望爺爺做主。」縣主問衆干證口詞，也有説打倒的，也有説推跌的。蔣興哥辨道：「他父親偷了小人的珠子，小人不忿，與他争論。他因年老脚跘，自家跌死，不干小人之事。」縣主問宋福道：「你父親幾歲了？」宋福道：「六十七歲了。」縣主道：「老年人容易昏絶，未必是打。」宋福、宋壽堅執是打死的。縣主道：「有傷無傷，須憑檢驗。既説打死，將尸發在漏澤園去，俟晚堂聽檢。」原來宋家也是個大户，有體面的，老兒曾當過里長，兒子怎肯把父親在尸場剔骨？兩個雙雙叩頭道：「父親死狀，衆目共見，只求爺爺到小人家裏相驗，不願發檢。」縣主道：「若不見貼骨傷痕，兇身怎肯伏罪？沒有屍格，如何申得上司過？」弟兄兩個只是求告，縣主發怒道：「你既不願檢，我也難問。」慌的他弟兄兩個連連叩頭道：「但憑爺爺明斷。」縣主道：「望七之人，死是本等。倘或不因打死，屈害了一個平人，反增死者罪過。就是你做兒子的，巴得父親到許多年紀，又把個不得善終的惡名與他，心中何忍？但打死是假，推仆是真，若不重罰羅德，也難出你的氣。我如今教他披麻戴孝，與親兒一般行禮；一應殯殮之費，都要他支持。你可服麼？」弟兄兩個道：「爺爺分付，小人敢不遵依。」興哥見縣主不用刑罰，斷得乾净，喜出望外。當下原被告都叩頭稱謝。縣主道：「我也不寫審單，着差人押出，待事完回話，把原詞與你銷訖便了。」正是：

公堂造業真容易，要積陰功亦不難。
試看今朝吴大尹，解冤釋罪兩家歡。

却說三巧兒自丈夫出堂之後，如坐針氈。一聞得退衙，便迎住問個消息。縣主道：「我如此如此斷了，看你之面，一板也不曾責他。」三巧兒千恩萬謝，又道：「妾與哥哥久别，渴思一會，問取爹娘消息。官人如何做個方便，使妾兄妹相見，此恩不小。」縣主道：「這也容易。」

看官們，你道三巧兒被蔣興哥休了，恩斷義絶，如何恁地用情？他夫婦原是十分恩愛的，因三巧兒做下不是，興哥不得已而休之，心中兀自不忍，所以改嫁之夜，把十六隻箱籠，完完全全的贈他。只這一件，三巧兒的心腸也不容不軟了。今日他身處富貴，見興哥落難，如何不救？這叫做知恩報恩。

再説蔣興哥遵了縣主所斷，着實小心盡禮，更不惜費，宋家弟兄都没話了。喪葬事畢，差人押到縣中回復，縣主喚進私衙賜坐，説道：「尊舅這場官司，若非令妹再三哀懇，下官幾乎得罪了。」興哥不解其故，回答不出。少停茶罷，縣主請入内書房，教小夫人出來相見。你道這番意外相逢，不像個夢景麼？他兩個也不行禮，也不講話，緊緊的你我相抱，放聲大哭。就是哭爹哭娘，從没見這般哀慘，連縣主在傍，好生不忍，便道：「你兩人且莫悲傷，我看你不像哥妹，快説真情，下官有處。」兩個哭得半休不休的，那個肯説？却被縣主盤問不過，三巧兒只得跪下，説道：「賤妾罪當萬死，此人乃妾之前夫也。」蔣興哥料瞞不得，也跪下來，將從前恩愛，及休妻再嫁之事，一一訴知。説罷，兩人又哭做一團，連吴知縣也墮淚不止，道：「你兩人如此相戀，下官何忍拆開？幸然在此三年，不曾生育，即刻領去完聚。」兩個插燭也似拜謝。

縣主即忙討個小轎，送三巧兒出衙；又喚集人夫，把原來賠嫁的十六個箱籠擡去，都教興哥收領；【眉批】誰肯。〔九〕又差典吏一員，護送他夫婦出境。此乃吴知縣之厚德。正是：

珠還合浦重生采，劍合豐城倍有神。
堪羡吴公存厚道，貪財好色竟何人？

此人向來艱子，後行取到吏部，在北京納寵，連生三子，科第不絶，人都説陰德之報，這是後話。

再説蔣興哥帶了三巧兒回家，與平氏相見。論起初婚，王氏在前；只因休了一番，這平氏到是明媒正娶，又且平氏年長一歲，讓平氏爲正房，王氏反做偏房。兩個姊妹相稱。從此一夫二婦，團圓到老。有詩爲證：

恩愛夫妻雖到頭，妻還作妾亦堪羞。
殃祥果報無虚謬，咫尺青天莫遠求。

【校記】

〔一〕本條眉批，法政本無。
〔二〕「快燥」，法政本作「快活」，《奇觀》同法政本。
〔三〕「壞鈔，不當人子」，法政本作「賠鈔，不當受了」，《奇觀》同法政本。

〔四〕「慕色」，底本作「暮色」，據法政本改，《奇觀》同法政本。

〔五〕本條眉批，法政本無。

〔六〕「一番」，法政本作「一回」，《奇觀》同法政本。

〔七〕本條眉批，法政本無。

〔八〕「張智」，法政本作「張緻」，《奇觀》同底本。

〔九〕本條眉批，法政本作「吴公之德超出古人之上，可敬，可敬」，《奇觀》同底本。

可惜名花一朵
繡幙深閨藏護
不遇探花卽抖
被狂蜂殘破錯
錯々々怨殺東
風分付

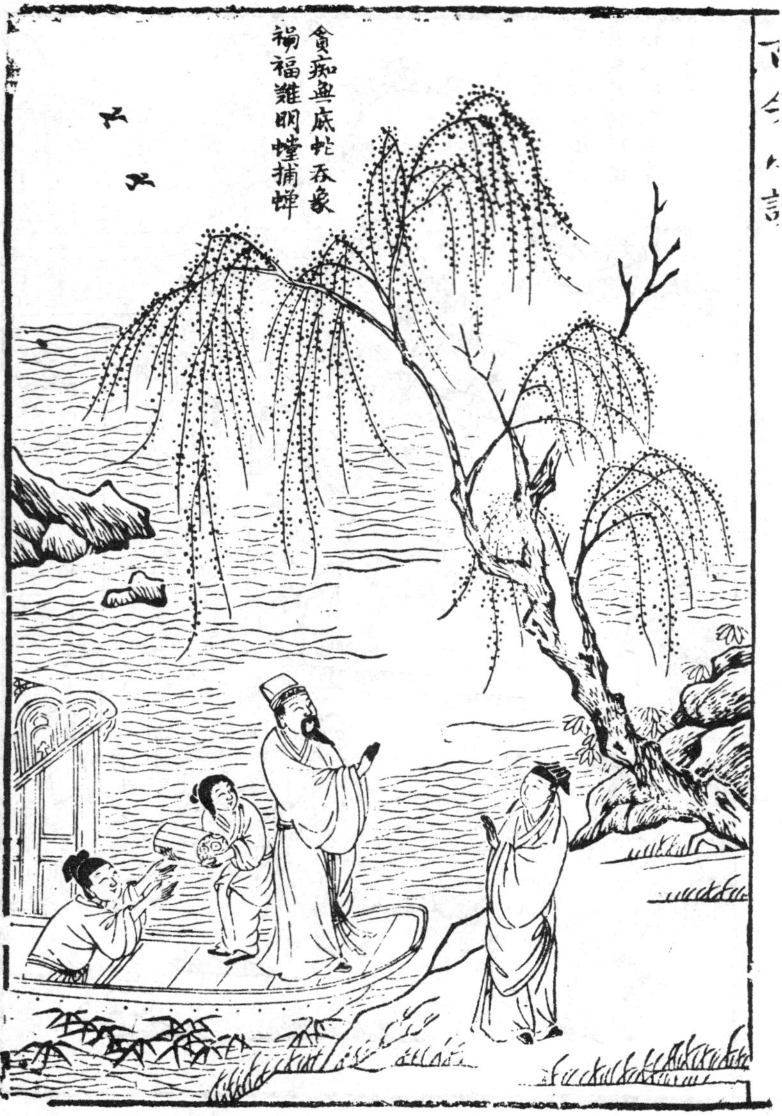
貪痴無底蛇吞象
禍福難明螳捕蟬

第二卷　陳御史巧勘金釵鈿

世事番騰似轉輪，眼前凶吉未爲真。
請看久久分明應，天道何曾負善人？

聞得老郎們相傳的說話，不記得何州甚縣，單說有一人，姓金名孝，年長未娶。家中只有個老母，自家賣油爲生。一日挑了油擔出門，中途因裏急，走上茅厠大解，拾得一個布裹肚，内有一包銀子，約莫有三十兩。金孝不勝歡喜，便轉擔回家，對老娘說道：「我今日造化，拾得許多銀子。」老娘看見，到吃了一驚，道：「你莫非做下歹事偷來的麽？」金孝道：「我幾曾偷慣了别人的東西？却恁般說！早是鄰舍不曾聽得哩。這裹肚，其實不知什麽人遺失在茅坑傍邊，喜得我先看見了，拾取回來。我們做窮經紀的人，容易得這主大財？明日燒個利市，把來做販油的本錢，不强似賒别人的油賣？」老娘道：「我兒，常言道：『貧富皆由命。』你若命該享用，不生在挑油擔的人家來了。依我看來，這銀子雖非是你設心謀得來的，也不是你辛苦掙來的。只怕無功受禄，反受其殃。這銀子，不知是本地人的，遠方客人的？又不知是自家的，或是借貸來的？一時間失脱了，抓尋不見，這一場煩惱非小，連性命都失圖了，也不可知。曾聞古人裴度還帶積德，你今日原到拾銀之處，看有甚人來尋，便引來還他原物，也是一番陰德，皇天必不負你。」【眉批】賢哉母氏。

金孝是個本分的人，被老娘教訓了一場，連聲應道：「説得是，説得是。」【眉批】好孝順兒子。〔一〕放下銀包裹肚，跑到那茅厠邊去。只見鬧嚷嚷的一叢人圍着一個漢子，那漢子氣忿忿的叫天叫地。金孝上前問其緣故。原來那漢子是他方客人，因登東，解脱了裹肚，失了銀子，找尋不見。只道卸下茅坑，唤幾個潑皮來，正要下去淘摸。街上人都擁着閒看。金孝便問客人道：「你銀子有多少？」客人胡亂應道：「有四五十兩。」金孝老實，便道：「可有個白布裹肚麽？」客人一把扯住金孝，道：「正是，正是。是你拾着，還了我？情願出賞錢。」衆人中有快嘴的便道：「依着道理，平半分也是該的。」金孝道：「真個是我拾得，放在家裏，你只隨我去便有。」衆人都想道：拾得錢財，巴不得瞞過了人，那曾見這個人到去尋主兒還他。也是異事。金孝和客人動身時，這夥人一鬨都跟了去。

金孝到了家中，雙手兒捧出裹肚，交還客人。客人檢出銀包看時，曉得原物不動；只怕金孝要他出賞錢，又怕衆人喬主張他平分，反使欺心，賴着金孝，道：「我的銀子，原説有四五十兩，如今只剩得這些。你匿過一半了，可將來還我！」金孝道：「我纔拾得回來，就被老娘偪我出門，尋訪原主還他，何曾動你分毫？」那客人賴定短少了他的銀兩，金孝負屈忿恨，一個頭肘子撞去。那客人力大，把金孝一把頭髮提起，像隻小鷄一般，放番在地，捻着拳頭便要打。【眉批】没天理。無耻小人，可惡可殺。〔二〕引得金孝七十歲的老娘，也奔出門前叫屈。衆人都有些不平，似殺陣般嚷將起來。

恰好縣尹相公在這街上過去，聽得喧嚷，歇了轎，分付做公的拿來審問。衆人怕事的，四散走開去了。也有幾個大膽的，站在傍邊，看縣尹相公怎生斷這公事。

却説做公的將客人和金孝母子拿到縣尹面前，當街跪下，各訴其情。一邊道：「他拾了小人的銀子，藏過一半不還。」一邊道：「小人聽了母親言語，好意還他，他反來圖賴小人。」縣尹問衆人：「誰做證見？」衆人都上前禀道：「那客人脱了銀子，正在茅厠邊抓尋不着，却是金孝自走來承認了，引他回去還他。這是小人們衆目共睹。只銀子數目多少，小人不知。」【眉批】公道難揜難欺。〔三〕縣令道：「你兩下不須争嚷，我自有道理。」教做公的帶那一干人到縣來。

縣尹升堂，衆人跪在下面。縣尹教取裹肚和銀子上來，分付庫吏，把銀子兑準回復。庫吏復道：「有三十兩。」縣主又問客人道：「你銀子是許多？」【眉批】妙在一問。客人道：「五十兩。」縣主道：「你看見他拾取的，還是他自家承認的？」客人道：「實是他親口承認的。」縣主道：「他若是要賴你的銀子，何不全包都拿了？却止藏一半，又自家招認出來？他不招認，你如何曉得？可見他没有賴銀之情了。你失的銀子是五十兩，他拾的是三十兩，這銀子不是你的，必然另是一個人失落的。」【眉批】斷事的大有劈着。〔四〕客人道：「這銀子實是小人的，小人情願只領這三十兩去罷。」縣尹道：「數目不同，如何冒認得去？這銀兩合斷與金孝領去，奉養母親；你的五十兩，自去抓尋。」金孝得了銀子，千恩萬謝的，扶着老娘去了。那客人已經官斷，如何敢争？只得含羞噙淚而去。衆人無不稱快。這叫做：

欲圖他人，翻失自己。
自己羞慚，他人歡喜。

看官，今日聽我説《金釵鈿》這椿奇事。有老婆的翻没了老婆，没老婆的翻得了老婆。只如金孝和客人兩個，圖銀子的翻失了銀子，不要銀子的翻得了銀子。事迹雖異，天理則同。

却説江西贛州府石城縣，有個魯廉憲，一生爲官清介，并不要錢，人都稱爲「魯白水」。那魯廉憲與同縣顧僉事累世通家。魯家一子，雙名學曾；顧家一女，小名阿秀，兩下面約爲婚。來往間親家相呼，非止一日。因魯奶奶病故，廉憲携着孩兒在于任所，一向遷延，不曾行得大禮。誰知廉憲在任，一病身亡。學曾扶柩回家，守制三年，家事愈加消乏，止存下幾間破房子，連口食都不周了。

顧僉事見女婿窮得不像樣，遂有悔親之意，與夫人孟氏商議道：「魯家一貧如洗，眼見得六禮難備，婚娶無期；不若別求良姻，庶不誤女兒終身之托。」孟夫人道：「魯家雖然窮了，從幼許下的親事，將何辭以絶之？」顧僉事道：「如今只差人去説男長女大，催他行禮。兩邊都是宦家，各有體面，説不得『没有』兩個字，也要出得他的門，入的我的户。那窮鬼自知無力，必然情願退親。我就要了他休書，却不一刀兩斷？」【眉批】好算計。孟夫人道：「我家阿秀性子有些古怪，只怕他到不肯。」顧僉事道：「在家從父，這也由不得他。你只慢慢的勸他便了。」

當下孟夫人走到女兒房中，説知此情。阿秀道：「婦人之義，從一而終；婚姻論財，夷虜之道。爹爹如此欺貧重富，全没人倫，決難從命。」【眉批】婦人之義，從一而終，賢哉此女。〔五〕孟夫人道：「如今爹去催魯家行禮，他若行不起聘，倒願退親，你只索罷休。」

阿秀道：「説那裏話！若魯家力不能聘，孩兒情願守志終身，决不改適。當初錢玉蓮投江全節，留名萬古。爹爹若是見逼，孩兒就拚却一命，亦有何難！」孟夫人見女執性，又苦他，又憐他。心生一計：除非瞞過僉事，密地喚魯公子來，助他些東西，教他作速行聘，方成其美。【眉批】此策未嘗不是。

忽一日，顧僉事往東莊收租，有好幾日擔閣。孟夫人與女兒商量停當了，喚園公老歐到來。夫人當面分付，教他去請魯公子，後門相會，如此如此，「不可泄漏，我自有重賞」。老園公領命，來到魯家。但見：

門如敗寺，屋似破窑。窗槅離披，一任風聲開閉；厨房冷落，絶無煙氣蒸騰。頹墻漏瓦權棲足，只怕雨來；舊椅破床便當柴，也少火力。盡説宦家門户倒，誰憐清吏子孫貧？【眉批】世情可恨，所以貪吏不止。

説不盡魯家窮處。

却説魯學曾有個姑娘，嫁在梁家，離城將有十里之地。姑夫已死，止存一子梁尚賓，新娶得一房好娘子，三口兒一處過活，家道粗足。這一日魯公子恰好到他家借米去了，只有個燒火的白髮婆婆在家。老管家只得傳了夫人之命，教他作速寄信去請公子回來：「此是夫人美情，趁這幾日老爺不在家中，專等專等，不可失信。」囑罷，自去了。這裏老婆子想道：此事不可遲緩，也不好轉托他人傳話。當初奶奶存日，曾跟到姑娘家去，有些影像在肚裏。當下囑付鄰人看門，一步一跌的問到梁家。梁媽媽正留着侄兒在房中吃飯，婆子向前相見，把老園公言語細細述了。姑娘道：「此是美事。」攛掇侄兒快去。

魯公子心中不勝歡喜，只是身上藍縷，不好見得岳母，要與表兄梁尚賓借件衣服遮醜。【眉批】禍本。原來梁尚賓是個不守本分的歹人，早打下欺心草稿，便答應道：「衣服自有，只是今日進城，天色已晚了；宦家門墻，不知深淺，令岳母夫人雖然有話，衆人未必盡知，去時也須仔細。憑着愚見，還屈賢弟在此草榻，明日只可早往，不可晚行。」【眉批】小人違心之談，偏説得近理可聽。魯公子道：「哥哥説得是。」梁尚賓道：「愚兄還要到東村一個人家，商量一件小事，回來再得奉陪。」又囑付梁媽媽道：「婆子走路辛苦，一發留他過宿，明日去罷。」媽媽也只道孩兒是個好意，真個把兩人都留住了。誰知他是個奸計，只怕婆子回去時，那邊老園公又來相請，露出魯公子不曾回家的消息，自己不好去打脱冒了。正是：

欺天行當人難識，立地機關鬼不知。

梁尚賓背却公子，換了一套新衣，悄地出門，逕投城中顧僉事家來。

却説孟夫人是晚教老園公開了園門伺候。看看日落西山，黑影裏只見一個後生，身上穿得齊齊整整，脚兒走得慌慌張張，望着園門欲進不進的。老園公問道：「郎君可是魯公子麼？」梁尚賓連忙鞠個躬應道：「在下正是。因老夫人見召，特地到此，望乞通報。」老園公慌忙請到亭子中暫住，急急的進去，報與夫人。孟夫人就差個管家婆出來傳話，請公子到内室相見。纔下得亭子，又有兩個丫鬟，提着兩碗紗燈來接。彎彎曲曲，行過多少房子，忽見朱樓畫閣，方是内室。孟夫人揭起朱簾，秉燭而待。那梁尚賓一來是個小家出身，不曾見恁般富貴樣子；二來是個村郎，不通文墨；三來自知假貨，終是懷着個鬼胎，意氣不甚舒展。上前相見時，跪拜應答，眼見得禮貌粗疏，語言澀滯。孟夫人心下想道：「好怪？全不像宦家子弟。」一念又想道：「常言『人貧智短』，他恁地貧困，如何怪得他失張失智？」轉了第二個念頭，心下愈加可憐起來。

茶罷，夫人分付忙排夜飯，就請小姐出來相見。【眉批】錯着。〔六〕阿秀初時不肯，被母親逼了兩三次，想着：父親有賴婚之意，萬一如此，今宵便是永訣；若得見親夫一面，死亦甘心。【眉批】意自可憐。〔七〕當下離了繡閣，含羞而出。孟夫人道：「我兒過來見了公子，只行小禮罷。」假公子朝上連作兩個揖，阿秀也福了兩福，便要回步。夫人道：「既是夫妻，何妨同坐。」便教他在自己肩下坐了。假公子兩眼只瞧那小姐，見他生得端麗，骨髓裏都發癢起來。這裏阿秀只道見了真丈夫，低頭無語，滿腹恓惶，只饒得哭下一場。正是：真假不同，心腸各别。

少頃，飲饌已到，夫人教排做兩桌，上面一桌請公子坐，打横一桌娘兒兩個同坐。夫人道：「今日倉卒奉邀，只欲周旋公子姻事，殊不成禮，休怪休怪。」假公子剛剛謝得個「打攪」二字，面皮都急得通紅了。席間，夫人把女兒守志一事，略叙一叙。假公子應了一句，縮了半句。夫人也只認他害羞，全不爲怪。那假公子在席上自覺局促，本是能飲的，只推量窄，夫人也不强他。又坐了一回，夫人分付收拾鋪陳在東廂下，留公子過夜。【眉批】大錯着。〔八〕假公子也假意作别要行，夫人道：「彼此至親，何拘形迹？我母子還有至言相告。」假公子心中暗喜。只見丫鬟來禀，東廂内鋪設已完，請公子安置。假公子作揖謝酒，丫鬟掌燈送到東廂去了。

夫人唤女兒進房，赶去侍婢，開了箱籠，取出私房銀子八十兩，又銀杯二對，金首飾一十六件，約值百金，一手交付女兒，説道：「做娘的手中只有這些，你可親去交與公子，助他行聘完婚之費。」【眉批】大大錯着。阿秀道：「羞答答如何好去？」夫人道：「我兒，禮有經權，事有緩急。如今尷尬之際，不是你親去囑付，把夫妻之情打動他，他如何肯上緊？窮孩子不知世事，倘或與外人商量，被人哄誘，把東西一時花了，不枉了做娘的一片用心？那時悔之何及！這東西也要你袖裏藏去，不可露人眼目。」阿秀聽了這一班道理，只得依允，便道：「娘，我怎好自去？」夫人道：「我教管家婆跟你去。」當下喚管家婆來到，分付他只等夜深，密地送小姐到東厢，與公子叙話。又附耳道：「送到時，你只在門外等候，省得兩下礙眼，不好交談。」【眉批】愛女之過。〔九〕管家婆已會其意了。

再説假公子獨坐在東厢，明知有個蹺蹊緣故，只是不睡。果然一更之後，管家婆捱門而進，報道：「小姐自來相會。」假公子慌忙迎接，重新叙禮。有這等事：那假公子在夫人前一個字也講不出，及至見了小姐，偏會温存絮話！這裏小姐，起初害羞，遮遮掩掩。今番背却夫人，一般也老落起來。【眉批】是常情，不是異事。兩個你問我答，叙了半晌。阿秀話出衷腸，不覺兩淚交流。那假公子也裝出捶胸嘆氣，揩眼淚縮鼻涕，許多醜態。又假意解勸小姐，抱持綽趣，儘他受用。【眉批】一出好戲。管家婆在房門外，聽見兩下悲泣，連累他也悽惶，墮下幾點淚來。誰知一邊是真，一邊是假。阿秀在袖中摸出銀兩首飾，遞與假公子，再三囑付，自不必説。假公子收過了，便一手抱住小姐。把燈兒吹滅，苦要求歡。阿秀怕聲張起來，被丫鬟們聽見了，壞了大事，只得勉從。【眉批】見識不透處。有人作《如夢令》詞云：

可惜名花一朵，繡幕深閨藏護。不遇探花郎，抖被狂蜂殘破。錯誤，錯誤！

怨殺東風分付。

常言：「事不三思，終有後悔。」孟夫人要私贈公子，玉成親事，這是錦片的一團美意，也是天大的一樁事情，如何不教老園公親見公子一面？及至假公子到來，只合當面囑付一番，把東西贈他，再教老園公送他回去，看個下落，萬無一失。千不合，萬不合，教女兒出來相見，又教女兒自往東廂敘話，這分明放一條方便路，如何不做出事來？莫説是假的，就是真的，也使不得，枉做了一世牽扳的話柄。這也算做姑息之愛，反害了女兒的終身。【眉批】失計較都是老夫人。〔一〇〕

閒話休題。且説假公子得了便宜，放鬆那小姐去了。五鼓時，夫人教丫鬟催促起身梳洗，用些茶湯點心之類。又囑付道：「拙夫不久便回，賢婿早做準備，休得怠慢。」假公子別了夫人，出了後花園門，一頭走，一頭想道：「我白白裏騙了一個宦家閨女，又得了許多財帛，不曾露出馬脚，萬分僥倖。只是今日魯家又來，不爲全美。聽得説顧僉事不久便回，我如今再擔閣他一日，待明日纔放他去。若得顧僉事回來，他便不敢去了，這事就十分乾凈了。」【眉批】又好算計。計較已定，走到個酒店上，自飲三杯，吃飽了肚裏，直延捱到午後方纔回家。

魯公子正等得不耐煩，只爲没有衣服，轉身不得。姑娘也焦燥起來，教莊家往東村尋取兒子，并無踪迹。走向媳婦田氏房前問道：「兒子衣服有麽？」田氏道：「他自己檢在箱裏，不曾留得鑰匙。」原來田氏是東村田貢元的女兒，到有十分顔色，又且通書達禮。田貢元原是石城縣中有名的一個豪傑，只爲一個有司官與他做對頭，要下手害他，却是梁尚賓的父親與他舅子魯廉憲説了，廉憲也素聞其名，替他極口分辨，得免其禍。因感激梁家之恩，把這女兒許他爲媳。那田氏像了父親，也帶三分俠氣，見丈夫是個蠢貨，又且不幹好事，心下每每不悦，開口只叫做「村郎」。以此夫婦兩不和順，連衣服之類，都是那「村郎」自家收拾，老婆不去管他。

却説姑侄兩個正在心焦，只見梁尚賓滿臉春色回家。老娘便罵道：「兄弟在此專等你的衣服，你却在那裏噇酒，整夜不歸？又没尋你去處！」梁尚賓不回娘話，一徑到自己房中，把袖裏東西都藏過了，纔出來對魯公子道：「偶爲小事纏住身子，擔閣了表弟一日，休怪休怪。今日天色又晚了，明日回宅罷。」老娘罵道：「你只顧把件衣服借與做兄弟的，等他自己幹正務，管他今日明日！」魯公子道：「不但衣服，連鞋襪都要告借。」梁尚賓道：「有一雙青段子鞋在間壁皮匠家允底，今晚催來，明日早奉穿去。」魯公子没奈何，只得又住了一宿。

到明朝，梁尚賓只推頭疼，又睡個日高三丈。早飯都吃過了，方纔起身，把道袍、鞋、襪慢慢的逐件搬將出來，無非要延挨時刻，誤其美事。【眉批】厄至此乎？可嘆可惜。〔二〕魯公子不敢就穿，又借個包袱兒包好，付與老婆子拿了。姑娘收拾一包白米和些瓜菜之類，唤個莊客送公子回去，又囑付道：「若親事就緒，可來回復我一聲，省得我牽挂。」魯公子作揖轉身，梁尚賓相送一步，又説道：「兄弟，你此去須是仔細，不知他意兒好歹，真假何如。依我説，不如只往前門硬挺着身子進去，怕不是他親女婿，赶你出來？又且他家差老園公請你，有憑有據，須不是你自輕自賤。他有好意，自然相請；若是翻轉臉來，你拚得與他訴落一場，也教街坊上人曉得。倘到後園曠野之地，彼他暗算，你却没有個退步。」【眉批】又説得近理可聽。魯公子又道：「哥哥説得是。」正是：

背後害他當面好，有心人對没心人。

魯公子回到家裏，將衣服鞋襪裝扮起來。只有頭巾分寸不對，不曾借得。把舊的脱將下來，用清水擺浄，教婆子在鄰舍家借個熨斗，吹些火來熨得直直的；有些磨壞的去處，再把些飯兒粘得硬硬的，墨兒塗得黑黑的。只是這頂巾，也弄了一個多時辰，左帶右帶，只怕不正。【眉批】貧儒常事，可憐。〔二〕教婆子看得件件停當了，方纔移步徑投顧僉事家來。門公認是生客，回道：「老爺東莊去了。」魯公子終是宦家的子弟，不慌不忙的説道：「可通報老夫人，説道魯某在此。」門公方知是魯公子，却不曉得來情，便道：「老爺不在家，小人不敢亂傳。」魯公子道：「老夫人有命，喚我到來。你去通報自知，須不連累你們。」門公傳話進去，禀説：「魯公子在外要見，還是留他進來，還是辭他？」

孟夫人聽説，吃了一驚。想他前日去得，如何又來？且請到正廳坐下。先教管家婆出去，問他有何話説。管家婆出來瞧了一瞧，慌忙轉身進去，對老夫人道：「這公子是假的，【眉批】認假爲真，定然疑真是假。〔三〕不是前夜的臉兒。前夜是胖胖兒的，黑黑兒的；如今是白白兒的，瘦瘦兒的。」夫人不信，道：「有這等事？」親到後堂，從簾内張看，果然不是了。孟夫人心上委決不下，教管家婆出去，細細把家事盤問，他答來一字無差。孟夫人初見假公子之時，心中原有些疑惑；今番的人才清秀，語言文雅，倒像真公子的樣子。再問他今日爲何而來，答道：「前蒙老園公傳語呼喚，因魯某羈滯鄉間，今早纔回，特來參謁，望恕遲誤之罪。」夫人道：「這是真情無疑了。只不知前夜打脱冒的冤家，又是那裏來的？」慌忙轉身進房，與女兒説其緣故，又道：「這都是做爹的不存天理，害你如此，【眉批】是，是。悔之不及！幸而没人知道，往事不須題起了。如今女婿在外，是我特地請來的，無物相贈，如之奈何？」正是：

只因一着錯，滿盤都是空。

阿秀聽罷，呆了半晌。那時一肚子情懷，好難描寫：說慌又不是慌，說羞又不是羞，說惱又不是惱，說苦又不是苦。分明似亂針刺體，痛癢難言。【眉批】摹寫好。喜得他志氣過人，早有了三分主意，便道：「母親且與他相見，我自有道理。」孟夫人依了女兒言語，出廳來相見公子。公子掇一把校椅，朝上放下：「請岳母大人上坐，待小婿魯某拜見。」孟夫人謙讓了一回，從傍站立，受了兩拜，便教管家婆扶起看坐。公子道：「魯某只爲家貧，有缺禮數。蒙岳母大人不棄，此恩生死不忘。」夫人自覺惶愧，無言可答。忙教管家婆把廳門掩上，請小姐出來相見。

阿秀站住簾内，如何肯移步。只教管家婆傳語道：「公子不該擔閣鄉間，負了我母子一片美意。」公子推故道：「某因患病鄉間，有失奔趨。今方踐約，如何便說相負？」阿秀在簾内回道：「三日以前，此身是公子之身；今遲了三日，不堪伏侍巾櫛，有玷清門。便是金帛之類，亦不能相助了。所存金釵二股，金鈿一對，聊表寸意。公子宜別選良姻，休得以妾爲念。」管家婆將兩般首飾遞與公子，公子還疑是悔親的説話，那裏肯收。阿秀又道：「公子但留下，不久自有分曉。公子請快轉身，留此無益。」説罷，只聽得哽哽咽咽的哭了進去。【眉批】可憐。

魯學曾愈加疑惑，向夫人發作道：「小婿雖貧，非爲這兩件首飾而來。今日小姐似有決絶之意，老夫人如何不出一語？既如此相待，又呼喚魯某則甚？」夫人道：「我母子并無異心。只爲公子來遲，不將姻事爲重，所以小女心中憤怨，公子休得多疑。」魯學曾只是不信，叙起父親存日許多情分：「如今一死一生，一貧一富，就忍得改變了？魯某只靠得岳母一人做主，如何三日後，也生退悔之心？」勞勞叨叨的説個不休。【眉批】不説長脚話絆住夫人，則阿秀不死矣。〔四〕孟夫人有口難辨，倒被他纏住身子，不好動身。

忽聽得裏面亂將起來。丫鬟氣喘喘的奔來報道：「奶奶，不好了！快來救小姐！」唬得孟夫人一身冷汗，〔五〕巴不得再添兩隻脚在肚下。管家婆扶着左腋，跑到繡閣，只見女兒將羅帕一幅，縊死在床上。急急解救時，氣已絶了，叫唤不醒，滿房人都哭起來。魯公子聽小姐縊死，還道是做成的圈套，撚他出門，兀自在廳中嚷刮。孟夫人忍着疼痛，傳話請公子進來。公子來到繡閣，只見牙床錦被上，直挺挺倘着個死小姐。夫人哭道：「賢婿，你今番認一認妻子。」【眉批】酸心語。公子當下如萬箭攢心，放聲大哭。夫人道：「賢婿，此處非你久停之所，怕惹出是非，貽累不小，快請回罷。」教管家婆將兩般首飾，納在公子袖中，送他出去。魯公子無可奈何，只得抱淚出門去了。

這裏孟夫人一面安排入殮，一面東莊去報顧僉事回來。只說女兒不願停婚，自縊身死。顧僉事懊悔不迭，哭了一場，安排成喪出殯不題。後人有詩贊阿秀云：

死生一諾重千金，誰料奸謀禍阱深？
三尺紅羅報夫主，始知汙體不汙心。

却說魯公子回家，看了金釵鈿，哭一回，嘆一回，疑一回，又解一回，正不知什麽緣故，也只是自家命薄所致耳。過了一晚，次日把借來的衣服鞋襪，依舊包好，親到姑娘家去送還。梁尚賓曉得公子到來，到躲了出去。公子見了姑娘，説起小姐縊死一事，梁媽媽連聲感嘆，留公子酒飯去了。

梁尚賓回來問道：「方纔表弟到此，説曾到顧家去不曾？」梁媽媽道：「昨日去的，不知甚麽緣故，那小姐嗔怪他來遲三日，自縊而死。」梁尚賓不覺失口叫聲：「呵呀，可惜好個標致小姐！」【眉批】漏言妙甚，好關目。〔二六〕梁媽媽道：「你那裏見來？」梁尚賓遮掩不來，只得把自己打脱冒事，述了一遍。梁媽媽大驚，駡道：「没天理的禽獸，做出這樣勾當！你這房親事還虧母舅作成你的，你今日恩將仇報，反去破壞了做兄弟的姻緣，又害了顧小姐一命，汝心何安？」千禽獸，萬禽獸，駡得梁尚賓開口不得。走到自己房中，田氏閉了房門，在裏面駡道：「你這樣不義之人，不久自有天報，休想善終！從今你自你，我自我，休得來連累人！」梁尚賓一肚氣，正没出處。又被老婆訴説，一脚跌開房門，〔一七〕揪了老婆頭髮便打。又是梁媽媽走來，喝了兒子出去。田氏搥胸大哭，要死要活。梁媽媽勸他不住，唤個小轎擡回娘家去了。

梁媽媽又氣又苦，又受了驚，又愁事迹敗露，當晚一夜不睡，發寒發熱。病了七日，嗚呼哀哉。田氏聞得婆婆死了，特來奔喪帶孝。梁尚賓舊憤不息，便駡道：「賊潑婦！只道你住在娘家一世，如何又有回家的日子？」兩下又争鬧起來。【眉批】描出反目，真是。田氏道：「你幹了虧心的事，氣死了老娘，又來消遣我！我今日若不是婆死，永不見你『村郎』之面！」梁尚賓道：「怕斷了老婆種，要你這潑婦見我！只今日便休了你去，再莫上門！」田氏道：「我寧可終身守寡，也不願隨你這樣不義之徒。若是休了到得乾净，回去燒個利市。」【眉批】田氏果有俠氣。梁尚賓一向夫妻無緣，到此説了盡頭話，㾭一口氣，真個就寫了離書，手印，付與田氏。田氏拜别婆婆靈位，哭了一場，出門而去。正是：

有心去調他人婦，無福難招自己妻。
可惜田家賢慧女，一場相駡便分離。

話分兩頭。再説孟夫人追思女兒，無日不哭。想道：信是老歐寄去的，那黑胖漢子，又是老歐引來的，若不是通同作弊，也必然漏泄他人了。等丈夫出門拜客，唤老歐到中堂，再三訊問。却説老歐傳命之時，其實不曾泄漏，是魯學曾自家不合借衣，惹出來的奸計。當夜來的是假公子，三日後來的是真公子，孟夫人肚裏明明曉得有兩個人，那老歐肚裏還只認做一個人，隨他分辨，如何得明白？夫人大怒，喝教手下把他拖番在地，重責三十板子，打得皮開血噴。

顧僉事一日偶到園中，叫老園公掃地，聽説被夫人打壞，動撣不得。教人扶來，問其緣故。老歐將夫人差去約魯公子來家，及夜間房中相會之事，一一説了。顧僉事大怒道：「原來如此！」便叫打轎，親到縣中，與知縣訴知其事，要將魯學曾抵償女兒之命。知縣教補了狀詞，差人拿魯學曾到來，當堂審問。魯公子是老實人，就把實情細細説了：「見有金釵鈿兩般，是他所贈；其後園私會之事，其實没有。」知縣就唤園公老歐對證。這老人家兩眼模糊，前番黑夜裏認假公子的面龐不真，又且今日家主分付了説話，一口咬定魯公子，再不鬆放。知縣又徇了顧僉事人情，着實用刑拷打。魯公子吃苦不過，只得招道：「顧奶奶好意相唤，將金釵鈿助爲聘資。偶見阿秀美貌，不合輒起淫心，强逼行奸。到第三日，不合又往，致阿秀羞憤自縊。」知縣録了口詞，審得魯學曾與阿秀空言議婚，尚未行聘過門，難以夫妻而論。既因奸致死，合依威逼律問絞。一面發在死囚牢裏，一面備文書申詳上司。

孟夫人聞知此信大驚，又訪得他家，只有一個老婆子，也嚇得病倒，無人送飯，想起：「這事與魯公子全没相干，到是我害了他。」私下處些銀兩，分付管家婆央人替他牢中使用，又屢次勸丈夫保全公子性命，顧僉事愈加忿怒。石城縣把這件事當做新聞，沿街傳説。正是：

好事不出門，惡事行千里。

顧僉事爲這聲名不好，必欲置魯學曾于死地。

再説有個陳濂御史，湖廣籍貫，父親與顧僉事是同榜進士，以此顧僉事叫他是年侄。此人少年聰察，專好辨冤析枉，其時正奉差巡按江西。未入境時，顧僉事先去囑托此事。陳御史口雖領命，心下不以爲然。莅任三日，便發牌按臨贛州，嚇得那一府官吏屎流屁滚。審録日期，各縣將犯人解進。

陳御史審到魯學曾一起，閲了招詞，又把金釵鈿看了，叫魯學曾問道：「這金釵鈿是初次與你的麽？」魯學曾道：「小人只去得一次，并無二次。」御史道：「招上説三日後又去，是怎麽説？」魯學曾口稱「冤枉」，訴道：「小人的父親存日，定下顧家親事。因父親是個清官，死後家道消乏，小人無力行聘。岳父顧僉事欲要悔親，是岳母不肯，私下差老園公來唤小人去，許贈金帛。小人羈身在鄉，三日後方去。那日只見得岳母，并不曾見小姐之面，這奸情是屈招的。」御史道：「既不曾見小姐，這金釵鈿何人贈你？」魯學曾道：「小姐立在簾内，只責備小人來遲誤事，莫説婚姻，連金帛也不能相贈了，這金釵鈿權留個憶念。小人還只認做悔親的話，與岳母争辨。不期小姐房中縊死，小人至今不知其故。」御史道：「恁般説，當夜你不曾到後園去了。」魯學曾道：「實不曾去。」

御史想了一回：若特地唤去，豈止贈他釵鈿二物？詳阿秀抱怨口氣，必然先有人冒去東西，連奸騙都是有的，以致羞憤而死。便叫老歐問道：「你到魯家時，可曾見魯學曾麽？」老歐道：「小人不曾面見。」御史道：「既不曾面見，夜間來的你如何就認得是他？」老歐道：「他自稱魯公子，特來赴約，小人奉主母之命，引他進見的，怎賴得没有？」御史道：「相見後，幾時去的？」老歐道：「聞得裏面夫人留酒，又贈他許多東西，五更時去的。」魯學曾又叫屈起來。御史喝住了，又問老歐：「那魯學曾第二遍來，可是你引進的？」【眉批】都問得好。老歐道：「他第二遍是前門來的，小人并不知。」御史道：「他第一次如何不到前門，却到後園來尋你？」老歐道：「我家奶奶着小人寄信，原教他在後園來的。」御史喚魯學曾問道：「你岳母原教你到後園來，你却如何往前門去？」魯學曾道：「他雖然相喚，小人不知意兒真假，只怕園中曠野之處，被他暗算，所以徑走前門，不曾到後園去。」御史想來，魯學曾與園公，分明是兩樣説話，其中必有情弊。御史又指着魯學曾問老歐道：「那後園來的，可是這個嘴臉，你可認得真麽？不要胡亂答應。」老歐道：「昏黑中小人認得不十分真，像是這個臉兒。」御史道：「魯學曾既不在家，你的信却寄與何人的？」老歐道：「他家只有個老婆婆，小人對他説的，并無閒人在旁。」御史道：「畢竟還對何人説來？」老歐道：「并没第二個人知覺。」御史沉吟半晌，想道：「不究出根由，如何定罪？怎好回復老年伯？」又問魯學曾道：「你説在鄉，離城多少？家中幾時寄到的信？」魯學曾道：「離北門外只十里，是本日得信的。」御史拍案叫道：「魯學曾，你説三日後方到顧家，是虚情了。既知此信，有恁般好事，路又不遠，怎麽遲延三日？理上也説不去！」魯學曾道：「爺爺息怒，小人細禀：小人因家貧，往鄉間姑娘家借米。聞得此信，便欲進城。怎奈衣衫藍縷，與表兄借件遮醜，已蒙許下。怎奈這日他有事出去，直到明晚方歸。小人專等衣服，所以遲了兩日。」御史道：「你表兄曉得你借衣服的緣故不？」魯學曾道：「曉得的。」御史道：「你表兄何等人？叫甚名字？」魯學曾道：「名喚梁尚賓，莊户人家。」御史聽罷，喝散衆人，明日再審。正是：

如山巨筆難輕判，似佛慈心待細參。
公案見成翻者少，覆盆何處不冤含？【眉批】明鏡高擡。〔一八〕

次日，察院小開門，挂一面憲牌出來。牌上寫道：

本院偶染微疾，各官一應公務，俱候另示施行。 本月 日

府縣官朝暮問安，自不必説。

話分兩頭。再説梁尚賓自聞魯公子問成死罪，心下到寬了八分。一日，聽得門前喧嚷，在壁縫張看時，只見一個賣布的客人，頭上帶一頂新孝頭巾，身穿舊白布道袍，口内打江西鄉談，説是南昌府人，在此販布買賣。聞得家中老子身故，星夜要赶回。存下幾百疋布，不曾發脱，急切要投個主兒，情願讓些價錢。衆人中有要買一疋的，有要兩疋三疋的，客人都不肯，道：「恁地零星賣時，再幾時還不得動身。那個財主家一總脱去，便多讓他些也罷。」梁尚賓聽了多時，便走出門來問道：「你那客人存

下多少布？值多少本錢？」客人道：「有四百餘疋，本錢二百兩。」梁尚賓道：「一時間那得個主兒，須是肯折些，方有人貪你。」客人道：「便折十來兩，也説不得。【眉批】用利誘之。只要快當，輕鬆了身子，好走路。」梁尚賓看了布樣，又到布船上去翻復細看，口裏只誇：「好布，好布！」客人道：「你又不像個要買的，〔一九〕只管翻亂了我的布包，擔閣人的生意。」【眉批】用語激之。梁尚賓道：「怎見得我不像個買的？」客人道：「你要買時，借銀子來看。」梁尚賓道：「你若加二肯折，我將八十兩銀子，替你出脱了一半。」【眉批】因有這八十兩在。客人道：「你也是呆話，做經紀的，那裏折得起加二？況且只用一半，這一半我又去投誰？一般樣擔閣了。我説不像要買的！」又冷笑道：「這北門外許多人家，就没個財主，四百疋布便買不起！罷，罷，摇到東門尋主兒去。」【眉批】激之。〔二〇〕梁尚賓聽説，心中不忿，又見價錢相因，有些出息，放他不下。便道：「你這客人好欺負人！我偏要都買了你的，看如何？」客人道：「你真個都買我的，我便讓你二十兩。」【眉批】誘之。〔二一〕梁尚賓定要折四十兩，客人不肯。衆人道：「客人，你要緊脱貨，這位梁大官，又是貪便宜的，依我們説，從中酌處，一百七十兩，成了交易罷。」客人初時也不肯，被衆人勸不過，道：「罷，這十兩銀子，奉承列位面上。快些把銀子兑過，我還要連夜赶路。」梁尚賓道：「銀子湊不來許多，有幾件首飾，可用得着麽？」客人道：「首飾也就是銀子，只要公道作價。」梁尚賓邀入客坐，將銀子和兩對銀鍾，共兑準了一百兩；又金首飾盡數搬來，衆人公同估價，勾了七十兩之數。與客收訖，交割了布疋。梁尚賓看這場交易，儘有便宜，歡喜無限。正是：

貪痴無底蛇吞象，禍福難明螳捕蟬。

原來這販布的客人，正是陳御史裝的。他托病關門，密密分付中軍官聶千户，安排下這些布疋，先雇下小船，在石城縣伺候。【眉批】天理難揜。〔二二〕他悄地帶個門子私行到此，聶千户就扮做小郎跟隨，門子只做看船的小厮，并無人識破，這是做官的妙用。

却説陳御史下了小船，取出見成寫就的憲牌，填上梁尚賓名字，就着聶千户密拿。又寫書一封，請顧僉事到府中相會。【眉批】洗冤如日。〔二三〕比及御史回到察院，説病好開門，梁尚賓已解到了，顧僉事也來了。御史忙教擺酒後堂，留顧僉事小飯。坐間，顧僉事又提起魯學曾一事。御史笑道：「今日奉屈老年伯到此，正爲這場公案，要剖個明白。」便教門子開了護書匣，取出銀鍾二對，及許多首飾，送與顧僉事看。顧僉事認得是家中之物，大驚問道：「那裏來的？」御史道：「令愛小姐致死之由，只在這幾件東西上。老年伯請寬坐，容小侄出堂，問這起數與老年伯看，釋此不決之疑。」

御史分付開門，仍唤魯學曾一起覆審。御史且教帶在一邊，唤梁尚賓當面。御史喝道：「梁尚賓，你在顧僉事家，幹得好事！」梁尚賓聽得這句，好似青天裏聞了個霹靂，正要硬着嘴分辨，只見御史教門子把銀鍾、首飾與他認贓，問道：「這些東西那裏來的？」梁尚賓擡頭一望，那御史正是賣布的客人，唬得頓口無言，只叫：「小人該死。」御史道：「我也不動夾棍，你只將實情寫供狀來。」梁尚賓料賴不過，只得招稱了。你説招詞怎麽寫來？有詞名《鎖南枝》二隻爲證：

寫供狀，梁尚賓。只因表弟魯學曾，岳母念他貧，約他助行聘。爲借衣服知此情，不合使欺心，緩他行。乘昏黑，假學曾，園公引入内室門。見了孟夫人，把金銀厚相贈。因留宿，有了奸騙情。三日後，學曾來，將小姐送一命。

御史取了招詞，唤園公老歐上來：「你仔細認一認，那夜間園上假裝魯公子的，可是這個人？」老歐睁開兩眼看了，道：「爺爺，正是他。」御史喝教皂隸，把梁尚賓重責八十，將魯學曾枷杻打開，就套在梁尚賓身上。【眉批】快絶。合依强奸論斬，發本縣監候處決。布四百疋，追出，仍給舖户取價還庫。其銀兩、首飾，給與老歐領回。金釵、金鈿，斷還魯學曾。俱釋放寧家。魯學曾拜謝活命之恩。正是：

奸如明鏡照，恩喜覆盆開。
生死俱無憾，神明御史臺。

却説顧僉事在後堂，聽了這番審録，驚駭不已。候御史退堂，再三稱謝道：「若非老公祖神明燭照，小女之冤，幾無所伸矣。但不知銀兩、首飾，老公祖何由取到？」御史附耳道：「小侄如此如此。」顧僉事道：「妙哉！只是一件，梁尚賓妻子，必知其情，寒家首飾，定然還有幾件在彼，再望老公祖一并逮問。」御史道：「容易。」便行文書，仰石城縣提梁尚賓妻嚴審，仍追餘贜回報。顧僉事別了御史自回。

却説石城縣知縣見了察院文書，監中取出梁尚賓問道：「你妻子姓甚？這一事曾否知情？」梁尚賓正懷恨老婆，答應道：「妻田氏，因貪財物，其實同謀的。」【眉批】惡人。〔二四〕知縣當時僉稟差人提田氏到官。

話分兩頭。却説田氏父母雙亡，只在哥嫂身邊，針指度日。這一日，哥哥田重文正在縣前，聞知此信，慌忙奔回，報與田氏知道。田氏道：「哥哥休慌，妹子自有道理。」當時帶了休書上轎，徑擡到顧僉事家，來見孟夫人。夫人發一個眼花，分明看見女兒阿秀進來。及至近前，却是個鬅生標緻婦人，吃了一驚，問道：「是誰？」田氏拜倒在地，説道：「妾乃梁尚賓之妻田氏，因惡夫所爲不義，只恐連累，預先離異了。貴宅老爺不知，求夫人救命。」説罷，就取出休書呈上。

夫人正在觀看，田氏忽然扯住夫人衫袖，大哭道：「母親，俺爹害得我好苦也！」

【眉批】事奇絕。〔二五〕夫人聽得是阿秀的聲音，也哭起來。便叫道：「我兒，有甚話説？」只見田氏雙眸緊閉，哀哀的哭道：「孩兒一時錯誤，失身匪人，羞見公子之面，自縊身亡，以完貞性。何期爹爹不行細訪，險些反害了公子性命。幸得暴白了，只是他無家無室，終是我母子擔誤了他。母親若念孩兒，替爹爹説聲，周全其事，休絕了一脉姻親。孩兒在九泉之下，亦無所恨矣。」説罷，跌倒在地。【眉批】奇事，可憐。〔二六〕夫人也哭昏了。管家婆和丫鬟、養娘都團聚將來，一齊唤醒。那田氏還呆呆的坐地，問他時全然不省。夫人看了田氏，想起女兒，重復哭起，衆丫鬟勸住了。夫人悲傷不已，問田氏：「可有爹娘？」田氏回説：「没有。」夫人道：「我舉眼無親，見了你，如見我女兒一般。你做我的義女肯麽？」田氏拜道：「若得伏侍夫人，賤妾有幸。」夫人歡喜，就留在身邊了。

顧僉事回家，聞説田氏先期離異，與他無干，寫了一封書帖，和休書送與縣官，求他免提，轉回察院。又見田氏賢而有智，好生敬重，依了夫人收爲義女。夫人又説起女兒阿秀負魂一事，他千叮萬囑，休絕了魯家一脉姻親。如今田氏少艾，何不就招魯公子爲婿，以續前姻。【眉批】絶妙關目。顧僉事見魯學曾無辜受害，甚是懊悔。今番夫人説話有理，如何不依？只怕魯公子生疑，親到其家，謝罪過了，又説續親一事。魯公子再三推辭不過，只得允從。就把金釵鈿爲聘，擇日過門成親。

原來顧僉事在魯公子面前，只說過繼的遠房侄女；孟夫人在田氏面前，也只說贅個秀才，并不說真名真姓。【眉批】說出了亦難爲情。到完婚以後，田氏方纔曉得就是魯公子，公子方纔曉得就是梁尚賓的前妻田氏。自此夫妻兩口和睦，且是十分孝順。顧僉事無子，魯公子承受了他的家私，發憤攻書。顧僉事見他三場通透，送入國子監，連科及第。所生二子，一姓魯，一姓顧，以奉兩家宗祀。梁尚賓子孫遂絕。【眉批】收拾乾净。詩曰：

一夜歡娛害自身，百年姻眷屬他人。
世間用計行奸者，請看當時梁尚賓。

【校記】

〔一〕本條眉批底本無，據法政本補。
〔二〕本條眉批底本無，據法政本補。
〔三〕本條眉批底本無，據法政本補。
〔四〕「斷事」，法政本作「辦事」。
〔五〕本條眉批底本無，據法政本補。
〔六〕「錯着」，法政本作「猜着」。
〔七〕「意自」，法政本作「關目」。
〔八〕「大」，法政本作「大大」。
〔九〕「愛女」，法政本作「母女」。
〔一〇〕本條眉批底本無，據法政本補。

〔一一〕本條眉批底本無，據法政本補。
〔一二〕本條眉批底本無，據法政本補。
〔一三〕「疑真是假」，法政本作「認真爲假」，《奇觀》同法政本。
〔一四〕本條眉批，法政本無。
〔一五〕「身」，底本及法政本均作「聲」，據文意改，《奇觀》亦作「聲」。
〔一六〕「漏言」，法政本作「用言」，《奇觀》同法政本。
〔一七〕「跌」，法政本同，《奇觀》作「踢」。
〔一八〕本條眉批底本無，據法政本補。
〔一九〕「不像」，法政本作「不做」，《奇觀》同底本。
〔二〇〕本條眉批，法政本作「激之，妙」，《奇觀》同法政本。
〔二一〕本條眉批，法政本作「誘之，妙」，《奇觀》同法政本。
〔二二〕本條眉批底本無，據法政本補。
〔二三〕本條眉批底本無，據法政本補。
〔二四〕本條眉批底本無，據法政本補。
〔二五〕本條眉批，法政本作「奇絶」。
〔二六〕本條眉批底本無，據法政本補。

新橋市

第三卷　新橋市韓五賣春情

情寵嬌多不自由，驪山舉火戲諸侯。
祇知一笑傾人國，不覺胡塵滿玉樓。

這四句詩，是胡曾《詠史詩》，專道着昔日周幽王寵一個妃子，名曰褒姒，千方百計的媚他。因要取褒姒一笑，向驪山之上，把與諸侯爲號的烽火燒起來。諸侯只道幽王有難，都舉兵來救。及到幽王殿下，寂然無事。褒姒呵呵大笑。後來犬戎起兵來攻，諸侯皆不來救，犬戎遂殺幽王於驪山之下。又春秋時，有個陳靈公，私通於夏徵舒之母夏姬，與其臣孔寧、儀行父日夜往其家，飲酒作樂。徵舒心懷愧恨，射殺靈公。後來六朝時，陳後主寵愛張麗華、孔貴嬪，自製《後庭花》曲，姱美其色，沉湎淫逸，不理國事。被隋兵所追，無處躲藏，遂同二妃投入井中，爲隋將韓擒虎所獲，遂亡其國。【眉批】貪色忘身忘國，可畏！可懼！可嗔！〔一〕詩云：

歡娱夏厩忽興戈，智井猶聞《玉樹歌》。
試看二陳同一律，從來亡國女戎多。

當時隋煬帝，也寵蕭妃之色。要看揚州景，用麻叔度爲帥，起天下民夫百萬，開汴河一千餘里，役死人夫無數。造鳳艦龍舟，使宫女牽之，兩岸樂聲聞于百里。後被宇文化及造反江都，斬煬帝於吴公臺下，其國亦傾。有詩爲證：

千里長河一旦開，亡隋波浪九天來。
錦帆未落干戈起，惆悵龍舟更不回。

至於唐明皇寵愛楊貴妃之色，春縱春游，夜專夜寵。誰想楊妃與安禄山私通，却抱禄山做孩兒。一日，雲雨方罷，楊妃釵横鬢亂，被明皇撞見，支吾過了。明皇從此疑心，將禄山除出在漁陽地面做節度使。那禄山思戀楊妃，舉兵反叛。【眉批】色令志昏。〔二〕正是：

漁陽鼙鼓動地來，驚破《霓裳羽衣曲》。

那明皇無計奈何，只得帶取百官逃難。馬嵬山下兵變，逼死了楊妃。明皇直走到西蜀，虧了郭令公血戰數年，纔恢復得兩京。

且如説這幾個官家，都只爲貪愛女色，致于亡國損軀；如今愚民小子，怎生不把色欲警戒！

說話的，你說那戒色欲則甚？自家今日說一個青年子弟，只因不把色欲警戒，去戀着一個婦人，險些兒壞了堂堂六尺之軀，丢了潑天的家計，驚動新橋市上，變成一本風流說話。正是：

好將前事錯，傳與後人知。

說這宋朝臨安府，去城十里，地名湖墅；出城五里，地名新橋。那市上有個富户吴防禦，媽媽潘氏，止生一子，名唤吴山，娶妻余氏，生得四歲一個孩兒。防禦門首開個絲綿舖，家中放債積穀，果然是金銀滿篋，米穀成倉。去新橋五里，地名灰橋市上，新造一所房屋，令子吴山，再撥主管幫扶，也好開一個舖。家中收下的絲綿，發到舖中，賣與在城機户。吴山生來聰俊，粗知禮義，幹事樸實，不好花哄，因此防禦不慮他在外邊閒理會。

且說吴山每日蚤晨到舖中賣貨，天晚回家。這舖中房屋，只占得門面，裏頭房屋都是空的。忽一日，吴山在家有事，至晌午纔到舖中。走進看時，只見屋後河邊泊着兩隻剥船，船上許多箱籠、卓凳家伙，四五個人盡搬入空屋裏來。船上走起三個婦人，一個中年胖婦人，一個老婆子，一個小婦人，盡走入屋裏來。只因這婦人入屋，有分教吴山：

身如五鼓銜山月，命似三更油盡燈。

吴山問主管道：「甚麽人不問事由，擅自搬入我屋來？」主管道：「在城人家，爲因里役，一時間無處尋屋，央此間鄰居范老來説，暫住兩三日便去。【眉批】却是主管多事。正欲報知，恰好官人自來。」吴山正欲發怒，見那小娘子斂衽向前深深的道個萬福：「告官人息怒，非干主管之事，是奴家大膽，一時事急，出於無奈，不及先來宅上稟知，望乞恕罪。容住三四日，尋了屋就搬去，房金依例拜納。」吴山便放下臉來道：「既如此，便多住些時也不妨。請自穩便。」婦人説罷，就去搬箱運籠。吴山看得心癢，也替他搬了幾件家火。

説話的，你説吴山平生鯁直，不好花哄，因何見了這個婦人，回嗔作喜，又替他搬家火？你不知道：吴山在家時，被父母拘管得緊，不容他閒走。他是個聰明俊俏的人，幹事活動，又不是一個木頭的老實；况且青春年少，正是他的時節，父母又不在面前，浮鋪中見了這個美貌的婦人，如何不動心？【眉批】色不迷人人自迷。(三)

那胖婦人與小婦人都道：「不勞官人用力。」吴山道：「在此間住，就是自家一般，何必見外？」彼此俱各歡喜。天晚，吴山回家，分付主管：「與裏面新搬來的説，寫紙房契來與我。」主管答應了，不在話下。

且說吴山回到家中，并不把搬來一事說與父母知覺。當夜心心念念，想着那小婦人。次日早起，換身好衣服，打扮齊整，叫個小厮壽童跟着，摇擺到店中來。正是：

沒興店中賒得酒，命衰撞着有情人。

吴山來到舖中，賣了一回貨，裏面走動的八老來接吃茶，要納房狀。吴山心下正要進去，恰好得八老來接，便起身入去。只見那小婦人笑容可掬，接將出來萬福：「官人請裏面坐。」吴山到中間軒子内坐下，那老婆子和胖婦人都來相見陪坐，坐間止有三個婦人。吴山動問道：「娘子高姓？怎麽你家男兒漢不見一個？」【眉批】便知不是良家。胖婦人道：「拙夫姓韓，與小兒在衙門跟官，蚤去晚回，官身不得相會。」坐了一回，吴山低着頭睃那小婦人，這小婦人一雙俊俏眼覷着吴山道：「敢問官人青春多少？」吴山道：「虚度二十四歲，拜問娘子青春？」小婦人道：「與官人一緣一會，奴家也是二十四歲。城中搬下來，偶輳遇官人，又是同歲，正是有緣千里能相會。」那老婦人和胖婦人看見關目，推個事故起身去了。止有二人對坐，小婦人到把些風流話兒挑引吴山。吴山初然只道好人家，容他住，不過砑光而已。誰想見面，到來刮涎，纔曉得是不停當的。欲待轉身出去，那小婦人又走過來挨在身邊坐定，作嬌作癡，説道：「官人，你將頭上金簪子來借我看一看。」吴山除下帽子，正欲拔時，被小婦人一手按住吴山頭髻，一手拔了金簪，就便起身道：「官人，我和你去樓上説句話。」一頭説，徑走上樓去了。吴山隨後跟上樓來討簪子。正是：

由你奸似鬼，也吃洗脚水。

吴山走上樓來，叫道：「娘子，還我簪子，家中有事，就要回去。」婦人道：「我與你是宿世姻緣，你不要妝假，願諧枕席之歡。」吴山道：「行不得！倘被人知覺，却不好看，况此間耳目較近。」時要下樓，怎奈那婦人放出那萬種妖嬈，摟住吴山，倒在懷中，將尖尖玉手扯下吴山裙褲。情興如火，擦捺不住，携手上床，成其雲雨。

霎時雲收雨散，兩個起來偎倚而坐。吴山且驚且喜，問道：「姐姐，你叫做甚麽名字？」婦人道：「奴家排行第五，小字賽金。長大，父母順口叫道金奴。敢問官人排行第幾？宅上做甚行業？」吴山道：「父母止生得我一身，家中收絲放債，新橋市上出名的財主。此間門前舖子，是我自家開的。」【眉批】向此輩前賣富，自是恒情，却不知自認里長也。金奴暗喜道：「今番纏得這個有錢的男兒，也不枉了。」

原來這人家是隱名的娼妓，又叫做「私窠子」，是不當官吃衣飯的。家中别無生意，只靠這一本帳。那老婦人是胖婦人的娘，金奴是胖婦人的女兒。在先胖婦人也是好人家出來的，因爲丈夫無用，閙閧不得已幹這般勾當。金奴自小生得標致，又識幾個字，當時已自嫁與人去了。只因在夫家不跕叠，做出來，發回娘家。事有凑巧，物有偶然，此時胖婦人年紀約近五旬，孤老來得少了，恰好得女兒來接代，也不當斷這樣行業，索性大做了。原在城中住，只爲這樣事，被人告發，慌了，搬下來躲避。却恨吴山偶然撞在他手裏，圈套都安排停當，漏將入來，不由你不落水。怎地男兒漢不見一個？但看有人來，父子們都回避過了，做成的規矩。這個婦人，但貪他的，便着他的手，不止陷了一個漢子。

當時金奴道："一時慌促搬來，缺少盤費。告官人，有銀子乞借應五兩，不可推故。"吴山應允了，起身整了衣冠，金奴依先還了金簪。兩個下樓，依舊坐在軒子内。吴山自思道："我在此耽閣了半晌，慮恐鄰舍們譚論。"又吃了一杯茶，金奴留吃午飯，吴山道："我耽閣長久，不吃飯了。少間就送盤纏來與你。"金奴道："午後特備一杯菜酒，官人不要見却。"説罷，吴山自出舖中。

原來外邊近鄰見吴山進去。那房屋却是兩間六椽的樓屋，金奴只占得一間做房，這邊一間就是絲舖，上面却是空的。有好事哥哥，見吴山半晌不出來，伏在這間空樓壁邊，入馬之時，都張見明白。比及吴山出來，坐在舖中。只見幾個鄰人都來和哄道：「吴小官人，恭喜恭喜！」吴山初時已自心疑他們知覺，次後見衆人來取笑，他通紅了臉皮，説道：「好没來由！有甚麽喜賀！」内中有原張見的，是對門開雜貨舖的沈二郎，叫道：「你兀自賴哩，拔了金簪子，走上樓去做甚麽？」吴山被他一句説着了，頓口無言，推個事故，起身便走。衆人攔住道：「我們鬭分銀子，與你作賀。」吴山也不顧衆説，使性子往西走了。

去到娘舅潘家，討午飯吃了。踱到門前，向一個店家借過等子，將身邊買絲銀子秤了二兩，放在袖中。又閒坐了一回，捱到半晚，復到舖中來。主管道：「裏面住的正在此請官人吃酒。」恰好八老出來道：「官人，你那裏閒耍？教老子没處尋。家中特備菜酒，止請主管相陪，再無他客。」吴山就同主管走到軒子下，已安排齊整，無非魚、肉、酒、果之類。吴山正席，金奴對坐，主管在旁，三人坐定，八老篩酒。吃過幾杯，主管會意，只推要收舖中，脱身出來。

吴山平日酒量淺，主管去了，開懷與金奴吃了十數杯，便覺有些醉來。將袖中銀子送與金奴，便起身挽了金奴手道：「我有一句話和你説：這椿事，却有些不諧當。鄰舍們都知了，來打和哄。倘或傳到我家去，父母知道，怎生是好？此間人眼又緊，口嘴又歹，容不得人。倘有人不愜氣，在此飛磚擲瓦，安身不穩。姐姐，依着我口，尋個僻静所在去住，我自常來看顧你。」金奴道：「説得是，奴家就與母親商議。」説罷，那老子又將兩杯茶來。吃罷，免不得又做些乾生活。吴山辭别動身，囑付道：「我此去未來哩，省得衆人口舌。待你尋得所在，八老來説知，我來送你起身。」説罷，吴山出來鋪中，分付主管説話，一徑自回，不在話下。

且説金奴送吴山去後，天色已晚，上樓卸了濃妝，下樓來吃了晚飯。將吴山所言移屋一節，〔四〕備細説與父母知道，當夜各自安歇。次早起來，胖婦人分付八老，悄地打聽鄰舍消息。八老到門前站了一回，暫到間壁糶米張大郎門前，閒坐了一回。只聽得這幾家鄰舍指指搠搠，只説這事。八老回家，對這胖婦人説道：「街坊上嘴舌不是養人的去處。」胖婦人道：「因爲在城中被人打攪，無奈搬來。指望尋個好處安身，久遠居住，誰想又撞這般的鄰舍！」説罷嘆了口氣。一面教老公去尋房子，一面看鄰舍動静計較。

却説吴山自那日回家，怕人嘴舌，瞞着父母，只推身子不快，一向不到店中來。主管自行賣貨。金奴在家清閒不慣，八老又去招引舊時主顧，一般來走動。【眉批】自然。那幾家鄰舍初然只曉得吴山行踏，次後見往來不絶，方曉得是個大做的。内中有生事的道：「我這裏都是好人家，如何容得這等鏖糟的在此住？常言道：『近姦近殺。』倘若争鋒起來，致傷人命，也要帶累鄰舍。」説罷，却早那八老聽得，進去説：今日鄰舍們又如此如此説。胖婦人聽得八老説了，没出氣處，碾那老婆子道：「你七老八老，怕兀誰？不出去門前叫罵這短命多嘴的鴨黄兒！」婆子聽了，果然就起身走到門前，叫罵道：「那個多嘴賊鴨黄兒，在這裏學放屁！若還敢來應我的，做這條老性命結識他。那個人家没親眷來往？」鄰舍們聽得，道：「這個賊做大的出精老狗，不説自家幹這般没理的事，到來欺鄰罵舍！」開雜貨店沈二郎正要應那婆子，中間又有守本分的勸道：「且由他，不要與這半死的争好歹，赶他起身便了。」婆子罵了幾聲，見無人來采他，也自入去。

却説衆鄰舍都來與主管説：「是你没分曉，容這等不明不白的人在這裏住。不説自家理短，反教老婆子叫罵鄰舍，你耳内須聽得。我們都到你主家説與防禦知道，你身上也不好看。」主管道：「列位高鄰息怒，不必説得，蚤晚就着他搬去。」衆人説罷，自去了。主管當時到裏面對胖婦人説道：「你們可快快尋個所在搬去，不要帶累我。看這般模樣，住也不秀氣。」胖婦人道：「不勞分付，拙夫已尋屋在城，只在旦晚就搬。」説罷，主管出來。胖婦人與金奴説道：「我們明蚤搬入城，今日可着八老悄地與吳小官說知，只莫教他父母知覺。」八老領語，走到新橋市上吳防禦絲綿大鋪，不敢徑進，只得站在對門人家檐下暫去，一眼只看着鋪裏。

不多時，只見吳山踱將出來，看見八老，慌忙走過來，引那老子離了自家門首，借一個織熟絹人家坐下，問道：「八老有甚話說？」八老道：「家中五姐領官人尊命，明日搬入城去居住，特着老漢來與官人說知。」吳山道：「如此最好，不知搬在城中何處？」八老道：「搬在游奕營羊毛寨南横橋街上。」吳山就身邊取出一塊銀子，約有二錢，送與八老道：「你自將去買杯酒吃。明日晌午，我自來送你家起身。」八老收了銀子，作謝了，一徑自回。

且說吳山到次日巳牌時分，唤壽童跟隨出門，走到歸錦橋邊南貨店裏，買了兩包乾果，與小廝拿着，來到灰橋市上鋪裏。主管相叫罷，將日逐賣絲的銀子帳來算了一回。吳山起身，入到裏面與金奴母子叙了寒温，將壽童手中果子，身邊取出一封銀子，說道：「這兩包粗果，送與姐姐泡茶；銀子三兩，權助搬屋之費。待你家過屋後，再來看你。」金奴接了果子并銀兩，母子兩個起身謝道：「重蒙見惠，何以克當！」吳山道：「不必謝，日後正要往來哩。」說罷，起身看時，箱籠家火已自都搬下船了。金奴道：「官人，去後幾時來看我？」吳山道：「只在三五日間便來相望。」金奴一家别了吴山，當日搬入城去了。正是：

此處不留人，自有留人處。

且説吴山原有害夏的病，每過炎天時節，身體便覺疲倦，形容清減。此時正值六月初旬，因此請個針灸醫人，背後灸了幾穴火，在家調養，不到店内。心下常常思念金奴，争奈灸瘡疼，出門不得。

却説金奴從五月十七搬移在横橋街上居住，那條街上俱是營裏軍家，不好此事，路又僻拗，一向没人走動。【眉批】又搬差了。胖婦人向金奴道：「那日吴小官許下我們三五日間就來，到今一月，緣何不見來走一遍？若是他來，必然也看覷我們。」金奴道：「可着八老去灰橋市上鋪中探望他。」當時八老去，就出艮山門到灰橋市上絲鋪裏見主管。八老相見罷，主管道：「阿公來有甚事？」八老道：「特來望吴小官。」主管道：「官人灸火在家未痊，向不到此。」八老道：「主管若是回宅，煩寄個信，説老漢到此不遇。」八老也不耽閣，辭了主管便回家中，回覆了金奴。金奴道：「可知不來，原來灸火在家。」

當日金奴與母親商議，教八老買兩個猪肚磨浄，把糯米蓮肉灌在裏面，安排爛熟。次蚤，金奴在房中磨墨揮筆，拂開鸞箋，寫封簡道：

賤妾賽金再拜，謹啓情郎吴小官人：自別尊顔，思慕之心，未嘗少怠，懸懸不忘於心。向蒙期約，妾倚門凝望，不見降臨。昨遣八老探拜，不遇而回。妾移居在此，甚是荒凉。聽聞貴恙，灸火疼痛，使妾坐卧不安。空懷思憶，不能代替。謹具猪肚二枚，少申問安之意，幸希笑納。情照不宣。仲夏二十一日，賤妾賽金再拜。

寫罷，摺成簡子，將紙封了，猪肚裝在盒裏，又用帕子包了，都交付八老，叮囑道：「你到他家，尋見吴小官，須索與他親收。」

八老提了盒子，懷中揣着簡帖，出門徑往大街，走出武林門，直到新橋市上吴防禦門首，坐在街檐石上。只見小厮壽童走出，看見叫道：「阿公，你那裏來，坐在這裏？」八老扯壽童到人静去處説：「我特來見你官人説話。我只在此等，你可與我報與官人知道。」壽童隨即轉身，去不多時，只見吴山踱將出來。八老慌忙作揖：「官人，且喜貴體康安。」吴山道：「好，阿公，你盒子裏甚麼東西？」八老道：「五姐記挂官人灸火，没甚好物，只安排得兩個猪肚，送來與官人吃。」吴山遂引那老子到個酒店樓上坐定，問道：「你家搬在那裏好麽？」八老道：「甚是消索。」懷中將柬帖子遞與吴山，吴山接柬在手，拆開看畢，依先摺了藏在袖中。揭開盒子拿一個肚子，教酒博士切做一盤，分付盪兩壺酒來。吳山道：「阿公，你自在這裏吃，我家去寫回字與你。」八老道：「官人請穩便。」吳山來到家裏卧房中，悄悄的寫了回簡，又秤五兩白銀，復到酒店樓上，又陪八老吃了幾杯酒。八老道：「多謝官人好酒，老漢吃不得了。」起身回去。吳山遂取銀子并回柬説道：「這五兩銀子，送與你家盤纏。多多拜覆五姐：過三兩日，定來相望。」八老收了銀簡，起身下樓，吳山送出酒店。

却説八老走到家中，天晚入門，將銀簡都付與金奴收了。將簡拆開燈下看時，寫道：

山頓首，字覆愛卿韓五娘妝次：向前會間，多蒙厚款。又且雲情雨意，枕席鍾情，無時少忘。所期正欲趨會，生因賤軀灸火，有失卿之盼望。又蒙遣人垂顧，兼惠可口佳殽，【眉批】可口佳殽乃是索命之物。〔五〕不勝感感。二三日間，容當面會。白金五兩，權表微情，伏乞收入。吳山再拜。

看簡畢，金奴母子得了五兩銀子，千歡萬喜，不在話下。

且説吳山在酒店裏，捱到天晚，拿了一個猪肚，悄地裹到自卧房，對渾家説：「難得一個識熟機户，聞我灸火，今日送兩個熟肚與我。在外和朋友吃了一個，拿一個回來與你吃。」渾家道：「你明日也用作謝他。」當晚吳山將肚子與妻在房吃了，全不教父母知覺。

過了兩日，第三日是六月二十四日。吴山起蚤，告父母道：「孩兒一向不到舖中，喜得今日好了，去走一遭。况在城神堂巷有幾家機户賒帳要討，入城便回。」防禦道：「你去不可勞碌。」吴山辭父，討一乘兜轎擡了，小厮壽童打傘跟隨。只因吴山要進城，有分教金奴險送他性命。正是：

二八佳人體似酥，腰間仗劍斬愚夫。
雖然不見人頭落，暗裏教君骨髓枯。

吴山上轎，不覺蚤到灰橋市上。下轎進舖，主管相見。吴山一心只在金奴身上，少坐，便起身分付主管：「我入城收拾機户賒帳，回來算你日逐賣帳。」主管明知到此處去，只不敢阻，但勸：「官人貴體新痊，不可别處閒走，空受疼痛。」吴山不聽，上轎預先分付轎夫，徑進艮山門。迤邐到羊毛寨南横橋，尋問湖市搬來韓家。旁人指説：「藥舖間壁就是。」吴山來到門首下轎，壽童敲門。裏面八老出來開門，見了吴山，慌入去説知。吴山進門，金奴母子兩個堆下笑來迎接，説道：「貴人難見面，今日甚風吹得到此？」吴山與金奴母子相唤罷，到裏面坐定吃茶。金奴道：「官人認認奴家房裏。」吴山同金奴到樓上房中。正所謂：

合意友來情不厭，知心人至話相投。

金奴與吴山在樓上，如魚得水，似漆投膠，兩個無非説些深情密意的話。少不得安排酒殽，八老搬上樓來，掇過鏡架，就擺在梳妝卓上。八老下來，金奴討酒，纔敢上去。兩個并坐，金奴篩酒一杯，雙手敬與吴山道：「官人灸火，妾心無時不念。」吴山接酒在手道：「小生爲因灸火，有失期約。」酒盡，也篩一杯回敬與金奴。吃過十數杯，二人情興如火，免不得再把舊情一叙。交歡之際，無限恩情。事畢起來，洗手更酌。又飲數杯，醉眼矇矓，餘興未盡。吴山因灸火在家，一月不曾行事。見了金奴，如何這一次便罷？【眉批】到此地有主意的方是英雄。或曰：「是英雄不必到此地。」余笑曰：「政不爾爾。」吴山合當死，魂靈都被金奴引散亂了，情興復發，又弄一火。正是：

爽口物多終作疾，快心事過必爲殃。

吴山重復自覺神思散亂，身體困倦，打熬不過，飯也不吃，倒身在床上睡了。金奴見吴山睡着，走下樓到外邊，説與轎夫道：「官人吃了幾杯酒，睡在樓上。二位太保寬坐等一等，不要催促。」轎夫道：「小人不敢來催。」金奴分付畢，走上樓來，也睡在吴山身邊。

且説吴山在床上方合眼，只聽得有人叫：「吴小官好睡！」連叫數聲。吴山醉眼看見一個胖大和尚，身披一領舊褊衫，赤脚穿雙僧鞋，腰繫着一條黄絲縧，對着吴山打個問訊。吴山跳起來還禮道：「師父上刹何處？因甚唤我？」和尚道：「貧僧是桑菜園水月寺住持，因爲死了徒弟，特來勸化官人。貧僧看官人相貌，生得福薄，無緣受享榮華，只好受些清淡，棄俗出家，與我做個徒弟。」吴山道：「和尚好没分曉，我父母半百之年，止生得我一人，成家接代，創立門風，如何出家？」和尚道：「你只好出家，若還貪享榮華，即當命夭。依貧僧口，跟我去罷。」吴山道：「亂話！此間是婦人卧房，你是出家人，到此何幹？」【眉批】醋意。〔六〕那和尚睁着兩眼，叫道：「你跟我去也不？」吴山道：「你這秃驢，好没道理！只顧來纏我做甚？」和尚大怒，扯了吴山便走。到樓梯邊，吴山叫起屈來，被和尚盡力一推，望樓梯下面倒撞下來。【眉批】是夢景。撒然驚覺，一身冷汗。開眼時，金奴還睡未醒，原來做一場夢。覺得有些恍惚，爬起坐在床上，呆了半晌。金奴也醒來，道：「官人好睡。難得你來，且歇了，明蚤去罷。」吴山道：「家中父母記挂，我要回去，别日再來望你。」金奴起身，分付安排點心。吴山道：「我身子不快，不要點心。」金奴見吴山臉色不好，不敢强留。吴山整了衣冠，下樓辭了金奴母子，急急上轎。

天色已晚，吴山在轎思量：白日裏做場夢，甚是作怪。又驚又憂，肚裏漸覺疼起來。在轎過活不得，巴不得到家，分付轎夫快走。捱到自家門首，肚疼不可忍，跳下轎來，走入裏面，徑奔樓上。坐在馬桶上，疼一陣，撒一陣，撒出來都是血水。【眉批】自討得的病。〔七〕半晌方上床，頭眩眼花，倒在床上，四肢倦怠，百骨酸疼。大底是本身元氣微薄，况又色欲過度。

防禦見吴山面青失色，奔上樓來，吃了一驚，道：「孩兒因甚這般模樣？」吴山應道：「因在機户人家多吃了幾杯酒，就在他家睡。一覺醒來熱渴，又吃了一碗冷水，身體便覺拘急，如今作起瀉來。」說未了，咬牙寒禁，渾身冷汗如雨，身如炭火一般。防禦慌急下樓，請醫來看，道：「脉氣將絶，此病難醫。」再三哀懇太醫，乞用心救取。醫人道：「此病非干泄瀉之事，乃是色欲過度，耗散元氣，爲脱陽之症，多是不好。我用一帖藥，與他扶助元氣。若是服藥後，熱退脉起，則有生意。」【眉批】藥醫不死病。〔八〕醫人撮了藥自去。父母再三盤問，吴山但摇頭不語。

將及初更，吴山服了藥，伏枕而卧。忽見日間和尚又來，立在床邊，叫道：「吴山，你强熬做甚？不如早隨我去。」【眉批】佛化有緣人。〔九〕吴山道：「你快去，休來纏我！」那和尚不由分說，將身上黄絲縧縛在吴山項上，扯了便走。【眉批】是夢景。〔一〇〕吴山攀住床欞，大叫一聲，驚醒，又是一夢。開眼看時，父母、渾家皆在面前。父母問道：「我兒因甚驚覺？」吳山自覺神思散亂，料捱不過，只得將金奴之事，并夢見和尚，都説與父母知道。説罷，哽哽咽咽哭將起來。父母、渾家，盡皆淚下。防禦見吳山病勢危篤，不敢埋怨他，但把言語來寬解。

吳山與父母説罷，昏暈數次。復甦，泣謂渾家道：「你可善侍公姑，好看幼子。絲行資本，儘彀盤費。」渾家哭道：「且寬心調理，不要多慮。」吳山嘆了氣一口，喚丫環扶起，對父母説道：「孩兒不能復生矣，爹娘空養了我這個忤逆子。也是年灾命危，逢着這個冤家。今日雖悔，噬臍何及！傳與少年子弟，不要學我幹這等非爲的事，害了自己性命。【眉批】噬臍何及。〔一一〕男子六尺之軀，實是難得，要貪花戀色的，將我來做個樣。孩兒死後，將身尸丢在水中，方可謝抛妻棄子不養父母之罪。」言訖，方纔合眼，和尚又在面前。吳山哀告：「我師，我與你有甚冤仇，不肯放捨我？」【眉批】言亦可憐。〔一二〕和尚道：「貧僧只因犯了色戒，死在彼處，久滯幽冥，不得脱離鬼道。向日偶見官人，白晝交歡，【眉批】勸人白晝須仔細。〔一三〕貧僧一時心動，欲要官人做個陰魂之伴。」言罷而去。吳山醒來，將這話對父母説知。吳防禦道：「原來被冤魂來纏。」慌忙在門外街上，焚香點燭，擺列羹飯，望空拜告：「慈悲放捨我兒生命，親到彼處設醮追拔。」祝畢，燒化紙錢。

防禦回到樓上，天晚，只見吴山朝着裏床睡着。猛然番身坐將起來，睜着眼道：「防禦，我犯如來色戒，在羊毛寨裏尋了自盡。你兒子也來那裏淫欲，不免把我前日的事，陡然想起，要你兒子做個替頭，不然求他超度。適纔承你羹飯紙錢，許我薦拔，我放捨了你的兒子，不在此作祟。我還去羊毛寨裏等你超拔，若得脱生，永不來了。」説話方畢，吴山雙手合掌作禮，洒然而覺，顔色復舊。渾家摸他身上，已住了熱。起身下床解手，又不瀉了。一家歡喜。復請原日醫者來看，説道：「六脉已復，有可救生路。」【眉批】醫人造化。撮下了藥，調理數日，漸漸好了。

防禦請了幾衆僧人，在金奴家做了一晝夜道場。只見金奴舉家做夢，〔一四〕見個胖和尚拿了一條拄杖去了。

吴山將息半年，依舊在新橋市上生理。一日，與主管説起舊事，不覺追悔道：「人生在世，切莫爲昧己勾當。真個明有人非，幽有鬼責，險些兒丢了一條性命。」從此改過前非，再不在金奴家去。【眉批】亦善補過。〔一五〕親鄰有知道的，無不欽敬。【眉批】果然可敬。〔一六〕正是：

痴心做處人人愛，冷眼觀時個個嫌。
覷破關頭邪念息，一生出處自安恬。

【校記】

〔一〕本條眉批底本無，據法政本補。

〔二〕本條眉批底本無，據法政本補。

〔三〕本條眉批底本無，據法政本補。

〔四〕「吴」字，底本及法政本均無，徑補。

〔五〕本條眉批底本無，據法政本補。

〔六〕本條及下一條眉批，法政本作「此措意大抵都是夢景」。

〔七〕本條眉批底本無，據法政本補。

〔八〕本條眉批底本無，據法政本補。

〔九〕本條眉批底本無，據法政本補。

〔一〇〕本條眉批，法政本作「大像夢景」。

〔一一〕本條眉批底本無，據法政本補。

〔一二〕本條眉批底本無，據法政本補。

〔一三〕本條眉批，法政本無。

〔一四〕「舉家」，法政本作「一家」。

〔一五〕本條眉批底本無，據法政本補。

〔一六〕本條眉批，法政本無。

降女乍萌窺王意
文君早亂听琴心

一個想着吹簫風韻一個想
着戒指恩情相思半載欠安
寧此際相逢僥倖

第四卷　閒雲庵阮三償冤債

好姻緣是惡姻緣，莫怨他人莫怨天。
但願向平婚嫁早，安然無事度餘年。

這四句，奉勸做人家的，早些畢了兒女之債。常言道：「男大須婚，女大須嫁；不婚不嫁，弄出醜吒。」多少有女兒的人家，只管要揀門擇户，扳高嫌低，擔誤了婚姻日子。情竇開了，誰熬得住？【眉批】好話。〔一〕男子便去偷情闞院，女兒家拿不定定盤星，也要走差了道兒，那時悔之何及！

則今日說個大大官府，家住西京河南府梧桐街兔演巷，姓陳，名太常。自是小小出身，累官至殿前太尉之職。年將半百，娶妾無子，止生一女，叫名玉蘭。那女孩兒生於貴室，長在深閨，青春二八，真有如花之容，似月之貌。況描繡針綫，件件精通；琴棋書畫，無所不曉。那陳太常常與夫人說：「我位至大臣，家私萬貫，止生得這個女兒，況有才貌，若不尋個名目相稱的對頭，枉居朝中大臣之位。」【眉批】癡人擇門第，明人擇才智。〔二〕便喚官媒婆分付道：「我家小姐年長，要選良姻。須是三般全的方可來說：一要當朝將相之子，二要才貌相當，三要名登黄甲。有此三者，立贅爲婿；如少一件，枉自勞力。」因此往往選擇，或有登科及第的，又是小可出身；或門當户對，又無科第；及至兩事俱全，年貌又不相稱了。以此蹉跎下去。光陰似箭，玉蘭小姐不覺一十九歲了，尚没人家。

時值正和二年上元令節，國家有旨慶賞元宵。五鳳樓前架起鰲山一座，滿地華燈，喧天鑼鼓。自正月初五日起，至二十日止，禁城不閉，國家與民同樂。怎見得？有隻詞兒名《瑞鶴仙》，單道着上元佳景：

瑞煙浮禁苑，正絳闕春回，新正方半，冰輪桂華滿。溢花衢歌市，芙蓉開遍。龍樓兩觀，見銀燭星毬燦爛。捲珠簾，盡日笙歌，盛集寶釵金釧。堪羡！綺羅叢裏，蘭麝香中，正宜游玩。風柔夜暖，花影亂，笑聲喧。鬧蛾兒滿地，成團打塊，簇着冠兒鬬轉。喜皇都，舊日風光，太平再見。

只爲這元宵佳節，處處觀燈，家家取樂，引出一段風流的事來。

話説這兔演巷内，有個年少才郎，姓阮名華，排行第三，喚做阮三郎。他哥哥阮大，與父親專在兩京商販。阮二專一管家。那阮三年方二九，一貌非俗，詩詞歌賦，般般皆曉，篤好吹簫。結交幾個豪家子弟，每日向歌館娼樓，留連風月。時遇上元燈夜，知會幾個弟兄來家，笙簫彈唱，歌笑賞燈。這夥子弟在阮三家，吹唱到三更方散。阮三送出門，見行人稀少，静夜月明如晝，向衆人説道：「恁般良夜，何忍便睡？再舉一曲何如？」衆人依允，就在階沿石上向月而坐，取出笙、簫、象板，口吐清音，嗚嗚咽咽的又吹唱起來。正是：

隔墻須有耳，窗外豈無人？

那阮三家，正與陳太尉對衙。衙内小姐玉蘭，歡耍賞燈，將次要去歇息。忽聽得街上樂聲縹緲，響徹雲際。料得夜深，衆人都睡了，忙唤梅香，輕移蓮步，直至大門邊。聽了一回，情不能已。有個心腹的梅香，名曰碧雲，小姐低低分付道：「你替我去街上，看甚人吹唱。」梅香巴不得趨承小姐，聽得使唤這事，輕輕地走到街邊，認得是對鄰子弟，忙轉身入内，回復小姐道：「對鄰阮三官與幾個相識，在他門首吹唱。」那小姐半晌之間，口中不道，心下思量：「數日前，我爹曾説阮三點報朝中駙馬，因使用不到，退回家中，想就是此人了，才貌必然出衆。」又聽了一個更次，各人分頭散去。小姐回轉香房，一夜不曾合眼，心心念念只想着阮三：「我若嫁得恁般風流子弟，也不枉一生夫婦。怎生得會他一面也好？」正是：

鄰女乍萌窺玉意，文君早亂聽琴心。

且說次日天曉，阮三同幾個子弟到永福寺中游玩，見燒香的士女佳人，來往不絕，自覺心性蕩漾。到晚回家，仍集昨夜子弟，吹唱消遣。每夜如此，迤逦至二十日。這一夜，衆子弟們各有事故，不到阮三家裏。阮三獨坐無聊，偶在門側臨街小軒内，拿壁間紫玉鸞簫，手中按着宫、商、角、徵、羽，將時樣新詞曲調，清清地吹起。吹不了半隻曲兒，忽見個侍女推門而入，深深地向前道個萬福。阮三停簫問道：「你是誰家的姐姐？」丫鬟道：「賤妾碧雲，是對鄰陳衙小姐貼身伏侍的。小姐私慕官人，特地着奴請官人一見。」那阮三心下思量道：「他是個官宦人家，守閽耳目不少，進去易，出來難。被人瞧見盤問時，將何回答？却不枉受凌辱？」當下回言道：「多多上復小姐，怕出入不便，不好進來。」碧雲轉身回復小姐。小姐想起夜來音韻標格，一時間春心摇動，便將手指上一個金鑲寶石戒指兒，褪將下來，付與碧雲，分付道：「你替我將這件物事，寄與阮三郎，將帶他來見我一見，萬不妨事。」碧雲接得在手，一心忙似箭，兩脚走如飛，慌忙來到小軒。阮三官還在那裏，碧雲手兒内托出這個物來，致了小姐之意。阮三口中不道，心下思量：「我有此物爲證，又有梅香引路，何怕他人？」隨即與碧雲前後而行，到二門外，小姐先在門傍守候，覷着阮三目不轉睛，阮三看得女子也十分仔細。正欲交言，門外吆喝道：「太尉回衙。」小姐慌忙迴避歸房，阮三郎火速回家。

自此把那戒指兒緊緊的戴在左手指上，想那小姐的容貌，一時難捨。只恨閨閣深沉，難通音信。或在家，或出外，但是看那戒指兒，心中十分慘切。無由再見，追憶不已。那阮三雖不比宦家子弟，亦是富室伶俐的才郎。因是相思日久，漸覺四肢羸瘦，以致廢寢忘餐。忽經兩月有餘，懨懨成病。父母再三嚴問，并不肯說。正是：

口含黃栢味，有苦自家知。

却說有一個與阮三一般的豪家子弟，姓張名遠，素與阮三交厚。聞得阮三有病月餘，心中懸挂。一日早，到阮三家內詢問起居。阮三在卧榻上，聽得堂中有似張遠的聲音，喚僕邀入房內。張遠看着阮三面黃肌瘦，咳嗽吐痰，心中好生不忍，嗟嘆不已，坐向榻床上去問道：「阿哥，數日不見，怎麼染着這般晦氣？你害的是甚麼病？」阮三只摇頭不語。張遠道：「阿哥，借你手我看看脉息。」阮三一時失於計較，便將左手擡起，與張遠察脉。張遠按着寸關尺，正看脉間，一眼瞧見那阮三手指上戴着個金嵌寶石的戒指。張遠口中不說，心下思量：「他這等害病，還戴着這個東西。况又不是男子之物，必定是婦人的表記，料得這病根從此而起。」也不講脉理，便道：「阿哥，你手上戒指從何而來？恁般病症，不是當耍。我與你相交數年，重承不棄，日常心腹，各不相瞞。我知你心，你知我意，你可實對我說。」阮三見張遠參到八九分的地步，况兼是心腹朋友，只得將來歷因依，盡行說了。張遠道：「阿哥，他雖是個宦家的小姐，若無這個表記，便對面相逢，未知他肯與不肯；既有這物事，心下已允。待阿哥將息貴體，稍健旺時，在小弟身上，想個計策，與你成就此事。」阮三道：「賤恙只爲那事而起，若要我病好，只求早圖良策。」枕邊取出兩錠銀子，付與張遠道：「倘有使用，莫惜小費。」張遠接了銀子道：「容小弟從容計較，有些好音，却來奉報。你可寬心保重。」張遠作別出門，到陳太尉衙前站了兩個時辰，内外出入人多，并無相識，張遠悶悶而回。【眉批】肯如此用心的是好友。

次日，又來觀望，絕無機會。心下想道：「這事難以啓齒，除非得他梅香碧雲出來，纔可通信。」看看到晚，只見一個人捧着兩個磁甕，從衙裏出來，叫喚道：「門上那個走差的閒在那裏？奶奶着你將這兩甕小菜送與閒雲庵王師父去。」【眉批】關目好。張遠聽得了，便想道：「這閒雲庵王尼姑，我平昔相認的。奶奶送他小菜，一定與陳衙内往來情熟。他這般人，出入内裏，極好傳消遞息，何不去尋他商議？」【眉批】所以大家須痛絶此輩。

又過了一夜，到次早，取了兩錠銀子，徑投閒雲庵來。這庵兒雖小，其實幽雅。怎見得？有詩爲證：

短短横墻小小亭，半檐疏玉響玲玲。
塵飛不到人長静，一篆爐煙兩卷經。

庵内尼姑，姓王名守長，他原是個收心的弟子。因師棄世日近，不曾接得徒弟，止有兩個燒香上竈燒火的丫頭。專一向富貴人家布施，佛殿後新塑下觀音、文殊、普賢三尊法像，中間觀音一尊，虧了陳太尉夫人發心喜捨，妝金完了，缺那兩尊未有施主。這日正出庵門，恰好遇着張遠，尼姑道：「張大官何往？」張遠答道：「特來。」尼姑回身請進，邀入庵堂中坐定。

茶罷，張遠問道：「適間師父要往那裏去？」尼姑道：「多蒙陳太尉家奶奶布施，完了觀音聖像，不曾去回復他。昨日又承他差人送些小菜來看我，作意備些薄禮，來日到他府中作謝。後來那兩尊，還要他大出手哩。因家中少替力的人，買幾件小東西，也只得自身奔走。」張遠心下想道：「又好個機會。」便向尼姑道：「師父，我有個心腹朋友，是個富家。這二尊聖像，就要他獨造也是容易，只要煩師父幹一件事。」張遠在袖兒裏摸出兩錠銀子，放在香卓上道：「這銀子權當開手，事若成就，蓋庵蓋殿，隨師父的意。」那尼姑貪財，見了這兩錠細絲白銀，眉花眼笑道：「大官人，你相識是誰？委我幹甚事來？」張遠道：「師父，這事是件機密事，除是你幹得，況是順便，可與你到密室說知。」【眉批】要緊着。〔三〕說罷，就把二錠銀子納入尼姑袖裏，尼姑半推不推收了。【眉批】不要先做出必正、妙常的事來。〔四〕

二人進一個小軒内，竹榻前坐下。張遠道：「師父，我那心腹朋友阮三官，於今歲正月間，蒙陳太尉小姐使梅香寄個表記來與他，至今無由相會。明日師父到陳府中去見奶奶，乘這個便，倘到小姐房中，善用一言，約到庵中與他一見，便是師父用心之處。」尼姑沉吟半晌，便道：「此事未敢輕許，待會見小姐，看其動静，再作計較。你且說甚麽表記？」張遠道：「是個嵌寶金戒指。」尼姑道：「借過這戒指兒來暫時，自有計較。」張遠見尼姑收了銀子，又不推辭，心中大喜。當時作別，便到阮三家來，要了他的金戒指，連夜送到尼姑處了。

却說尼姑在床上想了半夜，次日天曉起來，梳洗畢，將戒指戴在左手上。收拾禮盒，着女童挑了，迤逦來到陳衙，直至後堂歇了。夫人一見，便道：「出家人如何煩你壞鈔？」尼姑稽首道：「向蒙奶奶布施，今觀音聖像已完，山門有幸。貧僧正要來回覆奶奶，昨日又蒙厚賜，感謝不盡。」夫人道：「我見你説没有好小菜吃粥，恰好江南一位官人，送得這幾甕瓜菜來，我分兩甕與你。這些小東西，也謝什麽！」尼姑合掌道：「阿彌陀佛！滴水難消，雖是我僧家口吃十方，難説是應該的。」夫人道：「這聖像完了中間一尊，也就好看了。那兩尊以次而來，少不得還要助些工費。」尼姑道：「全仗奶奶做個大功德，今生恁般富貴，也是前世布施上修來的。如今再修去時，那一世還你榮華受用。」夫人教丫鬟收了禮盒，就分付厨下辦齋，留尼姑過午。

少間，夫人與尼姑吃齋，小姐也坐在側邊相陪。齋罷，尼姑開言道：「貧僧斗膽，還有句話相告：小庵聖像新完，涓選四月初八日，我佛誕辰，啓建道場，開佛光明。特請奶奶、小姐光降隨喜，光輝山門則個。」夫人道：「老身定來拜佛，只是小姐怎麽來得？」那尼姑眉頭一蹙，計上心來，道：「前日壞腹，至今未好，借解一解。」那小姐因爲牽挂阮三，心中正悶，無處可解情懷。忽聞尼姑相請，喜不自勝。正要行動，仍聽夫人有阻，巴不得與那尼姑私下計較。因見尼姑要解手，便道：「奴家陪你進房。」兩個直至閨室。正是：

背地商量無好話，私房計較有奸情。

尼姑坐在觸桶上，道：「小姐，你到初八日同奶奶到我小庵覷一覷，若何？」小姐道：「我巴不得來，只怕爹媽不肯。」尼姑道：「若是小姐堅意要去，奶奶也難固執。奶奶若肯時，不怕太尉不容。」尼姑一頭說話，一頭去拿粗紙，故意露出手指上那個寶石嵌的金戒指來。【眉批】妙。小姐見了大驚，便問道：「這個戒指那裏來的？」尼姑道：「兩月前，有個俊雅的小官人進庵，看妝觀音聖像，手中褪下這個戒指兒來，帶在菩薩手指上，禱祝道：『今生不遂來生願，願得來生逢這人。』半日間對着那聖像，潸然揮淚。被我再四嚴問，他道：『只要你替我訪這戒指的對兒，我自有話說。』」【眉批】馬泊六手段來了。小姐見說了意中之事，滿面通紅。停了一會，忍不住又問道：「那小官人姓甚？常到你庵中麼？」尼姑回道：「那官人姓阮，不時來庵閒觀游玩。」小姐道：「奴家有個戒指，與他到是一對。」說罷，連忙開了妝盒，取出個嵌寶戒指，遞與尼姑。尼姑將兩個戒指比看。果然無異，笑將起來。小姐道：「你笑什麼？」尼姑道：「我笑這個小官人，癡癡的只要尋這戒指的對兒；如今對到尋着了，不知有何話說？」小姐道：「師父，我要……」說了半句，又住了口。尼姑道：「我們出家人，第一口緊。小姐有話，不妨分付。」小姐道：「師父，我要會那官人一面，不知可見得麼？」尼姑道：「那官人求神禱佛，一定也是爲着小姐了。要見不難，只在四月初八這一日，管你相會。」小姐道：「便是爹媽容奴去時，母親在前，怎得方便？」尼姑附耳低言道：「到那日來我庵中，倘齋罷閒坐，便可推睡，此事就諧了。」小姐點頭會意，便將自己的戒指都捨與尼姑。尼姑道：「這金子好把做妝佛用，保小姐百事稱心。」説罷，兩個走出房來。夫人接着問道：「你兩個在房裏多時，説甚麽樣話？」驚得那尼姑心頭一跳，忙答道：「小姐因問我浴佛的故事，以此講説這一晌。」又道：「小姐也要瞻禮佛像，奶奶對太尉老爺説聲，至期專望同臨。」夫人送出廳前，尼姑深深作謝而去。正是：

慣使牢籠計，安排年少人。

再説尼姑出了太尉衙門，將了小姐捨的金戒指兒，一直徑到張遠家來。張遠在門首伺候多時了，遠遠地望見尼姑，口中不道，心下思量：「家下耳目衆多，怎麽言得此事？」提起脚兒，慌忙迎上一步，道：「煩師父回庵去，隨即就到。」尼姑回身轉巷，張遠穿徑尋庵，與尼姑相見，邀入松軒，從頭細話，將一對戒指兒度與張遠。張遠看見，道：「若非師父，其實難成，阮三官還有重重相謝。」張遠轉身就去回復阮三，阮三又收了一個戒指，雙手帶着，歡喜自不必説。

至四月初七日，尼姑又自到陳衙邀請，説道：「因夫人、小姐光臨，各位施主人家，貧僧都預先回了。明日更無別人，千萬早降。」夫人已自被小姐朝暮聒絮的要去拜佛,只得允了。那晚,張遠先去期約阮三。到黄昏人静,悄悄地用一乘女轎擡到庵裏。尼姑接入,尋個窩窩凹凹的房兒,將阮三安頓了。分明正是:

猪羊送屠户之家,一脚脚來尋死路。

尼姑睡到五更時分,唤女童起來,佛前燒香點燭,厨下準備齋供。天明便去催那采畫匠來,與聖像開了光明,早齋就打發去了。少時陳太尉女眷到來,怕不穩便。單留同輩女僧,在殿上做功德誦經。

將次到巳牌時分,夫人與小姐兩個轎兒來了。尼姑忙出迎接,邀入方丈。茶罷,去殿前、殿後拈香禮拜。夫人見旁無雜人,心下歡喜。尼姑請到小軒中寬坐,那夥隨從的男女各有個坐處。尼姑支分完了,來陪夫人、小姐前後行走,觀看了一回,纔回到軒中吃齋。齋罷,夫人見小姐飯食稀少,洋洋瞑目作睡。夫人道:「孩兒,你今日想是起得早了些。」尼姑慌忙道:「告奶奶,我庵中絶無閒雜之輩,便是志誠老實的女娘們,也不許他進我的房内。小姐去我房中,拴上房門睡一睡,自取個穩便,等奶奶閒步一步。你們幾年何月來走得一遭。」夫人道:「孩兒,你這般困倦,不如在師父房内睡睡。」

小姐依了母命,走進房内。剛拴上門,只見阮三從床背後走出來,看了小姐,深深的作揖道：「姐姐，候之久矣。」小姐慌忙摇手，低低道：「莫要則聲！」阮三倒褪幾步，候小姐近前，兩手相挽，轉過床背後，開了側門，又到一個去處，小巧漆卓藤床，隔斷了外人耳目。兩人摟做一團，説了幾句情話，雙雙解帶，好似渴龍見水。這場雲雨，其實暢快。有《西江月》爲證：

一個想着吹簫風韻，一個想着戒指恩情。相思半載欠安寧，此際相逢僥倖。一個難辭病體，一個敢惜童身。枕邊吁喘不停聲，還嫌道歡娱俄頃。

原來阮三是個病久的人，因爲這女子，七情所傷，身子虚弱。這一時相逢，情興酷濃，不顧了性命。那女子想起日前要會不能，今日得見，倒身奉承，盡情取樂。不料樂極悲生，爲好成歉，一陽失去，片時氣斷丹田；七魄分飛，頃刻魂歸陰府。【眉批】阮三該死，也直得的死。若得玉蘭同死，更目瞑也。正所謂：

天有不測風雲，人有旦夕禍福。

小姐見阮三伏在身上，寂然不動，用雙手兒摟定郎腰，吐出丁香，送郎口中。只見牙關緊咬難開，摸着遍身冰冷，驚慌了雲雨嬌娘，頂門上不見了三魂，脚底下蕩散了七魄。番身推在裏床，起來忙穿襟襖，帶轉了側門，走出前房。喘息未定，怕娘來唤，戰戰兢兢，向妝臺重整花鈿，對鸞鏡再匀粉黛。恰纔整理完備，早聽得房外夫人聲喚，小姐慌忙開門。夫人道：「孩兒，殿上功德也散了，你睡纔醒？」小姐道：「我睡了半晌，在這裏整頭面，正要出來和你回衙去。」夫人道：「轎夫伺候多時了。」小姐與夫人謝了尼姑，上轎回衙去不題。

且説尼姑王守長送了夫人起身，回到庵中，廚房裏洗了盤碗器皿，佛殿上收了香火供食，一應都收拾已畢。只見那張遠同阮二哥進庵，與尼姑相見了，稱謝不已，問道：「我家三官今在那裏？」尼姑道：「還在我裏頭房裏睡着。」尼姑便引阮二與張遠開了側房門，來卧床邊叫道：「三哥，你恁的好睡還未醒！」連叫數次不應。阮二用手摇也不動，口鼻全無氣息，仔細看時，嗚呼哀哉了。阮二吃了一驚，便道：「師父，怎地把我兄弟壞了性命？這事不得乾净！」尼姑慌道：「小姐吃了午齋便推要睡，就入房内，約有兩個時辰，殿上功德完了，老夫人叫醒來，恰纔去得不多時。我只道睡着，豈知有此事。」阮二道：「説便是這般説，却是怎了？」尼姑道：「阮二官，今日幸得張大官在此，向蒙張大官分付，實望你家做檀越施主，因此用心，終不成要害你兄弟性命？張大官，今日之事，却是你來尋我，非是我來尋你。告到官司，你也不好，我也不好。向日蒙施銀二錠，一錠我用去了，止存一錠，不敢留用，將來與三官人凑買棺木盛殮。只説在庵養病，不料死了。」説罷，將出這錠銀子放在卓上，道：「你二位，憑你怎麽處置。」張遠與阮二默默無言，呆了半晌。阮二道：「且去買了棺木來再議。」張遠收了銀子，與阮二同出庵門，迤邐路上行着。張遠道：「三哥，這個事本不干尼姑事，三哥是個病弱的人，想是與女子交會，用過了力氣，陽氣一脱，就是死的。我也只爲令弟面上情分好，况令弟前日，在床前再四叮嚀，央浼不過，只得替他幹這件事。」阮二回言道：「我論此事，人心天理，也不干着那尼姑事，亦不干你事。只是我這小官人年命如此，神作禍作，作出這場事來。我心裏也道罷了，只愁大哥與老官人回來煩惱，怎的了？」連晚與張遠買了一口棺木，擡進庵裏，盛殮了，就放在西廊下，只等阮員外、大哥回來定奪。正是：

酒到散筵歡趣少，人逢失意嘆聲多。

忽一日，阮員外同大官人商販回家，與院君相見，合家歡喜。員外動問三兒病症，阮二只得將前後事情，細細訴説了一遍。老員外聽得説三郎死了，放聲大哭了一場，要寫起詞狀，與陳太尉女兒索命：「你家賤人來惹我的兒子！」阮大、阮二再四勸道：「爹爹，這個事想論來，都是兄弟作出來的事，以致送了性命。今日爹爹與陳家討命，一則勢力不敵，二則非干太尉之事。」勉勸老員外選個日子，就庵内修建佛事，送出郊外安厝了。

却説陳小姐自從閒雲庵歸後，過了月餘，常常惡心氣悶，心内思酸，一連三個月經脉不舉。醫者用行經順氣之藥，如何得應？夫人暗地問道：「孩兒，你莫是與那個成這等事麽？可對我實説。」小姐曉得事露了，没奈何，只得與夫人實説。夫人聽得呆了，道：「你爹爹只要尋個有名目的才郎，靠你養老送終。今日弄出這醜事，如何是好？只怕你爹爹得知這事，怎生奈何？」小姐道：「母親，事已如此，孩兒只是一死，别無計較。」夫人心内又惱又悶。

看看天晚，陳太尉回衙，見夫人面帶憂容，問道：「夫人，今日何故不樂？」夫人回道：「我有一件事惱心。」太尉便問：「有甚麽事惱心？」夫人見問不過，只得將情一一訴出。太尉不聽説萬事俱休，聽得説了，怒從心上起，道：「你做母的不能看管孩兒，要你做甚？」急得夫人閣淚汪汪，不敢回對。太尉左思右想，一夜無寐。

天曉出外理事，回衙與夫人計議：「我今日用得買實做了。如官府去，我女孩兒又出醜，我府門又不好看；只得與女孩兒商量，作何理會。」女兒撲簌簌吊下淚來，低頭不語。半晌間，扯母親於背静處，説道：「當原是兒的不是，坑了阮三郎的性命。欲要尋個死，又有三個月遺腹在身；若不尋死，又恐人笑。」一頭哭着，一頭説：「莫若等待十個月滿足，生得一男半女，也不絶了阮三後代，也是當日相愛情分。婦人從一而終，雖是一時苟合，亦是一日夫妻，我斷然再不嫁人。若天可憐見，生得一個男子，守他長大，送還阮家，完了夫妻之情。那時尋個自盡，以贖玷辱父母之罪。」【眉批】可憐。夫人將此話説與太尉知道，太尉只嘆了一口氣，也無奈何，暗暗着人請阮員外來家計議，説道：「當初是我閨門不謹，以致小女背後做出天大事來，害了你兒子性命，如今也休題了。但我女兒已有三個月遺腹，如何出活？如今只説我女曾許嫁你兒子，後來在閒雲庵相遇，爲想我女，成病幾死，因而彼此私情。庶他日生得一男半女，猶有許嫁情由，還好看相。」【眉批】無聊之策，儘通，儘通。阮員外依允，從此就與太尉兩家來往。

十月滿足，阮員外一般遺禮催生，果然生個孩兒。到了三歲，小姐對母親説，欲待領了孩兒，到阮家拜見公婆，就去看看阮三墳墓。夫人對太尉説知，俱依允了。〔五〕揀個好日，小姐備禮過門，拜見了阮員外夫婦。次日，到阮三墓上哭奠了一回；又取出銀兩，請高行真僧，廣設水陸道場，追薦亡夫阮三郎。其夜夢見阮三到來，説道：「小姐，你曉得夙因麽？前世你是個揚州名妓，我是金陵人，到彼訪親，與你相處情厚，許定一年之後再來，必然娶你爲妻。及至歸家，懼怕父親，不敢稟知，别成姻眷。害你終朝懸望，鬱鬱而死。因是夙緣未斷，今生乍會之時，兩情牽戀。閒雲庵相會，是你來索冤債，我登時身死，償了你前生之命。多感你誠心追薦，今已得往好處托生。你前世抱志節而亡，今世合享榮華。所生孩兒，他日必大貴，煩你好好撫養教訓。從今你休懷憶念。」玉蘭小姐夢中一把扯住阮三，正要問他托生何處，被阮三用手一推，驚醒將來，嗟嘆不已。方知生死恩情，都是前緣夙債。

從此小姐放下情懷，一心看覷孩兒。光陰似箭，不覺長成六歲，生得清奇，與阮三一般標致，又且資性聰明。陳太尉愛惜真如掌上之珠，用自己姓，取名陳宗阮，請個先生教他讀書。到一十六歲，果然學富五車，書通二酉。十九歲上，連科及第，中了頭甲狀元，奉旨歸娶。陳、阮二家争先迎接回家，賓朋滿堂，輪流做慶賀筵席。

當初陳家生子時，街坊上曉得些風聲來歷的，免不得點點搠搠，背後譏誚。到陳宗阮一舉成名，翻誇獎玉蘭小姐貞節賢慧，教子成名，許多好處。世情以成敗論人，大率如此。後來陳宗阮做到吏部尚書，留守官將他母親十九歲上守寡，一生不嫁，教子成名等事，表奏朝廷，啓建賢節牌坊。【眉批】到是真賢節。正所謂：貧家百事百難做，富家差得鬼推磨。雖然如此，也虧陳小姐後來守志，一床錦被遮蓋了，至今河南府傳作佳話。有詩爲證，詩曰：

兔演巷中擔病害，閒雲庵裏償冤債。

周全末路仗貞娘，一床錦被相遮蓋。

【校記】

〔一〕本條眉批，法政本無。

〔二〕本條眉批底本無，據法政本補。

〔三〕本條眉批，法政本無。

〔四〕本條眉批底本無，據法政本補。

〔五〕「依允」，底本作「衣允」，據法政本改。

世人尚口戕獨
尊足口易於
波足能涉陸
處下不傾千
里可逐勞晝
實薄無言
恐事酬之
以酒慰爾僕

今明乞相寒儒
忽作朝家貴客

第五卷　窮馬周遭際賣䭔媪

前程暗漆本難知，秋月春花各有時。
靜聽天公分付去，何須昏夜苦奔馳？

話説大唐貞觀改元，太宗皇帝仁明有道，信用賢臣。文有十八學士，武有十八路總管。真個是鴛班濟濟，鷺序彬彬。凡天下有才有智之人，無不舉薦在位，盡其抱負。所以天下太平，萬民安樂。

就中單表一人，姓馬名周，表字賓王，博州茌平人氏。父母雙亡，一貧如洗，年過三旬，尚未娶妻，單單只剩一身。自幼精通書史，廣有學問，志氣謀略，件件過人。只爲孤貧無援，没有人薦拔他，分明是一條神龍困于泥淖之中，飛騰不得。【眉批】千古英雄通患，可憐，可憐。眼見别人才學萬倍不如他的，一個個出身通顯，享用爵禄，偏則自家懷才不遇，每日鬱鬱自嘆道：「時也，運也，命也。」一生掙得一副好酒量，悶來時只是飲酒，盡醉方休。日常飯食，有一頓，没一頓，都不計較，單少不得杯中之物。若自己没錢買時，打聽鄰家有酒，便去噇吃。却又大模大樣，不謹慎，酒後又要狂言亂叫，發風罵坐。【眉批】識者憐其無聊，庸人疑其無行。這夥三鄰四舍被他聒噪的不耐煩，没一個不厭他，背後唤他做「窮馬周」，又唤他是「酒鬼」。那馬周曉得了，也全不在心上。正是：

未逢龍虎會，一任馬牛呼。

且説博州刺史姓達，名奚，素聞馬周明經有學，聘他爲本州助教之職。到任之日，衆秀才携酒稱賀，不覺吃得大醉。次日，刺史親到學宫請教，【眉批】這刺史還算是能容賢的。〔一〕馬周兀自中酒，爬身不起，刺史大怒而去。馬周醒後，曉得刺史曾到，特往州衙謝罪，被刺史責備了許多説話。馬周口中唯唯，只是不能悛改。每遇門生執經問難，便留住他同飲。支得俸錢，都付與酒家；兀自不敷，依舊在門生家噇酒。一日吃醉了，兩個門生左右扶住，一路歌詠而回，【眉批】有景。恰好遇着刺史前導，喝他回避，馬周那裏肯退步？瞋着雙眼到罵人起來，又被刺史當街發作了一場。馬周當時酒醉不知，次日醒後，門生又來勸馬周，在刺史處告罪。馬周嘆口氣道：「我只爲孤貧無援，欲圖個進身之階，所以屈志于人。【眉批】真話。今因酒過，屢被刺史責辱，何面目又去鞠躬取憐？古人不爲五斗米折腰，這個助教官兒，也不是我終身養老之事。」便把公服交付門生，教他繳還刺史，仰天大笑，出門而去。【眉批】豪傑舉動。正是：

此去好憑三寸舌，再來不值一文錢。

自古道：「水不激不躍，人不激不奮。」馬周只爲吃酒上受刺史責辱不過，嘆口氣出門，到一個去處，遇了一個人提携，直做到吏部尚書地位，此是後話。

且說如今到那裏去？他想着衝州撞府，没甚大遭際，則除是長安帝都，公侯卿相中，有個能舉薦的蕭相國，識賢才的魏無知，討個出頭日子，方遂平生之願。望西迤運而行，不一日，來到新豐。

原來那新豐城是漢高皇所築。高皇生于豐里，後來起兵，誅秦滅項，做了大漢天子，尊其父爲太上皇。太上皇在長安城中，思想故鄉風景。高皇命巧匠照依故豐，建造此城，遷豐人來居住。凡街市屋宇，與豐里制度一般無二，把張家鷄兒，李家犬兒，縱放在街上，那鷄犬也都認得自家門首，各自歸家。太上皇大喜，賜名新豐。今日大唐仍建都于長安，這新豐總是關内之地，市井稠密，好不熱鬧！只這招商旅店，也不知多少。

馬周來到新豐市上，天色已晚，只揀個大大客店，踱將進去。但見紅塵滚滚，車馬紛紛，許多商販客人，馱着貨物，挨三頂五的進店安歇。店主王公迎接了，慌忙指派房頭，堆放行旅。衆客人尋行逐隊，各據坐頭，討漿索酒。小二哥搬運不迭，忙得似走馬燈一般。馬周獨自個冷清清地坐在一邊，并没半個人睬他。【眉批】世途勢利，都則如此。馬周心中不忿，拍案大叫道：「主人家，你好欺負人！偏俺不是客，你就不來照顧？是何道理！」王公聽得發作，便來收科道：「客官不須發怒，那邊人衆，只得先安放他；你只一位，却容易答應。但是用酒用飯，只管分付老漢就是。」馬周道：「俺一路行來，没有洗脚，且討些乾净熱水用用。」王公道：「鍋子不方便，要熱水再等一會。」馬周道：「既如此，先取酒來。」王公道：「用多少酒？」馬周指着對面大座頭上一夥客人，問主人家道：「他們用多少，俺也用多少。」王公道：「他們五位客人，每人用一斗好酒。」馬周道：「論起來還不勾俺半醉，但俺途中節飲，也只用五斗罷。有好嗄飯儘你搬來。」王公分付小二過了，一連暖五斗酒，放在桌上，擺一隻大磁甌，幾碗肉菜之類。馬周舉甌獨酌，旁若無人。約莫吃了三斗有餘，討個洗脚盆來，把剩下的酒，都傾在裏面，躧脱雙靴，便伸脚下去洗濯。衆客見了，無不驚怪。王公暗暗稱奇，知其非常人也。【眉批】奇。同時岑文本畫得有《馬周濯足圖》，後有煙波釣叟題贊于上，贊曰：

世人尚口，吾獨尊足。
口易興波，足能踄陸。
處下不傾，千里可逐。
勞重賞薄，無言忍辱。
酬之以酒，慰爾僕僕。
令爾忘憂，勝吾厭腹。
吁嗟賓王，見超凡俗。【眉批】贊亦佳。

當夜安歇無話。次日王公早起會鈔，打發行客登程。馬周身無財物，想天氣漸熱了，便脱下狐裘與王公當酒錢。王公見他是個慷慨之士，又嫌狐裘價重，再四推辭不受。馬周索筆，題詩壁上。詩云：

古人感一飯，千金棄如屣。
匕箸安足酬？所重在知己。
我飲新豐酒，狐裘不用抵。
賢哉主人翁，意氣傾閭里！

後寫「茌平人馬周題」。〔二〕王公見他寫作俱高，心中十分敬重。便問：「馬先生如今何往？」馬周道：「欲往長安求名。」王公道：「曾有相熟寓所否？」馬周回道：「没有。」王公道：「馬先生大才，此去必然富貴。但長安乃米珠薪桂之地，先生資釜既空，將何存立？老夫有個外甥女，嫁在彼處萬壽街賣䭔趙三郎家。老夫寫封書，送先生到彼作寓，比別家還省事。更有白銀一兩，權助路資，休嫌菲薄。」馬周感其厚意，只得受了。王公寫書已畢，遞與馬周。馬周道：「他日寸進，决不相忘。」作謝而別。

行至長安，果然是花天錦地，比新豐市又不相同。馬周徑問到萬壽街趙賣䭔家，將王公書信投遞。原來趙家積世賣這粉食爲生，前年趙三郎已故了。他老婆在家守寡，接管店面，這就是新豐店中王公的外甥女兒。年紀雖然三十有餘，兀自豐艷勝人，京師人順口都唤他做「賣䭔媪」。北方的「媪」字，即如南方的「媽」字一般。這王媪初時坐店賣䭔，神相袁天罡一見大驚，嘆道：「此媪面如滿月，唇若紅蓮，聲響神清，山根不斷，乃大貴之相，他日定爲一品夫人，如何屈居此地？」偶在中郎將常何面前，談及此事，常何深信袁天罡之語，分付蒼頭，只以買䭔爲名，每日到他店中閒話，説發王媪嫁人，欲娶爲妾。王媪只是乾笑，全不統口。正是：

姻緣本是前生定，不是姻緣莫强求。

却説王媪隔夜得一異夢，夢見一匹白馬，自東而來，到他店中，把粉䭔一口吃盡。

自己執箠赶逐，不覺騰上馬背。那馬化爲火龍，衝天而去。醒來滿身都熱，思想此夢非常。恰好這一日，接得母舅王公之信，送個姓馬的客人到來，又馬周身穿白衣。王媼心中大疑，就留住店中作寓。一日三餐，殷勤供給。那馬周恰似理之當然一般，絶無謙遜之意，這裏王媼也始終不怠。

叵耐鄰里中有一班浮蕩子弟，平日見王媼是個俏麗孤孀，閒常時倚門靠壁，不三不四，輕嘴薄舌的狂言挑撥。王媼全不招惹，衆人到也道他正氣。今番見他留個遠方單身客在家，未免言三語四，造出許多議論。王媼是個精細的人，早已察聽在耳朵裏，便對馬周道：「賤妾本欲相留，奈孀婦之家，人言不雅。先生前程遠大，宜擇高枝棲止，以圖上進。若埋没大才于此，枉自可惜。」【眉批】此媼大通。馬周道：「小生情願爲人館賓，但無路可投耳。」

言之未已，只見常中郎家蒼頭，又來買䭔。王媼想着常何是個武臣，必定少不得文士相幫，乃向蒼頭問道：「有個薄親馬秀才，飽學之士，在此覓一館舍，未知你老爺用得着否？」蒼頭答應道：「甚好。」原來那時正值天旱，太宗皇帝詔五品以上官員，都要悉心竭慮，直言得失，以憑採用。論常何官職也該具奏，正欲訪求飽學之士，倩他代筆。恰好王媼説起馬秀才，分明是饑時飯，渴時漿，正搔着癢處。蒼頭回去禀知常何，常何大喜，即刻遣人鞴馬來迎。馬周別了王媪，來到常中郎家裏。常何見馬周一表非俗，好生欽敬。當日置酒相待，打掃書館，留馬周歇宿。

次日，常何取白金二十兩，彩絹十端，親送到館中，權爲贄禮。就將聖旨求言一事，與馬周商議。馬周索取筆研，拂開素紙，手不停揮，草成便宜二十條，常何嘆服不已。連夜繕寫齊整，明日早朝進呈御覽。太宗皇帝看罷，事事稱善，便問常何道：「此等見識議論，非卿所及，卿從何處得來？」常何拜伏在地，口稱「死罪！這便宜二十條，臣愚實不能建白，此乃臣家客馬周所爲也。」【眉批】常何不攘人善，亦是高人。太宗皇帝道：「馬周何在？可速宣來見朕。」黄門官奉了聖旨，徑到常中郎家，宣馬周。馬周吃了早酒，正在鼾睡，呼喚不醒。又是一道旨意下來，催促到第三遍，常何自來了，此見太宗皇帝愛才之極也。史官有詩云：

三道徵書絡繹催，貞觀天子惜賢才。
朝廷愛士皆如此，安得英雄困草萊？

常何親到書館中，教館童扶起馬周，用凉水噴面，馬周方纔甦醒。聞知聖旨，慌忙上馬。常何引到金鑾見駕，拜舞已畢，太宗玉音問道：「卿何處人氏？曾出仕否？」馬周奏道：「臣乃茌平縣人，〔三〕曾爲博州助教。因不得其志，棄官來游京都。

今獲覲天顔，實出萬幸。」太宗大喜，即日拜爲監察御史，欽賜抱笏官帶。〔四〕馬周穿着了，謝恩而出，仍到常何家，拜謝舉薦之德。常何重開筵席，把酒稱賀。

至晚酒散，常何不敢屈留馬周在書館住宿，欲備轎馬，送到令親王媪家去。【眉批】關目好。馬周道：「王媪原非親戚，不過借宿其家而已。」常何大驚，問道：「御史公有宅眷否？」馬周道：「慚愧，實因家貧未娶。」常何道：「袁天罡先生曾相王媪有一品夫人之貴，只怕是令親，或有妨礙；既然萍水相逢，便是天緣。御史公若不嫌棄，下官即當作伐。」馬周感王媪殷勤，亦有此意，便道：「若得先輩玉成，深荷大德。」是晚，馬周仍在常家安歇。

次早，馬周又同常何面君。那時韃虜突厥反叛，太宗皇帝正遣四大總管出兵征剿，命馬周獻平虜策。馬周在御前，口誦如流，句句中了聖意，【眉批】時運到時，便句句中人意了。〔五〕改爲給事中之職。常何舉賢有功，賜絹百疋。常何謝恩出朝，分付馬上就引到賣餠店中，要請王媪相見。王媪還只道常中郎强要娶他，慌忙躲過，那裏肯出來。【眉批】關目又好。常何坐在店中，叫蒼頭去尋個老年鄰嫗，替他傳話：「今日常中郎來此，非爲别事，專爲馬給諫求親。」王媪問其情由，方知馬給諫就是馬周，向時白馬化龍之夢，今已驗矣。此乃天付姻緣，不可違也。常何見王媪允從了，便將御賜絹四，替馬周行聘；賃下一所空宅，教馬周住下。擇個吉日，與王媪成親，百官都來慶賀。正是：

分明乞相寒儒，忽作朝家貴客。

王媪嫁了馬周，把自己一家一火，都搬到馬家來了。里中無不稱羡，這也不在話下。

却説馬周自從遇了太宗皇帝，言無不聽，諫無不從，不上三年，直做到吏部尚書，王媪封做夫人之職。

那新豐店主人王公，知馬周發迹榮貴，特到長安望他，就便先看看外甥女。行至萬壽街，已不見了賣䭔店，只道遷居去了。細問鄰舍，纔曉得外甥女已寡，晚嫁的就是馬尚書，王公這場歡喜非通小可。問到尚書府中，與馬周夫婦相見，各叙些舊話。住了月餘，辭別要行。馬周將千金相贈，王公那裏肯受。馬周道：「壁上詩句猶在，一飯千金，豈可忘也？」【眉批】一本好傳奇結束。王公方纔收了，作謝而回，遂爲新豐富民。此乃投瓜報玉，施恩得恩，也不在話下。

再説達奚刺史，因丁憂回籍，服滿到京。聞馬周爲吏部尚書，自知得罪，心下憂惶，不敢補官。馬周曉得此情，再三請他相見。達奚拜倒在地，口稱：「有眼不識泰山，望乞恕罪。」馬周慌忙扶起道：「刺史教訓諸生，正宜取端謹之士。嗜酒狂呼，此乃馬周之罪，非賢刺史之過也。」即日舉薦達奚爲京兆尹。京師官員見馬周度量寬洪，無不敬服。馬周終身富貴，與王媪偕老。後人有詩嘆云：

一代名臣屬酒人，賣䭔王媪亦奇人。
時人不具波斯眼，枉使明珠混俗塵。

【校記】

〔一〕「還算是」，法政本作「還常是」。
〔二〕「荏平」，法政本作「茌平」。
〔三〕「荏平」，法政本作「茌平」。
〔四〕「抱笏」，法政本作「袍笏」。
〔五〕「了」字，法政本無。

嶽雲樓令公賞翫

葛令公生遣弄珠兒

第六卷　葛令公生遣弄珠兒

當時五霸説莊王，不但强粱壓上邦。
多少傾城因女色，絶纓一事已無雙。

話説春秋時，楚國有個莊王，姓芈，名旅，是五霸中一霸。那莊王曾大宴群臣於寢殿，美人俱侍。偶然風吹燭滅，有一人從暗中牽美人之衣。美人扯斷了他繫冠的纓索，訴與莊王，要他查名治罪。莊王想道：「酒後疏狂，人人常態，我豈爲一女子上坐人罪過，使人笑我輕賢好色，〔一〕豈不可耻？」於是出令曰：「今日飲酒甚樂，在坐不絶纓者不歡。」比及燭至，滿座的冠纓都解，竟不知調戲美人的是那一個。後來晉楚交戰，莊王爲晉兵所困，漸漸危急。忽有一將，殺入重圍，救出莊王。莊王得脱，問：「救我者爲誰？」那將俯伏在地，道：「臣乃昔日絶纓之人也。蒙吾王隱蔽，不加罪責，臣今願以死報恩。」莊王大喜道：「寡人若聽美人之言，幾喪我一員猛將矣。」後來大敗晉兵，諸侯都叛晉歸楚，號爲一代之霸。有詩爲證：

美人空自絶冠纓，豈爲蛾眉失虎臣。
莫怪荆襄多霸氣，驪山戲火是何人？

世人度量狹窄，心術刻薄，還要搜他人的隱過，顯自己的精明。莫説犯出不是來，他肯輕饒了你？這般人一生有怨無恩，但有緩急，也没人與他分憂替力了。像楚莊王恁般棄人小過，成其大業，真乃英雄舉動，古今罕有。

説話的，難道真個没有第二個了？看官，我再説一個與你聽。你道是那一朝人物？却是唐末五代時人。那五代？梁、唐、晉、漢、周，是名五代。梁乃朱温，唐乃李存勗，晉乃石敬瑭，漢乃劉知遠，周乃郭威。方纔要説的，正是梁朝中一員虎將，姓葛名周，生來胸襟海闊，志量山高；力敵萬夫，身經百戰。他原是芒碭山中同朱温起手做事的，後來朱温受了唐禪，做了大梁皇帝，封葛周中書令兼領節度使之職，鎮守兖州。這兖州與河北逼近，河北便是後唐李克用地面，所以梁太祖特着親信的大臣鎮守，彈壓山東，虎視那河北。河北人仰他的威名，傳出個口號來，道是：

山東一條葛，無事莫撩撥。

從此人都稱爲「葛令公」。手下雄兵十萬，戰將如雲，自不必説。

其中單表一人，複姓申徒，名泰，泗水人氏，身長七尺，相貌堂堂，輪的好刀，射的好箭。先前未曾遭際，只在葛令公帳下做個親軍。後來葛令公在甑山打圍，申徒泰射倒一鹿，當有三班教師前來争奪。申徒泰隻身獨臂，打贏了三班教師，手提死鹿，到令公面前告罪。令公見他膽勇，并不計較，到有心擡舉他。次日，教場演武，娉他弓馬熟閑，補他做個虞候，隨身聽用。一應軍情大事，好生重托。他爲自家貧未娶，只在府廳耳房内棲止，這夥守廳軍壯都稱他做「廳頭」，因此上下人等，順口也都唤做「廳頭」。〔二〕正是：

蕭何治獄爲秦吏，韓信曾官執戟郎。
蠖屈龍騰皆運會，男兒出處又何常？

話分兩頭。却説葛令公姬妾衆多，嫌宅院狹窄，教人相了地形，在東南角旺地上另創個衙門，極其宏麗，限一年内務要完工，每日差廳頭去點閘兩次。

時值清明佳節，家家士女踏青，處處游人玩景。葛令公分付設宴嶽雲樓上。這個樓是兖州城中最高之處，葛令公引着一班姬妾，登樓玩賞。原來令公姬妾雖多，其中只有一人出色，名曰弄珠兒。那弄珠兒生得如何？

目如秋水，眉似遠山。小口櫻桃，細腰楊柳。妖艷不數太真，輕盈勝如飛燕。恍疑仙女臨凡世，西子南威總不如。

葛令公十分寵愛，日則侍側，夜則專房，宅院中稱爲「珠娘」。這一日，同在嶽雲樓飲酒作樂。

那申徒泰在新府點閘了人工，到樓前回話。令公喚他上樓，把金蓮花巨杯賞他三杯美酒。申徒泰吃了，拜謝令公賞賜，起在一邊。忽然擡頭，見令公身邊立個美妾，明眸皓齒，光艷照人。心中暗想：「世上怎有恁般好女子？莫非天上降下來的神仙麽？」那申徒泰正當壯年慕色之際，况且不曾娶妻，平昔間也曾聽得人説，令公有個美姬，叫做珠娘，十分顔色，只恨難得見面。今番見了這出色的人物，料想是他了，不覺三魂飄蕩，七魄飛揚，一對眼睛光射定在這女子身上。【眉批】英雄失意時，往往寄情酒色，如馬周、申徒泰是也。真個是觀之不足，看之有餘。不隄防葛令公有話問他，叫道：「廳頭，這工程幾時可完？」呀，申徒泰，申徒泰！問你工程幾時可完！」連連喚了幾聲，全不答應。自古道心無二用，原來申徒泰一心對着那女子身上出神去了，這邊呼喚都不聽得，也不知分付的是甚話。葛令公看見申徒泰目不轉睛，已知其意，笑了一笑，便教撤了筵席，也不叫唤他，也不説破他出來。

却説伏侍的衆軍校看見令公叫呼不應，到替他捏兩把汗。幸得令公不加嗔責，正不知甚麼意思，少不得學與申徒泰知道。申徒泰聽罷，大驚，想道：「我這條性命，只在早晚，必然難保。」整整愁了一夜。正是：

是非只爲閒撩撥，煩惱皆因不老成。

到次日，令公升廳理事。申徒泰遠遠站着，頭也不敢擡起。巴得散衙，這日就無事了。一連數日，神思恍惚，坐卧不安。葛令公曉得他心下憂惶，到把幾句好言語安慰他。又差他往新府，專管催督工程，遣他開去。〔三〕申徒泰離了令公左右，分明拾了性命一般。纔得三分安穩，又怕令公在這場差使内尋他罪罰，到底有些疑慮，十分小心勤謹，早夜督工，不辭辛苦。

忽一日，葛令公差虞候許高，來替申徒泰回衙。申徒泰聞知，又是一番驚恐，戰戰兢兢的離了新府，到衙門内參見，稟道：「承恩相呼喚，有何差使？」葛令公道：「主上在夾寨失利，唐兵分道入寇。李存璋引兵侵犯山東境界，見有本地告急文書到來。我待出師拒敵，因帳下無人，要你同去。」申徒泰道：「恩相鈞旨，小人敢不遵依。」令公分付甲仗庫内，取熟銅盔甲一副，賞了申徒泰。申徒泰拜謝了，心中一喜一憂：喜的是跟令公出去，正好立功；憂的怕有小小差遲，令公記其前過，一并治罪。正是：

青龍白虎同行，吉凶全然未保。

却説葛令公簡兵選將，即日興師。真個是旌旗蔽天，鑼鼓震地。一行來到郯城，唐將李存璋正待攻城，聞得兖州大兵將到，先占住瑯琊山高阜去處，大小下了三個寨。葛周兵到，見失了地形，倒退三十里屯扎，以防衝突。一連四五日挑戰，李存璋牢守寨柵，只不招架。到第七日，葛周大軍拔寨都起，直逼李家大寨搦戰。李存璋早做準備，在山前結成方陣，四面迎敵。陣中埋伏着弓箭手，但去衝陣的，都被射回。葛令公親自引兵陣前，看了一回，見行列齊整，如山不動，嘆道：「人傳李存璋柏鄉大戰，今觀此陣，果大將之才也。」這個方陣，一名「九宫八卦陣」，昔日吴王夫差與晉公會于黄池，用此陣以取勝。須俟其倦怠，陣脚稍亂，方可乘之，不然實難攻矣。當下出令，分付嚴陣相持，不許妄動。

看看申牌時分，葛令公見軍士們又饑又渴，漸漸立脚不定，欲待退軍，又怕唐兵乘勝追趕，躊躕不决。忽見申徒泰在旁，便問道：「廳頭，你有何高見？」申徒泰道：「據泰愚意，彼軍雖整，然以我軍比度，必然一般疲困。誠得亡命勇士數人，出其不意，疾馳赴敵。倘得陷入其陣，大軍繼之，庶可成功耳。」令公撫其背道：「我素知汝驍勇，能爲我陷此陣否？」申徒泰即便掉刀上馬，叫一聲：「有志氣的快跟我來破賊！」帳前并無一人答應。申徒泰也不回顧，徑望敵軍奔去。葛周大驚，急領衆將，親出陣前接應。只見申徒泰一匹馬一把刀，馬不停蹄，刀不停手。馬不停蹄，疾如電閃；刀不停手，快若風輪。不管三七二十一，直殺入陣中去了。【眉批】驍勇可嘉。〔四〕

原來對陣唐兵，初時看見一人一騎，不將他爲意。誰知申徒泰拚命而來，這把刀神出鬼沒，遇着他的，就如砍瓜切菜一般，往來陣中，如入無人之境。恰好遇着先鋒沈祥，只一合斬于馬下，跳下馬來，割了首級。復飛身上馬，殺出陣來，無人攔擋。葛周大軍已到，申徒泰大呼道：「唐兵陣亂矣！要殺賊的快來！」説罷，將首級擲于葛周馬前，番身復殺入對陣去了。葛周將令旗一招，大軍一齊并力，長驅而進。唐兵大亂，李存璋禁押不住，只得鞭馬先走。唐兵被梁家殺得七零八落，走得快的，逃了性命；略遲慢些，就爲沙場之鬼。李存璋唐朝名將，這一陣，殺得大敗虧輸，望風而遁，棄下器械馬匹，不計其數。梁家大獲全勝。葛令公對申徒泰道：「今日破敵，皆汝一人之功。」申徒泰叩頭道：「小人有何本事？皆仗令公虎威耳！」令公大喜，一面寫表申奏朝廷，傳令犒賞三軍，休息他三日，第四日班師回兖州去。果然是：

喜孜孜鞭敲金鐙響，笑吟吟齊唱凱歌回。

却説葛令公回衙，衆侍妾羅拜稱賀。令公笑道：「爲將者出師破賊，自是本分常事，何足爲喜？」指着弄珠兒對衆妾説道：「你們衆人只該賀他的喜。」衆妾道：「相公今日破敵，保全地方，朝廷必有恩賞。凡侍巾櫛的，均受其榮，爲何只是珠娘之喜？」令公道：「此番出師，全虧帳下一人力戰成功。無物酬賞他，欲將此姬贈與爲妻。他終身有托，豈不可喜？」弄珠兒恃着平日寵愛，還不信是真，帶笑的説道：「相公休得取笑。」令公道：「我生平不作戲言，已曾取庫上六十萬錢，替你具辦資妝去了。只今晚便在西房獨宿，不敢勞你侍酒。」【眉批】英雄作事，一刀兩段每每如此。弄珠兒聽罷，大驚，不覺淚如雨下，跪稟道：「賤妾自侍巾櫛，累年以來，未曾得罪。今一旦棄之他人，賤妾有死而已，决難從命。」令公大笑道：「癡妮子，我非木石，豈與你無情？但前日嶽雲樓飲宴之時，我見此人目不轉睛，曉得他鍾情與汝。此人少年未娶，新立大功，非汝不足以快其意耳。」弄珠兒扯住令公衣袂，撒嬌撒癡，千不肯，萬不肯，只是不肯從命。令公道：「今日之事，也由不得你。做人的妻，强似做人的妾。此人將來功名，不弱于我，乃汝福分當然。我又不曾誤你，何須悲怨！」教衆妾扶起珠娘，莫要啼哭。衆妾爲平時珠娘有專房之寵，滿肚子恨他，巴不得撚他出去。今日聞此消息，正中其懷，一擁上前，拖拖拽拽，扶他到西房去，着實窩伴他，勸解他。弄珠兒此時也無可奈何，想着令公英雄性子，在兒女頭上不十分留戀，嘆了口氣，只得罷了。

從此日爲始，令公每夜輪遣兩名姬妾，陪珠娘西房宴宿，再不要他相見。有詩爲證：

昔日專房寵，今朝召見稀。

非關情太薄，猶恐動情癡。

再説申徒泰自郯城回後，口不言功，禀過令公，依舊在新府督工去了。這日工程報完，恰好庫吏也來禀道：「六十萬錢資妝，俱已備下，伏乞鈞旨。」令公道：「權且寄下，待移府後取用。」一面分付陰陽生擇個吉日，闔家遷在新府住居，獨留下弄珠兒及丫鬟、養娘數十人。庫吏奉了鈞帖，將六十萬錢資妝，都搬來舊衙門内，擺設得齊齊整整，花堆錦簇。衆人都疑道令公留這舊衙門做外宅，故此重新擺設，誰知其中就裏？

這日，申徒泰同着一般虞候，正在新府聲喏慶賀。令公獨唤申徒泰上前，説道：「郯城之功，久未圖報。聞汝尚未娶妻，小妾頗工顔色，特奉贈爲配。薄有資妝，都在舊府。今日是上吉之日，便可就彼成親，就把這宅院判與你夫妻居住。」申徒泰聽得，到嚇得面如土色，不住的磕頭，只道得個「不敢」二字，那裏還説得出什麽説話！令公又道：「大丈夫意氣相許，頭顱可斷，何況一妾？我主張已定，休得推阻。」申徒泰兀自謙讓，令公分付衆虞候，替他披紅插花，隨班樂工奏動鼓樂。衆虞候喝道：「申徒泰，拜謝了令公！」申徒泰恰似夢裏一般，拜了幾拜，不由自身做主，衆人擁他出府上馬，樂人迎導而去，直到舊府。只見舊時一班直廳的軍壯，預先領了鈞旨，都來參謁。前廳後堂，懸花結綵。丫鬟、養娘等引出新人交拜，鼓樂喧天，做起花燭筵席。申徒泰定睛看時，那女子正是嶽雲樓中所見。【眉批】好快活。當時只道是天上神仙霎時出現，因爲貪看他顔色，險些兒獲其大禍，喪了性命，誰知今日等閒間做了百年眷屬，豈非僥倖！進到内宅，只見器用供帳，件件新，色色備，分明鑽入錦繡窩中，好生過意不去。當晚就在西房安置，夫妻歡喜自不必説。

次日，雙雙兩口兒都到新府拜謝葛令公。令公分付挂了迴避牌，不消相見。剛纔轉身回去，不多時門上報到令公自來了，申徒泰慌忙迎着馬頭下跪迎接。葛令公下馬扶起，直至廳上。令公捧出告身一道，請申徒泰爲參謀之職。原來那時做鎮使的，都請得有空頭告身，但是軍中合用官員，隨他填寫取用，然後奏聞朝廷，無有不依。況且申徒泰已有功績，申奏去了，朝廷自然優録的。令公教取官帶與申徒泰换了，以禮相接。自此申徒泰洗落了「廳頭」二字，感謝令公不盡。

一日，與渾家閒話，問及令公平日恁般寵愛，如何割捨得下？弄珠兒叙起嶽雲樓目不轉睛之語，令公説你鍾情於妾，特地割愛相贈。【眉批】了案。申徒泰聽罷，纔曉得令公體悉人情，重賢輕色，真大丈夫之所爲也。這一節，傳出軍中，都知道了，没一個人不姱揚令公仁德，都願替他出力盡死。終令公之世，人心悦服，地方安静。後人有詩贊云：

重賢輕色古今稀，反怨爲恩事更奇。
試借兖州功簿看，黄金臺上有名姬。

【校記】

〔一〕「笑我」，法政本作「笑戲」。

〔二〕「喚」，底本及法政本均作「换」，據文意改。

〔三〕「開」，法政本作「鬧」。

〔四〕本條眉批底本無，據法政本補。

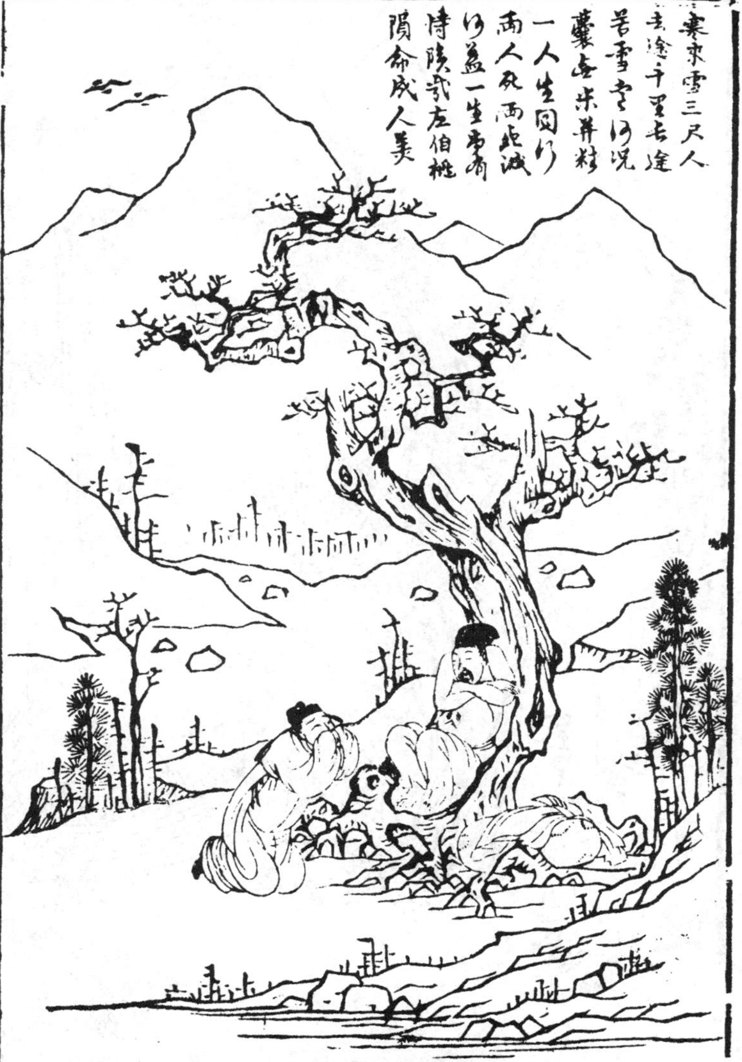
寒來雪三尺人
去途千里長途
苦雪寒何況
囊無米并糧
一人生同行
兩人死兩死誠
何益一生尚有
恃賢哉左伯桃
隕命成人美

羊角哀捨命全交

第七卷　羊角哀捨命全交

一本作「羊角哀一死戰荆軻」

番手爲雲覆手雨，〔一〕紛紛輕薄何須數。
君看管鮑貧時交，此道今人棄如土。

昔時齊國有管仲，字夷吾；鮑叔，字宣子。兩個自幼時以貧賤結交，後來鮑叔先在齊桓公門下，信用顯達，舉薦管仲爲首相，位在己上。兩人同心輔政，始終如一。管仲曾有幾句言語道：「吾嘗三戰三北，鮑叔不以我爲怯，知我有老母也；吾嘗三仕三見逐，鮑叔不以我爲不肖，知我不遇時也；吾嘗與鮑叔談論，鮑叔不以我爲愚，知時有利不利也；吾嘗與鮑叔爲賈，分利多，鮑叔不以我爲貪，知我貧也。生我者父母，知我者鮑叔。」所以古今說知心結交，必曰「管鮑」。今日說兩個朋友，偶然相見，結爲兄弟，各捨其命，留名萬古。

春秋時，楚元王崇儒重道，招賢納士。天下之人聞其風而歸者，不可勝計。西羌積石山，【眉批】積石山在今臨洮府河州。〔二〕有一賢士，姓左，雙名伯桃，幼亡父母，勉力攻書，養成濟世之才，學就安民之業。年近四旬，因中國諸侯互相吞并，行仁政者少，恃强霸者多，未嘗出仕。後聞得楚元王慕仁好義，遍求賢士，乃携書一囊，辭别鄉中鄰友，徑奔楚國而來。迤邐來到雍地，時值隆冬，風雨交作。有一篇《西江月》詞，單道冬天雨景：

習習悲風割面，濛濛細雨侵衣。催冰釀雪逞寒威，不比他時和氣。　山色不明常暗，日光偶露還微。天涯游子盡思歸，路上行人應悔。

左伯桃冒雨盪風，行了一日，衣裳都沾濕了。看看天色昏黄，走向村間，欲覓一宵宿處。遠遠望見竹林之中，破窗透出燈光。徑奔那個去處，見矮矮籬笆圍着一間草屋。乃推開籬障，輕叩柴門。中有一人，啓户而出。左伯桃立在檐下，慌忙施禮曰：「小生西羌人氏，姓左，雙名伯桃。欲往楚國，不期中途遇雨，無覓旅邸之處，求借一宵，來早便行，未知尊意肯容否？」那人聞言，慌忙答禮，邀入屋内。伯桃視之，止有一榻。榻上堆積書卷，别無他物。伯桃已知亦是儒人，便欲下拜。那人云：「且未可講禮，容取火烘乾衣服，却當會話。」當夜燒竹爲火，伯桃烘衣。那人炊辦酒食，以供伯桃，意甚勤厚。伯桃乃問姓名，其人曰：「小生姓羊，雙名角哀，幼亡父母，獨居於此。

平生酷愛讀書，農業盡廢。今幸遇賢士遠來，但恨家寒，乏物爲款，伏乞恕罪。」伯桃曰：「陰雨之中，得蒙遮蔽，更兼一飲一食，感佩何忘！」當夜二人抵足而眠，共話胸中學問，終夕不寐。

比及天曉，淋雨不止。角哀留伯桃在家，盡其所有相待，結爲昆仲，伯桃年長角哀五歲，角哀拜伯桃爲兄。一住三日，雨止道乾。伯桃曰：「賢弟有王佐之才，抱經綸之志。不圖竹帛，甘老林泉，深爲可惜。」角哀曰：「非不欲仕，奈未得其便耳。」伯桃曰：「今楚王虛心求士，賢弟既有此心，何不同往？」角哀曰：「願從兄長之命。」遂收拾些小路費糧米，棄其茅屋，二人同望南方而進。

行不兩日，又值陰雨，羈身旅店中，盤費罄盡。止有行糧一包，二人輪換負之，冒雨而走。其雨未止，風又大作，變爲一天大雪。怎見得？你看：

風添雪冷，雪趁風威。紛紛柳絮狂飄，片片鵝毛亂舞。團空攪陣，不分南北西東；遮地漫天，變盡青黃赤黑。探梅詩客多清趣，路上行人欲斷魂。

二人行過岐陽，道經梁山路，問及樵夫，皆說：「從此去百餘里，并無人煙，盡是荒山曠野，狼虎成群，只好休去。」伯桃與角哀曰：「賢弟心下如何？」角哀曰：「自古道：『死生有命』，既然到此，只顧前進，休生退悔。」又行了一日，夜宿古墓中。衣服單薄，寒風透骨。

次日，雪越下得緊，山中仿佛盈尺。伯桃受凍不過，曰：「我思此去百餘里，絶無人家，行糧不敷，衣單食缺。若一人獨往，可到楚國；二人俱去，縱然不凍死，亦必餓死於途中。與草木同朽，何益之有？我將身上衣服，脱與賢弟穿了，賢弟可獨賫此糧，於途强挣而去。我委的行不動了，寧可死於此地。待賢弟見了楚王，必當重用，那時却來葬我未遲。」【眉批】英雄語，亦是無策中良策。角哀曰：「焉有此理！我二人雖非一父母所生，義氣過於骨肉，我安忍獨去而求進身耶？」遂不許，扶伯桃而行。

行不十里，伯桃曰：「風雪越緊，如何去得？且于道傍尋個歇處。」見一株枯桑，頗可避雪。那桑下止容得一人，角哀遂扶伯桃入去坐下。伯桃命角哀敲石取火，爇些枯枝，以禦寒氣。比及角哀取了柴火到來，只見伯桃脱得赤條條地，渾身衣服，都做一堆放着。【眉批】遣開角哀，爲脱衣地，不如此不能絶角哀之念。角哀大驚曰：「吾兄何爲如此？」伯桃曰：「吾尋思無計，賢弟勿自誤了，速穿此衣服，負糧前去，我只在此守死。」角哀抱持大哭曰：「吾二人死生同處，安可分離？」伯桃曰：「若皆餓死，白骨誰埋？」角哀曰：「若如此，弟情願解衣與兄穿了，兄可賫糧去，弟寧死於此。」伯桃曰：「我平生多病，賢弟少壯，比我甚强；更兼胸中之學，我所不及。若見楚君，必登顯宦。我死何足道哉？弟勿久滯，可宜速往。」角哀曰：「今兄餓死桑中，弟獨取功名，此大不義之人也，我不爲之。」伯桃曰：「我自離積石山，至弟家中，一見如故。知弟胸次不凡，以此勸弟求進。不幸風雨所阻，此吾天命當盡。若使弟亦亡於此，乃吾之罪也。」言訖，欲跳前溪覓死。角哀抱住痛哭，將衣擁護，再扶至桑中，伯桃把衣服推開。角哀再欲上前勸解時，但見伯桃神色已變，四肢厥冷，口不能言，以手揮令去。角哀尋思：「我若久戀，亦凍死矣。死後誰葬吾兄？」乃於雪中再拜伯桃而哭曰：「不肖弟此去，望兄陰力相助。但得微名，必當厚葬。」伯桃點頭半答。角哀取了衣糧，帶泣而去。伯桃死於桑中。【眉批】按《廣輿記》載，左伯桃死處在陝西西安府郃陽縣，梁山則在乾州岐山之界。後人有詩贊云：

寒來雪三尺，人去途千里。
長途苦雪寒，何况囊無米？
并糧一人生，同行兩人死。
兩死誠何益？一生尚有恃。
賢哉左伯桃，隕命成人美。

角哀捱着寒冷，半饑半飽，來至楚國，於旅邸中歇定。次日入城，問人曰：「楚君招賢，何由而進？」人曰：「宮門外設一賓館，令上大夫裴仲接納天下之士。」角哀徑投賓館前來，正值上大夫下車，角哀乃向前而揖。裴仲見角哀衣雖藍縷，器宇不凡，慌忙答禮，問曰：「賢士何來？」角哀曰：「小生姓羊，雙名角哀，雍州人也。聞上國招賢，特來歸投。」裴仲邀入賓館，具酒食以進，宿於館中。

次日，裴仲到館中探望，將胸中疑義，盤問角哀，試他學問如何。角哀百問百答，談論如流。裴仲大喜，入奏元王。王即時召見，問富國强兵之道，角哀首陳十策，皆切當世之急務。元王大喜，設御宴以待之，拜爲中大夫，賜黄金百兩，彩段百疋。角哀再拜流涕。元王大驚而問曰：「卿痛哭者何也？」角哀將左伯桃脱衣并糧之事，一一奏知。元王聞其言，爲之感傷，諸大臣皆爲痛惜。元王曰：「卿欲如何？」角哀曰：「臣乞告假到彼處，安葬伯桃已畢，却回來事大王。」元王遂贈已死伯桃爲中大夫，厚賜葬資，仍差人跟隨角哀車騎同去。

角哀辭了元王，徑奔梁山地面。尋舊日枯桑之處，果見伯桃死尸尚在，顏貌如生前一般。角哀乃再拜而哭，呼左右唤集鄉中父老，卜地於浦塘之原。前臨大溪，後靠高崕，左右諸峰環抱，風水甚好。遂以香湯沐浴伯桃之尸，穿戴大夫衣冠，置内棺外槨，安葬起墳。四圍築墻栽樹，離墳三十步建享堂，塑伯桃儀容，立華表，柱上建牌額。墻側蓋瓦屋，令人看守。造畢，設祭於享堂，哭泣甚切。鄉老從人，無不下淚。祭罷，各自散去。

角哀是夜明燈燃燭而坐，感嘆不已。忽然一陣陰風颯颯，燭滅復明。角哀視之，見一人於燈影中或進或退，隱隱有哭聲。角哀叱曰：「何人也？輒敢黄夜而入！」其人不言。角哀起而視之，乃伯桃也。角哀大驚，問曰：「兄陰靈不遠，今來見弟，必有事故。」伯桃曰：「感賢弟記憶，初登仕路，奏請葬吾，更贈重爵，并棺槨衣衾之美，凡事十全。但墳地與荆軻墓相連近，此人在世時，爲刺秦王不中被戮，高漸離以其尸葬於此處。神極威猛，每夜仗劍來罵吾曰：『汝是凍死餓殺之人，安敢建墳居吾上肩，奪吾風水？若不遷移他處，吾發墓取尸，擲之野外！』有此危難，特告賢弟。望改葬於他處，以免此禍。」角哀再欲問之，風起，忽然不見。角哀在享堂中一夢驚覺，盡記其事。

天明，再唤鄉老，問此處有墳相近否。鄉老曰：「松陰中有荆軻墓，墓前有廟。」角哀曰：「此人昔刺秦王不中被殺，緣何有墳於此？」鄉老曰：「高漸離乃此間人，知荆軻被害，棄尸野外，乃盗其尸，葬於此地。每每顯靈。土人建廟於此，四時享祭，以求福利。」角哀聞其言，遂信夢中之事，引從者徑奔荆軻廟，指其神而罵曰：「汝乃燕邦一匹夫，受燕太子奉養，名姬重寶，儘汝受用。不思良策以副重托，入秦行事，喪身誤國。却來此處驚惑鄉民，而求祭祀！【眉批】責備荆軻，良是。吾兄左伯桃，當代名儒，仁義廉潔之士，汝安敢逼之？再如此，吾當毀其廟而發其塚，永絶汝之根本！」罵訖，却來伯桃墓前祝曰：「如荆軻今夜再來，兄當報我。」

歸至享堂，是夜秉燭以待。果見伯桃哽咽而來，告曰：「感賢弟如此，奈荆軻從人極多，皆士人所獻。賢弟可束草爲人，以彩爲衣，手執器械，焚於墓前。吾得其助，使荆軻不能侵害。」言罷不見。角哀連夜使人束草爲人，以彩爲衣，各執刀鎗器械，建數十於墓側，以火焚之。祝曰：「如其無事，亦望回報。」

歸至享堂，是夜聞風雨之聲，如人戰敵。角哀出户觀之，見伯桃奔走而來，言曰：「弟所焚之人，不得其用。荆軻又有高漸離相助，不久吾尸必出墓矣。【眉批】更幻。望賢弟早與遷移他處殯葬，免受此禍。」角哀曰：「此人安敢如此欺淩吾兄！弟當力助以戰之。」伯桃曰：「弟陽人也，我皆陰鬼。陽人雖有勇烈，塵世相隔，焉能戰陰鬼也？雖蒭草之人，但能助喊，不能退此强魂。」角哀曰：「兄且去，弟來日自有區處。」

次日，角哀再到荆軻廟中大罵，打毀神像。方欲取火焚廟，只見鄉老數人，再四哀求，曰：「此乃一村香火，若觸犯之，恐貽禍於百姓。」須臾之間，土人聚集，都來求告。角哀拗他不過，只得罷了。

回到享堂，修一道表章，上謝楚王，言：「昔日伯桃并糧與臣，因此得活，以遇聖主。重蒙厚爵，平生足矣，容臣後世盡心圖報。」詞意甚切。表付從人，然後到伯桃墓側，大哭一場。與從者曰：「吾兄被荆軻强魂所逼，去往無門，吾所不忍。欲焚廟掘墳，又恐拂土人之意。寧死爲泉下之鬼，力助吾兄戰此强魂。汝等可將吾尸葬於此墓之右，生死共處，以報吾兄并糧之義。回奏楚君，萬乞聽納臣言，永保山河社稷。」言訖，掣取佩劍，自刎而死。從者急救不及，速具衣棺殯殮，埋於伯桃墓側。

是夜二更，風雨大作，雷電交加，喊殺之聲聞數十里。清曉視之，荆軻墓上，震烈如發，白骨散於墓前，墓邊松栢，和根拔起。廟中忽然起火，燒做白地。鄉老大驚，都往羊、左二墓前，焚香展拜。從者回楚國，將此事上奏元王，元王感其義重，差官往墓前建廟，加封上大夫，敕賜廟額，曰「忠義之祠」，就立碑以記其事，至今香火不斷。荆軻之靈，自此絶矣。【眉批】《傳》但云角哀至楚爲上大夫，以卿禮葬伯桃，角哀自殺以殉，未聞有戰荆軻之事，且角哀死在荆軻、高漸離之前。作者蓋憤荆軻誤太子丹之事，而借角哀以愧之耳。士人四時祭祀，所禱甚靈。有古詩云：

古來仁義包天地，只在人心方寸間。

二士廟前秋日净，英魂常伴月光寒。

【校記】

〔一〕「番手」，法政本作「背手」，《奇觀》作「翻手」。

〔二〕本條眉批，法政本無。

應時還淂見
勝似岳陽金

遥望平陽數千里
不知何日到家鄉

第八卷　吴保安棄家贖友

古人結交惟結心，今人結交惟結面。結心可以同死生，結面那堪共貧賤？九衢鞍馬日紛紜，追攀送謁無晨昏。座中慷慨出妻子，酒邊拜舞猶弟兄。一關微利已交惡，况復大難肯相親？君不見當年羊左稱死友，至今史傳高其人。

這篇詞，名爲《結交行》，是嘆末世人心險薄，結交最難。平時酒杯往來，如兄若弟；一遇虱大的事，纔有些利害相關，便爾我不相顧了。真個是：酒肉弟兄千個有，落難之中無一人。【眉批】蘇州人尤甚，可恨，可笑。還有朝兄弟，暮仇敵，纔放下酒杯，出門便彎弓相向的。所以陶淵明欲息交，嵇叔夜欲絶交，劉孝標又做下《廣絶交論》，都是感慨世情，故爲忿激之譚耳。如今我説的兩個朋友，却是從無一面的。只因一點意氣上相許，後來患難之中，死生相救，這纔算做心交至友。正是：

說來貢禹冠塵動，道破荆卿劍氣寒。

話説大唐開元年間，宰相代國公郭震，字元振，河北武陽人氏，【眉批】武陽，今大名府大名縣。有侄兒郭仲翔，才兼文武，一生豪俠尚氣，不拘繩墨，因此没人舉薦。他父親見他年長無成，寫了一封書，教他到京參見伯父，求個出身之地。元振謂曰：「大丈夫不能掇巍科，登上第，致身青雲，亦當如班超、傅介子，立功異域，以博富貴。若但借門第爲階梯，所就豈能遠大乎？」仲翔唯唯。

適邊報到京，南中洞蠻作亂。原來武則天娘娘革命之日，要買囑人心歸順，只這九溪十八洞蠻夷，每年一小犒賞，三年一大犒賞。到玄宗皇帝登極，把這犒賞常規都裁格了。爲此群蠻一時造反，侵擾州縣。朝廷差李蒙爲姚州都督，【眉批】今雲南大理、姚安，皆唐時姚州地。調兵進討。李蒙領了聖旨，臨行之際，特往相府辭别，〔一〕因而請教。郭元振曰：「昔諸葛武侯七擒孟獲，但服其心，不服其力。將軍宜以慎重行之，必當制勝。舍侄郭仲翔頗有才幹，今遣與將軍同行。俟破賊立功，庶可附驥尾以成名耳。」即呼仲翔出，與李蒙相見。李蒙見仲翔一表非俗，又且當朝宰相之侄，親口囑托，怎敢推委？即署仲翔爲行軍判官之職。仲翔别了伯父，跟隨李蒙起程。

行至劍南地方，有同鄉一人，姓吴，名保安，字永固，見任東川遂州方義尉。【眉批】遂州，今四川潼川府遂寧縣。雖與仲翔從未識面，然素知其爲人義氣深重，肯扶持濟拔人的。乃修書一封，特遣人馳送於仲翔，仲翔拆書讀之，書曰：

保安不肖，〔二〕幸與足下生同鄉里，雖缺展拜，而慕仰有日。以足下大才，輔李將軍以平小寇，成功在旦夕耳。保安力學多年，僅官一尉。僻在劍外，鄉關夢絶。況此官已滿，後任難期，恐厄選曹之格限也。稔聞足下分憂急難，有古人風。今大軍征進，正在用人之際。儻垂念鄉曲，録及細微，使保安得執鞭從事，樹尺寸於幕府，足下丘山之恩，敢忘銜結？

仲翔玩其書意，嘆曰：「此人與我素昧平生，而驟以緩急相委，乃深知我者。大丈夫遇知己而不能與之出力，寧不負愧乎？」【眉批】無交而求，求之而反喜，此意誰人解得？遂向李蒙誇奬吴保安之才，乞徵來軍中效用。李都督聽了，便行下文帖，到遂州去，要取方義尉吴保安爲管記。

纔打發差人起身，探馬報蠻賊猖獗，逼近内地。李都督傳令，星夜趲行。來到姚州，正遇着蠻兵搶擄財物，不做準備，被大軍一掩，都四散亂竄，不成隊伍，殺得他大敗虧輸。〔三〕李都督恃勇，招引大軍，乘勢追逐五十里。天晚下寨，郭仲翔諫曰：「蠻人貪詐無比，今兵敗遠遁，將軍之威已立矣，宜班師回州，遣人宣播威德，招使内附，不可深入其地，恐墮詐謀之中。」李蒙大喝曰：「群蠻今已喪膽，不乘此機掃清溪洞，更待何時?汝勿多言,看我破賊。」

次日,拔寨都起。行了數日,直到烏蠻界上。只見萬山叠翠,草木蒙茸,正不知那一條是去路。李蒙心中大疑,傳令暫退平衍處屯扎,一面尋覓土人,訪問路徑。忽然山谷之中,金鼓之聲四起,蠻兵彌山遍野而來。洞主姓蒙,名細奴邏,【眉批】按唐史,天寶後蒙氏遂據有姚州之地,細奴邏乃六詔開額之祖,小説特托名耳。手執木弓藥矢,百發百中。驅率各洞蠻酋穿林渡嶺,分明似鳥飛獸奔,全不費力。唐兵陷於伏中,又且路生力倦,如何抵敵?李都督雖然驍勇,奈英雄無用武之地。手下爪牙看看將盡,嘆曰:「悔不聽郭判官之言,乃爲犬羊所侮。」拔出靴中短刀,自刺其喉而死,【眉批】李蒙亦好漢。全軍皆没於蠻中。後人有詩云:

馬援銅柱標千古,諸葛旗臺鎮九溪。
何事唐師皆覆没?將軍姓李數偏奇。

又有一詩,專咎李都督不聽郭仲翔之言,以自取敗。詩云:

不是將軍數獨奇,懸軍深入總堪危。
當時若聽還師策,總有群蠻誰敢窺?

其時郭仲翔也被擄去,細奴邏見他丰神不凡,叩問之,方知是郭元振之侄,遂給與本洞頭目烏羅部下。原來南蠻從無大志，只貪圖中國財物。擄掠得漢人，都分給與各洞頭目。功多的，分得多；功少的，分得少。其分得人口，不問賢愚，只如奴僕一般，供他驅使，斫柴削草，〔四〕飼馬牧羊。若是人口多的，又可轉相買賣。漢人到此，十個九個只願死，不願生。却又有蠻人看守，求死不得，有恁般苦楚，這一陣廝殺，擄得漢人甚多。其中多有有職位的，蠻酋一一審出，許他寄信到中國去，要他親戚來贖，獲其厚利。你想被擄的人，那一個不思想還鄉的？一聞此事，不論富家貧家，都寄信到家鄉來了。就是各人家屬，十分没法處置的，只得罷了。若還有親有眷，那移補湊得來，那一家不想借貸去取贖？那蠻酋忍心貪利，隨你孤身窮漢，也要勒取好絹三十疋，方准贖回。若上一等的，憑他索詐。烏羅聞知郭仲翔是當朝宰相之侄，高其贖價，索絹一千疋。

仲翔想道：「若要千絹，除非伯父處可辦。只是關山迢遞，怎得寄個信去？」忽然想着：「吴保安是我知己，我與他從未會面，只爲見他數行之字，便力薦於李都督，召爲管記。我之用情，他必諒之。幸他行遲，不與此難，此際多應已到姚州。誠央他附信於長安，豈不便乎？」【眉批】想得着。乃修成一書，徑致保安。書中具道苦情，及烏羅索價詳細：「倘永固不見遺棄，傳語伯父，早來見贖，尚可生還。不然，生爲俘囚，死爲蠻鬼，永固其忍之乎？」永固者，保安之字也。書後附一詩云：

箕子爲奴仍異域，蘇卿受困在初年。
知君義氣深相憫，願脱征驂學古賢。

仲翔修書已畢，恰好有個姚州解糧官被贖放回，仲翔乘便就將此書付之，眼盼盼看着他人去了，自己不能奮飛，萬箭攢心，不覺淚如雨下。正是：

眼看他鳥高飛去，身在籠中怎出頭？

不題郭仲翔蠻中之事。且説吴保安奉了李都督文帖，已知郭仲翔所薦，留妻房張氏和那新生下未周歲的孩兒在遂州住下，一主一僕飛身上路，赶來姚州赴任。聞知李都督陣亡消息，吃了一驚。尚未知仲翔生死下落，不免留身打探。恰好解糧官從蠻地放回，帶得有仲翔書信。吴保安拆開看了，好生淒慘。便寫回書一紙，書中許他取贖，留在解糧官處，囑他覷便寄到蠻中，以慰仲翔之心。忙整行囊，便望長安進發。這姚州到長安三千餘里，東川正是個順路。保安徑不回家，直到京都，求見郭元振相公。【眉批】誰肯！誰肯！誰知一月前元振已薨，家小都扶柩而回了。

吴保安大失所望，盤纏罄盡，只得將僕馬賣去，將來使用。覆身回到遂州，見了妻兒，放聲大哭。張氏問其緣故，保安將郭仲翔失陷南中之事，説了一遍：「如今要去贖他，爭奈自家無力，使他在窮鄉懸望，我心何安？」説罷又哭。張氏勸止之曰：「常言『巧媳婦煮不得没米粥』，你如今力不從心，只索付之無奈了。」保安摇首曰：「吾向者偶寄尺書，即蒙郭君垂情薦拔。今彼在死生之際，以性命托我，我何忍負之？不得郭回，誓不獨生也。」於是傾家所有，估計來止直得絹二百疋。遂撇了妻兒，欲出外爲商。又怕蠻中不時有信寄來，只在姚州左近營運。朝馳暮走，東趁西奔；身穿破衣，口吃粗糲。雖一錢一粟，不敢妄費，都積來爲買絹之用。得一望十，得十望百；滿了百疋，就寄放姚州府庫。眠裏夢裏只想着「郭仲翔」三字，連妻子都忘記了。整整的在外過了十個年頭，【眉批】誰肯！誰肯！剛剛的凑得七百疋絹，還未足千疋之數。正是：

離家千里逐錐刀，只爲相知意氣饒。
十載未償蠻洞債，不知何日慰心交？

話分兩頭。却説吴保安妻張氏，同那幼年孩子，孤孤恓恓的住在遂州，初時還有人看縣尉面上，小意兒周濟他，一連幾年不通音耗，就没人理他了。家中又無積蓄，捱到十年之外，衣單食缺，萬難存濟，只得并迭幾件破家火，變賣盤纏，領了十一歲的孩兒，親自問路，欲往姚州，尋取丈夫吴保安。夜宿朝行，一日只走得三四十里。比到得戎州界上，盤費已盡，計無所出。欲待求乞前去，又含羞不慣。思量薄命，不如死休；看了十一歲的孩兒，又割捨不下。【眉批】或謂：「吴保安棄家十載，求贖未識面之友，未免賢智之過。」虞仲翔有言：「士有一人知己，死可無恨。」此言可寫保安心事。左思右想，看看天晚，坐在烏蒙山下，放聲大哭，驚動了過往的官人。

那官人姓楊，名安居，新任姚州都督，正頂着李蒙的缺。從長安馳驛到任，打從烏蒙山下經過，聽得哭聲哀切，又是個婦人，停了車馬，召而問之。張氏手攙着十一歲的孩兒，上前哭訴曰：「妾乃遂州方義尉吴保安之妻，此孩兒即妾之子也。妾夫因友人郭仲翔陷没蠻中，欲營求千疋絹往贖，棄妾母子，久住姚州，十年不通音信。妾貧苦無依，親往尋取。糧盡路長，是以悲泣耳。」安居暗暗嘆異道：「此人真義士，恨我無緣識之。」乃謂張氏曰：「夫人休憂，下官添任姚州都督，一到彼郡，即差人尋訪尊夫。夫人行李之費，都在下官身上。請到前途館驛中，當與夫人設處。」張氏收淚拜謝。雖然如此，心下尚懷惶惑。楊都督車馬如飛去了。張氏母子相扶，一步步捱到驛前。楊都督早已分付驛官伺候，問了來歷，請到空房飯食安置。次日五鼓，楊都督起馬先行。驛官傳楊都督之命，將十千錢贈爲路費，又備下一輛車兒，差人夫送至姚州普淜驛中居住。張氏心中感激不盡。正是：

好人還遇好人救，惡人自有惡人磨。

且說楊安居一到姚州，便差人四下尋訪吴保安下落。不三四日，便尋着了。安居請到都督府中，降階迎接，親執其手，登堂慰勞。【眉批】楊公十分好賢，如今那有此人。因謂保安曰：「下官常聞古人有死生之交，今親見之足下矣。尊夫人同令嗣遠來相覓，見在驛舍。足下且往，暫叙十年之别。所需絹疋若干，吾當爲足下圖之。」保安曰：「僕爲友盡心，固其分内，奈何累及明公乎？」安居曰：「慕公之義，欲成公之志耳。」保安叩首曰：「既蒙明公高誼，僕不敢固辭。所少尚三分之一，如數即付，僕當親往蠻中，贖取吾友。然後與妻孥相見，未爲晚也。」【眉批】誰肯，誰肯！時安居初到任，乃於庫中撮借官絹四百疋贈與保安，又贈他全副鞍馬，保安大喜，領了這四百疋絹，并庫上七百疋，共一千一百之數，騎馬直到南蠻界口。尋個熟蠻，往蠻中通話，將所餘百疋絹，盡數托他使費。只要仲翔回歸，心滿意足。〔五〕正是：

應時還得見，勝是岳陽金。

却説郭仲翔在烏羅部下，烏羅指望他重價取贖，初時好生看待，飲食不缺。過了一年有餘，不見中國人來講話。烏羅心中不悦，把他飲食都裁減了，每日一餐，着他看養戰象。仲翔打熬不過，思鄉念切，乘烏羅出外打圍，拽開脚步，望北而走。那蠻中都是險峻的山路，仲翔走了一日一夜，脚底都破了，被一般看象的蠻子，飛也似赶來，捉了回去。烏羅大怒，將他轉賣與南洞主新丁蠻爲奴，離烏羅部二百里之外。那新丁最惡，差使小不遂意，整百皮鞭，鞭得背都青腫，如此已非一次。仲翔熬不得痛苦，捉個空，又想逃走。争奈路徑不熟，只在山凹内盤旋，又被本洞蠻子追着了，拿去獻與新丁。新丁不用了，又賣到南方一洞去，一步遠一步了。那洞主號菩薩蠻，更是利害。曉得郭仲翔屢次逃走，乃取木板兩片，各長五六尺，厚三四寸，教仲翔把兩隻脚立在板上，用鐵釘釘其脚面，直透板内，日常帶着二板行動。夜間納土洞中，洞口用厚木板門遮蓋。本洞蠻子就睡在板上看守，一毫轉動不得。兩脚被釘處，常流膿血，分明是地獄受罪一般。有詩爲證：

身賣南蠻南更南，土牢木鎖苦難堪。
十年不達中原信，夢想心交不敢譚。

却説熟蠻領了吴保安言語，來見烏羅，説知求贖郭仲翔之事。烏羅曉得絹足千疋，不勝之喜，便差人往南洞轉贖郭仲翔回來。南洞主新丁，又引至菩薩蠻洞中，交割了身價，將仲翔兩脚釘板，用鐵鉗取出釘來。那釘頭入肉已久，膿水乾後，如生成一般，今番重復取出，這疼痛比初釘時，更自難忍，血流滿地，仲翔登時悶絶。良久方醒，寸步難移。只得用皮袋盛了，兩個蠻子扛擡着，直送到烏羅帳下。烏羅收足了絹疋，不管死活，把仲翔交付熟蠻，轉送吴保安收領。

吴保安接着，如見親骨肉一般。這兩個朋友，到今日方纔識面。未暇叙話，各睁眼看了一看，抱頭而哭，皆疑以爲夢中相逢也。郭仲翔感謝吴保安，自不必説。保安見仲翔形容憔悴，半人半鬼，兩脚又動撣不得，好生凄慘，讓馬與他騎坐，自己步行隨後，同到姚州城内，回復楊都督。原來楊安居曾在郭元振門下做個幕僚，與郭仲翔雖未厮認，却有通家之誼；又且他是個正人君子，不以存亡易心，一見仲翔，不勝之喜，教他洗沐過了，將新衣與他更换，又教隨軍醫生醫他兩脚瘡口。好飲好食將息，不勾一月，平復如故。

且説吴保安從蠻界回來，方纔到普淜驛中，與妻兒相見。初時分别，兒子尚在襁褓，如今十一歲了。光陰迅速，未免傷感於懷。楊安居爲吴保安義氣上，十分敬重。每每對人誇獎，又寫書與長安貴要，稱他棄家贖友之事；又厚贈資糧，送他往京師補官。凡姚州一郡官府，見都督如此用情，無不厚贈。仲翔仍留爲都督府判官。保安將衆人所贈，分一半與仲翔，留下使用。仲翔再三推辭，保安那裏肯依，只得受了。吴保安謝了楊都督，同家小往長安進發。仲翔送出姚州界外，痛哭而别。保安仍留家小在遂州，單身到京，升補嘉州彭山丞之職。【眉批】今眉州彭山縣。那嘉州仍是西蜀地方，迎接家小又方便，保安歡喜赴任去訖，不在話下。

再說郭仲翔在蠻中日久，深知款曲。蠻中婦女，儘有姿色，價反在男子之下。仲翔在任三年，陸續差人到蠻洞購求年少美女，共有十人，自己教成歌舞，鮮衣美飾，特獻與楊安居伏侍，以報其德。安居笑曰：「吾重生高義，故樂成其美耳。言及相報，得無以市井見待耶？」【眉批】楊公人品，不下於吴、郭，一時得三異士，奇哉！恨我不遇一人也。仲翔曰：「荷明公仁德，微軀再造，特求此蠻口奉獻，以表區區。明公若見辭，仲翔死不瞑目矣。」安居見他誠懇，乃曰：「僕有幼女，最所鍾愛，勉受一小口爲伴，餘則不敢如命。」仲翔把那九個美女，贈與楊都督帳下九個心腹將校，以顯楊公之德。【眉批】處得好。

時朝廷正追念代國公軍功，要録用其子侄。楊安居表奏：「故相郭震嫡侄仲翔，始進諫於李蒙，預知勝敗；繼陷身於蠻洞，備著堅貞。十年復返於故鄉，三載效勞於幕府。蔭既可叙，功亦宜酬。」於是郭仲翔得授蔚州録事參軍。自從離家到今，共一十五年了，他父親和妻子在家聞得仲翔陷没蠻中，杳無音信，只道身故已久，忽見親筆家書，迎接家小臨蔚州任所，舉家歡喜無限。

仲翔在蔚州做官兩年，大有聲譽，升遷代州户曹參軍。又經三載，父親一病而亡，仲翔扶柩回歸河北。喪葬已畢，忽然嘆曰：「吾賴吳公見贖，得有餘生。因老親在堂，方謀奉養，未暇圖報私恩。今親歿服除，豈可置恩人於度外乎？」訪知吳保安在宦所未回，乃親到嘉州彭山縣看之。不期保安任滿家貧，無力赴京聽調，就便在彭山居住。六年之前，患了疫症，夫婦雙亡，藁葬在黃龍寺後隙地。兒子吳天祐，從幼母親教訓，讀書識字，就在本地訓蒙度日。〔六〕

仲翔一聞此信，悲啼不已。因製縗麻之服，腰絰執杖，步至黃龍寺內，向塚號泣，具禮祭奠。奠畢，尋吳天祐相見，即將自己衣服，脱與他穿了，呼之爲弟，商議歸葬一事。乃爲文以告於保安之靈，發開土堆，止存枯骨二具。仲翔痛哭不已，旁觀之人，莫不墮淚。仲翔預製下綀囊二個，裝保安夫婦骸骨。又恐失了次第，斂葬時一時難認，逐節用墨記下，裝入綀囊，總貯一竹籠之内，親自背負而行。吳天祐道是他父母的骸骨，理合他馱，來奪那竹籠。仲翔那肯放下，哭曰：「永固爲我奔走十年，今我暫時爲之負骨，少盡我心而已。」一路且行且哭，每到旅店，必置竹籠於上坐，將酒飯澆奠過了，然後與天祐同食。夜間亦安置竹籠停當，方敢就寢。自嘉州到魏郡，凡數千里，都是步行。他兩脚曾經釘板，雖然好了，終是血脉受傷，一連走了幾日，脚面都紫腫起來，内中作痛。看看行走不動，又立心不要别人替力，勉强捱去。有詩爲證：

酬恩無地只奔喪，負骨徒行日夜忙。

遥望陽平數千里，不知何日到家鄉？

仲翔思想：「前路正長，如何是好？」天晚就店安宿，乃設酒飯於竹籠之前，含淚再拜，虔誠哀懇：「願吴永固夫婦顯靈，保祐仲翔脚患頓除，步履方便，早到武陽，經營葬事。」吴天祐也從旁再三拜禱。至次日起身，仲翔便覺兩脚輕健，直到武陽縣中，全不疼痛。此乃神天護佑吉人，不但吴保安之靈也。

再説仲翔到家，就留吴天祐同居。打掃中堂，設立吴保安夫婦神位，買辦衣衾棺槨，重新殯斂。自己戴孝，一同吴天祐守幕受吊，顧匠造墳。凡一切葬具，照依先葬父親一般。又立一道石碑，詳紀保安棄家贖友之事，使往來讀碑者，盡知其善。又同吴天祐廬墓三年。那三年中，教訓天祐經書，得他學問精通，方好出仕。三年後，要到長安補官，念吴天祐無家未娶，擇宗族中侄女有賢德者，替他納聘，割東邊宅院子，讓他居住成親，又將一半家財，分給天祐過活。【眉批】保安所施之恩，是從來未有之恩；仲翔所以報恩者，亦從來未有之報。正是：

昔年爲友抛妻子，今日孤兒轉受恩。

正是投瓜還得報，善人不負善心人。

仲翔起服到京，補嵐州長史，又加朝散大夫。仲翔思念保安不已，乃上疏，其略曰：

臣聞有善必勸者，固國家之典；有恩必酬者，亦匹夫之義。臣向從故姚州都督李蒙進禦蠻寇，一戰奏捷。臣謂深入非宜，尚當持重，主帥不聽，全軍覆没。臣以中華世族，爲絶域窮困。蠻賊貪利，責絹還俘。謂臣宰相之侄，索至千疋。而臣家絶萬里，無信可通。十年之中，備嘗艱苦，肌膚毁剔，靡刻不淚。牧羊有志，射雁無期。而遂州方義尉吴保安，適至姚州，與臣雖係同鄉，從無一面，徒以意氣相慕，遂謀贖臣。經營百端，撇家數載，形容憔悴，妻子饑寒。拔臣於垂死之中，賜臣以再生之路。大恩未報，遽爾淹殁。臣今幸沾朱紱，而保安子天祐，食藿懸鶉，臣竊愧之。且天祐年富學深，足堪任使，願以臣官，讓之天祐。庶幾國家勸善之典，與下臣酬恩之義，一舉兩得。臣甘就退閒，没齒無怨。謹昧死披瀝以聞。【眉批】身家可棄，何況一官，究竟爲仲翔易，保安難。

時天寶十二年也。疏入，下禮部詳議。此一事，閧動了舉朝官員。雖然保安施恩在前，也難得郭仲翔義氣，真不愧死友者矣。禮部爲此覆奏，盛誇郭仲翔之品，宜破格俯從，以勵澆俗。吴天祐可試嵐谷縣尉，仲翔原官如故。這嵐谷縣與嵐州相鄰，使他兩個朝夕相見，以慰其情，這是禮部官的用情處。朝廷依允，仲翔領了吴天祐告身一道，謝恩出京，回到武陽縣，將告身付與天祐。備下祭奠，拜告兩家墳墓。擇了吉日，兩家宅眷，同日起程，向西京到任。

那時做一件奇事，遠近傳説，都道吴郭交情，雖古之管鮑、羊左，不能及也。後來郭仲翔在嵐州，吴天祐在嵐谷縣，皆有政績，各升遷去。嵐州人追慕其事，爲立「雙義祠」，祀吴保安、郭仲翔。里中凡有約誓，都在廟中禱告，香火至今不絶。有詩爲證：

頻頻握手未爲親，臨難方知意氣真。
試看郭吴真義氣，原非平日結交人。

【校記】

〔一〕「往」，底本及法政本均作「住」，據《奇觀》改。

〔二〕「保安」，法政本作「吴保安」，《奇觀》同底本。

〔三〕「大敗虧輸」，法政本作「大敗全輸」，《奇觀》同法政本。

〔四〕「削草」，法政本作「割草」，《奇觀》同底本。

〔五〕「心滿意足」下，底本及法政本均衍一「足」字，據《奇觀》删。

〔六〕「本地」，法政本作「本縣」，《奇觀》同法政本。

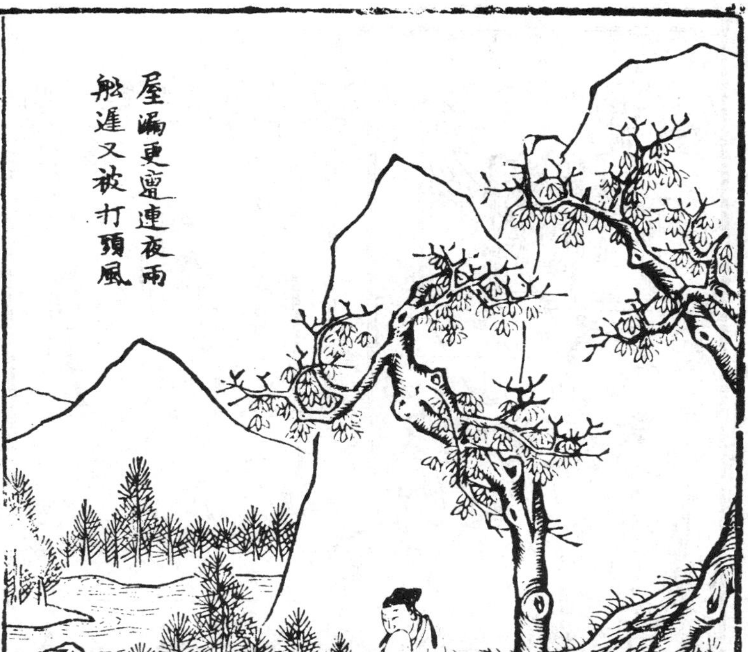
屋漏更遭連夜雨
舩遲又被打頭風

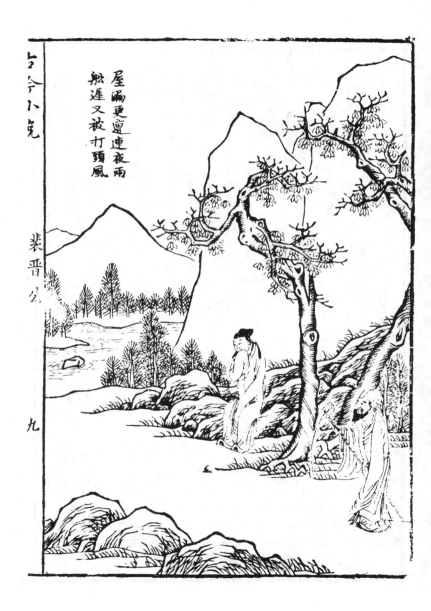

裴晉公義還原配

第九卷　裴晉公義還原配

官居極品富千金，享用無多白髮侵。
惟有存仁并積善，千秋不朽在人心。

當初漢文帝朝中，有個寵臣，叫做鄧通，出則隨輦，寢則同榻，恩幸無比。其時有神相許負，相那鄧通之面，有縱理紋入口，必當窮餓而死。文帝聞之，怒曰：「富貴由我，誰人窮得鄧通？」遂將蜀道銅山賜之，使得自鑄錢。當時鄧氏之錢，布滿天下，其富敵國。一日，文帝偶然生下個癰疽，膿血迸流，疼痛難忍。鄧通跪而吮之，文帝覺得爽快，便問道：「天下至愛者何人？」鄧通答道：「莫如父子。」恰好皇太子入宮問疾，文帝也教他吮那癰疽。太子推辭道：「臣方食鮮膾，恐不宜近聖恙。」太子出宮去了。文帝嘆道：「至愛莫如父子，尚且不肯爲我吮疽，鄧通愛我勝如吾子。」由是恩寵俱加。皇太子聞知此語，深恨鄧通吮疽之事。後來文帝駕崩，太子即位，是爲景帝，遂治鄧通之罪，説他吮疽獻媚，壞亂錢法。籍其家産，閉於空室之中，絶其飲食，鄧通果然餓死。又漢景帝時，丞相周亞夫也有縱理紋在口。景帝忌他威名，尋他罪過，下之於廷尉獄中。亞夫怨恨，不食而死。這兩個極富極貴，犯了餓死之相，果然不得善終。然雖如此，又有一説，道是面相不如心相。假如上等貴相之人，也有做下虧心事，損了陰德，反不得好結果。又有犯着惡相的，却因心地端正，肯積陰功，反禍爲福。此是人定勝天，非相法之不靈也。

如今説唐朝有個裴度，少年時，貧落未遇。有人相他縱理入口，法當餓死。後游香山寺中，於井亭欄干上，拾得三條寶帶。裴度自思：「此乃他人遺失之物，我豈可損人利己，壞了心術？」乃坐而守之。少頃間，只見有個婦人，啼哭而來。説道：「老父陷獄，借得三條寶帶，要去贖罪。偶到寺中盥手燒香，遺失在此。如有人拾取，可憐見還，全了老父之命。」裴度將三條寶帶即時交付與婦人，婦人拜謝而去。

他日，又遇了那相士，相士大驚，道：「足下骨法全改，非復向日餓莩之相，得非有陰德乎？」裴度辭以没有。相士云：「足下試自思之，必有拯溺救焚之事。」裴度乃言還帶一節。相士云：「此乃大陰功，他日富貴兩全，可預賀也。」後來裴度果然進身及第，位至宰相，壽登耄耋。正是：

面相不如心相準，爲人須是積陰功。

假饒方寸難移相，餓莩焉能享萬鍾？

説話的，你只道裴晉公是陰德上積來的富貴，誰知他富貴以後，陰德更多。則今聽我説義還原配這節故事，却也十分難得。

話説唐憲宗皇帝元和十三年，裴度領兵削平了淮西反賊吴元濟，還朝拜爲首相，進爵晉國公。又有兩處積久負固的藩鎮，都懼怕裴度威名，上表獻地贖罪：恒冀節度使王承宗，願獻德、棣二州；淄青節度使李師道，願獻沂、密、海三州。憲宗皇帝看見外寇漸平，天下無事，乃修龍德殿，浚龍首池，起承暉殿，大興土木。又聽山人柳泌，合長生之藥。裴度屢次切諫，都不聽。佞臣皇甫鎛判度支，程异掌鹽鐵，專一刻剥百姓財物，名爲羨餘，以供無事之費。由是投了憲宗皇帝之意，兩個佞臣并同平章事。裴度羞與同列，上表求退。憲宗皇帝不許，反説裴度好立朋黨，漸有疑忌之心。裴度自念功名太盛，惟恐得罪，乃口不談朝事，終日縱情酒色，以樂餘年。【眉批】英雄可憐。四方郡牧，往往訪覓歌兒舞女，獻於相府，不一而足。論起裴晉公，那裏要人來獻？只是這班阿諛諂媚的，要博相國歡喜，自然重價購求，也有用强偪取的，鮮衣美飾，或假作家妓，或僞稱侍兒，遣人殷殷勤勤的送來。裴晉公來者不拒，也只得納了。

【眉批】周旋得好。

再説晉州萬泉縣，有一人，姓唐名璧，字國寶，曾舉孝廉科，初任括州龍宗縣尉，再任越州會稽丞。先在鄉時，聘定同鄉黄太學之女小娥爲妻。因小娥尚在稚齡，待年未嫁。比及長成，唐璧兩任游宦，都在南方。以此兩下蹉跎，不曾婚配。

那小娥年方二九，生得臉似堆花，體如琢玉，又且通於音律，凡簫管琵琶之類，無所不工。晉州刺史奉承裴晉公，要在所屬地方選取美貌歌姬一隊進奉。已有了五人，還少一個出色掌班的。聞得黄小娥之名，又道太學之女，不可輕得，乃捐錢三十萬，囑托萬泉縣令求之。那縣令又奉承刺史，【眉批】轉展奉承，便做出虧心事來了。遣人到黄太學家致意。黄太學回道：「已經受聘，不敢從命。」縣令再三强求，黄太學只是不允。

時值清明，黄太學舉家掃墓，獨留小娥在家。縣令打聽的實，乃親到黄家，搜出小娥，用肩輿擡去，着兩個穩婆相伴，立刻送到晉州刺史處交割。硬將三十萬錢撇在他家，以爲身價。比及黄太學回來，曉得女兒被縣令劫去，急往縣中，已知送去州裏。再到晉州，將情哀求刺史，刺史道：「你女兒才色過人，一入相府，必然擅寵，豈不勝作他人箕帚乎？況已受我聘財六十萬錢，何不贈與汝婿，别圖配偶？」黄太學道：

「縣主乘某掃墓，將錢委置，某未嘗面受，况止三十萬，今悉持在此。某只願領女，不願領錢也。」刺史拍案大怒道：「你得財賣女，却又瞞過三十萬，强來絮聒，是何道理？汝女已送至晉國公府中矣，汝自往相府取索，在此無益。」黄太學看見刺史發怒，出言圖賴，再不敢開口，兩眼含淚而出。在晉州守了數日，欲得女兒一見，寂然無信，嘆了口氣，只得回縣去了。

却説刺史將千金置買異樣服飾，寶珠瓔珞，妝扮那六個人，如天仙相似，全副樂器，整日在衙中操演。直待晉國公生日將近，遣人送去，以作賀禮。那刺史費了許多心機，破了許多錢鈔，要博相國一個大歡喜。誰知相國府中，歌舞成行，各鎮所獻美女，也不計其數，這六個人，只湊得鬧熱，相國那裏便看在眼裏、留在心裏？【眉批】可憐如花女，却作遼東豕。從來奉承儘有折本的，【眉批】小人情願折本。都似此類。有詩爲證：

割肉剜膚買上歡，千金不吝備吹彈。

相公見慣渾閑事，羞殺州官與縣官。

話分兩頭。再説唐璧在會稽任滿，該得升遷。想黄小娥今已長成，且回家畢姻，然後赴京未遲。當下收拾宦囊，望萬泉縣進發。到家次日，就去謁見岳丈黄太學。黄太學已知爲着姻事，不等開口，便將女兒被奪情節，一五一十，備細的告訴了。唐璧聽罷，呆了半晌，咬牙切齒恨道：「大丈夫浮沉薄宦，至一妻之不能保，何以生爲？」黃太學勸道：「賢婿英年才望，自有好姻緣相凑，吾女兒自没福相從，遭此强暴，休得過傷懷抱，有誤前程。」唐璧怒氣不息，要到州官、縣官處，與他争論。黃太學又勸道：「人已去矣，争論何益？况干礙裴相國，方今一人之下，萬人之上，倘失其歡心，恐於賢婿前程不便。」乃將縣令所留三十萬錢擡出，交付唐璧道：「以此爲圖婚之費。當初宅上有碧玉玲瓏爲聘，在小女身邊，不得奉還矣。賢婿須念前程爲重，休爲小挫以誤大事。」唐璧兩淚交流，答道：「某年近三旬，又失此良偶，琴瑟之事，終身已矣。蝸名微利，誤人之本，從此亦不復思進取也。」言訖，不覺大慟。黃太學也還痛起來，大家哭了一場方罷。唐璧那裏肯收這錢去，徑自空身回了。

次日，黃太學親到唐璧家，再三解勸，攛掇他早往京師聽調，得了官職，然後徐議良姻。唐璧初時不肯，被丈人一連數日强逼不過，思量在家氣悶，且到長安走遭，也好排遣。勉强擇吉，買舟起程。丈人將三十萬錢暗地放在舟中，私下囑付從人道：「開船兩日後，方可禀知主人，拿去京中，好做使用，討個美缺。」唐璧見了這錢，又感傷了一場，分付蒼頭：「此是黃家賣女之物，一文不可動用。」【眉批】可憐。

在路不一日，來到長安。雇人挑了行李，就裴相國府中左近處，下個店房，早晚府前行走，好打探小娥信息。【眉批】有心人。過了一夜，次早，到吏部報名，送歷任文簿，查驗過了。回寓吃了飯，就到相府門前守候。一日最少也踅過十來遍。住了月餘，那裏通得半個字？這些官吏們一出一入，如馬蟻相似，誰敢上前把這没頭腦的事問他一聲！正是：

侯門一入深如海，從此蕭郎是路人。

一日，吏部挂榜，唐璧授湖州録事參軍。這湖州，又在南方，是熟游之地，唐璧也到歡喜。等有了告敕，收拾行李，雇唤船隻出京。行到潼津地方，遇了一夥强人。自古道「慢藏誨盗」，只爲這三十萬錢帶來帶去，露了小人眼目，惹起貪心，就結夥做出這事來。這夥强人從京城外直跟至潼津，背地通同了船家，等待夜静，一齊下手。也是唐璧命不該絶，正在船頭上登東，看見聲勢不好，急忙跳水，上岸逃命。只聽得這夥强人亂了一回，連船都撑去，蒼頭的姓命也不知死活。舟中一應行李，盡被劫去，光光剩個身子。正是：

屋漏更遭連夜雨，船遲又被打頭風。

那三十萬錢和行囊，還是小事，却有歷任文簿和那告敕，是赴任的執照，也失去了，連官也做不成。唐璧那一時真個是控天無路，訴地無門，思量：「我直恁時乖運蹇，一事無成！欲待回鄉，有何面目？欲待再往京師，向吏部衙門投訴，奈身畔并無分文盤費，怎生是好？這裏又無相識借貸，難道求乞不成？」欲待投河而死，又想：「堂堂一軀，終不然如此結果。」坐在路傍，想了又哭，哭了又想，左算右算，無計可施，從半夜直哭到天明。

喜得絶處逢生，遇着一個老者，携杖而來，問道：「官人爲何哀泣？」唐璧將赴任被劫之事，告訴了一遍。老者道：「原來是一位大人，失敬了。舍下不遠，請那步則個。」老者引唐璧約行一里，到于家中，重復叙禮。老者道：「老漢姓蘇，兒子唤做蘇鳳華，見做湖州武源縣尉，正是大人屬下。【眉批】好機會。大人往京，老漢願少助資斧。」即忙備酒飯管待，取出新衣一套，與唐璧换了。捧出白金二十兩，權充路費。

唐璧再三稱謝，别了蘇老，獨自一個上路，再往京師舊店中安下。店主人聽説路上吃虧，好生凄慘。唐璧到吏部門下，將情由哀禀。那吏部官道是告敕、文簿盡空，毫無巴鼻，難辨真僞。一連求了五日，并不作准。身邊銀兩，都在衙門使費去了。回到店中，只叫得苦，兩淚汪汪的坐着納悶。

只見外面一人，約莫半老年紀，頭帶軟翅紗帽，身穿紫袴衫，挺帶皂靴，好似押牙官模樣，踱進店來。見了唐璧，作了揖，對面而坐，問道：「足下何方人氏？到此貴幹？」唐璧道：「官人不問猶可，問我時，教我一時訴不盡心中苦情。」説未絶聲，撲簌簌掉下淚來。紫衫人道：「尊意有何不美？可細話之，或者可共商量也。」唐璧道：「某姓唐名璧，晉州萬泉縣人氏。近除湖州録事參軍，不期行至潼津，忽遇盜劫，資斧一空。歷任文簿和告敕都失了，難以之任。」紫衫人道：「中途被劫，非關足下之事。何不以此情訴知吏部，重給告身，有何妨礙？」唐璧道：「幾次哀求，不蒙憐准，教我去住兩難，無門懇告。」紫衫人道：「當朝裴晉公每懷惻隱，極肯周旋落難之人，足下何不去求見他？」唐璧聽説，愈加悲泣道：「官人休題起『裴晉公』三字，使某心腸如割。」【眉批】關目好。紫衫人大驚道：「足下何故而出此言？」唐璧道：「某幼年定下一房親事，因屢任南方，未成婚配。却被知州和縣尹用强奪去，湊成一班女樂，獻與晉公，使某壯年無室。此事雖不由晉公，然晉公受人諂媚，以致府縣争先獻納，分明是他拆散我夫妻一般，我今日何忍復往見之？」紫衫人問道：「足下所定之室，何姓何名？當初有何爲聘？」唐璧道：「姓黄，名小娥，聘物碧玉玲瓏，見在彼處。」紫衫人道：「某即晉公親校，得出入内室，當爲足下訪之。」唐璧道：「侯門一入，無復相見之期。但願官人爲我傳一信息，使他知我心事，死亦瞑目。」紫衫人道：「明日此時，定有好音奉報。」説罷，拱一拱手，踱出門去了。

唐璧轉展思想，懊悔起來：「那紫衫押牙，必是晉公親信之人，遣他出外探事的。我方纔不合議論了他幾句，頗有怨望之詞。倘或述與晉公知道，激怒了他，降禍不小。」心下好生不安，一夜不曾合眼。巴到天明，梳洗罷，便到裴府窺望。只聽說令公給假在府，不出外堂。雖然如此，仍有許多文書來往，内外奔走不絶，只不見昨日這紫衫人。等了許久，回店去吃了些午飯，又來守候，絶無動静。看看天晚，眼見得紫衫人已是謬言失信了。嗟嘆了數聲，凄凄凉凉的回到店中。

方欲點燈，忽見外面兩個人似令史妝扮，慌慌忙忙的走入店來，問道：「那一位是唐璧參軍？」諕得唐璧躲在一邊，不敢答應。【眉批】絶妙好傳奇。店主人走來問道：「二位何人？」那兩個人答曰：「我等乃裴府中堂吏，奉令公之命，來請唐參軍到府講話。」店主人指道：「這位就是。」唐璧只得出來相見了，説道：「某與令公素未通謁，何緣見召？且身穿褻服，豈敢唐突。」堂吏道：「令公立等，參軍休得推阻。」兩個左右腋扶着，飛也似跑進府來。

到了堂上，教：「參軍少坐，容某等稟過令公，却來相請。」兩個堂吏進去了。不多時，只聽得飛奔出來，復道：「令公給假在内，請進去相見。」一路轉灣抹角，都點得燈燭輝煌，照耀如白日一般。兩個堂吏前後引路，到一個小小廳事中。只見兩行紗燈排列，令公角巾便服，拱立而待。唐璧慌忙拜伏在地，流汗浹背，不敢仰視。令公傳命扶起道：「私室相延，何勞過禮？」便教看坐。唐璧謙讓了一回，坐於旁側，偷眼看着令公，正是昨日店中所遇紫衫之人，愈加惶懼，捏着兩把汗，低了眉頭，鼻息也不敢出來。

原來裴令公閒時常在外面私行耍子，昨日偶到店中，遇了唐璧。回府去，就查黄小娥名字，喚來相見，果然十分顔色。令公問其來歷，與唐璧説話相同。又討他碧玉玲瓏看時，只見他緊緊的帶在臂上。令公甚是憐憫，問道：「你丈夫在此，願一見乎？」小娥流淚道：「紅顔薄命，自分永絶。見與不見，權在令公，賤妾安敢自專？」【眉批】回得好。令公點頭，教他且去。密地分付堂候官，備下資裝千貫；又將空頭告敕一道，填寫唐璧名字，差人到吏部去，查他前任履歷及新授湖州參軍文憑，要得重新補給。件件完備，纔請唐璧到府。【眉批】爲人須爲徹，我安得遇此等人也！唐璧滿肚慌張，那知令公一團美意。

當日令公開談道：「昨見所話，誠心惻然。老夫不能杜絶饋遺，以致足下久曠琴瑟之樂，老夫之罪也。」唐璧離席下拜道：「鄙人身遭顛沛，心神顛倒，昨日語言冒犯，自知死罪，伏惟相公海涵。」令公請起道：「今日頗吉，老夫權爲主婚，便與足下完婚。

薄有行資千貫奉助，聊表贖罪之意。成親之後，便可于飛赴任。」唐璧只是拜謝，也不敢再問赴任之事。只聽得宅内一派樂聲嘹喨，紅燈數對，女樂一隊前導，幾個押班老嬷和養娘輩，簇擁出如花如玉的黄小娥來。唐璧慌欲躲避，老嬷道：「請二位新人就此見禮。」養娘鋪下紅氈，黄小娥和唐璧做一對兒立了，朝上拜了四拜，令公在傍答揖。早有肩輿在廳事外，伺候小娥登輿，一徑擡到店房中去了。令公分付唐璧速歸逆旅，勿誤良期。唐璧跑回店中，只聽得人言鼎沸。舉眼看時，擺列得絹帛盈箱，金錢滿篋，就是起初那兩個堂吏看守著，專等唐璧到來，親自交割。又有個小小篋兒，令公親判封的。拆開看時，乃官誥在内，復除湖州司户參軍。唐璧喜不自勝，當夜與黄小娥就在店中，權作洞房花燭。這一夜歡情，比著尋常畢姻的，更自得意。正是：

運去雷轟薦福碑，時來風送滕王閣。
今朝婚宦兩稱心，不似從前情緒惡。

唐璧此時有婚有宦，又有了千貫資裝，分明是十八層地獄的苦鬼，直升至三十三天去了。若非裴令公仁心慷慨，怎肯周旋得人十分滿足？

次日，唐璧又到裴府謁謝。令公預先分付門吏辭回，不勞再見。唐璧回寓，重理冠帶，再整行裝。在京中買了幾個僮僕跟隨，兩口兒回到家鄉，見了岳丈黄太學，好似枯木逢春，斷弦再續，歡喜無限。過了幾日，夫婦雙雙往湖州赴任。感激裴令公之恩，將沉香雕成小像，朝夕拜禱，願其福壽綿延。後來裴令公壽過八旬，子孫蕃衍，人皆以爲陰德所致。詩云：

無室無官苦莫論，周旋好事賴洪恩。
人能步步存陰德，福禄綿綿及子孫。

隨常布帛俏身
軀賽著綾羅
點綴野花美丰
儀不添釵鈿

一幅畫圖藏啞謎千金
家事仗搜尋

第十卷　滕大尹鬼斷家私

玉樹庭前諸謝，紫荆花下三田。簣箎和好弟兄賢，父母心中歡忭。多少争財競産，同根苦自相煎。相持鷸蚌枉垂涎，落得漁人取便。

這首詞，名爲《西江月》，是勸人家弟兄和睦的。且説如今三教經典，都是教人爲善的，儒教有十三經、六經、五經，釋教有諸品《大藏金經》，道教有《南華》《冲虚經》及諸品藏經，盈箱滿案，千言萬語，看來都是贅瘧。依我説，要做好人，只消個兩字經，是「孝弟」兩個字。那兩字經中，又只消理會一個字，是個「孝」字。假如孝順父母的，見父母所愛者亦愛之，父母所敬者亦敬之，何况兄弟行中，同氣連枝，想到父母身上去，那有不和不睦之理？就是家私田産，總是父母挣來的，分什麽爾我？較甚麽肥瘠？假如你生於窮漢之家，分文没得承受，少不得自家挽起眉毛，挣扎過活。見成有田有地，兀自争多嫌寡，動不動推説爹娘偏愛，分受不均。那爹娘在九泉之下，他心上必然不樂。此豈是孝子所爲？【眉批】説得痛切。所以古人説得好，道是：「難得者兄弟，易得者田地。」怎麽是難得者兄弟？且説人生在世，至親的莫如爹娘。爹娘養下我來時節，極早已是壯年了，况且爹娘怎守得我同去？也只好半世相處。再説至愛的莫如夫婦，白頭相守，極是長久的了。然未做親以前，你張我李，各門各户，也空着幼年一段。只有兄弟們，生於一家，從幼相隨到老，有事共商，有難共救，真像手足一般，何等情誼！譬如良田美産，今日棄了，明日又可挣得來的。若失了個弟兄，分明割了一手，折了一足，乃終身缺陷。説到此地，豈不是「難得者兄弟，易得者田地」？若是爲田地上壞了手足親情，到不如窮漢赤光光没得承受，反爲乾净，省了許多是非口舌。

如今在下説一節國朝的故事，乃是「滕縣尹鬼斷家私」。這節故事，是勸人重義輕財，休忘了「孝弟」兩字經。看官們，或是有弟兄没兄弟，都不關在下之事，各人自去摸着心頭，學好做人便了。正是：

善人聽説心中刺，惡人聽説耳邊風。

話説國朝永樂年間，北直順天府香河縣，有個倪太守，雙名守謙，字益之，家累千金，肥田美宅。夫人陳氏，單生一子，名曰善繼，長大婚娶之後，陳夫人身故。倪太守罷官鰥居，雖然年老，只落得精神健旺。凡收租放債之事，件件關心，不肯安閒享用。其年七十九歲，倪善繼對老子説道：「『人生七十古來稀。』父親今年七十九，明年八十齊頭了，何不把家事交卸與孩兒掌管，吃些見成茶飯，豈不爲美？」老子摇着頭，説出幾句道：

在一日，管一日。替你心，替你力，挣些利錢穿共吃。直待兩脚壁立直，那時不關我事得。

每年十月間，倪太守親往莊上收租，整月的住下。莊户人家，肥鷄美酒，儘他受用。那一年，又去住了幾日。偶然一日，午後無事，繞莊閒步，觀看野景。忽然見一個女子，同着一個白髮婆婆，向溪邊石上搗衣。那女子雖然村妝打扮，頗有幾分姿色：

髮同漆黑，眼若波明。纖纖十指似栽葱，曲曲雙眉如抹黛。隨常布帛，俏身軀賽着綾羅；點景野花，美丰儀不須釵鈿。五短身材偏有趣，二八年紀正當時。

倪太守老興勃發，看得呆了。那女子搗衣已畢，隨着老婆婆而走。那老兒留心觀看，只見他走過數家，進一個小小白籬笆門内去了。倪太守連忙轉身，唤管莊的來，對他説如此如此，教他訪那女子跟脚，曾否許人：「若是没有人家時，我要娶他爲妾，未知他肯否？」管莊的巴不得奉承家主，領命便走。

原來那女子姓梅，父親也是個府學秀才。因幼年父母雙亡，在外婆身邊居住。年一十七歲，尚未許人。管莊的訪得的實了，就與那老婆婆說：「我家老爺見你女孫兒生得齊整，意欲聘爲偏房。雖説是做小，老奶奶去世已久，上面并無人拘管。嫁得成時，豐衣足食，自不須説，連你老人家年常衣服茶米，都是我家照顧，臨終還得個好斷送，只怕你老人家没福。」老婆婆聽得花錦似一片説話，即時依允。也是姻緣前定，一説便成。管莊的回覆了倪太守，太守大喜。講定財禮，討皇曆看個吉日，又恐兒子阻攩，就在莊上行聘，莊上做親。成親之後，一老一少，端的好看！有《西江月》爲證：

> 一個烏紗白髮，一個緑鬢紅妝。枯藤纏樹嫩花香，好似奶公相傍。一個心中凄楚，一個暗地驚慌。只愁那話忒郎當，雙手扶持不上。

當夜，倪太守抖擻精神，勾消了姻緣簿上。真個是：

> 恩愛莫忘今夜好，風光不減少年時。

過了三朝，唤個轎子，擡那梅氏回宅，與兒子媳婦相見。闔宅男婦，都來磕頭，稱爲「小奶奶」。倪太守把些布帛賞與衆人，各各歡喜。只有那倪善繼心中不美。面前雖不言語，背後夫妻兩口兒議論道：「這老人忒没正經！一把年紀，風燈之燭，做事也須料個前後。知道五年十年在世，却去幹這樣不了不當的事。討這花枝般的女兒，自家也得精神對付他，終不然擔誤他在那裏，有名無實。還有一件，多少人家老漢身邊有了少婦，支持不過，那少婦熬不得，走了野路，出乖露醜，爲家門之玷。還有一件，那少婦跟隨老漢，分明似出外度荒年一般，等得年時成熟，他便去了。平時偷短偷長，做下私房，東三西四的寄開，又撒嬌撒癡，要漢子製辦衣飾與他。到得樹倒鳥飛時節，他便顛作嫁人，一包兒收拾去受用。這是木中之蠹，米中之蟲，人家有了這般人，最損元氣的。」【眉批】句句是真話，但不宜出人子背後語耳。又説道：「這女子嬌模嬌樣，好像個妓女，全没有良家體段，看來是個做聲分的頭兒，擒老公的太歲。在咱爹身邊，只該半妾半婢，叫聲『姨姐』，後日還有個退步。可笑咱爹不明，就叫衆人唤他做『小奶奶』，難道要咱們叫他娘不成？咱們只不作準他，莫要奉承透了，討他做大起來，明日咱們顛到受他嘔氣。」夫妻二人，唧唧噥噥，説個不了。早有多嘴的傳話出來，倪太守知道了，雖然不樂，却也藏在肚裏。幸得那梅氏秉性温良，事上接下，一團和氣，衆人也都相安。

過了兩個月，梅氏得了身孕，瞞着衆人，只有老公知道。一日三，三日九，捱到十月滿足，生下一個小孩兒出來，舉家大驚。這日正是九月九日，乳名取做重陽兒。到十一日，就是倪太守生日。這年恰好八十歲了，賀客盈門。倪太守開筵管待，一來爲壽誕，二來小孩兒三朝，就當個湯餅之會。衆賓客道：「老先生高年，又新添個小令郎，足見血氣不衰，乃上壽之徵也。」倪太守大喜。倪善繼背後又説道：「男子六十而精絶，況是八十歲了，那見枯樹上生出花來？這孩子不知那裏來的雜種，决不是咱爹嫡血，我斷然不認他做兄弟。」老子又曉得了，也藏在肚裏。【眉批】此老大有針綫。〔一〕

光陰似箭，不覺又是一年。重陽兒周歲，整備做萃盤故事。裏親外眷，又來作賀。倪善繼到走了出門，不來陪客。老子已知其意，也不去尋他回來。自己陪着諸親，吃了一日酒。雖然口中不語，心内未免有些不足之意。自古道：「子孝父心寬。」那倪善繼平日做人，又貪又狠，一心只怕小孩子長大起來，分了他一股家私，所以不肯認做兄弟，預先把惡話謡言，日後好擺布他母子。那倪太守是讀書做官的人，這個關竅怎不明白？只恨自家老了，等不及重陽兒成人長大，日後少不得要在大兒子手裏討針綫，今日與他結不得寃家，只索忍耐。看了這點小孩子，好生痛他；又看了梅氏小小年紀，好生憐他。常時想一會，悶一會，惱一會，又懊悔一會。

再過四年，小孩子長成五歲。老子見他伶俐，又忒會頑耍，要送他館中上學。取個學名，哥哥叫善繼，他就叫善述。揀個好日，備了果酒，領他去拜師父。那師父就是倪太守請在家裏教孫兒的，小叔侄兩個同館上學，兩得其便。誰知倪善繼與做爹的不是一條心腸，他見那孩子取名善述，與已排行，先自不像意了；又與他兒子同學讀書，到要兒子叫他叔叔，從小叫慣了，後來就被他欺壓，不如喚了兒子出來，另從個師父罷。當日將兒子喚出，只推有病，連日不到館中。倪太守初時只道是真病，過了幾日，只聽得師父説：「大令郎另聘了個先生，分做兩個學堂，不知何意？」倪太守不聽猶可，聽了此言，不覺大怒，就要尋大兒子問其緣故。又想道：「天生恁般逆種，與他説也沒幹，由他罷了。」含了一口悶氣，回到房中，偶然脚慢，拌着門檻一跌。梅氏慌忙扶起，攙到醉翁床上坐下，已自不省人事。急請醫生來看，醫生説是中風。忙取薑湯灌醒，扶他上床，雖然心下清爽，却滿身麻木，動撣不得。梅氏坐在床頭，煎湯煎藥，殷勤伏侍。連進幾服，全無功效。醫生切脉道：「只好延捱日子，不能全愈了。」倪善繼聞知，也來看覷了幾遍，見老子病勢沉重，料是不起，便呼么喝六，打童駡僕，預先裝出家主公的架子來。老子聽得，愈加煩惱。梅氏只得啼哭，連小學生也不去上學，留在房中，相伴老子。

倪太守自知病篤，喚大兒子到面前，取出簿子一本，家中田地屋宅及人頭帳目總數，都在上面，分付道：「善述年方五歲，衣服尚要人照管，梅氏又年少，也未必能管家，若分家私與他，也是枉然，如今盡數交付與你。倘或善述日後長大成人，你可看做爹的面上，替他娶房媳婦，分他小屋一所，良田五六十畝，勿令飢寒足矣。這段話，我都寫絶在家私簿上，就當分家，把與你做個執照。梅氏若願嫁人，聽從其便；倘肯守着兒子度日，也莫强他。我死之後，你一一依我言語，這便是孝子。我在九泉，亦得瞑目。」倪善繼把簿子揭開一看，果然開得細，寫得明，滿臉堆下笑來，連聲應道：「爹休憂慮，恁兒一一依爹分付便了。」抱了家私簿子，欣然而去。

梅氏見他去得遠了，兩眼垂淚，指着那孩子道：「這個小冤家，難道不是你嫡血？你却和盤托出，都把與大兒子了，教我母子兩口，異日把什麽過活？」倪太守道：「你有所不知，我看善繼不是個良善之人，若將家私平分了，連這小孩子的性命也難保。不如都把與他，像了他意，再無妒忌。」【眉批】知子莫若父，此老大有見識。梅氏又哭道：「雖然如此，自古道『子無嫡庶』，忒殺厚薄不均，被人笑話。」倪太守道：「我也顧他不得了。你年紀正小，趁我未死，將孩子囑付善繼，待我去世後，多則一年，少則半載，儘你心中揀擇個好頭腦，自去圖下半世受用，莫要在他們身邊討氣吃。」梅氏道：「説那裏話！奴家也是儒門之女，婦人從一而終，况又有了這小孩兒，怎割捨得拋他？好歹要守在這孩子身邊的。」倪太守道：「你果然肯守志終身麼？莫非日久生悔？」梅氏就發起大誓來。倪太守道：「你若立志果堅，莫愁母子没得過活。」便向枕邊摸出一件東西來，交與梅氏。梅氏初時只道又是一個家私簿子，却原來是一尺闊三尺長的一個小軸子。梅氏道：「要這小軸兒何用？」倪太守道：「這是我的行樂圖，其中自有奥妙。你可悄地收藏，休露人目，直待孩子年長。善繼不肯看顧他，你也只含藏于心。等得個賢明有司官來，你却將此軸去訴理，述我遺命，求他細細推詳，自然有個處分，儘勾你母子二人受用。」梅氏收了軸子。話休絮煩，〔二〕倪太守又延了數日，一夜痰厥，叫唤不醒，嗚呼哀哉死了。享年八十四歲。正是：

三寸氣在千般用，一日無常萬事休。
早知九泉將不去，作家辛苦着何由？

且說倪善繼得了家私簿，又討了各倉各庫匙鑰，每日只去查點家財什物，那有功夫走到父親房裏問安？直等嗚呼之後，梅氏差丫鬟去報知凶信，夫妻兩口方纔跑來，也哭了幾聲「老爹爹」。没一個時辰，就轉身去了，到委着梅氏守尸。幸得衣衾棺槨諸事都是預辦下的，不要倪善繼費心。殯殮成服後，梅氏和小孩子兩口守着孝堂，早暮啼哭，寸步不離。善繼只是點名應客，全無哀痛之意，七中便擇日安葬。回喪之夜，就把梅氏房中傾箱倒篋，只怕父親存下些私房銀兩在內，梅氏乖巧，恐怕收去了他的行樂圖，把自己原嫁來的兩隻箱籠到先開了，提出幾件穿舊衣裳，教他夫妻兩口檢看。【眉批】梅氏賢而有智，非此婦不能保孤。善繼見他大意，到不來看了。夫妻兩口兒亂了一回，自去了。梅氏思量苦切，放聲大哭。那小孩子見親娘如此，也哀哀哭個不住。恁般光景：

任是泥人應墮淚，從教鐵漢也酸心。

次早，倪善繼又喚個做屋匠來看這房子，要行重新改造，與自家兒子做親。將梅氏母子搬到後園三間雜屋內棲身，只與他四脚小床一張，和幾件粗臺粗凳，連好家火都没一件。原在房中伏侍有兩個丫鬟，只揀大些的又喚去了，止留下十一二歲的小使女，每日是他厨下取飯。有菜没菜，都不照管。梅氏見不方便，索性討些飯米，堆個土竈，自炊來吃。早晚做些針指，買些小菜，將就度日。小學生到附在鄰家上學，束脩都是梅氏自出。善繼又屢次教妻子勸梅氏嫁人，又尋媒嫗與他說親，見梅氏誓死不從，只得罷了。因梅氏十分忍耐，凡事不言不語，所以善繼雖然兇狠，也不將他母子放在心上。

光陰似箭，善述不覺長成一十四歲。原來梅氏平生謹慎，從前之事，在兒子面前一字也不題，只怕哇子家口滑，〔三〕引出是非，無益有損。守得一十四歲時，他胸中漸漸涇渭分明，〔四〕瞞他不得了。一日，向母親討件新絹衣穿，梅氏回他没錢買得。善述道：「我爹做過太守，止生我弟兄兩人，見今哥哥恁般富貴，我要一件衣服就不能勾了，是怎地？既娘没錢時，我自與哥哥索討。」説罷就走。梅氏一把扯住道：「我兒，一件絹衣，直甚大事，也去開口求人。常言道：『惜福積福』，『小來穿綫，大來穿絹』。若小時穿了絹，到大來綫也没得穿了。再過兩年，等你讀書進步，做娘的情願賣身來做衣服與你穿着。你那哥哥不是好惹的，纏他甚麽！」善述道：「娘説得是。」口雖答應，心下不以爲然，想着：「我父親萬貫家私，少不得兄弟兩個大家分受。我又不是隨娘晚嫁，拖來的油瓶，怎麽我哥哥全不看顧？娘又是恁般説，終不然一疋絹兒没有我分，直待娘賣身來做與我穿着，這話好生奇怪！哥哥又不是吃人的虎，怕他怎的？」心生一計，瞞了母親，徑到大宅裹去。尋見了哥哥，叫聲：「作揖。」善繼到吃了一驚，問他來做甚麽？善述道：「我是個縉紳子弟，身上藍縷，被人耻笑，特來尋哥哥討疋絹去，做衣服穿。」善繼道：「你要衣服穿，自與娘討。」善述道：「老爹爹家私是哥哥管，不是娘管。」善繼聽説「家私」二字，題目來得大了，便紅着臉問道：「這句話，是那個教你説的？你今日來討衣服穿，還是來争家私？」善述道：「家私少不得有日分析，今日先要件衣服，裝裝體面。」善繼道：「你這般野種，要什麽體面！老爹爹縱有萬貫家私，自有嫡子嫡孫，干你野種屁事！你今日是聽了甚人攛掇，到此討野火吃？莫要惹着我性子，教你母子二人無安身之處！」善述道：「一般是老爹爹所生，怎麽我是野種？惹着你性子，便怎地？難道謀害了我娘兒兩個，你就獨占了家私不成？」善繼大怒，駡道：「小畜生，敢挺撞我！」〔五〕牽住他衣袖兒，捻起拳頭，一連七八個栗暴，打得頭皮都青腫了。善述掙脱了，一道煙走出，哀哀的哭到母親面前來。一五一十，備細述與母親知道。梅氏抱怨道：「我教你莫去惹事，你不聽教訓，打得你好！」口裏雖如此説，扯着青布衫，替他摩那頭上腫處，不覺兩淚交流。有詩爲證：

少年嫠婦擁遺孤，食薄衣單百事無。
只爲家庭缺孝友，同枝一樹判榮枯。

梅氏左思右量，恐怕善繼藏怒，到遣使女進去致意，説小學生不曉世事，衝撞長兄，招個不是。善繼兀自怒氣不息。次日侵早，邀幾個族人在家，取出父親親筆分關，請梅氏母子到來，公同看了，便道：「尊親長在上，不是善繼不肯養他母子，要撚他出去，只因善述昨日與我争取家私，發許多説話，誠恐日後長大，説話一發多了。

今日分析他母子出外居住，東莊住房一所，田五十八畝，都是遵依老爹爹遺命，毫不敢自專，伏乞尊親長作證。」這夥親族，平昔曉得善繼做人利害，又且父親親筆遺囑，那個還肯多嘴，做閒冤家，都將好看的話兒來説。那奉承善繼的説道：「『千金難買亡人筆。』照依分關，再没話了。」就是那可憐善述母子的，也只説道：「『男子不吃分時飯，女子不着嫁時衣。』多少白手成家的，如今有屋住，有田種，不算没根基了，只要自去掙持。得粥莫嫌薄，各人自有個命在。」

梅氏料道在園屋居住，不是了日，只得聽憑分析，同孩兒謝了衆親長，拜别了祠堂，辭了善繼夫婦，教人搬了幾件舊家火，和那原嫁來的兩隻箱籠，雇了生口騎坐，來到東莊屋内。只見荒草滿地，屋瓦稀疏，是多年不修整的，上漏下濕，怎生住得？將就打掃一兩間，安頓床鋪。唤莊户來問時，連這五十八畝田，都是最下不堪的。大熟之年，一半收成還不能勾；若荒年，只好賠糧。梅氏只叫得苦。到是小學生有智，對母親道：「我弟兄兩個，都是老爹爹親生，爲何分關上如此偏向？其中必有緣故。莫非不是老爹爹親筆？自古道：『家私不論尊卑。』母親何不告官申理？厚薄憑官府判斷，到無怨心。」梅氏被孩兒題起綫索，便將十來年隱下衷情，都説出來道：「我兒休疑分關之語，這正是你父親之筆。他道你年小，恐怕被做哥的暗算，所以把家私都判與他，以安其心。臨終之日，只與我行樂圖一軸，再三囑付：『其中含藏啞謎，直待賢明有司在任，送他詳審，包你母子兩口，有得過活，不致貧苦。』」善述道：「既有此事，何不早説？行樂圖在那裏？快取來與孩兒一看。」梅氏開了箱兒，取出一個布包來。解開包袱，裏面又有一重油紙封裹着。〔六〕拆了封，展開那一尺闊三尺長的小軸兒，挂在椅上，母子一齊下拜。梅氏通陳道：「村莊香燭不便，乞恕褻慢。」善述拜罷，起來仔細看時，乃是一個坐像，烏紗白髮，畫得丰采如生，懷中抱着嬰兒，一隻手指着地下。揣摩了半晌，全然不解，只得依舊收卷包藏，心下好生煩悶。

過了數日，善述到前村要訪個師父講解。偶從關王廟前經過，只見一夥村人，擡着猪羊大禮，祭賽關聖。善述立住脚頭看時，又見一個過路的老者，拄了一根竹杖，也來閒看，問着衆人道：「你們今日爲甚賽神？」衆人道：「我們遭了屈官司，幸賴官府明白，斷明了這公事。向日許下神道願心，今日特來拜償。」老者道：「甚麽屈官司？怎生斷的？」内中一人道：「本縣向奉上司明文，十家爲甲。小人是甲首，叫做成大。同甲中，有個趙裁，是第一手針綫，常在人家做夜作，整幾日不歸家的。忽一日出去了，月餘不歸。老婆劉氏，央人四下尋覓，并無踪迹。又過了數日，河内浮出一個尸首，〔七〕頭都打破的。地方報與官府，有人認出衣服，正是那趙裁。趙裁出門前一日，曾與小人酒後爭句閒話，一時發怒，打到他家，毁了他幾件家私，這是有的。誰知他老婆把這樁人命告了小人，前任漆知縣，聽信一面之詞，將小人問成死罪。同甲不行舉首，連累他們都有了罪名。小人無處伸冤，在獄三載。幸遇新任滕爺，他雖鄉科出身，甚是明白。小人因他熱審時節，〔八〕哭訴其冤。他也疑惑道：『酒後爭嚷，不是大仇，怎的就謀他一命？』准了小人狀詞，出牌拘人覆審。滕爺一眼看着趙裁的老婆，千不説，萬不説，開口便問他曾否再醮。劉氏道：『家貧難守，已嫁人了。』又問嫁的甚人，劉氏道是班輩的裁縫，〔九〕叫沈八漢。滕爺當時飛拿沈八漢來，問道：『你幾時娶這婦人？』八漢道：『他丈夫死了一個多月，小人方纔娶回。』滕爺道：『何人爲媒？用何聘禮？』八漢道：『趙裁存日，曾借用過小人七八兩銀子。小人聞得趙裁死信，走到他家探問，就便催取這銀子。那劉氏没得抵償，情願將身許嫁小人，准折這銀兩，其實不曾央媒。』滕爺又問道：『你做手藝的人，那裏來這七八兩銀子？』八漢道：『是陸續湊與他的。』滕爺把紙筆，教他細開逐次借銀數目。八漢開了出來，或米或銀共十三次，湊成七兩八錢之數。滕爺看罷，大喝道：『趙裁是你打死的，如何妄陷平人？』便用夾棍夾起。八漢還不肯認，滕爺道：『我説出情弊，教你心服：既然放本盤利，難道再没第二個人托得，恰好都借與趙裁？必是平昔間與他妻子有奸，趙裁貪你東西，知情故縱。以後想做長久夫妻，便謀死了趙裁。却又教導那婦人告狀，撚在成大身上。今日你開帳的字，與舊時狀紙筆迹相同，這人命不是你是誰？』再教把婦人拶指，要他承招。劉氏聽見滕爺言語，句句合拍，分明鬼谷先師一般，魂都驚散了，怎敢抵賴？拶子套上，便承認了。八漢只得也招了。原來八漢起初與劉氏密地相好，人都不知。後來往來勤了，趙裁怕人眼目，漸有隔絶之意。八漢私與劉氏商量，要謀死趙裁，與他做夫妻，劉氏不肯。八漢乘趙裁在人家做生活回來，哄他店上吃得爛醉，行到河邊，將他推倒，用石塊打破腦門，沉尸河底。只等事冷，便娶那婦人回去。後因尸骸浮起，被人認出，八漢聞得小人有争嚷之隙，却去唆那婦人告狀。那婦人直待嫁後，方知丈夫是八漢謀死的。既做了夫妻，便不言語。却被滕爺審出真情，將他夫妻抵罪，釋放小人寧家。多承列位親鄰鬬出公分，替小人賽神。老翁，你道有這般冤事麼？」老者道：「恁般賢明官府，真個難遇。本縣百姓有幸了。」

【眉批】推詳得聰明。

倪善述聽在肚裏，便回家學與母親知道，如此如此，這般這般。「有恁地好官府，不將行樂圖去告訴，更待何時？」母子商議已定，打聽了放告日期，梅氏起個黑早，領着十四歲的兒子，帶了軸兒，來到縣中叫喊。大尹見没有狀詞，只有一個小小軸兒，甚是奇怪。問其緣故，梅氏將倪善繼平昔所爲，及老子臨終遺囑，備細説了。滕知縣收了軸子，教他且去：「待我進衙細看」。正是：

一幅畫圖藏啞謎，千金家事仗搜尋。
只因嫠婦孤兒苦，費盡神明大尹心。

不題梅氏母子回家。且說滕大尹放告已畢，退歸私衙，取那一尺闊三尺長的小軸，看是倪太守行樂圖，一手抱個嬰孩，一手指着地下。推詳了半日，想道：「這個嬰孩就是倪善述，不消說了。那一手指地，莫非要有司官念他地下之情，替他出力麼？」又想道：「他既有親筆分關，官府也難做主了。他說軸中含藏啞謎，必然還有個道理。若我斷不出此事，枉自聰明一世。」每日退堂，便將畫圖展玩，千思萬想。如此數日，只是不解。

也是這事合當明白，自然生出機會來。一日午飯後，又去看那軸子。丫鬟送茶來吃，將一手去接茶甌，偶然失挫，潑了些茶，把軸子沾濕了。滕大尹放了茶甌，走向階前，雙手扯開軸子，就日色曬乾。忽然日光中照見軸子裏面有些字影，滕知縣心疑，揭開看時，乃是一幅字紙，托在畫上，正是倪太守遺筆，上面寫道：

老夫官居五馬，壽踰八旬。死在旦夕，亦無所恨。但孽子善述，方年周歲，急未成立。嫡善繼素缺孝友，日後恐爲所戕。新置大宅二所，及一切田産，悉以授繼。惟左偏舊小屋，可分與述。此屋雖小，室中左壁埋銀五千，作五罎；右壁埋銀五千，金一千，作六罎，可以準田園之額。後有賢明有司主斷者，述兒奉酬白金三百兩。八十一翁倪守謙親筆。　年　月　日　押〔一〇〕

原來這行樂圖，是倪太守八十一歲上，與小孩子做周歲時，預先做下的。古人云「知子莫若父」，信不虛也。滕大尹最有機變的人，看見開着許多金銀，未免垂涎之意。眉頭一皺，計上心來，差人「密拿倪善繼來見我，自有話説」。

却説倪善繼獨罡家私，心滿意足，日日在家中快樂。忽見縣差奉着手批拘喚，時刻不容停留，善繼推阻不得，只得相隨到縣。正直大尹升堂理事，差人禀道：「倪善繼已拿到了。」大尹唤到案前問道：「你就是倪太守的長子麽？」善繼應道：「小人正是。」大尹道：「你庶母梅氏，有狀告你，説你逐母逐弟，占産占房。此事真麽？」倪善繼道：「庶弟善述，在小人身邊，從幼撫養大的。近日他母子自要分居，小人并不曾逐他。其家財一節，都是父親臨終，親筆分析定的，小人并不敢有違。」大尹道：「你父親親筆在那裏？」善繼道：「見在家中，容小人取來呈覽。」大尹道：「他狀詞内告有家財萬貫，非同小可。遺筆真僞，也未可知。念你是縉紳之後，且不難爲你。明日可喚齊梅氏母子，我親到你家查閱家私。若厚薄果然不均，自有公道，難以私情而論。」喝教皂快押出善繼，就去拘集梅氏母子，明日一同聽審。公差得了善繼的東道，放他回家去訖，自往東莊拘人去了。

再説善繼聽見官府口氣利害，好生驚恐。論起家私，其實全未分析，單單持着父親分關執照，千鈞之力，須要親族見證方好。連夜將銀兩分送三黨親長，囑托他次早都到家來，若官府問及遺筆一事，求他同聲相助。這夥三黨之親，自從倪太守亡後，從不曾見善繼一盤一盒，歲時也不曾酒杯相及，今日大塊銀子送來，正是「閒時不燒香，急來抱佛脚」，各各暗笑，落得受了買東西吃。明日見官，旁觀動静，再作區處。時人有詩云：

休嫌庶母妄興詞，自是爲兄意太私。
今日將銀買三黨，何如疋絹贖孤兒？

且説梅氏見縣差拘喚，已知縣主與他做主。過了一夜，次日侵早，母子二人，先到縣中去見滕大尹。大尹道：「憐你孤兒寡婦，自然該替你説法。但聞得善繼執得有亡父親筆分關，這怎麽處？」梅氏道：「分關雖寫得有，却是保全孩子之計，非出亡夫本心。恩相只看家私簿上數目，自然明白。」大尹道：「常言道：『清官難斷家事。』

我如今管你母子一生衣食充足，你也休做十分大望。」【眉批】不作大望，望乃易塞，是滕公預作地步處。梅氏謝道：「若得免於饑寒足矣，豈望與善繼同作富家郎乎？」

滕大尹分付梅氏母子，先到善繼家伺候。倪善繼早已打掃廳堂，堂上設一把虎皮交椅，焚起一爐好香。一面催請親族，早來守候。梅氏和善述到來，見十親九眷，都在眼前，一一相見了，也不免說幾句求情的話兒。善繼雖然一肚子惱怒，此時也不好發泄，各各暗自打點見官的說話。

等不多時，只聽得遠遠喝道之聲，料是縣主來了，善繼整頓衣帽迎接。親族中年長知事的，準備上前見官。其幼輩怕事的，都站在照壁背後張望，打探消耗。只見一對對執事兩班排立，後面青羅傘下，蓋着有才有智的滕大尹。到得倪家門首，執事跪下，么喝一聲。梅氏和倪家兄弟，都一齊跪下來迎接。門子喝聲：「起去！」轎夫停了五山屏風轎子。滕大尹不慌不忙，踱下轎來。將欲進門，忽然對着空中，連連打恭，口裏應對，恰像有主人相迎的一般。衆人都吃驚，看他做甚模樣。只見滕大尹一路揖讓，直到堂中。連作數揖，口中叙許多寒温的言語。先向朝南的虎皮交椅上打個恭，恰像有人看坐的一般。連忙轉身，就拖一把交椅，朝北主位排下，又向空再三謙讓，方纔上坐。衆人看他見神見鬼的模樣，不敢上前，都兩旁站立呆看。只見滕大尹在上坐拱揖，開談道：「令夫人將家産事告到晚生手裏，此事端的如何？」説罷，便作傾聽之狀。良久，乃摇首吐舌道：「長公子太不良了。」静聽一會，又自説道：「教次公子何以存活？」停一會，又説道：「右偏小屋，有何活計？」又連聲道：「領教，領教。」又停一時，説道：「這項也交付次公子，晚生都領命了。」少停，又拱揖道：「晚生怎敢當此厚惠？」推遜了多時，又道：「既承尊命懇切，晚生勉領，便給批照與次公子收執。」【眉批】滕大尹好副面皮，還取他不損陰德，勝似接人黑錢也。乃起身，又連作數揖，口稱：「晚生便去。」衆人都看得呆了。

只見滕大尹立起身來，東看西看，問道：「倪爺那裏去了？」門子禀道：「没見甚麽倪爺。」滕大尹道：「有此怪事！」唤善繼問道：「方纔令尊老先生，親在門外相迎，與我對坐了講這半日説話，你們諒必都聽見的。」善繼道：「小人不曾聽見。」滕大尹道：「方纔長長的身兒，瘦瘦的臉兒，高顴骨，細眼睛，長眉大耳，朗朗的三牙鬚，銀也似白的，紗帽皂靴，紅袍金帶，可是倪老先生模樣麽？」諕得衆人一身冷汗，都跪下道：「正是他生前模樣。」大尹道：「如何忽然不見了？他説家中有兩處大廳堂，又東邊舊存下一所小屋，可是有的？」善繼也不敢隱瞞，只得承認道：「有的。」大尹道：「且到東邊小屋去一看，自有話説。」衆人見大尹半日自言自語，説得活龍活現，分明是倪太守模樣，都信道倪太守真個出現了，人人吐舌，個個驚心。誰知都是滕大尹的巧計，〔二〕他是看了行樂圖，照依小像説來，何曾有半句是真話？【眉批】巧哉。有詩爲證：

聖賢自是空題目，惟有鬼神不敢觸。
若非大尹假裝詞，逆子如何肯心服？

倪善繼引路，衆人隨着大尹，來到東偏舊屋内。這舊屋是倪太守未得第時所居，自從造了大廳大堂，把舊屋空着，只做個倉廳，堆積些零碎米麥在内，留下一房家人看守。〔三〕大尹前後走了一遍，到正屋中坐下，向善繼道：「你父親果是有靈，家中事體，備細與我説了，教我主張這所舊宅子與善述，你意下何如？」善繼叩頭道：「但憑恩臺明斷。」大尹討家私簿子細細看了，連聲道：「也好個大家事。」看到後面遺筆分關，大笑道：「你家老先生自家寫定的，方纔却又在我面前，説善繼許多不是，這個老先兒也是没主意的。」唤倪善繼過來，「既然分關寫定，這些田園帳目，一一給你，善述不許妄争。」梅氏暗暗叫苦，方欲上前哀求，只見大尹又道：「這舊屋判與善述，此屋中之所有，善繼也不許妄争。」善繼想道：「這屋内破家破火，不直甚事，便堆下些米麥，一月前都糶得七八了，存不多兒，我也勾便宜了。」便連連答應道：「恩臺所斷極明。」大尹道：「你兩人一言爲定，各無翻悔。衆人既是親族，都來做個證見。方巉倪老先生當面囑付説：『此屋左壁下埋銀五千兩，作五罎，當與次兒。』」善繼不信，禀道：「若果然有此，即使萬金，亦是兄弟的，小人并不敢争執。」大尹道：「你就争執時，我也不准。」便教手下討鋤頭鐵鍬等器，梅氏母子作眼，率領民壯，往東壁下掘開墻基，果然埋下五個大罎。發起來時，罎中滿滿的，都是光銀子。把一罎銀子上秤稱時，算來該是六十二觔半，剛剛一千兩足數。衆人看見，無不驚訝。善繼益發信真了：「若非父親陰靈出現，面訴縣主，這個藏銀，我們尚且不知，縣主那裏知道？」只見滕大尹教把五罎銀子，一字兒擺在自家面前，又分付梅氏道：「右壁還有五罎，亦是五千之數。更有一罎金子，方巉倪老先生有命，送我作酬謝之意，我不敢當，他再三相强，我只得領了。」梅氏同善述叩頭説道：「左壁五千，已出望外；若右壁更有，敢不依先人之命。」大尹道：「我何以知之？據你家老先生是恁般説，想不是虚話。」再教人發掘西壁，果然六個大罎，五罎是銀，一罎是金。善繼看着許多黄白之物，眼裏都放出火來，恨不得搶他一錠。只是有言在前，一字也不敢開口。【眉批】喜殺善述，妒殺善繼，誆殺衆人，笑殺大尹。滕大尹寫個照帖，給與善述爲照，就將這房家人判與善述母子。梅氏同善述不勝之喜，一同叩頭拜謝。善繼滿肚不樂，也只得磕幾個頭，勉强説句：「多謝恩臺主張。」大尹判幾條封皮，將一罎金子封了，放在自己轎前，擡回衙内，落得受用。衆人都認道真個倪太守許下酬謝他的，反以爲理之當然，那個敢道個不字？這正叫做「鷸蚌相持，漁人得利」。若是倪善繼存心忠厚，兄弟和睦，肯將家私平等分析，這千兩黄金，弟兄大家該五百兩，怎到得滕大尹之手？白白裏作成了别人，自己還討得氣悶，又加個不孝不弟之名，千算萬計，何曾算計得他人？只算計得自家而已。

閒話休題。再説梅氏母子，次日又到縣拜謝滕大尹。大尹已將行樂圖取去遺筆，重新裱過，給還梅氏收領。梅氏母子方悟行樂圖上，一手指地，乃指地下所藏之金銀也。此時有了這十罎銀子，一般置買田園，遂成富室。後來善述娶妻，連生三子，讀書成名。倪氏門中，只有這一枝極盛。善繼兩個兒子，都好游蕩，家業耗廢。善繼死後，兩所大宅子，都賣與叔叔善述管業。里中凡曉得倪家之事本末的，無不以爲天報云。〔三〕詩曰：

從來天道有何私？堪笑倪郎心太癡。
忍以嫡兄欺庶母，却教死父算生兒。
軸中藏字非無意，壁下埋金屬有司。

何似存些公道好，不生爭競不興詞。

【校記】

〔一〕「針綫」，底本及法政本均作「斜綫」，據《奇觀》改。

〔二〕「絮煩」，底本作「緊煩」，據法政本改，《奇觀》同法政本。

〔三〕「哇子」，底本及法政本同，《奇觀》作「娃子」。

〔四〕「胸中」，底本作「兇中」，據法政本改，《奇觀》同法政本。

〔五〕「挺撞」，法政本作「冲撞」，内閣本、《奇觀》同底本。

〔六〕「油紙」，底本及法政本均作「袖紙」，據《奇觀》改。

〔七〕「浯出」，法政本作「浮出」，《奇觀》同底本。

〔八〕「熱審」，底本及法政本均作「熟審」，據《奇觀》改。

〔九〕「班輩的裁縫」，底本及法政本均作「斑輩的裁縱」，據《奇觀》改。

〔一〇〕「押」，法政本作「花押」，《奇觀》同底本。

〔一一〕「巧計」，法政本作「巧言」，《奇觀》同底本。

〔一二〕「看守」，法政本作「看見」，《奇觀》同底本。

〔一三〕「無不以爲」，底本及法政本均脱「不」字，據《奇觀》補。

趙伯昇茶肆遇
仁宗
樊楼

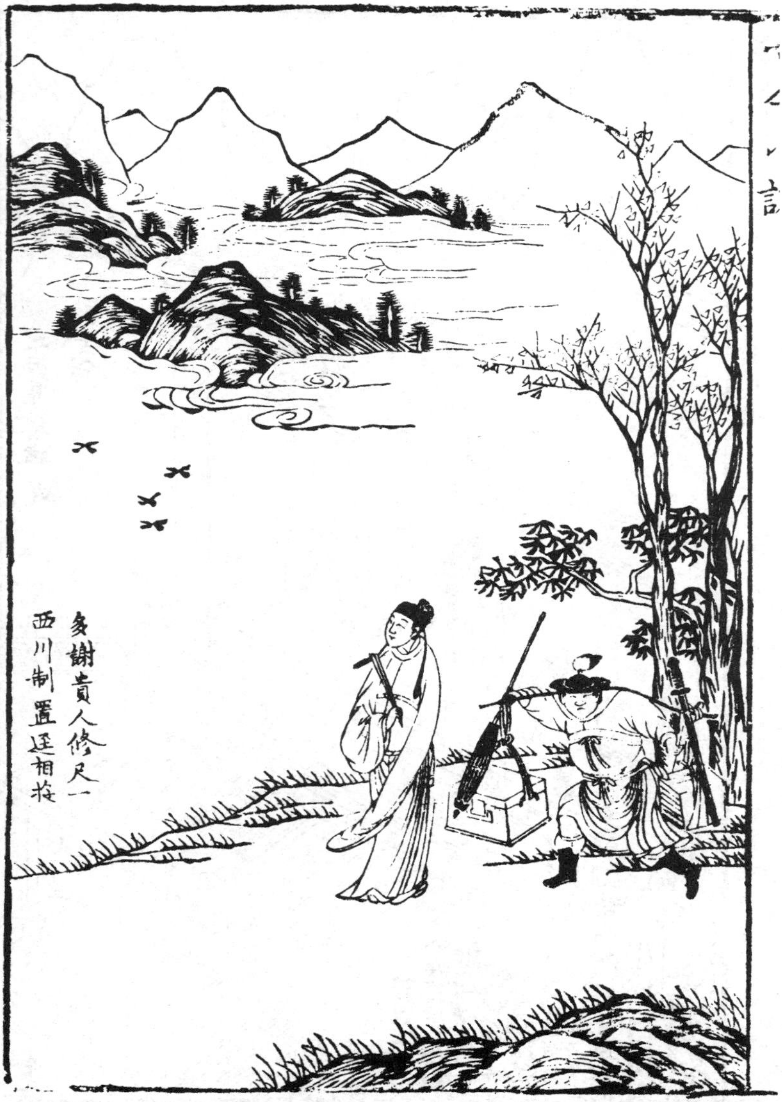
多謝貴人修尺一
西川制置廷相接

第十一卷　趙伯昇茶肆遇仁宗

三寸舌爲安國劍，五言詩作上天梯。
青雲有路終須到，金榜無名誓不歸。

話説大宋仁宗皇帝朝間，有一個秀士，姓趙名旭，字伯升，乃是西川成都府人氏。自幼習學文章，《詩》、《書》、《禮》、《樂》，一覽下筆成文，乃是個飽學的秀才。喜聞東京開選，一心要去應舉，特到堂中，禀知父母。其父趙倫，字文寶，母親劉氏，都是世代詩禮之家，見子要上京應舉，遂允其請。趙旭擇日束裝，其父贈詩一首，詩云：

但見詩書頻入目，莫將花酒苦迷腸。
來年三月桃花浪，奪取羅袍轉故鄉。

其母劉氏亦叮嚀道：「願孩兒蚤奪魁名，不負男兒之志。」趙旭拜別了二親，遂携琴劍書箱，帶一僕人，徑望東京進發，有親友一行人送出南門之外。趙旭口占一詞，名曰《江神子》詞云：

旗亭誰唱《渭城》詩？兩相思，怯羅衣。野渡舟橫，楊柳折殘枝。怕見蒼山千萬里，人去遠，草煙迷。　芙蓉秋露洗胭脂，斷風凄，曉霜微。劍懸秋水，離別慘虹霓。剩有青衫千點淚，何日裏，滴休時？

趙旭詞畢，作別親友，起程而行。於路饑餐渴飲，夜住曉行。不則一日，來到東京。遂入城中，觀看景致。只見樓臺錦繡，人物繁華，正是龍虎風雲之地。行到狀元坊，尋個客店安歇，守待試期。入場赴選，三場文字已畢，回歸下處，專等黃榜。趙旭心中暗喜：「我必然得中也。」

次日，安排蚤飯已罷，店對過有座茶坊，與店中朋友同會茶之間，趙旭見案上有詩牌，遂取筆去那粉壁上寫下詞一首，詞云：

足躡雲梯，手攀仙桂，姓名已在登科内。馬前喝道狀元來，金鞍玉勒成行隊。　宴罷歸來，醉游街市，此時方顯男兒志。修書急報鳳樓人，這回好個風流婿。

寫畢，趙旭自心歡喜。至晚各歸店中，不在話下。

當時仁宗皇帝早朝升殿，考試官閱卷已畢，齊到朝中。仁宗皇帝問：「卿所取榜首年例三名，今不知何處人氏？」試官便將三名文卷呈上御前，仁宗親自觀覽。看了第一卷，龍顔微笑，對試官道：「此卷作得極好，可惜中間有一字差錯。」試官俯伏在地，拜問聖上：「未審何字差寫？」仁宗笑曰：「乃是個『唯』字。原是『口』傍，如何却寫『厶』傍？」試官再拜叩首，奏曰：「此字皆可通用。」仁宗問道：「此人姓甚名誰？何處人氏？」拆開彌封看時，乃是四川成都府人氏，姓趙名旭，見今在狀元坊店内安歇。仁宗着快行急宣。

那時趙旭在店内蒙宣，不敢久停，隨使命直到朝中。借得藍袍槐簡，引見御前，叩首拜舞。仁宗皇帝問道：「卿乃何處人氏？」趙旭叩頭奏道：「臣是四川成都府人氏，自幼習學文藝。特赴科場，幸瞻金闕。」帝又問曰：「卿得何題目？作文字多少？内有幾字？」趙旭叩首，一一回奏，無有差錯。仁宗見此人出語如同注水，暗喜稱奇，只可惜一字差寫。上曰：「卿卷内有一字差錯。」趙旭驚惶俯伏，叩首拜問：「未審何字差寫？」仁宗云：「乃是個『唯』字，本是個『口』傍，卿如何却寫作『厶』傍？」趙旭叩頭回奏道：「此字皆可通用。」仁宗不悦，就御案上取文房四寶，寫下八個字，遞與趙旭曰：「卿家看想，寫着『单單、去吉、吴矣、吕台』，卿言通用，與朕拆來。」趙旭看了半晌，無言抵對。仁宗曰：「卿可暫退讀書。」趙旭羞愧出朝，回歸店中，悶悶不已。

衆朋友來問道：「公必然得意？」趙旭被問，言説此事，衆皆大驚。遂乃邀至茶坊，啜茶解悶。趙旭驀然見壁上前日之辭，嗟吁不已，再把文房四寶，作詞一首，詞云：

羽翼將成，功名欲遂，姓名已稱男兒意。東君爲報牡丹芳，瓊林賜與他人醉。

「唯」字曾差，功名落地，天公誤我平生志。問歸來，回首望家鄉，水遠山遥，三千餘里。

待得出了金榜，着人看時，果然無趙旭之名。吁嗟涕泣，流落東京，羞歸故里。再待三年，必不負我。在下處悶悶不悦，謾題四句於壁上，詩曰：

宋玉徒悲，江淹是恨。

韓愈投荒，蘇秦守困。

趙旭寫罷，在店中悶倦無聊，又作詞一首，名《浣溪紗》，道：

秋氣天寒萬葉飄，蛩聲唧唧夜無聊，夕陽人影卧平橋。　菊近秋來都爛熳，從他霜後更蕭條，夜來風雨似今朝。

思憶家鄉，功名不就，展轉不寐，起來獨坐，又作《小重山》詞一首，道：

獨坐清燈夜不眠，寸腸千萬縷，兩相牽。鴛鴦秋雨傍池蓮，分飛苦，紅淚晚風前。　回首雁翩翩，寫來思寄去，遠如天。安排心事待明年，愁難待，淚滴滿青氈。

自此流落東京。至秋深，僕人不肯守待，私奔回家去。趙旭孤身旅邸，又無盤纏。每日上街，與人作文寫字。爭奈身上衣衫藍縷，着一領黄草布衫，被西風一吹，趙旭心中苦悶，作詞一首，詞名《鷓鴣天》，道：

黄草遮寒最不宜，况兼久敝色如灰。肩穿袖破花成縷，可奈金風蚤晚吹。

纔挂體，淚沾衣，出門羞見舊相知。鄰家女子低聲問，覓與奴糊隔帛兒？

時值秋雨紛紛，趙旭坐在店中。店小二道：「秀才，你今如此窮窘，何不去街市上茶坊酒店中吹笛，覓討些錢物，也可度日。」趙旭聽了，心中焦躁，作詩一首，詩曰：

旅店蕭蕭形影孤，時挑野菜作羹蔬。

村夫不識調羹手，問道能吹笛也無？

光陰荏苒，不覺一載有餘。忽一日，仁宗皇帝在宫中，夜至三更時分，夢一金甲神人，坐駕太平車一輛，上載着九輪紅日，直至内廷。猛然驚覺，乃是南柯一夢。至來日蚤朝升殿，臣僚拜舞已畢，文武散班。仁宗宣問司天臺苗太監曰：「寡人夜來得一夢，夢見一金甲神人，坐駕太平車一輛，上載九輪紅日。此夢主何吉凶？」苗太監奏曰：「此九日者，乃是個『旭』字，或是人名，或是州郡。」仁宗曰：「若是人名，朕今要見此人，如何得見？卿與寡人占一課。」原來苗太監曾遇異人，傳授諸葛馬前課，占問最靈。當下奉課，奏道：「陛下要見此人，只在今日。陛下須與臣扮作白衣秀士，私行街市，方可遇之。」仁宗依奏，卸龍衣，解玉帶，扮作白衣秀才，與苗太監一般打扮，出了朝門之外，逕往御街并各處巷陌游行。

將及半晌，見座酒樓，好不高峻！乃是有名的樊樓。有《鷓鴣天》詞爲證：

城中酒樓高入天，烹龍煮鳳味肥鮮。公孫下馬聞香醉，一飲不惜費萬錢。
招貴客，引高賢，樓上笙歌列管弦。百般美物珍羞味，四面欄杆彩畫檐。

仁宗皇帝與苗太監上樓飲酒，君臣二人，各分尊卑而坐。正值盛夏，〔二〕天道炎熱。仁宗手執一把月樣白梨玉柄扇，倚着欄杆看街，將扇柄敲楹，不覺失手，墜扇樓下。急下去尋時，無有。仁宗教苗太監更占一課，苗太監領旨，發課罷，詳道：「此扇也只在今日重見。」二人飲酒畢，算還酒錢，下樓出街。

行到狀元坊，有座茶肆。仁宗道：「可吃杯茶去。」二人入茶肆坐下，忽見白壁之上，有詞二隻，句語清佳，字畫精壯，後寫「錦里秀才趙旭作」。仁宗失驚道：「莫非此人便是？」苗太監便喚茶博士問道：「壁上之詞是何人寫的？」茶博士答道：「告官人，這個作詞的，他是一個不得第的秀才，羞歸故里，流落在此。」苗太監又問道：「他是何處人氏？今在何處安歇？」茶博士道：「他是西川成都府人氏，見在對過狀元坊店内安歇，專與人作文度日，等候下科開選。」仁宗想起前因，私對苗太監説道：「此人原是上科試官取中的榜首，文才儘好，只因一字差誤，朕怪他不肯認錯，遂黜而不用，不期流落於此。」【眉批】不肯認錯的人，原自無用，學問全在認錯中開長。便教茶博士：「去尋他來，我要求他文章。你若尋得他來，我自賞你。」茶博士走了一回，尋他不着，嘆道：「這個秀才，真個没福，不知何處去了。」茶博士回覆道：「二位官人，尋他不見。」仁宗道：「且再坐一會，再點茶來。」一邊吃茶，又教茶博士去尋這個秀才來。茶博士又去店中并各處酒店尋問，不見，道：「真乃窮秀才！若遇着這二位官人，也得他些資助，好無福分！」茶博士又回覆道：「尋他不見。」

二人還了茶錢，正欲起身，只見茶博士指道：「兀那趙秀才來了！」苗太監道：「在那裏？」茶博士指街上：「穿破藍衫的來者便是。」苗太監教請他來。茶博士出街，接着道：「趙秀才，我茶肆中有二位官人等着你，教我尋你兩次不見。」趙旭慌忙走入茶坊，相見禮畢，坐於苗太監肩下，三人吃茶。問道：「壁上文詞，可是秀才所作？」趙旭答道：「學生不才，信口胡謅，甚是笑話。」仁宗問道：「秀才是成都人，却緣何在此？」趙旭答道：「因命薄下第，羞歸故里。」正説之間，趙旭於袖中撈摸。苗太監道：「秀才袖中有何物？」趙旭不答，即時袖中取出，乃是月樣玉柄白梨扇子，雙手捧與苗太監。看時，上有新詩一首，詩道：

屈曲交枝翠色蒼，困龍未際土中藏。
他時若得風雨會，必作擎天白玉梁。

苗太監道：「此扇從何而得？」趙旭答道：「學生從樊樓下走過，不知樓上何人墜下此扇，偶然插於學生破藍衫袖上。就去王丞相家作松詩，起筆因書於扇上。」苗太監道：「此扇乃是此位趙大官人的，因飲酒墜於樓下。」趙旭道：「既是大官人的，即當奉還。」仁宗皇帝大喜，又問秀才：「上科爲何不第？」趙旭答言：「學生三場文字俱成，不想聖天子御覽，看得一字差寫，因此不第，流落在此。」仁宗曰：「此是今上不明。」趙旭答曰：「今上至明。」仁宗曰：「何字差寫？」趙旭曰：「是『唯』字，學生寫爲『厶』傍，天子高明，説是『口』傍。學生奏説皆可通用。今上御書八字：『单單、去吉、吴矣、吕台。』『卿言通用，與朕拆來。』學生無言抵對，因此黜落，至今淹滯。此乃學生考究不精，自取其咎，非聖天子之過也。」【眉批】肯認錯了。仁宗問道：「秀才家居錦里是西川了，可認得王制置麽？」趙旭答道：「學生認得王制置，王制置不認得學生。」仁宗道：「他是我外甥，我修封書，着人送你同去投他，討了名分，教你發迹如何？」

趙旭倒身便拜：「若得二位官人提携，不敢忘恩。」苗太監道：「秀才，你有緣遇着大官人擡舉，你何不作詩謝之？」趙旭應諾，作詩一首，詩曰：

白玉隱於頑石裏，黄金埋入污泥中。
今朝遇貴相提掇，如立天梯上九重。

仁宗皇帝見詩，大喜道：「何作此詩？也未見我薦得你不。我也回詩一首。」詩曰：

一字爭差因失第，京師流落誤佳期。
與君一柬投西蜀，勝似山呼拜鳳墀。

趙旭得大官人詩，感恩不已。又有苗太監道：「秀才，大官人有詩與你，我豈可無一言乎？」乃贈詩一首，詩曰：

旭臨帝闕應天文，本得名魁一字渾。
今日柬投王制置，錦衣光耀趙家門。

苗太監道：「秀才，你回下處去，待來日蚤辰，我自催促大官人，着人將書并路費一同送你起程。」趙旭問道：「大官人第宅何處？學生好來拜謝。」苗太監道：「第宅離此甚遠，秀才不勞訪問。」趙旭就在茶坊中拜謝了，三人一同出門，作别而去。

到來日，趙旭蚤起等待，果然昨日那没鬚的白衣秀士，引着一個虞候，擔着個衣箱包袱，只不見趙大官人來。趙旭出店來迎接，相見禮畢。苗太監道：「夜來趙大官人依着我，委此人送你起程。付一錠白銀五十兩，與你文書，齎到成都府去，文書都在此人處，着你路上小心徑往。」趙旭再三稱謝，問道：「官人高姓大名？」苗太監道：「在下姓苗名秀，就在趙大官人門下，做個館賓。秀士見了王制置時，自然曉得。」趙旭道：「學生此去，倘然得意，决不忘犬馬之報。」遂吟詩一首，寫於素箋，以寓謝別之意。詩曰：

舊年曾作登科客，今日還期暗點頭。
有意去尋丞相府，無心偶會酒家樓。
空中扇墜藍衫插，袖裏詩成黄閣留。
多謝貴人修尺一，西川制置徑相投。

苗太監領了詩箋，作別自回。趙旭遂將此銀鑿碎，算還了房錢，整理衣服齊備，三日後起程。

於路饑餐渴飲，夜住曉行，不則一日，約莫到成都府地面百餘里之外，聽得人説，差人遠接新制置，軍民喧鬧。趙旭聞信大驚，自想：「我特地來尋王制置，又離任去了，我直如此命薄！怎生是好？」遂吟詩一首，詩曰：

尺書手捧到川中，千里投人一旦空。
辜負高人相汲引，家鄉雖近轉憂冲。

虞候道：「不須愁煩，且前進打聽的實如何。」趙旭行一步，懶一步，再行二十五里，到了成都地面接官亭上。官員人等喧哄，都説伺候新制置到任，接了三日，并無消息。

虞候道：「秀才，我與你到接官亭上看一看。」趙旭道：「不可去，我是個無倚的人。」虞候不管他説，一直將着袱包，挑着衣箱，徑到接官亭上歇下。虞候道：「衆官在此等甚？何不接新制置？」衆官失驚，問道：「不見新制置來？」虞候打開袱包，拆開文書，道：「這秀才便是新制置。」【眉批】快活極了。趙旭也吃了一驚。虞候又開了衣箱，取出紫袍金帶，象簡烏靴，戴上舒角襆頭，宣讀了聖旨。趙旭謝恩，叩首拜敕，授西川五十四州都制置。衆官相見，行禮已畢。趙旭着人去尋個好寺院去處暫歇，選日上任。自思前事：「我狀元到手，只爲一字黜落。誰知命中該發迹，在茶肆遭遇趙大官人，原來正是仁宗皇帝。」此乃是：

着意種花花不活，無心栽柳柳成陰。

趙旭問虞候道：「前者白衣人送我起程的，是何官宰？」虞候道：「此是司天臺苗太監，旨意分付着我同來。」趙旭自道：「我有眼不識太山也。」

擇日上任，駿馬雕鞍，張三檐傘蓋，前面隊伍擺列，後面官吏跟隨，威儀整肅，氣象軒昂。上任已畢，歸家拜見父母。父母驀然驚懼，合家迎接，門前車馬喧天。趙旭下馬入堂，紫袍金帶，象簡烏靴，上堂參拜父母。父母問道：「你科舉不第，流落京師，如何便得此職？又如何除授本處爲官？」趙旭具言前事，父母聞知，拱手加額：「感日月之光，願孩兒忠心補報皇恩。」趙旭作詩一首，詩曰：

功名着意本掄魁，一字爭差不得歸。
自恨禹門風浪急，誰知平地一聲雷。

父母心中不勝之喜，合家歡悦。親友齊來慶賀，做了好幾日筵席。舊時逃回之僕，不念舊惡，依還收用。思量仁宗天子恩德，自修表章一道，進謝皇恩。從此西川做官，兼管軍民。父母俱迎在衙門中奉養，所謂「一子受皇恩，全家食天禄」。有詩爲證：

相如持節仍歸蜀，季子懷金又過周。
衣錦還鄉從古有，何如茶肆遇宸游？

【校記】

〔一〕「正值盛夏」，法政本作「王正盛夏」。

十里荷花九里红

奉聖旨填詞柳三變之墓
樂遊原上妓如雲
盡上風流柳七墳
可笑紛紛縉紳輩
憐才不及衆紅裙

第十二卷　衆名姬春風吊柳七

北闕休上詩，南山歸敝廬。
不才明主棄，多病故人疏。
白髮催年老，青陽逼歲除。
永懷愁不寐，松月下窗虛。

這首詩，乃唐朝孟浩然所作。他是襄陽第一個有名的詩人，流寓東京，宰相張説甚重其才，與之交厚。一日，張説在中書省入直，草應制詩，苦思不就，遣堂吏密請孟浩然到來，商量一聯詩句。正爾烹茶細論，忽然唐明皇駕到。孟浩然無處躲避，伏於床後。明皇蚤已瞧見，問張説道：「適纔避朕者，何人也？」張説奏道：「此襄陽詩人孟浩然，臣之故友。偶然來此，因布衣，不敢唐突聖駕。」明皇道：「朕亦素聞此人之名，願一見之。」【眉批】憐才聖主。孟浩然只得出來，拜伏於地，口稱「死罪」。明皇道：

「聞卿善詩，可將生平得意一首，誦與朕聽。」孟浩然就誦了「北闕休上詩」這一首。明皇道：「卿非不才之流，朕亦未爲明主；然卿自不來見朕，朕未嘗棄卿也。」當下龍顏不悅，起駕去了。次日，張説入朝，見帝謝罪，因力薦浩然之才，可充館職。明皇道：「前朕聞孟浩然有『流星澹河漢，疏雨滴梧桐』之句，何其清新！又聞有『氣蒸雲夢澤，波撼岳陽樓』之句，〔一〕何其雄壯！昨在朕前，偏述枯槁之辭；又且中懷怨望，非用世之器也。宜聽歸南山，以成其志。」由是終身不用，至今人稱爲孟山人。後人有詩嘆云：

新詩一首獻當朝，欲望榮華轉寂寥。
不是不才明主棄，從來貴賤命中招。

古人中有因一言拜相的，又有一篇賦上遇主的。那孟浩然只爲錯念了八句詩，失了君王之意，豈非命乎？如今我又説一椿故事，〔二〕也是個有名才子，只爲一首詞上，誤了功名，終身坎壈，後來顛到成了風流佳話。那人是誰？説起來，是宋神宗時人，姓柳名永，字耆卿。原是建寧府崇安縣人氏，因隨父親作宦，流落東京。排行第七，人都稱爲柳七官人。年二十五歲，丰姿灑落，人才出衆，琴棋書畫，無所不通，至於吟詩作賦，尤其本等。還有一件，最其所長，乃是填詞。怎麽叫做填詞？假如李太白有《憶秦娥》、《菩薩蠻》，王維有《鬱輪袍》，這都是詞名，又謂之詩餘，唐時名妓多歌之。至宋時，大晟府樂官博採詞名，填腔進御。這個詞，比切聲調，分配十二律，其某律某調，句長句短，合用平上去入四聲字眼，有個一定不移之格。作詞者，按格填入，務要字與音協，一些杜撰不得，所以謂之填詞。那柳七官人，於音律裏面，第一精通，將大晟府樂詞，加添至二百餘調，真個是詞家獨步。他也自恃其才，没有一個人看得入眼，所以縉紳之門，絶不去走，文字之交，也没有人。終日只是穿花街，走柳巷，東京多少名妓，無不敬慕他，以得見爲榮。若有不認得柳七者，衆人都笑他爲下品，不列姊妹之數。所以妓家傳出幾句口號，道是：

不願穿綾羅，願依柳七哥。
不願君王召，願得柳七叫。
不願千黄金，願中柳七心。
不願神仙見，願識柳七面。

那柳七官人，真個是朝朝楚館，夜夜秦樓。内中有三個出名上等的行首，往來尤密，一個喚做陳師師，一個喚做趙香香，一個喚做徐冬冬。這三個行首，賠着自己錢財，争養柳七官人。怎見得？有戲題一詞，名《西江月》爲證：

　　調笑師師最慣，香香暗地情多，冬冬與我煞脾和，獨自窩盤三個。「管」字下邊無分，「閉」字加點如何？權將「好」字自停那，「姦」字中間着我。

這柳七官人，詩詞文采，壓於朝士，因此近侍官員，雖聞他恃才高傲，却也多少敬慕他的。那時天下太平，凡一才一藝之士，無不録用。有司薦柳永才名，朝中又有人保奏，除授浙江管下餘杭縣宰。這縣宰官兒，雖不滿柳耆卿之意，把做個進身之階，却也罷了，只是捨不得那三個行首。時值春暮，將欲起程，乃製《西江月》爲詞，以寓惜别之意：

　　鳳額繡簾高捲，獸檐朱户頻摇。兩竿紅日上花稍，春睡厭厭難覺。好夢枉隨飛絮，閒愁濃勝香醪。不成雨暮與雲朝，又是韶光過了。〔三〕

三個行首，聞得柳七官人浙江赴任，都來餞别。衆妓至者如雲，耆卿口占《如夢令》云：

　　郊外緑陰千里，掩映紅裙十隊。惜别語方長，車馬催人速去。偷淚，偷淚，那得分身應你！

柳七官人别了衆名姬，携着琴劍書箱，扮作游學秀士，迤邐上路。一路觀看風景，行至江州。訪問本處名妓，有人説道：「此處只有謝玉英，才色第一。」耆卿問了住處，徑來相訪。玉英迎接了，見耆卿人物文雅，便邀入個小小書房。耆卿舉目看時，果然擺設得精緻。但見：

明窗净几，竹榻茶罏。床間挂一張名琴，壁上懸一幅古畫。香風不散，寶爐中常熱沉檀；清風逼人，花瓶内頻添新水。萬卷圖書供玩覽，一枰棋局佐歡娱。

耆卿看他卓上，擺着一册書，題云「柳七新詞」。檢開看時，都是耆卿平日的樂府，蠅頭細字，寫得齊整。耆卿問道：「此詞何處得來？」玉英道：「此乃東京才子柳七官人所作，妾平昔甚愛其詞，每聽人傳誦，輒手録成帙。」【眉批】與秦少游奇遇相似。耆卿又問道：「天下詞人甚多，卿何以獨愛此作？」玉英道：「他描情寫景，字字逼真。如《秋思》一篇，末云：『黯相望，斷鴻聲裏，立盡斜陽。』《秋别》一篇云：『今宵酒醒何處，楊柳岸曉風殘月。』此等語，人不能道。妾每誦其詞，不忍釋手，恨不得見其人耳。」耆卿道：「卿要識柳七官人否？只小生就是。」玉英大驚，問其來歷，耆卿將餘杭赴任之事，説了一遍。玉英拜到在地，道：「賤妾凡胎，不識神仙，望乞恕罪。」置酒款待，殷勤留宿。

耆卿深感其意，一連住了三五日。恐怕誤了憑限，只得告别。玉英十分眷戀，設下山盟海誓，一心要相隨柳七官人，侍奉箕帚。耆卿道：「赴任不便，若果有此心，俟任滿回日，同到長安。」玉英道：「既蒙官人不棄賤妾，從今爲始，即當杜門絶客以待，切勿遺棄，使妾有《白頭》之嘆。」耆卿索紙，寫下一詞，名《玉女摇仙佩》，詞云：

飛瓊伴侶，偶到珠宫，未返神仙行綴。取次梳妝，尋常言語，有得幾多姝麗？擬把名花比。恐傍人笑我，談何容易。細思算、奇葩艷卉，惟是深紅淺白而已。争如這多情，占得人間，千嬌百媚。須信畫堂綉閣，皓月清風，忍把光陰輕棄。自古及今，佳人才子，少得當年雙美。且恁相偎倚。未消得、憐我多才多藝。願嬭嬭、蘭心蕙性，枕前言下，表余深意。爲盟誓、今生斷不孶鴛被。

耆卿吟詞罷，别了玉英上路。

不一日，來到姑蘇地方，看見山明水秀，到個路傍酒樓上，沽飲三杯。忽聽得鼓聲齊響，臨窗而望，乃是一群兒童，掉了小船，在湖上戲水採蓮，口中唱着吴歌云：

採蓮阿姐鬥梳妝，好似紅蓮搭個白蓮争。紅蓮自道顔色好，白蓮自道粉花香。粉花香，粉花香，貪花人一見便來搶。紅個也忒貴，白個也弗强。當面下手弗得，和你私下商量。好像荷葉遮身無人見，下頭成藕帶絲長。【眉批】歌好。

柳七官人聽罷，取出筆來，也做一隻吴歌，題於壁上。歌云：

十里荷花九里紅，中間一朵白鬆鬆。白蓮則好摸藕吃，紅蓮則好結蓮蓬。

結蓮蓬，結蓮蓬，蓮蓬生得忒玲瓏。肚裏一團清趣，外頭包裹重重。有人吃着滋味，一時劈破難容。只圖口甜，那得知我心裏苦？開花結子一場空。【眉批】此近詩讖。

這首吴歌，流傳吴下，至今有人唱之。

却説柳七官人過了姑蘇，來到餘杭縣上任，端的爲官清正，訟簡詞稀。聽政之暇，便在大滌、天柱、由拳諸山，登臨游玩，賦詩飲酒。這餘杭縣中，也有幾家官妓，輪番承直。但是訟牒中犯着妓者名字，便不准行。【眉批】妓家慣入訟師紫局。妓中有個周月仙，頗有姿色，更通文墨。一日，在縣衙唱曲侑酒，柳縣宰見他似有不樂之色，問其緣故。月仙低頭不語，兩淚交流，縣宰再三盤問，月仙只得告訴。

原來月仙與本地一個黄秀才，情意甚密。月仙一心只要嫁那秀才，奈秀才家貧，不能備辦財禮。月仙守那秀才之節，誓不接客。老鴇再三逼迫，只是不從，因是親生之女，無可奈何。黄秀才書館，與月仙只隔一條大河，每夜月仙渡船而去，與秀才相聚，至曉又回。同縣有個劉二員外，愛月仙丰姿，欲與歡會。月仙執意不肯，吟詩四句道：

不學路傍柳，甘同幽谷蘭。

游蜂若相詢，莫作野花看。

劉二員外心生一計，囑付舟人，教他乘月仙夜渡，移至無人之處，强姦了他，取個執證回話，自有重賞。【眉批】劉二員外惡極，惡極！舟人貪了賞賜，果然乘月仙下船，遠遠撑去。月仙見不是路，喝他住船，那舟人那裏肯依？直摇到蘆花深處，僻静所在，將船泊了，走入船艙，把月仙抱住，逼着定要雲雨。月仙自料難以脱身，不得已而從之。雲收雨散，月仙惆悵，吟詩一首：

自恨身爲妓，遭汙不敢言。
羞歸明月渡，懶上載花船。

是夜月仙仍到黄秀才館中住宿，却不敢聲告訴，至曉回家。其舟人記了這四句詩，回復劉二員外。員外將一錠銀子，賞了舟人去了，便差人邀請月仙家中侑酒。酒到半酣，又去調戲月仙，月仙仍舊推阻。劉二員外取出一把扇子來，扇上有詩四句，教月仙誦之。月仙大驚，原來却是舟中所吟四句，當下頓口無言。劉二員外道：「此處牙床錦被，强似蘆花明月，小娘子勿再推托。」月仙滿面羞慚，安身無地，只得從了劉二員外之命。【眉批】此條與《玩江樓記》所載不同。《玩江樓記》謂柳縣宰欲通月仙，使舟人用計，殊傷雅致，當以此説爲正。以後劉二員外日遂在他家占住，不容黄秀才相處。

自古道：「小娘愛俏，鴇兒愛鈔。」黄秀才雖然儒雅，怎比得劉二員外有錢有鈔？雖然中了鴇兒之意，月仙心下只想着黄秀才，以此悶悶不樂。今番被縣宰盤問不過，只得將情訴與。柳耆卿是風流首領，聽得此語，好生憐憫。當日就喚老鴇過來，將錢八十千付作身價，替月仙除了樂藉。一面請黄秀才相見，親領月仙回去，成其夫婦。

【眉批】情人自憐情人，猶才人自憐才人，若不關痛癢，必非臭味耳。

黄秀才與周月仙拜謝不盡。正是：

風月客憐風月客，有情人遇有情人。

柳耆卿在餘杭三年，任滿還京。想起謝玉英之約，便道再到江州。原來謝玉英初別耆卿，果然杜門絶客。過了一年之後，不見耆卿通問，未免風愁月恨，更兼日用之需，無從進益，日逐車馬填門，回他不脱。想着五夜夫妻，未知所言真假，又有閒漢從中攛掇，不免又隨風倒舵，依前接客。有個新安大賈孫員外，頗有文雅，與他相處年餘，費過千金。耆卿到玉英家詢問，正值孫員外邀玉英同往湖口看船去了。耆卿到不遇，知玉英負約，〔四〕快快不樂，乃取花箋一幅，製詞名《擊梧桐》，詞云：

香靨深深，姿姿媚媚，雅格奇容天與。自識伊來，便好看承，〔五〕會得妖嬈心素。臨岐再約同歡，定是都把平生相許。又恐恩情、易破難成，未免千般思慮。

近日重來，空房而已，苦殺叨叨言語。便認得、聽人教當，擬把前言輕負。
見説蘭臺宋玉，多才多藝善詞賦。試與問、朝朝暮暮，行雲何處去？

後寫：「東京柳永訪玉卿不遇漫題。」耆卿寫畢，念了一遍，將詞箋粘于壁上，拂袖而出。回到東京，屢有人舉薦，升爲屯田員外郎之職。東京這班名姬，依舊來往。耆卿所支俸錢，及一應求詩求詞饋送下來的東西，都在妓家銷化。【眉批】此等行藏，吴中張幼于頗似之。

一日，正在徐冬冬家積翠樓戲耍，宰相呂夷簡差堂吏傳命，直尋將來，説道：「呂相公六十誕辰，家妓無新歌上壽，特求員外一闋，幸即揮毫，以便演習。蜀錦二端，吴綾四端，聊充潤筆之敬，伏乞俯納。」耆卿允了，留堂吏在樓下酒飯，問徐冬冬有好紙否，徐冬冬在篋中，取出兩幅芙蓉箋紙，放于案上。耆卿磨得墨濃，醮得筆飽！拂開一幅箋紙，不打草兒，寫下《千秋歲》一闋云：

泰階平了，又見三台耀。烽火静，欃槍掃。朝堂耆碩輔，樽俎英雄表。福無艾，山河帶礪人難老。
渭水當年釣，晚應飛熊兆，同一吕，今偏早。烏紗頭未白，笑把金樽倒。人争羨，二十四遍中書考。

耆卿一筆寫完，還剩下芙蓉箋一紙，餘興未盡，後寫《西江月》一調云：

腹内胎生異錦，筆端舌噴長江。縱教疋絹字難償，不屑與人稱量。我不求人富貴，人須求我文章。風流才子占詞場，真是白衣卿相。

耆卿寫畢，放在卓上。

恰好陳師師家差個侍兒來請，説道：「有下路新到一個美人，不言姓名，自述特慕員外，不遠千里而來，今在寒家奉候，乞即降臨。」耆卿忙把詩詞裝入封套，打發堂吏，動身去了，自己隨後往陳師師家來。一見了那美人，吃了一驚。那美人是誰？正是：

着意尋不見，有時還自來。

那美人正是江州謝玉英。他從湖口看船回來，見了壁上這隻《擊梧桐》詞，再三諷詠，想着耆卿果是有情之人，不負前約，自覺慚愧。瞞了孫員外，收拾家私，雇了船隻，一徑到東京來，問柳七官人。聞知他在陳師師家往來極厚，特拜望師師，求其引見耆卿。當時分明是斷花再接，缺月重圓，不勝之喜。陳師師問其詳細，便留謝玉英同住。玉英怕不穩便，商量割東邊院子另住。自到東京，從不見客，只與耆卿相處，如夫婦一般。耆卿若往别妓家去，也不阻攔，甚有賢達之稱。

話分兩頭。再説耆卿匆忙中，將所作壽詞封付堂吏，誰知忙中多有錯，一時失於點檢，兩幅詞箋都封了去。吕丞相拆開封套，先讀了《千秋歲》調，到也歡喜。又見

《西江月》調，少不得也念一遍，念到「縱教疋絹字難償，不屑與人稱量」，笑道：「當初裴晉公修福光寺，求文於皇甫湜，湜每字索絹三匹。此子嫌吾酬儀太薄耳。」又念到「我不求人富貴，人須求我文章」，大怒道：「小子輕薄，我何求汝耶？」從此銜恨在心。柳耆卿却是疏散的人，寫過詞，丢在一邊了，那裏還放在心上。

又過了數日，正值翰林員缺，吏部開薦柳永名字，仁宗曾見他增定大晟樂府，亦慕其才，問宰相呂夷簡道：「朕欲用柳永爲翰林，卿可識此人否？」呂簡夷奏道：「此人雖有詞華，然恃才高傲，全不以功名爲念。見任屯田員外，日夜留連妓館，大失官箴。若重用之，恐士習由此而變。」【眉批】郭令公、文丞相皆縱情聲妓者，一朝柄用，便殉國忘家，腐儒何足以知之！遂把耆卿所作《西江月》詞誦了一遍，仁宗皇帝點頭。早有知諫院官打聽得呂丞相銜恨柳永，欲得逢迎其意，連章參核。仁宗御筆批着四句道：

柳永不求富貴，誰將富貴求之？
任作白衣卿相，風前月下填詞。

柳耆卿見罷了官職，大笑道：「當今做官的，都是不識字之輩，怎容得我才子出頭？」因改名「柳三變」，人都不會其意，柳七官人自解説道：「我少年讀書，無所不窺，本求一舉成名，與朝家出力。因屢次不第，牢騷失意，變爲詞人。以文采自見，使名留後世足矣。何期被薦，頂冠束帶，變爲官人。然浮沉下僚，終非所好。今奉旨放落，行且逍遥自在，變爲仙人。」從此益放曠不檢，以妓爲家，將一個手板上寫道：「奉聖旨填詞柳三變。」欲到某妓家，先將此手板送去，這一家便整備酒肴，伺候過宿。【眉批】快活煞，强似做官。次日，再要到某家，亦復如此。凡所作小詞，落款書名處，亦寫「奉聖旨填詞」五字，人無有不笑之者。

如此數年。一日在趙香香家，偶然晝寢，夢見一黄衣吏從天而下，説道：「奉玉帝敕旨，《霓裳羽衣曲》已舊，欲易新聲，特借重仙筆，即刻便往。」柳七官人醒來，便討香湯沐浴，對趙香香道：「適蒙上帝見召，我將去矣。各家姊妹可寄一信，不能候之相見也。」言畢，瞑目而坐。香香視之，已死矣。【眉批】如此灑脱，誰云留連花酒者？枉殺英雄，千古遺恨！慌忙報知謝玉英，玉英一步一跌的哭將來。陳師師、徐冬冬兩個行首，一時都到。又有幾家曾往來的，聞知此信，也都來趙家。

原來柳七官人，雖做兩任官職，毫無家計。【眉批】只此便高人萬倍。謝玉英雖説跟隨他終身，到帶着一家一火前來，并不費他分毫之事。今日送終時節，謝玉英便是他親妻一般，這幾個行首，便是他親人一般。當時陳師師爲首，斂取衆妓家財帛，製買衣衾棺槨，就在趙家殯殮。謝玉英衰絰做個主喪，其他三個的行首，都聚在一處，帶孝守幕。一面在樂游原上，買一塊隙地起墳，擇日安葬。【眉批】人解得否？此豈浪子能致！墳上竪個小碑，照依他手板上寫的，增添兩字，刻云：「奉聖旨填詞柳三變之墓。」出殯之日，官僚中也有相識的，前來送葬。只見一片縞素，滿城妓家無一人不到，哀聲震地。那送葬的官僚，自覺慚愧，掩面而返。不踰兩月，謝玉英過哀，得病亦死，附葬於柳墓之傍。亦見玉英貞節，妓家難得，不在話下。

自葬後，每年清明左右，春風駘蕩，諸名姬不約而同，各備祭禮，往柳七官人墳上，挂紙錢拜掃，唤做「吊柳七」，又唤做「上風流塚」。未曾「吊柳七」「上風流塚」者，不敢到樂游原上踏青。後來成了個風俗，直到高宗南渡之後，此風方止。後人有詩題柳墓云：

樂游原上妓如雲，盡上風流柳七墳。
可笑紛紛縉紳輩，憐才不及衆紅裙。

【校記】

〔一〕「波撼岳陽樓」，底本作「披撼岳陽城」，據法政本改。

〔二〕「如今我」，底本及法政本均作「如我今」，徑改。

〔三〕「韶光」，底本作「詔光」，據法政本改。

〔四〕「玉英」，底本及内閣本（法政本缺頁）均作「秀卿」，據前後文改。

〔五〕「看承」，底本及法政本均作「看你」，據柳永《樂章集》改。

美色人皆溺如君
鉄石心少年不作
樂辜負好光陰
張道妻

張道陵七試趙昇

第十三卷　張道陵七試趙昇

但聞白日升天去，不見青天走下來。
有朝一日天破了，大家都叫阿癐癐。

這四句詩，乃國朝唐解元所作，是譏誚神仙之説，不足爲信。此乃戲謔之語。從來混沌剖判，便立下了三教：太上老君立了道教，釋迦祖師立了佛教，孔夫子立了儒教。儒教中出聖賢，佛教中出佛菩薩，道教中出神仙。那三教中，儒教忒平常，佛教忒清苦，只有道教學成長生不死，變化無端，最爲灑落。看官，我今日説一節故事，乃是張道陵七試趙昇。那張道陵便是龍虎山中歷代住持道教的正一天師第一代始祖，趙昇乃其徒弟。有詩爲證：

剖開頑石方知玉，淘盡泥沙始見金。
不是世人仙氣少，仙人不似世人心。

話説張天師的始祖，諱道陵，字輔漢，沛國人氏，乃是張子房第八世孫。漢光武皇帝建武十年降生，其母夢見北斗第七星從天墜下，化爲一人，身長丈餘，手中托一丸仙藥，如鷄卵大，香氣襲人。其母取而吞之，醒來便覺滿腹火熱，異香滿室，經月不散。從此懷孕，到十月滿足，忽然夜半屋中光明如晝，遂生道陵。七歲時，便能解説《道德經》及河圖讖緯之書，無不通曉。年十六，博通五經。身長九尺二寸，龐眉廣顙，朱項緑睛，隆準方頤，伏犀貫頂，垂手過膝，龍蹲虎步，望之使人可畏。舉賢良方正，入太學。一旦喟然嘆曰：「流光如電，百年瞬息耳，縱位極人臣，何益於年命之數乎？」遂專心修煉，欲求長生不死之術。同學有一人，姓王名長，聞道陵之言，深以爲然，即拜道陵爲師，願相隨名山訪道。

行至豫章郡，遇一繡衣童子，問曰：「日暮道遠，二公將何之？」道陵大驚，知其非常人，乃自述訪道之意。童子曰：「世人論道，皆如捕風捉影，必得黄帝九鼎丹法，修煉成就，方可升天。」於是師徒二人拜求指示，童子口授二語，道是：

左龍并右虎，其中有天府。

説罷，忽然不見。道陵記此二語，但未解其意。

一日，行至龍虎山中，不覺心動，謂王長曰：「『左龍右虎』，莫非此地乎？『府』

者，藏也，或有秘書藏於此地。」乃登其絶頂，見一石洞，名曰壁魯洞，洞中或明或暗，委曲異常。走到盡處，有生成石門兩扇。道陵想道：「此必神仙之府。」乃與弟子王長端坐石門之外，凡七日，忽然石門洞開，其中石卓、石凳俱備，卓上無物，只有文書一卷。取而觀之，題曰「黄帝九鼎太清丹經」。道陵舉手加額，叫聲慚愧。師徒二人歡喜無限，取出丹經，晝夜觀覽，具知其法。但修煉合用藥物鑪火之費甚廣，無從措辦。道陵先年曾學得有治病符水，聞得蜀中風俗醇厚，乃同王長入蜀，結廬于鶴鳴山中，自稱真人，專用符水救人疾病。投之輒驗，來者漸廣。又多有人拜於門下，求爲弟子，學他符水之法。

真人見人心信服，乃立爲條例：所居門前有水池，凡有疾病者，皆疏記生身以來所爲不善之事，不許隱瞞，真人自書懺文，投池水中，與神明共盟約，不得再犯，若復犯，身當即死。設誓畢，方以符水飲之。病愈後，出米五斗爲謝。弟子輩分路行法，所得米絹數目，悉開報於神明，一毫不敢私用。由是百姓有小疾病，便以爲神明譴責，自來首過。病愈後，皆羞慚改行，不敢爲非。【眉批】此道果大行天下，何必不太平？如此數年，多得錢財，乃廣市藥物，與王長居密室中，共煉龍虎大丹。三年丹成，服之。真人年六十餘，自服丹藥，容顔轉少，如三十歲後生模樣。從此能分形散影，常乘小舟，在東西二溪往來游戲，堂上又有一真人誦經不輟。若賓客來訪，迎送應對，或酒杯棋局，各各有一真人，不分真假，方知是仙家妙用。

一日，有道士來言：「西城有白虎神，好飲人血，每歲其鄉必殺人祭之。」真人心中不忍，將到祭祀之期，真人親往西城。果見鄉中百姓掷縛一人，用鼓樂導引，送於白虎神廟。真人問其緣故，所言與道士相合：「若一年缺祭，必然大興風雨，毀苗殺稼，殃及六畜。所以一方懼怕，每年用重價購求一人，赤身掷縛，送至廟中。夜半，憑神吮血享用，以此爲常，官府亦不能禁。」真人曰：「汝放此人去，將我代之何如？」衆鄉民道：「此人因家貧無倚，情願捨身充祭，得我們五十千錢，葬父嫁妹，花費已盡，今日之死，乃其分内，你何苦自傷性命？」真人曰：「我不信有神道吃人之事，若果有此事，我自願承當，死而無怨。」衆人商量道：「他自不信，不干我事，左右是一條性命。」便依了真人言語，把掷縛那人解放了。那人得了命，拜謝而去。衆人便要來掷縛真人，真人曰：「我自情願，决不逃走，何用掷縛？」衆人依允。真人入得廟來，只見廟中香煙繚繞，燈燭煒煌，供養着土偶神像，猙獰可畏，案卓上擺列着許多祭品。衆人叩頭宣疏已畢，將真人閉於殿門之内，隨將封瑣。真人瞑目静坐以待。約莫更深，忽聽得一陣狂風，白虎神早到。一見真人，便來攫取。只見真人口耳眼鼻中，都放出紅光，罩定了白虎神，此乃是仙丹之力。白虎神大驚，忙問：「汝何人也？」真人曰：「吾奉上帝之命，管攝四海五嶽諸神，命我分形查勘，汝何方孽畜，敢在此虐害生靈？罪業深重，天誅難免！」白虎神方欲抗辨，只見前後左右都是一般真人，紅光遍體，諕得白虎神眼縫也開不得，叩頭求哀。原來白虎神是金神，自從五丁開道，鑿破蜀山，金氣發泄，變爲白虎，每每出現，生灾作耗。土人立廟，許以歲時祭享，方得安息。真人煉過金丹，養就真火，金怕火剋，自然制伏。當下真人與他立誓，不許生事害民，白虎神受戒而去。

次日侵晨，衆鄉民到廟，看見真人端然不動，駭問其由。真人備言如此如此，今後更不妄害民命，有損無益。衆鄉民拜求名姓，真人曰：「我乃鶴鳴山張道陵也。」說罷，飄然而去。衆鄉民在白虎廟前，另創前殿三間，供養張真人像，從此革了人祭之事。有詩爲證：

積功累行始成仙，豈止區區服食緣。
白虎神藏人祭革，活人陰德在年年。

那時，廣漢青石山中，有大蛇爲害，晝吐毒霧，行人中毒便死。真人又去剿除了那毒蛇，山中之人，方敢晝行。順帝漢安元年，正月十五夜，真人在鶴鳴山精舍獨坐，忽聞隱隱天樂之聲，從東而來，鑾珮珊珊漸近。真人出中庭瞻望，忽見東方一片紫雲，雲中有素車一乘，冉冉而下。車中端坐一神人，容若冰玉，神光照人，不可正視。車前站立一人，就是前番在豫章郡所遇的繡衣童子。童子謂真人曰：「汝休驚怖，此乃太上老君也。」真人慌忙禮拜。老君曰：「近蜀中有衆鬼魔王，枉暴生民，深可痛惜。子其爲我治之，以福生靈，則子之功德無量，而名録丹臺矣。」乃授以《正一盟威秘録》，三清衆經九百三十卷，符録丹竈秘訣七十二卷，雌雄劍二口，都功印一枚。又囑道：「與子刻期，千日之後，會於閬苑。」真人叩頭領訖，老君升雲而去。

真人從此日味秘文，按法遵修。聞知益州有八部鬼帥，各領鬼兵，動億萬數，周行人間，暴殺萬民，枉夭無數。真人奉老君誥命，佩《盟威秘録》，往青城山，置琉璃高座，左供大道元始天尊，右置三十六部真經，立十絶靈旛，周匝法席，鳴鐘叩磬，布下龍虎神兵，欲擒鬼帥。鬼帥乃驅率衆鬼，挾兵刃矢石，來害真人。真人將左手豎起一指，那指頭變成一大朵蓮花，千葉扶疏，兵矢皆不能入。衆鬼又持火千餘炬來，欲行燒害。真人把袖一拂，其火即返燒衆鬼。衆鬼乃遥謂真人曰：「吾師自住鶴鳴山中，何爲來侵奪我居處？」真人曰：「汝等殘害衆生，罪通於天，吾奉太上老君之命，是以來伐汝。汝若知罪，速避西方不毛之地，勿復行病人間，可保無事。如仍前作業，即行誅戮，不留餘種。」鬼帥不服，次日復會六大魔王，率鬼兵百萬，安營下寨，來攻真人。真人欲服其心，乃謂曰：「試與爾各盡法力，觀其勝負。」六魔應諾。真人乃命王長積薪放火，火勢正猛。真人投身入火，火中忽生青蓮花，托真人兩足而出。六魔笑曰：「有何難哉！」把手分開火頭，㩗身便跳。兩個魔王先跳下火的，鬚眉皆燒壞了，負痛奔回。那四個魔王，更不敢動撣。真人又投身入水，即乘黃龍而出，衣服毫不濡濕。六魔又笑道：「火其實利害，這水打甚緊？」撲通的一聲，〔一〕六魔齊跳入水，在水中連番幾個筋斗。忙忙爬起，已自吃了一肚子淡水。真人復以身投石，石忽開裂，真人從後而出。六魔又笑道：「論我等氣力，便是山也穿得過，況于石乎？」硬挺着肩胛捱進石去。真人誦呪一遍，六個魔王半身陷于石中，展動不得，哀號欲絶。其時八部鬼帥大怒，化爲八隻吊睛老虎，張牙舞爪，來攫真人。真人摇身一變，變成獅子逐之。鬼帥再變八條大龍，欲擒獅子。真人又變成大鵬金翅鳥，張開巨喙，欲啄龍睛。鬼帥再變五色雲霧，昏天暗地。真人變化一輪紅日，升于九霄，光輝照曜，雲霧即時流散。

鬼帥變化已窮，真人乃拈取片石，望空撇去，須臾化爲巨石，如一座小山相似。空中一綫繫住，如藕絲之細懸罩於鬼營之上。石上又有二鼠爭嚙那一綫，岌岌欲墮。

魔王和鬼帥在高處看見，恐怕滅絶了營中鬼子鬼孫，乃同聲哀告饒命，「願往西方娑羅國居住，再不敢侵擾中土」。真人遂判令六大魔王歸於北酆，八部鬼帥竄於西域。

其時魔王身離石中，和鬼帥合成一黨，兀自躊躇不去。真人知衆鬼不可善遣，乃口敕神符一道，飛上層霄。須臾之間，只見風伯招風，雨師降雨，雷公興雷，雷母閃電，天將神兵各持刀兵，〔一〕一時齊集，殺得群鬼形消影絶。真人方纔收了法力，謂王長曰：「蜀人今始得安寢矣。」有《西江月》爲證：

鬼帥空施伎倆，魔王枉逞英雄，誰知大道有神通，一片精神運動。　水火不加寒熱，騰身陷石如空。一場風雨衆妖空，纔識仙家妙用。

真人復謂王長曰：「吾上升之期已近，壁魯洞乃吾得道之地，不可忘本。」於是再至豫章，結廬於龍虎山中，師徒二人潛修九還七返之功。

忽一日，復聆鑾珮天樂之音，與鶴鳴山所聞無二。真人急忙整身，叩伏階前。見千乘萬騎，簇擁着老君，在雲端徘徊不下。真人再拜，老君乃命使者告曰：「子之功業，合得九真上仙。吾昔使子入蜀，但區別人鬼，以布清净之化。子殺鬼過多，又擅興風雨，役使鬼神，陰景翳晝，殺氣穢空，殊非大道好生之意。上帝正責子過，所以吾今日不得近子也。子且退居，勤行修道。同時飛舉者，數合三人。俟數到之日，吾待子於上清八景宫中。」言訖，聖駕復去。真人乃精心懺悔，再與王長回鶴鳴山去。

山中諸弟子曉得真人法力廣大，只有王長一人私得其傳，紛紛議論，盡疑真人偏向，有吝法之心。真人曰：「爾輩俗氣未除，安能遺世？止可得吾導引房中之術，或服食草木以延壽命耳。明年正月七日午時，有一人從東方來，方面短身，貂裘錦襖，此乃真正道中之人，不弱於王長也。」諸弟子聞言，半疑不信。

到來年正月初七日，當正午，真人乃謂王長曰：「汝師弟至矣，可使人如此如此。」王長領了法旨，步出山門，望東而看，果見一人來至，衣服狀貌，一如真人所言，諸弟子暗暗稱奇。王長私謂諸弟子曰：「吾師將傳法於此人，若來時切莫與通信，更加辱罵，不容入門，彼必去矣。」諸弟子相顧，以爲得計。【眉批】王長受師秘旨，諸弟子爲其所用而不覺。那人到門，自稱姓趙名昇，吴郡人氏，慕真人道法高妙，特來拜謁。諸弟子回言：「吾師出游去了，不敢擅留。」趙昇拱立伺候，衆人四散走開了。到晚，徑自閉門不納。趙昇乃露宿於門外。

次日，諸弟子開門看時，趙昇依前拱立，求見師長。諸弟子曰：「吾師甚是私刻，我等伏侍數十年，尚無絲毫秘訣傳授，想你來之何益？」趙昇曰：「傳與不傳，惟憑師長。但某遠踄而來，只願一見，以慰平生仰慕耳。」諸弟子又曰：「要見亦由你，只吾師實不在此，知他何日還山？足下休得癡等，有誤前程。」趙升曰：「某之此來，出於積誠。若真人十日不歸，願等十日；百日不來，願等百日。」衆人見趙升連住數日，并不轉身，愈加厭惡，漸漸出言侮慢，以後竟把作乞兒看待，惡言辱駡。趙升愈加和悦，全然不校。【眉批】便知道器。每日只於午前往村中買一餐，吃罷便來門前伺候。晚間衆人不容進門，只就階前露宿。

如此四十餘日，【眉批】誰肯。諸弟子私相議論道：「雖然辭他不去，且喜得瞞過師父，許久尚不知覺。」只見真人在法堂鳴鐘集衆曰：「趙家弟子到此四十餘日，受辱已足了，今日可召入相見。」衆弟子大驚，纔曉得師父有前知之靈也。王長受師命，去唤趙升進見。趙升一見真人，涕泣交下，叩頭，求爲弟子。真人已知他真心求道，再欲試之，過了數日，差往田舍中看守黍苗。

趙升奉命，來到田邊，只有小小茅屋一間，四圍無倚，野獸往來極多。趙升朝暮伺候赶逐，全不懈怠。忽一夜，月明如晝。趙升獨坐茅屋中，只見一女子，美貌非常。走進屋來，深深道個萬福，説道：「妾乃西村農家之女，隨伴出來玩月。因往田中小解，失了伴侣，追尋不着，迷路至此。兩足走得疼痛，寸步難移，乞善士可憐，容妾一宿，感恩非淺。」趙升正待推阻，那女子徑往他床鋪上倒身睡下，口内嬌啼宛轉，只稱脚痛。趙升認是真情，没奈何，只得容他睡了。自己另鋪些亂草，和衣倒地，睡了一夜。次日，那女子又推脚痛，故意不肯行走，撒嬌撒癡的要茶要飯，趙升只得管顧他。那女子到説些風話，引誘趙升。到晚來，先自脱衣上鋪，央趙升與他扯被加衣。趙升心如鐵石，見女子着邪，連茅屋也不進了，只在田塍邊露坐到曉。至第四日，那女子已不見了，只見土墻上題詩四句，道是：

美色人皆好，如君鐵石心。
少年不作樂，辜負好光陰。

字畫柔媚，墨迹如新。趙升看罷，大笑道：「少年作樂，能有幾時？」便脱下鞋底，將字迹撻没了。【眉批】剛腸好漢方許入道。正是：

落花有意隨流水，流水無情戀落花。

光陰荏苒，不覺春去秋來。趙升奉真人之命，擔了樵斧，去山後砍柴。偶然砍倒一株枯松，去得力大，嗯喇一聲，松根迸起。趙升將雙手拔起松根看時，下面顯出黄燦燦的一窖金子。忽聽得空中有人云：「天賜趙升。」趙升想道：「我出家之人，要這黄金何用？况且無功，豈可貪天之賜？」便將山土掩覆。收拾了柴擔，覺得身子困倦，靠石而坐，少憩片時。忽然狂風大作，山凹裏跳出三隻黄斑老虎。趙升安坐不動，那三隻虎攢着趙升咬他的衣服，只不傷身。趙升全然不懼，顔色不變，謂虎曰：「我趙升平生不作昧心之事，今棄家入道，不遠千里，來尋明師，求長生不死之路。若前世欠你宿債，今生合供你啖嚼，不敢畏避；如其不然，便可速去，休在此嵩惱人。」三虎聞言，皆弭耳低頭而去。趙升曰：「此必山神遣來試我者，死生有命，吾何懼哉！」當日荷柴而歸，也不對同輩説知見金逢虎之事。【眉批】人以爲奇事，他看得尋常。

又一日，真人分付趙升往市上買絹十匹。趙升還值已畢，取絹而歸。行至中途，忽聞背後有人叫喊云：「劫絹賊慢走！」趙升回頭看時，乃是賣絹主人飛奔而來，一把扯住趙升，説道：「絹價一些未還，如何將我絹去？好好還我，萬事全休！」趙升也不争辨，但念：「此絹乃吾師欲用之物，若還了他，如何回覆師父？」便脱下貂裘與絹主，準其絹價。絹主尚嫌其少，又脱錦襖與之，絹主方去。趙升持絹獻上真人，真人問道：「你身上衣服，何處去了？」趙升道：「偶然病熱，不曾穿得。」真人嘆曰：「不吝己財，不談人過，真難及也。」乃將布袍一件賜與趙升，趙升欣然穿之。

又一日，趙升和同輩在田間收穀，忽見路傍一人叩頭乞食，衣裳破弊，面目塵垢，身體瘡膿，臭穢可憎，兩脚皆爛，不能行走。同輩人人掩鼻，叱喝他去。趙升心中獨懷不忍，乃扶他坐於茅屋之内，問其疾苦，將自己飯食省與他吃。又燒下一桶熱湯，替他洗滌臭穢。那人又説身上寒冷，欲求一衣。趙升解開布袍，卸下裏衣一件，與之遮寒。夜間念他無倚，親自作伴。到夜半，那人又叫呼要解，趙升聞呼，慌忙起身扶他解手，又扶進來。日間省飯食養他，常自半饑的過了，夜間用心照管，如此十餘日，全無倦怠。那人瘡患將息漸好，忽然不辭而去，趙升也無怨心。後人有詩贊云：

逢人患難要施仁，望報之時亦小人。
不吝施仁不望報，分明天地布陽春。

時值初夏，真人一日會集諸弟子，同登天柱峰絶頂。那天柱峰在鶴鳴山之左，三面懸絶，其狀如城。真人引弟子於峰頭下視，有一桃樹，傍生石壁，如人舒出一臂相似，下臨不測深淵。那桃樹上結下許多桃子，紅得可愛。真人謂諸弟子曰：「有人能得此桃實，當告以至道之要。」那時諸弟子除了王長、趙升外，共二百三十四人。皆臨崖窺瞰，莫不股戰流汗，連脚頭也跕不定。略看一看，慌忙退步，惟恐墜下。只有一人挺然而出，乃趙升也。對衆人曰：「吾師命我取桃，必此桃有可得之理。且聖師在此，鬼神呵護，必不使我死於深谷之中。」【眉批】看得破，認得真。乃看準了桃樹之處，攛身望下便跳。有這等異事，那一跳不歪不斜，不上不下，兩脚分開，剛剛的跨于桃樹之上。將桃實恣意採摘，遥望石壁上面，懸絶二三丈，四傍又無攀緣，無從爬上，乃以所摘桃子，向上擲去，真人用手一一接之。擲了又摘，摘了又擲；下邊擲，上邊接，把一樹桃子，摘個乾净。真人接完桃子，自吃了一顆，王長吃了一顆，把一顆留與趙升，恰好餘下二百三十四顆，分派諸弟子，每人一顆，不多不少。【眉批】此桃亦法力所化。

真人問諸弟子中，那個有本事，引得趙升上來。諸弟子面面相覷，誰敢答應。真人自臨巖上，舒出一臂，接引趙升。那臂膊忽長二三丈，直到趙升身邊，趙升隨臂而上。衆弟子莫不大驚。真人將所留桃實一顆，與趙升食畢，真人笑而言曰：「趙升心正，能投樹上，足不蹉跌。吾今欲自試投下，若心正時，當得大桃。」衆弟子皆諫曰：「吾師雖然廣有道法，豈可自試于不測之崖乎？方纔趙升幸賴吾師接引，若吾師墜下，更有何人接引吾師者？萬萬不可也。」有數人牽住衣裾苦勸，惟王長、趙升默然無言。真人不從衆人之勸，遂向空自擲。衆人急覷桃樹上，不見真人踪迹；看着下面，茫茫無底，又無道路可通，眼見得真人墜于深谷，不知死活存亡。諸弟子人人驚嘆，個個悲啼。趙升對王長説道：「師猶父也，吾師自投不測之崖，吾何以自安？不若同投下去，看其下落。」於是昇、長二人各奮身投下，剛落在真人之前。只見真人端坐于磐石之上，見昇、長墜下，大笑曰：「吾料定汝二人必來也。」

這幾椿故事，小説家唤做「七試趙升」。那見得七試？

第一試：辱駡不去；第二試：美色不動心；
第三試：見金不取；第四試：見虎不懼；
第五試：償絹不吝，被誣不辨；
第六試：存心濟物；第七試：捨命從師。

原來這七試，都是真人的主意。那黄金、美女、大蟲、乞丐，都是他役使精靈變化來的。賣絹主人，也是假的：這叫做將假試真。凡入道之人，先要斷除七情，那七情？喜、怒、憂、懼、愛、惡、欲。真人先前對諸弟子説過的：「汝等俗氣未除，安能遺世？」正謂此也。且説如今世俗之人，驕心傲氣，見在的師長説話略重了些，兀自氣憤憤地，况肯爲求師上，受人辱駡？着甚要緊加添四十餘日露宿之苦？只這一件，誰人肯做？至於「色」之一字，人都在這裏頭生，在這裏頭死，那個不着迷的？列位看官們，假如你在閒居獨宿之際，偶遇個婦人，不消一分半分顔色，管情你失魂落意，〔三〕求之不得；况且十分美貌，顛倒捱身就你，你却不動心，古人中除却柳下惠，只怕没有第二個人了。又如今人爲着幾貫錢鈔上，兄弟分顔，朋友破口。在路上拾得一文錢，却也叫聲吉利，瞇花眼笑，〔四〕眼見這一窨黄金，無主之物，那個不起貪心？這件又不是難得的。今人見一隻惡犬走來，心頭也諕一跳，况三個大蟲，全不怖畏，便是吕純陽祖師捨身餧虎，也只好是這般了。再説賈絹這一節，你看如今做買做賣的，討得一分便宜，兀自歡喜。平日間冤枉他一言半字，便要賭神罰呪，那個肯重疊還價，隨他天大冤枉加來，付之不理，脱去衣裳，絶無吝色，不是眼孔十二分大，怎容得人如此？又如父母生了惡疾，子孫在床前服事，若不是足色孝順的，口中雖不説，心下未免憎嫌。何况路傍乞食之人，那解衣推食，又算做小事了。結末來，兩遍投崖，是信得師父十分真切，雖死不悔。這七件都試過，纔見得趙升七情上一毫不曾粘帶，俗氣盡除，方可入道。【眉批】一派閒叙得好，説盡世情醜態。正是：

道意堅時塵趣少，俗情斷處法緣生。

閒話休題。真人見昇、長二人道心堅固，乃將生平所得秘訣，細細指授，如此三日三夜，二人盡得其妙。真人乃飛身上崖，二人從之。重歸舊舍，諸弟子相見，驚悼不已。真人一日閉目晝坐，既覺，謂王長、趙升曰：「巴東有妖，當同往除之。」師弟三人，行至巴東，忽見十二神女笑迎於山前。真人問曰：「此地有鹹泉，今在何處？」神女答曰：「前面大湫便是。近爲毒龍所占，水已濁矣。」真人遂書符一道，向空擲去。那道符從空盤旋，忽化爲大鵬金翅鳥，在湫上往來飛舞。毒龍大驚，捨湫而去，湫水遂清。十二神女各於懷中探出一玉環來獻，曰：「妾等仰慕仙真，願操箕帚。」真人受其環，將手緝之，十二環合而爲一。真人將環投於井中，謂神女曰：「能得此環者，應吾夙命，吾即納之。」十二神女要取神環，争先解衣入井。真人遂書符投於井中，約曰：「千秋萬世，永作井神。」即時唤集居民，汲水煎煮，皆成食鹽。囑付今後煮鹽者，必祭十二神女。那十二神女都是妖精，在一方迷惑男子，降灾降禍。被真人將神符鎮壓，又安享祭祀，再不出現了。從此巴東居民，無神女之害，而有鹹井之利。

真人除妖已畢，復歸鶴鳴山中。一日午時，忽見一人，黑幘，絹衣，佩劍，捧一玉函，進曰：「奉上清真符，召真人游閬苑。」須臾有黑龍駕一紫輿，玉女二人引真人登車，直至金闕。群仙畢集，謂真人曰：「今日可朝太上元始天尊也。」俄有二青童，朱衣絳節，前行引導。至一殿，金階玉砌，真人整衣趨進，拜舞已畢。殿上敕青童持玉册，授真人「正一天師」之號，使以《正一盟威》之法，世世宣布，爲人間天師，勸度未悟之人。又密諭以飛升之期。

真人受命回山，將《盟威》、《都功》等諸品秘籙，及斬邪二劍，玉册、玉印等物，封置一函，謂諸弟子曰：「吾冲舉有日，弟子中有能舉此函者，便爲嗣法。」弟子争先來舉，如萬觔之重，休想移動得分毫。真人乃曰：「吾去後三日，自有嫡嗣至此，世爲汝師也。」

至期，真人獨召王長、趙升二人謂曰：「汝二人道力已深，數合沖舉，尚有餘丹，可分餌之，今日當隨吾上升矣。」亭午，群仙儀從畢至，天樂擁導，真人與王長、趙升在鶴鳴山中，白日升天。諸弟子仰視雲中，良久而没。時桓帝永壽元年九月九日事，計真人年已一百二十三歲矣。

真人升天後三日，長子張衡從龍虎山適至，諸弟子方悟「嫡嗣」之語，指示封函，備述真人遺命。張衡輕輕舉起，揭封開看，遂向空拜受玉册、玉印，於是將諸品秘籙，盡心參討，斬妖縛邪，其應如響。至今子孫嗣法，世世爲天師。後人論七試趙升之事，有詩爲證：

世人開口説神仙，眼見何人上九天？
不是仙家盡虛妄，從來難得道心堅。

【校記】

〔一〕「撲通」，底本及法政本均作「撲涌」，徑改。

〔二〕「刀兵」，法政本作「刃兵」。

〔三〕「管情」，法政本作「管請」。

〔四〕「瞇花眼笑」，法政本作「眉花眼笑」。

来時自有白雲封

白雲迷峽頭

第十四卷　陳希夷四辭朝命

人人盡説清閒好，誰肯逢閒閒此身？
不是逢閒閒不得，清閒豈是等閒人？

則今且説個「閒」字，是「門」字中着個「月」字，你看那一輪明月，只見他忙忙的穿窗入户，那天上清光不動，却是冷淡無心。人學得他，便是鬧中取静，纔算做真閒。却有的説：「人生在世，忙一半，閒一半。」假如日裏做事是忙，夜間睡去便是閒了。却不知日裏忙忙做事的，精神散亂，晝之所思，夜之所夢，連睡去的魂魄，都是忙的，那得清閒自在？古時有個仙長，姓莊名周，睡去夢中化爲蝴蝶，栩栩而飛，其意甚樂。醒將轉來，還只認做蝴蝶化身。只爲他胸中無事，逍遥灑落，故有此夢。世上多少瞌睡漢，怎不見第二個人夢爲蝴蝶？可見夢睡中也分個閒忙在。且莫論閒忙，一入了名利關，連睡也討不得個足意。所以古詩云：

朝臣待漏五更寒，鐵甲將軍夜度關。
山寺日高僧未起，算來名利不如閒。

《心相篇》有云：「上床便睡，定是高人；支枕無眠，必非閒客。」如今人名利關心，上了床，千思萬想，那得便睡？比及睡去，忽然又驚醒將來。儘有一般昏昏沉沉，以晝爲夜，睡個没了歇的，多因酒色過度，四肢困倦，或因愁緒牽纏，心神濁亂所致，總來不得睡趣，不是睡的樂境。

則今且説第一個睡中得趣的，無過陳摶先生。怎見得？有詩爲證：

昏昏黑黑睡中天，無暑無寒也没年。
彭祖壽經八百歲，不比陳摶一覺眠。

俗説陳摶一覺睡了八百年，按陳摶壽止一百十八歲，雖説是尸解爲仙去了，也没有一睡八百年之理。此是諢話，只是説他睡時多，醒時少。他曾兩隱名山，四辭朝命，終身不近女色，不親人事，所以步步清閒，則他這睡，也是仙家伏氣之法，非他人所能學也。説話的，你道他隱在那兩處的名山？辭那四朝的君命？有詩爲證：

紛紛五代戰塵囂，轉眼唐周又宋朝。
多少彩禽投籠罩，雲中仙鶴不能招。

話説陳摶先生，表字圖南，别號扶摇子，亳州真源人氏。生長五六歲，還不會説話，人都叫他「啞孩兒」。一日，在水邊游戲，遇一婦人，身穿青色之衣，自稱毛女，將陳摶抱去山中，飲以瓊漿，陳摶便會説話，自覺心竅開爽。毛女將書一册，投他懷内，又贈以詩云：

藥苗不滿笥，又更上危巓。
回指歸去路，相將入翠煙。

陳摶回到家中，忽然念這四句詩出來。父母大驚，問道：「這四句詩，誰教你的？」【眉批】仙風道骨，定由宿根。陳摶説其緣故，就懷中取出書來看時，乃是一本《周易》。陳摶便能成誦，就曉得八卦的大意。自此無書不覽，只這本《周易》，坐卧不離。又愛讀《黄庭》、《老子》諸書，灑然有出世之志。

十八歲上，父母雙亡，便把家財抛散，分贈親族鄉黨，【眉批】誰肯。自只携一石鐺，往本縣隱山居住。夢見毛女授以煉形歸氣、煉氣歸神、煉神歸虚之法，遂奉而行之，足迹不入城市。梁唐士大夫慕陳先生之名，如活神仙，求一見而不可得。有造謁者，先生輒側卧，不與交接。人見他鼾睡不起，嘆息而去。

後唐明宗皇帝長興年間，聞其高尚之名，御筆親書丹詔，遣官招之，使者絡繹不絶。先生違不得聖旨，只得隨使者取路到洛陽帝都，謁見天子，長揖不拜。滿朝文武失色，明宗全不嗔怪，御手相攙，錦墩賜坐，説道：「勞苦先生遠來，朕今得睹清光，三生之幸。」陳摶答道：「山野鄙夫，自比朽木，無用於世。過蒙陛下採録，有負聖意，乞賜放歸，以全野性。」明宗道：「既荷先生不棄而來，朕正欲侍教，豈可輕去？」陳摶不應，閉目睡去了。明宗嘆道：「此高士也，朕不可以常禮待之。」乃送至禮賢賓館，飲食供帳甚設。先生一無所用，蚤晚只在個蒲團上打坐。明宗屢次駕幸禮賢館，有時值他睡卧，不敢驚醒而去。明宗心知其爲異人，愈加敬重，欲授以大官，陳摶那裏肯就。

有丞相馮道奏道：「臣聞七情莫甚于愛欲，六欲莫甚于男女。方今冬天雨雪之際，陳摶獨坐蒲團，必然寒冷，陛下差一使命，將嘉醖一樽賜之，妙選美女三人前去，與他侑酒暖足，他若飲其酒，留其女，何愁他不受官爵矣。」明帝從其言，于宫中選二八女子三人，美麗無比，裝束華整，更自動人，又將尚方美醖一樽，遣内侍宣賜。内侍口傳皇命道：「官家見天氣奇冷，特賜美醖消遣，又賜美女與先生暖足，先生萬勿推辭。」只見陳摶欣然對使開樽，一飲而盡，送來美人也不推辭。内侍入宫復命，明宗龍顏大悦。次日早朝已畢，明宗即差馮丞相親詣禮賢館，請陳摶入朝見駕。只等來時，加官授爵。馮丞相領了聖旨，上馬前去。你道請得來，請不來？正是：

神龍不貪香餌，彩鳳不入雕籠。

馮丞相到禮賢賓館看時，只見三個美女，閉在一間空室之中，已不見了陳摶。問那美女道：「陳先生那裏去了？」美女答道：「陳先生自飲了御酒，便向蒲團睡去。妾等候至五更方醒，他説：『勞你們辛苦一夜，無物相贈。』乃題詩一首，教妾收留，回復天子。遂閉妾等於此室，飄然出門而去，不知何往。」馮丞相引着三個美人，回朝見駕。明宗取詩看之，詩曰：

雪爲肌體玉爲腮，多謝君王送得來。
處士不興巫峽夢，空煩神女下陽臺。

明宗讀罷書，嘆息不已。差人四下尋訪陳摶踪迹，〔一〕直到隱山舊居，并無影響，不在話下。

却説陳摶這一去，直走到均州武當山。原來這山初名太嶽，又喚做太和山，有二十七峰，三十六巖，二十四澗，是真武修道白日升天之處。後人謂此山非真武不足以當之，更名武當山。陳摶至武當山，隱于九石巖。

忽一日，有五個白鬚老叟來問《周易》八卦之義。陳摶與之剖晰微理，因見其顏如紅玉，亦問以導養之方。五老告之以蟄法。怎喚做蟄法？凡寒冬時令，天氣伏藏，龜蛇之類，皆蟄而不食。當初有一人因床脚損壞，偶取一龜支之，後十年移床，其龜尚活，此乃服氣所致。陳摶得此蟄法，遂能辟穀，或一睡數月不起。若没有這蟄法，睡夢中腹中饑餓，腸鳴起來，也要醒了。

陳摶在武當山住了二十餘年，壽已七十餘歲。忽一日，五老又來，對陳摶説道：「吾等五人，乃日月池中五龍也。此地非先生所棲，吾等受先生講誨之益，當送先生到一個好所在去。」令陳摶閉目休開，五老翼之而行。覺兩足騰空，耳邊惟聞風雨之聲。頃刻間，脚跟着地，開眼看時，不見了五老，但見空中五條龍夭矯而逝。陳摶看那去處，乃西嶽太華山石上，已不知來了多少路，此乃神龍變化之妙。

陳摶遂留居于此。太華山道士見其所居没有鍋竈，心中甚異。悄地察之，更無他事，惟鼾睡而已。一日，陳摶下九石巖，數月不歸，道士疑他往别處去了。後於柴房中，忽見一物。近而看之，乃先生也。【眉批】莊子所謂「身如槁木，心如死灰」，正如此。正不知幾時睡在那裏的，搬柴的堆積在上，直待燒柴將盡，方纔看見。又一日，有個樵夫在山下割草，見山凹裏一個尸骸，塵埃起寸。樵夫心中憐憫，欲取而埋之。提起來看時，却認得是陳摶先生。樵夫道：「好個陳摶先生，不知如何死在這裏。」只見先生把腰一伸，睜開雙眼說道：「正睡得快活，何人攪醒我來？」樵夫大笑。

華陰令王睦親到華山求見先生，至九石巖，見光光一片石頭，絶無半間茅舍，乃問道：「先生寢止在於何所？」陳摶大笑，吟詩一首答之，詩曰：

蓬山高處是吾宫，出即凌風跨曉風。
臺榭不將金鎖閉，來時自有白雲封。

王睦要與他伐木建庵，先生固辭不要。此周世宗顯德年間事也。這四句詩直達帝聽，世宗知其高士，召而見之，問以國祚長短。陳摶說出四句，道是：

好塊木頭，茂盛無賽。
若要長久，添重寶蓋。

世宗皇帝本姓柴名榮，木頭茂盛，正合姓名，又有「長久」二字，只道是佳兆。却不知趙太祖代周爲帝，國號宋，「木」字添蓋，乃是「宋」字。宋朝享國長久，先生已預之矣。

且說世宗要加陳摶以極品之爵，陳摶不願，堅請還山。世宗採其「來時自有白雲封」之句，賜號白雲先生。後因陳橋兵變，趙太祖披了黄袍，即了帝位。先生適乘驢到華陰縣，聞知此事，在驢背上拍掌大笑。有人問道：「先生笑甚麽？」先生道：「你們衆百姓造化造化，天下是今日定了。」

原來後唐末年間，契丹兵起，百姓紛紛避亂。先生在路上閒步，看見一婦人挑着一個竹籃而走，籃内兩頭坐兩個孩子。先生口吟二句，道是：

莫言皇帝少，皇帝上擔挑。

你道那兩個孩子是誰？那大的便是宋太祖趙匡胤，那小的便是宋太宗趙匡義，這婦人便是杜太后。先生二十五六年前，便識透宋朝的真命天子了。

又一日，先生游長安市上，遇趙匡胤兄弟和趙普，共是三人，在酒肆飲酒。先生亦入肆沽飲，看見趙普坐于二趙之右，先生將趙普推下去道：「你不過是紫微垣邊一個小小星兒，如何敢占在上位？」趙匡胤奇其言。有認得的指道：「這是白雲先生陳摶。」匡胤就問前程之事，陳摶道：「你弟兄兩個的星，比他大得多哩。」匡胤自此自負。〔一二〕後來定了天下，屢次差官迎取陳摶入朝，陳摶不肯。後來趙太祖手詔促之，陳摶向使者説道：「創業之君，必須尊崇體貌以示天下。我等以山野廢人，入見天子，若下拜，則違吾性；若不下拜，則褻其體。是以不敢奉詔。」乃于詔書之尾，寫四句附奏云：

九重天詔，休教丹鳳銜來；
一片野心，已被白雲留住。

使者復命，太祖笑而置之。

後太祖晏駕，太宗皇帝即位，念酒肆中之舊，召與相見，説過待以不臣之禮。又賜御詩云：

曾向前朝號白雲，後來消息杳無聞。
如今若肯隨徵召，總把三峰乞與君。

先生見詩，乃服華陽巾，布袍草履，來到東京，見太宗於便殿，只是長揖，道：「山野廢人，與世隔絶，不習跪拜，望陛下優容之。」太宗賜坐，問以修養之道。陳摶對道：「天子以天下爲一身，假令白日升天，竟何益於百姓？今君明臣良，興化勤政，功德被乎八荒，榮名流于萬世，修煉之道，無出于此。」【眉批】高議！惜秦皇、漢武不聞。太宗點頭稱善，愈加敬重，問道：「先生心中有何所欲？可爲朕言之。」陳摶答道：「臣無所欲，只願求一静室。」乃賜居於建隆道觀。

其時太宗正用兵征伐河東，遣人問先生勝負消息。先生在使者掌中，寫一「休」字。太宗見之不樂，因軍馬已發，不曾停止。再遣人問先生時，但見他閉目而睡，鼾齁之聲，直達户外。明日去看，仍復如此，一連睡了三個月，不曾起身。河東軍將果然無功而返。太宗正當嗟嘆，忽見陳摶道冠野服，逍遥而來，直上金鑾寶殿。太宗見其不召自來，甚以爲異。陳摶道：「老夫今日還山，特來辭駕。」太宗聞言，如有所失，欲加摶以帝師之號，築宮奉事，時時請教。陳摶固辭求去，呈詩一首，詩云：

草澤吾皇詔，圖南摶姓陳。
三峰千載客，四海一閑人。
世態從來薄，詩情自得真。
乞全麞鹿性，何處不稱臣？

又道：「二十年之後，老夫再來候見聖顔。」太宗知不可留，特賜御宴于都堂，使宰相兩禁官員俱侍坐。每人製送行詩一首，以寵其歸。又將太華全山，御筆判與陳摶，爲修真之所，他人不得浸漁。賜號爲「白雲洞主希夷先生」，聽其還山。此太平興國元年事也。

到端拱五年，太宗皇帝管二十年的乾坤，尚不曾立得太子。長子楚王元佐，因九月九日不曾預得御宴，縱火燒宮。太宗大怒，廢爲庶人。心愛第三子襄王元侃，未知他福分如何。口中不言，心下思想：「惟有希夷先生陳摶，最善相人，當初在酒肆中，就相定我兄弟二人當爲皇帝，趙普爲宰相。如今得他一來，决斷其事便好。」轉念猶未了，内侍報道：「有太華山處士陳摶叩宫門求見。」太宗大驚，即時宣進問道：「先生此來何意？」陳摶答道：「老夫知陛下胸中有疑，特來決之。」太宗大笑道：「朕固疑先生有前知之術，今果然也。朕東宮未定，有襄王元侃，寬仁慈愛，有帝王之度，但不知福分如何，煩先王到襄府一看。」陳摶領命，纔到襄府門首便回。太宗問道：「朕煩先生到襄府看襄王之相，如何不去而回？」陳摶道：「老夫已看過了，襄府門前奉役奔走之人，都有將相之福，何必見襄王哉？」太宗之意遂決。即日宣詔，立襄王爲太子，後來真宗皇帝就是。陳摶在京師，又住了一月，忽然辭去，仍歸九石巖。

其時有門人穆伯長、种放等百餘人，皆築室于華山之下，朝夕聽講。惟有五龍蟄法，先生未嘗授人。忽一日，遣門人輩于張超谷口高巖之上，【眉批】南漢張楷，字公超，隱居太華山，張超谷蓋因此得名。鑿一石室，門人不敢違命，室既鑿成，先生同門人往觀之。其巖最高，望下雲煙如翠，先生指道：「此毛女所謂『相將入翠煙』也，吾其歸于此乎？」言未畢，屈膝而坐，揮門人使去，左手支頤，閉目而逝，年一百一十八歲。門人環守其尸，至七日，容色如生，肢體温軟，異香撲鼻。乃製爲石匣盛之，仍用石蓋，束以鐵鎖數丈，置于石室。門人方去，其巖自崩，遂成陡絶之勢，有五色雲封住谷口，彌月不散。後人因名其處爲希夷峽。

到徽宗宣和年間，有閩中道士徐知常，來游華山，見峽上有鐵鎖垂下。知常攀緣而上，至于石室，見匣蓋欹側，啓而觀之，惟有仙骨一具，其色紅潤，香氣逼人。知常再拜畢，爲整其蓋，【眉批】石蓋豈待人而整，直是知常有緣耳。復攀緣而下。其時徐知常得幸於徽宗，官拜左街道録，〔三〕將此事奏知天子。天子差知常賫御香一注，重到希夷峽，要取仙骨，供養在大内。來到峽邊，已不見有鐵鎖。但見雲霧重重，危巖壁立，嘆息而返。至今希夷先生蜕骨在張超谷，無復有人見之者矣。有詩爲證：

從來處士竊名浮，誰似希夷閉到頭？
兩隱名山供笑傲，四辭朝命肯淹留。
五龍蟄法前人少，八卦神機後學求。
片片白雲迷峽鎖，石床高卧足千秋。

【校記】

〔一〕「差人」，底本作「差下」，據法政本改。
〔二〕「匡胤」，底本作「匡衡」，據法政本改。
〔三〕「左街道録」，底本及法政本均作「左術道録」，徑改。按：「左街道録」爲宋代官職名。

史弘肇龍虎君臣會

封史弘肇四鎮令公

第十五卷　史弘肇龍虎君臣會

倦壓鰲頭請左符，笑尋頳尾爲西湖。
二三賢守去非遠，六一清風今不孤。
四海共知霜鬢滿，重陽曾插菊花無？
聚星堂上誰先到？欲傍金尊倒玉壺。

這一首詩，乃宋朝士大夫劉季孫《寄蘇子瞻自翰苑出守杭州》詩。元來東坡先生蘇學士凡兩次到杭州：先一次，神宗皇帝熙寧二年，通判杭州；第二次，元祐年中，知杭州軍州事。所以臨安府多有東坡古迹詩句。後來南渡過江，文章之士極多，惟有洪内翰才名，可繼東坡之作。洪内翰曾編了《夷堅》三十二志，有一代之史才。在孝宗朝，聖眷甚隆。因在禁林，乞守外郡，累次上章，聖上方允，得知越州紹興府。是時淳熙年上，到任時遇春天，有首回文詩，做得極好，乃詩人熊元素所作。詩云：

融融日暖乍晴天，駿馬雕鞍繡轡聯。
風細落花紅襯地，雨微垂柳綠拖煙。
茸鋪草色春江曲，雪剪花梢玉砌前。
同恨此時良會罕，空飛巧燕舞翩翩。

若倒轉念時，又是一首好詩：

翩翩舞燕巧飛空，罕會良時此恨同。
前砌玉梢花剪雪，曲江春色草鋪茸。
煙拖綠柳垂微雨，地襯紅花落細風。
聯轡繡鞍雕馬駿，天晴乍暖日融融。

這洪内翰遂安排筵席於鎮越堂上，請衆官宴會。那四司六局祗應供過的人，都在堂下，甚次第。當日果獻時新，食烹異味。酒至三杯，衆妓中有一妓，姓王名英。這王英以纖纖春笋柔荑，捧着一管纏金絲龍笛，當筵品弄一曲。吹得清音嘹喨，美韻悠揚，衆官聽之大喜。這洪内翰令左右取文房四寶來，諸妓女供侍於面前，對衆官乘興，一時文不加點，掃一隻詞，唤做《虞美人》。詞云：

忽聞碧玉樓頭笛，聲透晴空碧。宫商角羽任西東，映我奇觀驚起碧潭龍。

數聲嗚咽青霄去，不捨《梁州序》。穿雲裂石響無踪，驚動梅花初謝玉玲瓏。

洪内翰珠璣滿腹，錦繡盈腸，一隻曲兒，有甚難處？做了呈衆官，衆官看罷，皆喜道：「語意清新，果是佳作。」

方纔誇羡不已，只見一個官員，在衆中呵呵大笑，言曰：「學士作此龍笛詞，雖然奇妙，此詞八句，偷了古人作的雜詩詞中各一句也。」洪内翰看那官人，乃孔通判諱德明。洪内翰大驚道：「孔丈既知如此，可望見教否？」孔通判乃就筵上，從頭一一解之。

第一句道：「忽聞碧玉樓頭笛。」偷了張紫微作《道隱》詩中第四句。詩道：

試問清軒可嗽青，霜天孤月照蓬瀛。
廣寒宫裏琴三弄，碧玉樓頭笛一聲。
金井轆轤秋水冷，石床茅舍暮雲清。
夜來忽作瑶池夢，十二闌干獨步行。

第二句道：「聲透晴空碧。」偷了駱解元作《王嬌姿唱詞》中第三句。詩道：

謝氏筵中聞雅唱，何人隔幕在簾帷？
一聲點破晴空碧，遏住行雲不敢飛。

第三句道：「宫商角羽任西東。」偷了曹仙姑作《風虪》詩中第二句。詩道：

碾玉懸絲挂碧空，宫商角羽任西東。

依稀似曲纔堪聽，又被風吹别調中。

第四句道：「映我奇觀驚起碧潭龍。」偷了東坡作《櫓》詩中第三、第四句。詩道：

伊軋江心激箭衝，天涯無際去無踪。

遥遥映我奇觀處，料應驚起碧潭龍。

過處第五句道：「數聲嗚咽青霄去。」偷了朱淑真作《雁》詩中第四句。詩道：

傷懷遣我腸千縷，征雁南來無定據。

嘹嘹嚦嚦自孤飛，數聲嗚咽青霄去。

第六句道：「不捨《梁州序》。」偷了秦少游作《歌舞》詩中第四句。詩道：

纖腰如舞態，歌韻如鶯訴。

似錦罩廳前，不捨《梁州序》。

第七句道：「穿雲裂石虪無踪。」偷了劉兩府作《水底火炮》詩中第三句。詩道：

一激轟然如霹靂，萬波鼓動魚龍息。

穿雲裂石嚮無踪，却虜驅邪歸正直。

臨了第八句道：「驚動梅花初謝玉玲瓏。」偷了士人劉改之來謁見婺州陳侍郎作《元宵望江南》詞中第四句。詞道：

元宵景，天氣正融融。柳綫正垂金落索，梅花初謝玉玲瓏，明月映高空。

賢太守，歡樂與民同。簫鼓聒殘燈火市，輪蹄踏破廣寒宫，良夜莫匆匆。

孔通判從頭解説罷，洪内翰大喜。衆官稱嘆道：「奇哉！奇哉！」洪内翰教左右別辦一勸，勸罷，與孔通判道：「適間門下解説得甚妙，甚妙！欲求公作龍笛詞一首，永爲珍賜。」孔通判相謝罷，遂作一詞，唤做《水調歌頭》。詞云：

玉人揎皓腕，纖手映朱唇。龍吟越調孤噴，清濁最堪聽。欲度寧王一曲，莫學桓伊三弄，聽答兀中丁。憶昔知音客，鑒別在柯亭。至更深，宜月朗，稱疏星。天高氣爽，霜重水緑與山青。幸遇良宵佳景，轟起一聲蘄州，耳畔覺泠泠。裂石穿雲去，萬鬼盡潛形。

兀的正是：

高才得見高才客，不枉留傳紀好音。

説話的，你因甚的，頭回説這「八難龍笛詞」？自家今日不説別的，説兩個客人將一對龍笛蘄材，來東峰東岱嶽燒獻。只因燒這蘄材，却教鄭州奉寧軍一個上廳行首，有分做兩國夫人，嫁一個好漢，後來爲當朝四鎮令公，名標青史，直到如今，做幾回花錦似話説。這未發迹的好漢，却姓甚名誰？怎地發迹變泰？直教：

縱横宇宙三千里，威鎮華夷四百州。

有一詩單道五代興亡，詩云：

自從唐季墜朝綱，天下生靈被擾攘。
社稷安危懸卒伍，朝廷輕重繫藩方。
深冬寒木固不脱，未旦小星猶有光。
五十三年更五姓，始知迅掃待真王。

却説是五代唐朝裏，有兩個客人：王一太，王二太，乃兄弟兩人。獲得一對蘄州出的龍笛材，不曾開成笛，天生奇異，根似龍頭之狀，世所無者。特地將來兖州奉符縣東峰東岱嶽殿下火池内燒獻。燒罷，聖帝賜與炳靈公。炳靈公遂令康、張二聖前去鄭州奉寧軍，唤開笛閻招亮來。康、張二聖領命，即時到鄭州，變做兩個凡人，徑來見閻招亮。這閻招亮正在門前開笛，只見兩個人來相揖。作揖罷，道：「一個官員，有兩管龍笛蘄材，欲請待詔便去開則個。這官員急性，開畢重重酬謝，便等同去。」閻招亮即時收拾了作仗，厮赶二人來。頃刻間，到一個所在。閻招亮擡頭看時，只見牌上寫道：「東峰東岱嶽。」但見：

群山之祖，五嶽爲尊。上有三十八盤，中有七十二司。水簾映日，天柱插空。九間大殿，瑞光罩碧瓦凝煙；四面高峰，偃仰見金龍吐霧。竹林寺有影無形，看日山藏真隱聖。

閻招亮理會不下，康、張二聖相引去，參拜了炳靈公。將至一閣子内，已安蘄材在卓上，教閻招亮就此開笛。分付道：「此乃陰間，汝不可遠去。倘行遠失路，難以回歸。」分付畢，二聖自去。招亮片時，開成龍笛，吹其聲，清幽可愛。等半晌，不見康、張二聖來。招亮默思量起：「既到此間，不去看些所在，也須可惜。」遂出閣子來，行不甚遠，見一座殿宇。招亮走至廊下，聽得静鞭聲急，遂去窗縫裏偷眼看時，只見：

蝦鬚簾捲，雉尾扇開。冕旒升殿，一人端拱坐中間；簪笏隨朝，衆聖趨蹌分左右。金鐘響動，玉磬聲頻。悠揚天樂五雲間，引領百神朝聖帝。

聖帝降輦升殿，衆神起居畢，傳聖旨，押過公事來。只見一個漢，項戴長枷，臂連雙杻，推將來。閻招亮肚裏道：「這個漢，好面熟！」一時間急省不起他是兀誰。再傳聖旨，令押去换銅膽鐵心，却令回陽世，爲四鎮令公，【眉批】須銅膽鐵心，方作尊官，此所以爲五季之世也。告戒切勿妄殺人命。招亮聽得，大驚。忽然一鬼吏喝道：「凡夫怎得在此偷看公事？」當時閻招亮聽得鬼吏叫，急慌走回，來開笛處閣子裏坐地。良久之間，康、張二聖來那閣子裏來，見開笛了，同招亮將龍笛來呈。吹其笛，聲清韻長。炳靈公大喜，道：「教汝福上加福，壽上加壽。」招亮告曰：「不願加其福壽，招亮有一親妹閻越英，見爲娼妓。但求越英脱離風塵，早得從良，實所願也。」炳靈公道：「汝有此心，乃凡夫中賢人也，當令汝妹嫁一四鎮令公。」招亮拜謝畢，康、張二聖送歸。行至山半路高險之處，指招亮看一去處，正看裏，被康、張二聖用手打一推，攧將下峭壁巖崖裏去。閻待詔吃一驚，猛閃開眼，却在屋裏床上，渾家和兒女都在身邊。問那渾家道：「做甚的你們都守著我眼淚出？」渾家道：「你前日在門前正做生活裏，驀然倒地，便死去。摸你心頭時，有些溫，扛你在床上兩日。你去下世做甚的來？」招亮從康、張二聖來叫他去許多事，一一都説。屋裏人見説，盡皆駭然。自後過了幾時，没話説。

時遇冬間，雪降長空。石信道有一首《雪》詩，道得好：

六出飛花夜不收，朝來佳景有宸州。
重重玉宇三千界，一一瓊臺十二樓。

庾嶺寒梅何處放，章臺飛絮幾時休？
還思碧海銀蟾畔，誰駕舟山碧鳳游？

其雪轉大。閻待詔見雪下，當日手冷，不做生活，在門前閒坐地。只見街上一個大漢過去，閻待詔見了，大驚道：「這個人便是在東岳换銅膽鐵心未發迹的四鎮令公，却打門前過去。今日不結識，更待何時？」【眉批】結交在未遇之先，閻待詔絶無市井氣，儘通，儘通。不顧大雪，撩衣大步赶將來。不多幾步，赶上這大漢。進一步，叫道：「官人拜揖。」那大漢却認得閻招亮是開笛的，還個喏，道：「待詔没甚事？」閻待詔道：「今日雪下，天色寒冷，見你過去，特赶來相請，同飲數杯。」便拉入一個酒店裏去。這個大漢，姓史雙名弘肇，表字化元，小字憨兒。開道營長行軍兵。按《五代史》本傳上載道：「鄭州滎澤人也。爲人蹻勇，走及奔馬。」酒罷，各自歸家。

明日，閻待詔到妹子閻越英家，説道：「我昨日見一個人來，今日特地來和你説。我多時曾死去兩日，東岳開龍笛，見這個人换了銅膽鐵心，當爲四鎮令公，道令你嫁這四鎮令公。我日多時只省不起這個人，昨日忽然見他，我請他吃酒來。」閻越英問道：「是兀誰？」閻招亮接口道：「是那開道營有情的史大漢。」〔二〕閻越英聽得説是他，好場惡氣：「我元來合當嫁這般人？我不信！」

自後閻待詔見史弘肇，須買酒請他。史大漢數次吃閻待詔酒食，一日路上相撞見，史弘肇遂請閻招亮去酒店裏，也吃了幾多酒共食。閻待詔要還錢，史弘肇那裏肯：「相擾待詔多番，今日特地還席。」閻招亮相別了，先出酒店自去，史弘肇看着量酒道：「我不曾帶錢來，你厮赶我去營裏討還你。」量酒只得隨他去，到營門前，遂分付道：「我今日没一文，你且去，我明日自送來還你主人。」量酒厮㾱道：「歸去吃罵，主人定是不肯。」史大漢道：「主人不肯後要如何？你會事時，便去。你若不去，教你吃頓惡拳。」量酒没奈何，只得且回。

這史弘肇却走去營門前賣糕糜王公處，説道：「大伯，我欠了店上酒錢，没得還。你今夜留門，我來偷你鍋子。」王公只當做耍話，歸去和那大姆子説：「世界上不曾見這般好笑，史憨兒今夜要來偷我鍋子，先來説教我留門。」大姆子見説，也笑。當夜二更三點前後，史弘肇真個來推大門，力氣大，推折了門摥，走入來。兩口老的聽得，大姆子道：「且看他怎地。」史弘肇大驚小怪，走出竈前，掇那鍋子在地上，道：「若還破後，難折還他酒錢。」拿條棒敲得噹噹響。【眉批】好漢便做賊也光明。掇將起來，翻轉覆在頭上。不知那鍋底裏有些水，澆了一頭一臉，和身上都濕了。史弘肇那裏顧得乾濕，戴着鍋兒便走。王公大叫：「有賊！」披了衣服，赶將來。地方聽得，也赶將來。史弘肇吃赶得慌，撇下了鍋子，走入一條巷去躲避。誰知築底巷，却走了死路。鬼慌盤上去人家蕭墻，吃一滑，攧將下去。地方也赶入巷來，見他攧將下去。地方叫道：「閻媽媽，你後門有賊，跳入蕭墻來。」閻行首聽得，教妳子點蠟燭去來看時，却不見那賊，只見一個雪白異獸：

光閃爍渾疑素練，貌猙獰恍似堆銀。遍身毛抖擻九秋霜，一條尾摇動三尺雪。流星眼争閃電，巨海口露血盆。

閻行首見了，吃一驚。定睛再看時，却是史大漢彎跧蹲在東司邊，【眉批】與梁夫人遇韓蘄王事相類。見了閻行首，失張失志走起來，唱個喏。這閻行首先時見他異相，又曾聽得哥哥閻招亮説道他有分發迹，又道我合當嫁他，當時不叫地方捉將去，倒教他入裏面藏躲。地方等了一餉，不聽得閻行首家裏動静，想是不在了，各散去訖。閻行首開了前門，放史弘肇出去。

當夜過了。明日飯後，閻行首教人去請哥哥閻待詔來。閻行首道：「哥哥，你前番説，史大漢有分發迹，做四鎮令公，道我合當嫁他。我當時不信你説。昨夜後門叫有賊，跳入蕭墻來。我和妳子點蠟燭去照，只見一隻白大蟲，蹲在地上。我定睛再看時，却是史大漢。我看見他這異相，必竟是個發迹的人。我如今情願嫁他，哥哥，你怎地做個道理，與我説則個？」閻招亮道：「不妨，我只就今日便要説成這頭親。」閻待詔知道史弘肇是個發迹變泰底人，又見妹子又嫁他，肚裏好歡喜，一徑來營裏尋他。史弘肇昨夜不合去偷王公鍋子，日裏先少了酒錢，不敢出門。【眉批】好漢豈是要欠人錢者，没錢時好漢也没奈何。閻待詔尋個恰好，遂請他出來，和他説道：「有頭好親，我特來與你説。」史弘肇道：「説甚麼親？」閻待詔道：「不是别人，是我妹子閻行首。他隨身有若干房卧，〔二〕你意下如何？」史弘肇道：「好便好，只有三件事，未敢成這頭親。」閻招亮道：「有那三件事？但説不妨。」史弘肇道：「第一，他家財由吾使；第二，我入門後，不許再着人客；第三，我有一個結拜的哥哥，并南來北往的好漢，若來尋我，由我留他飲食宿卧。如依得這三件事，可以成親。」【眉批】只這三句話，不是尋常嬌婿。閻招亮道：「既是我妹子嫁你了，是事都由你。」當日説成這頭親，回復了妹子。兩相情願了，料没甚下財納禮，揀個吉日良時，到做一身新衣服，與史弘肇穿着了，招他歸來成親。

約過了兩個月，忽上司指揮差往孝義店，轉遞軍期文字。史弘肇到那孝義店，過未得一個月，自押鋪已下，皆被他無禮過。【眉批】不是無禮，只爲無人入眼。只是他身邊有這錢肯使，捨得買酒請人，因此人都讓他。

忽一日，史弘肇去舖屋裏睡。押舖道：「我没興添這厮來蒿惱人。」正埋冤哩，只見一個人面東背西而來，向前與押舖唱個喏，問道：「有個史弘肇可在這裏？」押舖指着道：「見在那裏睡。」只因這個人來尋他，有分教：史弘肇發迹變泰。這來底人姓甚名誰？正是：

兩脚無憑寰海内，故人何處不相逢。

這個來尋史弘肇的人，姓郭名威，表字仲文，邢州堯山縣人。排行第一，唤做郭大郎。怎生模樣？

擡左脚，龍盤淺水；擡右脚，鳳舞丹墀。紅光罩頂，紫霧遮身。堯眉舜目，禹背湯肩。除非天子可安排，以下諸侯壓不得。

這郭大郎因在東京不如意，曾撲了潘八娘子釵子。潘八娘子看見他異相，認做兄弟，不教解去官司，倒養在家中。自好了，因去瓦裏看，殺了構欄裏的弟子，連夜逃走。走到鄭州，來投奔他結拜兄弟史弘肇。到那開道營前問人時，教來孝義店相尋。當日史弘肇正在舖屋下睡着，押舖遂叫覺他來，道：「有人尋你，等多時。」史弘肇焦躁，走將起來，問：「兀誰來尋我？」郭大郎便向前道：「吾弟久别，且喜安樂。」史弘肇認得是他結拜的哥哥，撲翻身便拜。拜畢，相問動静了。史弘肇道：「哥哥，你莫向別處去，只在我這舖屋下，權且宿卧。要錢盤纏，我家裏自討來使。」衆人不敢道他甚的，由他留這郭大郎在舖屋裏宿卧。郭大郎那裏住得幾日，亦如史弘肇無禮上下。惱得一村疃人過活不得，没一個人不嫌，没一個人不罵。【眉批】所以結義做兄弟。兄弟兩人在孝義店上，日逐趁賭，偷鷄盜狗，一味乾顙不美，蒿

話分兩頭。却説後唐明宗歸天，閔帝登位。應有内人，盡令出外嫁人。數中有掌印柴夫人，理會得些個風雲氣候，看見旺氣在鄭州界上，遂將帶房奩，望旺氣而來。來到孝義店王婆家安歇了，要尋個貴人。柴夫人住了幾日，看街上往來之人，皆不入眼，看着王婆道：「街上如何直恁地冷静？」王婆道：「覆夫人，要熱鬧容易。夫人放買市，這經紀人都來赶趁，街上便熱鬧。」夫人道：「婆婆也説得是。」便教王婆四下説教人知：「來日柴夫人買市。」

郭大郎兄弟兩人聽得説，商量道：「我們何自撰幾錢買酒吃？明朝賣甚的好？」史弘肇道：「只是賣狗肉。問人借個盤子，和架子、砧刀，那裏去偷隻狗子，把來打殺了，煮熟去賣，却不須去上行。」郭大郎道：「只是坊佐人家，没這狗子。尋常被我們偷去煮吃盡了，近來都不養狗了。」史弘肇道：「村東王保正家，有隻好大狗子，我們便去對副休。」兩個徑來王保正門首，一個引那狗子，一個把條棒等他出來，要一棒捽

殺把將去。〔三〕王保正看見了，便把三百錢出來道：「且饒我這狗子，二位自去買碗酒吃。」史弘肇道：「王保正，你好不近道理！偌大一隻狗子，怎地只把三百錢出來？須虧我。」【眉批】反説妙甚。郭大郎道：「看老人家面上，胡亂拿去罷。」兩個連夜又去別處偷得一隻狗子，撏剥乾净了，煮得稀爛。

明日，史弘肇頂着盤子，郭大郎駝着架子，走來柴夫人幕次前，叫聲：「賣肉。」放下架子，閣那盤子在上。夫人在簾子裏看見郭大郎，肚裏道：「何處不覓？甚處不尋？這貴人却在這裏。」使人從把出盤子來，教簇一盤。郭大郎接了盤子，切那狗肉。王婆正在夫人身邊，道：「覆夫人，這個是狗肉，貴人如何吃得？」夫人道：「買市爲名，不成要吃？」教管錢的，支一兩銀子與他。郭大郎兄弟二人接了銀子，唱喏謝了自去。

少間，買市罷。柴夫人看着王婆道：「問婆婆，央你一件事。」王婆道：「甚的事？」夫人道：「先時賣狗肉的兩個漢子，姓甚的？在那裏住？」王婆道：「這兩個最不近道理。切肉的姓郭，頂盤子姓史，都在孝義坊舖屋下睡臥。不知夫人問他兩個做甚麼？」夫人説：「奴要嫁這一個切肉姓郭的人，就央婆婆做媒，説這頭親則個。」王婆道：「夫人偌大個貴人，怕没好親得説，如何要嫁這般人？」夫人道：「婆婆莫管，自看見他是個發迹變泰的貴人，婆婆便去説則個。」王婆既見夫人恁地説，即時便來孝義店舖屋裏尋郭大郎，尋不見。押舖道：「在對門酒店裏吃酒。」王婆徑過來酒店門口，揭那青布簾，入來見了他弟兄兩個，道：「大郎，你却吃得酒下！有場天來大喜事來投奔你，剗地坐得牢裏！」郭大郎道：「你那婆子，你見我撰得些個銀子，你便來要討錢。我錢却没與你，要便請你吃碗酒。」王婆便道：「老媳婦不來討酒吃。」郭大郎道：「你不來討酒吃，要我一文錢也没。你會事時吃碗了去。」史弘肇道：「你那婆子，忒不近道理。你知我們性也不好，好意請你吃碗酒，你却不吃。一似你先時破我的肉是狗肉，幾乎教我不撰一文。早是夫人教買了。你好羞人，兀自有那面顔來討錢！你信道我和酒也没，索性請你吃一頓拳踢去了。」王婆道：「老媳婦不是來討酒和錢。適來夫人問了大郎，直是歡喜，要嫁大郎，教老媳婦來説。」郭大郎聽得説，心中大怒，用手打王婆一個漏掌風。王婆倒在地上道：「苦也！我好意來説親，你却打我！」郭大郎道：「兀誰調發你來厮取笑！且饒你這婆子，你好好地便去，不打你。他偌大個貴人，却來嫁我？」

王婆鬼慌，走起來，離了酒店，一徑來見柴夫人。夫人道：「婆婆説親不易。」王婆道：「教夫人知，因去説親，吃他打來，道老媳婦去取笑他。」夫人道：「帶累婆婆吃虧了，没奈何，再去走一遭。先與婆婆一隻金釵子，事成了，重重謝你。」王婆道：「老媳婦不敢去，再去時，吃他打殺了也没人勸。」夫人道：「我理會得。你空手去説親，只道你去取笑他。我教你把這件物事將去爲定，他不道得不肯。」王婆問道：「却是把甚麼物事去？」夫人取出來，教那王婆看了一看，諕殺那王婆。這件物却是甚的物？

君不見張負有女妻陳平，家居陋巷席爲門。門外多逢長者轍，丰姿不是尋常人。又不見單父吕公善擇婿，一事樊侯一劉季。風雲際會十年間，樊作諸侯劉作帝。從此英名傳萬古，自然光采生門户。君看如今嫁女家，只擇高樓與豪富。

夫人取出定物來，教王婆看，乃是一條二十五兩金帶，教王婆把去，定這郭大郎。王婆雖然適間吃了郭大郎的虧，凡事只是利動人心，得了夫人金釵子，又有金帶爲定，便忍脚不住。即時提了金帶，再來酒店裏來。王婆路上思量道：「我先時不合空手去，吃他打來。如今須有這條金帶，他不成又打我？」來到酒店門前，揭起青布簾，他兄弟兩個兀自吃酒未了。走向前，看着郭大郎道：「夫人教傳語，恐怕大郎不信，先教老媳婦把這條二十五兩金帶來定大郎，却問大郎討回定。」郭大郎肚裏道：「我又没一文，你自要來説，是與不是，我且落得拿了這條金帶，却又理會。」當時叫王婆且坐地，叫酒保添隻盞來，一道吃酒，吃了三盞酒。郭大郎覷着王婆道：「我那裏來討物事做回定？」王婆道：「大郎身邊胡亂有甚物，老媳婦將去，與夫人做回定。」郭大郎取下頭巾，除下一條鏖糟臭油邊子來，教王婆把去做回定。【眉批】妙甚。王婆接了邊子，忍笑不住，道：「你的好省事！」王婆轉身回來，把這邊子遞與夫人。夫人也笑了一笑，收過了。

自當日定親以後，免不得揀個吉日良時，就王婆家成這親。遂請叔叔史弘肇，又教人去鄭州請嬸嬸閻行首來相見了。柴夫人就孝義店嫁了郭大郎，却捲帳回到家中，住了幾時。

夫人忽一日看着丈夫郭大郎道：「我夫若只在此相守，何時會得發迹？不若寫一書，教我夫往西京河南府去見我母舅符令公，可求立身進步之計，若何？」郭大郎道：「深感吾妻之意。」遂依其言，柴夫人修了書，安排行裝，擇日教這貴人上路。

行時紅光罩體，坐後紫霧隨身。朝登紫陌，一條捍棒作朋儔；暮宿郵亭，壁上孤燈爲伴侣。他時變豹貴非常，今日權爲途路客。

這貴人路上離不得饑餐渴飲，夜住曉行，不則一日，到西京河南府，討了個下處。

這郭大郎當初來西京，指望投奔符令公，發迹變泰。怎知道却惹一場橫禍，變得人命交加。正是：

未酬奮翼衝霄志，翻作連天大地囚。

郭大郎到西京河南府看時，但見：

州名豫郡，府號河南。人煙聚百萬之多，形勢盡一時之勝。城池廣闊，六街内士女駢闐；井邑繁華，九陌上輪蹄來往。風傳絲竹，誰家別院奏清音？香散綺羅，到處名園開麗景。東連鞏縣，西接澠池，南通洛口之饒，北控黃河之險。金城繚繞，依稀似偃月之形；雉堞巍峨，仿佛有參天之狀。虎符龍節王侯鎮，朱户紅樓將相家。休言昔日皇都，端的今時勝地。正是：春如紅錦堆中過，夏若青羅帳裏行。

郭大郎在安歇處過了一夜。明早却待來將這書去見符令公。猛自思量道：「大丈夫倚着一身本事，當自立功名。豈可用婦人女子之書，以圖進身乎？」【眉批】何等氣概。〔四〕依舊收了書，空手徑來衙門前招人牌下，等着部署李霸遇來投見他。李霸遇問道：「你曾帶得來麽？」貴人道：「帶得來。」李部署問：「是甚的？」郭大郎言：「是十八般武藝。」李霸遇所説，本是見面錢。見説十八般武藝，不是頭了，口裡答應道：

「候令公出廳，教你參謁。」比及令公出廳，却不教他進去。

自從當日起，日逐去俟候，擔閣了兩個來月，不曾得見令公。店都知見貴人許多日不曾見得符令公，多口道：「官人，你枉了日逐去俟候，李部署要錢，官人若不把與他，如何得見符令公？」貴人聽得説，怒從心上起，惡向膽邊生：「元來這賊却是如此！」

當日不去衙前俟候，悶悶不已，在客店前閒坐。只見一個撲魚的在門前叫撲魚，郭大郎遂叫住撲，只一撲，撲過了魚。撲魚的告那貴人道：「昨夜迫劃得幾文錢，買這魚來撲，指望贏幾個錢去養老娘。今日出來，不曾撲得一文，被官人一撲撲過了，如今没這錢歸去養老娘。官人可以借這魚去，前面撲贏得幾個錢時，便把來還官人。」貴人見他説得孝順，便借與他魚去撲。分付他道：「如有人撲過，却來説與我知。」撲魚的借得那魚去撲，行到酒店門前，只見一個人叫：「撲魚的在那裏？」因是這個人在酒店裏叫撲魚，有分郭大郎拳手相交，就酒店門前變做一個小小戰場。這叫撲魚的是甚麼人？

從前積惡欺天，今日上蒼報應。

酒店裏叫住撲魚的，是西京河南府部署李霸遇，〔五〕在酒店裏吃酒，見撲魚的，遂叫入酒店裹去撲，撲不過，輸了幾文錢，徑硬拿了魚。撲魚的不敢和他争，走回來，説向郭大郎道：「前面酒店裹，被人拿了魚，却嬴得他幾文錢，男女納錢還官人。」貴人聽得説，道：「是甚麽人，好不諳事。〔六〕既撲不過，如何拿了魚？魚是我的，我自去問他討。」這貴人不去討，萬事俱休。到酒店裹看那人時：

仇人厮見，分外眼睁。

不是别人，却是部署李霸遇。貴人一分焦躁，變做十分焦躁。在酒店門前看着李霸遇道：「你如何拿了我的魚？」李霸遇道：「我自問撲魚的要這魚，如何却是你的？」貴人拍着手道：「我西京投事，你要我錢，擔閣我在這裹兩個來月，不教我見令公。你今日對我，有何理説？」李霸遇道：「你明日來衙門，我周全你。」貴人大駡道：「你這砍頭賊，閉塞賢路，我不算你，我和你就這裹比個大哥二哥！」郭大郎先脱膊，衆人喊一聲。原來貴人幼時曾遇一道士，那道士是個異人，替他右項上刺着幾個雀兒，左項上刺幾根稻穀，説道：「若要富貴足，直待雀銜穀。」從此人都唤他是郭雀兒。到登極之日，雀與穀果然凑在一處。此是後話。這日郭大郎脱膊，露出花項，衆人喝采。正是：

近覷四川十樣錦，遠觀洛汭一團花。

李霸遇道：「你真個要厮打？你只不要走！」貴人道：「你莫胡言亂語，要厮打快來！」李霸遇脱膊，露出一身乾乾韃韃的横肉，衆人也喊一聲。好似：

生鐵鑄在火池邊，怪石鐫來墳墓畔。

二人拳手厮打，四下人都觀看。一肘二拳，三翻四合，打到分際，衆人齊喊一聲，一個漢子在血濼裏卧地，當下却是輸了兀誰？

作惡欺天在世間，人人背後把眉攢。
只知自有安身術，豈畏灾來在目前？

郭大郎正打那李霸遇，直打到血流滿地，聽得前面頭踏指約，喝道：「令公來！」符令公在馬上，見這貴人紅光罩定，紫霧遮身，和李霸遇厮打，李霸遇那裏奈何得這貴人？符令公教手下人：「不要驚動，爲我召來。」手下人得了鈞旨，便來好好地道：「兩人且莫厮打，令公鈞旨，教來府内相見。」二人同至廳下，符令公看這人時，生得：

堯眉舜目，禹背湯肩。

令公鈞旨，便問郭大郎道：「那裏人氏？因甚行打李霸遇？」貴人覆道：「告令公，郭威是邢州堯山縣人氏，遠來貴府投事。李霸遇要郭威錢，不令郭威參見令公鈞顔，擔閣在旅店兩月有餘。今日撞見，因此行打。有犯台顔，小人死罪死罪。」符令公問道：「你既然遠來投奔，會甚本事？」郭大郎覆道：「郭威十八般武藝盡都通曉。」令公鈞旨，教李霸遇與郭威就當廳使棒。李霸遇先時已被這貴人打了一頓，奈何不得這貴人，覆令公道：「李霸遇使棒不得。適間被郭威暗算，打損身上。」令公鈞旨，定要使棒。郭威看着李霸遇道：「你道我暗算你，這裏比個大哥二哥！」二人把棒在手，唱了喏，部者喝教二人放對。〔七〕

山東大擂，河北夾鎗。山東大擂，鰲魚口内噴來；河北夾鎗，崑崙山頭瀉出。三轉身，兩擲脚。旋風響，卧烏鳴。遮攔架隔，有如素練眼前飛；打齪支撑，不若耳邊風雨過。

兩人就在廳前使那棒，一上一下，一來一往，鬭不得數合，令公符彦卿在廳上看見，喝采不迭。

羊祜病中推杜預，叔牙囚裹薦夷吾。
堪嗟四海英雄輩，若個男兒識丈夫？

兩人就廳下使棒，李霸遇那裡奈何得這貴人，被郭大郎一棒打番。符令公大喜，即時收在帳前，遂差這貴人做大部署，倒在李霸遇之上。郭大郎拜謝了令公，在河南府當職役。過了幾時，没話說。

忽一日，郭部署出衙門閒幹事，行至市中，只見食店前一個官人，坐在店前大驚小怪，呼左右教打碎這食店。貴人一見，遂問過賣：「這官人因甚的在此喧鬨尋鬧？」過賣扯着部署在背後去告訴道：「這官人乃是地方中有名的尚衙內，半月前見主人有個女兒，十八歲，大有顔色。這官人見了一面，歸去教人來傳語道：『太夫人教請小娘子過來，説話則個。若是你家缺少錢物，但請見諭。』主人道：『我家豈肯賣女兒？只割捨得死！』尚衙內見主人不肯，今日來此掀打。」貴人見説：

怒從心上起，惡向膽邊生。雄威動，鳳眼圓睁；烈性發，神眉倒竪。〔八〕兩條忿氣，從脚底板貫到頂門。心頭一把無明火，高三千丈，按捺不下。

郭部署向前與尚衙内道：「凡人要存仁義，暗室欺心，神目如電，尊官不可以女色而失正道。郭威言輕，請尊官上馬若何？」衙内焦躁道：「你是何人？」貴人道：「姓郭名威，乃是河南府符令公手下大部署。」衙內説：「各無所轄，焉能管我？左右，爲我毆打這廝！」貴人大怒道：「我好意勸你，却教左右打我，你不識我性！」用左手捽住尚衙內，右手就身邊拔出壓衣刀在手，手起刀落，尚衙内性命如何？

欲除天下不平事，方顯人間大丈夫。

郭部署路見不平，殺了尚衙内。一行人從都走，貴人徑來河南府内自首。符令公出廳，貴人覆道：「告令公，郭威殺了欺壓良善之賊，特來請罪。」符令公問了起末，喝左右取長枷枷了，押下司理院問罪。怎見得司理院的利害？

古名「廷尉」，亦號「推官」。果然是事不通風，端的底令人喪膽。龐眉節級，執黄荆儼似牛頭；努目押牢，持鐵索渾如羅刹。枷分三等，取勘情重情輕；牢眼四方，分别當生當死。風聲緊急，烏鴉鳴躁勘官廳；日影參差，緑柳遮籠蕭相廟。轉頭逢五道，開眼見閻王。

當日，那承吏王琇承了這件公事。罪人入獄，教獄子絣在廊上，一面勘問。不多時，符令公鈞旨，叫王琇來偏廳上。令公見王琇，遂分付幾句，又把筆去那卓子面上寫四字。王琇看時，乃是「寬容郭威」。王琇道：「律有明條，領鈞旨。」令公焦躁，遂轉屏風入府堂去。王琇急慌，唱了喏，悶悶不已。徑回來司房伏案而睡，見一條小赤蛇兒，戲於案上。王琇道：「作怪！」遂赶這蛇，急赶急走，慢赶慢走。赶至東乙牢，這蛇入牢眼去，走上貴人枷上，入鼻内從七竅中穿過。王琇看這個貴人時，紅光罩定，紫霧遮身。理會未下，就司房裹颯然睡覺。元來人困後，多是肚中不好了，有那與決不下的事，或是手頭窘迫，憂愁思慮。故困字着個貧字，謂之貧困；愁字，謂之愁困；憂字，謂之憂困。不成喜困、歡困？王琇得了這一夢，肚裏道：「可知符令公教我寬容他，果然好人識好人。」王琇思量半晌，只是未有個由頭出脱他。不知這貴人直有許多攧撲，自幼便没了親爹，隨母嫁潞州常家。後來因事離了河北，築築磕磕，受了萬千不易。甫能得符令公周全做大部署，又去閒管事，惹這場横禍。至夜，居民遺漏，王琇眉頭一縱，計從心上來。只就當夜，教這貴人出牢獄。當時王琇思量出甚計來？正是：

袖中伸出拿雲手，提起天羅地網人。

當夜黄昏後，忽居民遺漏。王琇急去禀令公，要就熱亂裏放了這貴人，只做因火獄中走了。令公大喜，元來令公日間已寫下書，只要做道理放他，遂付書與王琇。王琇接了書，來獄中疏了貴人戴的枷，拿頂頭巾，教貴人裹了，把符令公的書與貴人，分付道：「令公教你去汴京見劉太尉，可便去，不宜遲。」貴人得放出，火尚未滅，趁那撩亂之際，急走去部署房裏，收拾些錢物，當夜迤邐奔那汴京開封府路上來。

不則一日，到開封府，討了安歇處。明日早，徑往殿司衙門俟候下書。等候良久，劉太尉朝殿而回。只見：

青凉傘招颭如雲，馬領下珠纓拂火。

乃是侍衛親軍左金吾衛上將軍殿前都指揮使劉知遠。貴人走向前應聲喏，覆道：

「西京符令公有書拜呈，乞賜台覽。」劉太尉教人接了書，隨入衙。劉太尉拆開書看了，教下書人來廳前參拜了。劉太尉見郭威生得清秀，是個發迹的人，留在帳前作牙將使唤，郭威拜謝訖。

自後過未得數日，劉太尉因操軍回衙，打從桑維翰丞相府前過。是日桑維翰與夫人在看街裏，觀着往來軍民。劉知遠頭踏，約有三百餘人，真是威嚴可畏。夫人看着桑維翰道：「相公見否？」桑維翰道：「此是劉太尉。」夫人説：「此人威嚴若此，想官大似相公。」桑維翰笑曰：「此一武夫耳，何足道哉？看我呼至簾前，使此人鞠躬聽命。」【眉批】當權弄人，自謂誰何？却不知別人又看你不上眼，大頭巾誤事，大率如此。夫人道：「果如是，妾當奉勸。如不應其言，相公當勸妾一杯酒。」桑維翰即時令左右呼召劉太尉，又令人安靴在簾裏，傳鈞旨赶上劉太尉，取覆道：「相公呼召太尉。」劉知遠隨即到府前下馬，至堂下躬身應喏。正是：

直饒百萬將軍貴，也須堂下拜靴尖。

劉太尉在堂下俟候，擔閣了半日，不聞鈞旨。桑維翰與夫人飲酒，忘了發付，又没人敢去禀覆。至晚，劉太尉只得且歸，到衙内焦躁道：「大丈夫功名，自以弓馬得之，今反被腐儒相侮。」到明日五更，至朝見處，見桑維翰下馬入閣子裏去。劉知遠心中大怒：「昨日侮我，教我看靴尖唱喏，今日有何面目相見？」因此懷忿，在朝見處有犯桑維翰。晉帝遂令劉知遠出鎮太原府。那裏是劉知遠出鎮太原府？則是那史弘肇合當出來，發迹變泰！正是：

特意種花栽不活，等閒携酒却成歡。

劉知遠出鎮太原府，爲節度使，日下朝辭出國門，擇了日進發赴任。劉太尉先同帳下官屬帶行親隨起發，前往太原府，留郭牙將在後管押鈞眷。行李擔仗，當日起發。

朱旗颭颭，綵幟飄飄。帶行軍卒，人人腰跨劍和刀；將佐親隨，個個腕懸鞭與簡。晨鷄啼後，束裝曉别孤村；紅日斜時，策馬暮登高嶺。經野市，過溪橋，歇郵亭，宿旅驛。早起看浮雲陪曉翠，晚些見落日伴殘霞。

指那萬水千山，迤邐前進。劉知遠方行得一程，見一所大林：

幹聳千尋，根盤百里。掩映綠陰似障，槎牙怪木如龍。下長靈芝，上巢彩鳳。柔條微動，生四野寒風；嫩葉初開，鋪半天雲影。闊遮十里地，高拂九霄雲。

劉太尉方欲待過，只見前面走出一隊人馬，攔住路。劉太尉吃一驚，將爲道是强人，却待教手下將佐安排去抵敵。只見衆人擺列在前，齊唱一聲喏，爲首一人稟覆道：「侍衛司差軍校史弘肇，帶領軍兵接太尉節使上太原府。」劉知遠見史弘肇生得英雄，遂留在手下爲牙將。史弘肇不則一日，隨太尉到太原府。後面鈞眷到，史弘肇見了郭牙將，撲翻身體便拜。兄弟兩人再厮見，又都遭際劉太尉，兩人爲左右牙將。後因契丹滅了石晉，劉太尉起兵入汴，史、郭二人爲先鋒，驅除契丹，代晉家做了皇帝，國號後漢。史弘肇自此直發迹，做到單、滑、宋、汴四鎮令公，富貴榮華，不可盡述。

碧油旛擁，皂纛旗開。壯士擕鞭，佳人捧扇。冬眠紅錦帳，夏卧碧紗厨。兩行紅袖引，一對美人扶。

這話本是京師老郎流傳，若按歐陽文忠公所編的《五代史》正傳上載道：梁末調民七户出一兵，弘肇爲兵，隸開道指揮，選爲禁軍，漢高祖典禁軍爲軍校。其後漢高祖鎮太原，使將武節左右指揮，領雷州刺史。以功拜忠武軍節度使、侍衛步軍都指揮使。再遷侍衛親軍馬步軍都指揮使，領歸德軍節度使，同中書門下平章事。後拜中書令。周太祖郭威即位之日，弘肇已死，追封鄭王。詩曰：

結交須結英與豪，勸君莫結兒女曹。
英豪際會皆有用，兒女柔脆空煩勞。

【校記】

〔一〕「有情」，底本作「有請」，據法政本改。

〔二〕「房臥」，法政本作「房財」。

〔三〕「捽殺把將去」，法政本作「捍殺打將去」。

〔四〕本條眉批，法政本無。

〔五〕「部署」，底本及法政本均作「郭署」，據文意改。

〔六〕「諳事」，底本及法政本均作「暗事」，據文意改。

〔七〕「部者」，底本及法政本同，疑爲「部署」之誤。

〔八〕「神眉」，法政本作「龍眉」。

風吹落月夜
三更千里夢
魂叙旧盟

雲輀若候故人來
黃泉一笑重相見

第十六卷　范巨卿鷄黍死生交

種樹莫種垂楊枝，結交莫結輕薄兒。楊枝不耐秋風吹，輕薄易結還易離。君不見昨日書來兩相憶，今日相逢不相識？不如楊枝猶可久，一度春風一回首。

這篇言語，是《結交行》，言結交最難。今日說一個秀才，乃漢明帝時人，姓張名劭，字元伯，是汝州南城人氏。家本農業，苦志讀書。年三十五歲，不曾婚娶。其老母年近六旬，并弟張勤努力耕種，以供二膳。

時漢帝求賢，劭辭老母，别兄弟，自負書囊，來到東都洛陽應舉。在路非只一日，到洛陽不遠，當日天晚，投店宿歇。是夜，常聞鄰房有人聲喚。劭至晚，問店小二間壁聲喚的是誰，小二答道：「是一個秀才，害時症，在此將死。」劭曰：「既是斯文，當以看視。」小二曰：「瘟病過人，我們尚自不去看他，秀才你休去。」劭曰：「死生有命，安有病能過人之理？【眉批】大破俗眼。吾須視之。」小二勸不住，劭乃推門而入。見一人仰面卧於土榻之上，面黄肌瘦，口内只叫「救人」。劭見房中書囊衣冠，都是應舉的行動，遂扣頭邊而言曰：「君子勿憂，張劭亦是赴選之人，今見汝病至篤，吾竭力救之，藥餌粥食，吾自供奉，且自寬心。」其人曰：「若君子救得我病，容當厚報。」劭隨即浼人請醫用藥調治，蚤晚湯水粥食，劭自供給。【眉批】難得。

數日之後，汗出病減，漸漸將息，能起行立。劭問之，乃是楚州山陽人氏，姓范名式，字巨卿，年四十歲。世本商賈，幼亡父母，有妻小。近棄商賈，來洛陽應舉。比及范巨卿將息得無事了，誤了試期。范曰：「今因式病，有誤足下功名，甚不自安。」劭曰：「大丈夫以義氣爲重，功名富貴，乃微末耳。已有分定，何誤之有？」【眉批】肯拚着自己功名爲朋友者，真正義氣。范式自此與張劭情如骨肉，結爲兄弟。式年長五歲，張劭拜范式爲兄。

結義後，朝暮相隨，不覺半年。范式思歸，張劭與計算房錢，還了店家，二人同行。數日，到分路之處，張劭欲送范式，范式曰：「若如此，某又送回。不如就此一别，約再相會。」二人酒肆共飲，見黄花紅葉，妝點秋光，以助别離之興。酒座間杯泛茱萸，問酒家，方知是重陽佳節。范式曰：「吾幼亡父母，屈在商賈。經書雖則留心，奈爲妻子所累。幸賢弟有老母在堂，汝母即吾母也，來年今日，必到賢弟家中，登堂拜母，以表通家之誼。」張劭曰：「但村落無可爲款，倘蒙兄長不棄，當設鷄黍以待，幸勿失信。」范式曰：「焉肯失信於賢弟耶？」二人飲了數杯，不忍相捨。張劭拜别范式。范式去後，劭凝望墮淚；式亦回顧淚下，兩各悒怏而去。有詩爲證：

手採黄花泛酒巵，殷勤先訂隔年期。
臨岐不忍輕分别，執手依依各淚垂。

且説張元伯到家，〔二〕參見老母。母曰：「吾兒一去，音信不聞，令我懸望，如饑似渴。」張劭曰：「不孝男於途中遇山陽范巨卿，結爲兄弟，以此逗遛多時。」母曰：「巨卿何人也？」張劭備述詳細。母曰：「功名事皆分定，既逢信義之人結交，甚快我心。」【眉批】賢哉母氏，非此母不生此子。少刻弟歸，亦以此事從頭説知，各各歡喜。

自此張劭在家，再攻書史，以度歲月。光陰迅速，漸近重陽。劭乃預先畜養肥鷄一隻，杜醖濁酒。是日蚤起，灑掃草堂，中設母座，傍列范巨卿位，遍插菊花於瓶中，焚信香於座上，呼弟宰鷄炊飯，以待巨卿。母曰：「山陽至此，迢遞千里，恐巨卿未必應期而至。待其來，殺鷄未遲。」劭曰：「巨卿，信士也，必然今日至矣，安肯誤鷄黍之約？入門便見所許之物，足見我之待久。如候巨卿來而後宰之，不見我惓惓之意。」母曰：「吾兒之友，必是端士。」遂烹炰以待。

是日天晴日朗，萬里無雲。劭整其衣冠，獨立莊門而望。看看近午，不見到來。母恐誤了農桑，令張勤自去田頭收割。張劭聽得前村犬吠，又往望之，如此六七遭。因看紅日西沉，現出半輪新月。母出户，令弟唤劭曰：「兒久立倦矣，今日莫非巨卿不來？且自晚膳。」劭謂弟曰：「汝豈知巨卿不至耶？若范兄不至，吾誓不歸。汝農勞矣，可自歇息。」母弟再三勸歸，劭終不許。

候至更深，各自歇息。劭倚門如醉如癡，風吹草木之聲，莫是范來，皆自驚訝。看見銀河耿耿，玉宇澄澄，漸至三更時分，月光都没了，隱隱見黑影中，一人隨風而至。劭視之，乃巨卿也，再拜踴躍而大喜曰：「小弟自蚤直候至今，知兄非爽信也，兄果至矣。舊歲所約鷄黍之物，備之已久。路遠風塵，别不曾有人同來？」便請至草堂，與老母相見。范式并不答話，徑入草堂。張劭指座榻曰：「特設此位，專待兄來，兄當高座。」張劭笑容滿面，再拜於地曰：「兄既遠來，路途勞困，且未可與老母相見。杜醸鷄黍，聊且充饑。」言訖又拜。范式僵立不語，但以衫袖反掩其面。劭乃自奔入厨下，取鷄黍并酒，列於面前，再拜以進曰：「酒殽雖微，劭之心也，幸兄勿責。」但見范於影中，以手綽其氣而不食。劭曰：「兄意莫不怪老母并弟不曾遠接，不肯食之？容請母出與同伏罪。」范摇手止之。劭曰：「唤舍弟拜兄，若何？」范亦摇手而止之。

劭曰：「兄食鷄黍後進酒，若何？」范蹙其眉，似教張退後之意。劭曰：「鷄黍不足以奉長者，乃劭當日之約，幸勿見嫌。」范曰：「弟稍退後，吾當盡情訴之。吾非陽世之人，乃陰魂也。」劭大驚曰：「兄何故出此言？」范曰：「自與兄弟相别之後，回家爲妻子口腹之累，溺身商賈中。塵世滚滚，歲月匆匆，不覺又是一年。向日鷄黍之約，非不挂心，近被蠅利所牽，忘其日期。今蚤鄰佑送茱萸酒至，方知是重陽，忽記賢弟之約，此心如醉。山陽至此，千里之隔，非一日可到。若不如期，賢弟以我爲何物？鷄黍之約，尚自爽信，何況大事乎？【眉批】人到死了，還論甚大事，大抵英雄做事，要論生生世世，正不在眼前遮飾也。尋思無計，常聞古人有云：『人不能行千里，魂能日行千里。』遂囑付妻子曰：『吾死之後，且勿下葬，待吾弟張元伯至，方可入土。』囑罷，自刎而死。魂駕陰風，特來赴鷄黍之約。萬望賢弟憐憫愚兄，恕其輕忽之過，鑒其凶暴之誠，不以千里之程，肯爲辭親到山陽一見吾尸，死亦瞑目無憾矣。」言訖，淚如迸泉，急離坐榻，下階砌。劭乃趨步逐之，不覺忽踏了蒼苔，顛倒於地。陰風拂面，不知巨卿所在。有詩爲證：

風吹落月夜三更，千里幽魂叙舊盟。
只恨世人多負約，故將一死見平生。

張劭如夢如醉，放聲大哭。那哭聲驚動母親并弟，急起視之，見堂上陳列鷄黍酒果，張元伯昏倒於地。用水救醒，扶到堂上，半晌不能言，又哭至死。母問曰：「汝兄巨卿不來，有甚利害？何苦自哭如此！」劭曰：「巨卿以鷄黍之約，已死於非命矣。」母曰：「何以知之？」劭曰：「適間親見巨卿到來，邀迎入坐，具鷄黍以迎。但見其不食，再三懇之，巨卿曰：『爲商賈用心，失忘了日期。今蚕方醒，恐負所約，遂自刎而死。陰魂千里，特來一見。』母可容兒親到山陽，葬兄之尸，兒明蚕收拾行李便行。」母哭曰：「古人有云：『囚人夢赦，渴人夢漿。』此是吾兒念念在心，故有此夢警耳。」劭曰：「非夢也，兒親見來，酒食見在，逐之不得，忽然顛倒，豈是夢乎？巨卿乃誠信之士，豈妄報耶！」弟曰：「此未可信，如有人到山陽去，當問其虛實。」劭曰：「人禀天地而生，天地有五行，金、木、水、火、土，人則有五常，仁、義、禮、智、信以配之，惟信非同小可。仁所以配木，取其生意也；義所以配金，取其剛斷也；禮所以配水，取其謙下也；智所以配火，取其明達也；信所以配土，取其重厚也。聖人云：『大車無輗，小車無軏，其何以行之哉？』又云：『自古皆有死，民無信不立。』巨卿既已爲信而死，吾安可不信而不去哉？弟專務農業，足可以奉老母。吾去之後，倍加恭敬，晨昏甘旨，勿使有失。」【眉批】此去已辦下一死矣。有巨卿之死，自不可無元伯之死。遂拜辭其母曰：

「不孝男張劭，今爲義兄范巨卿爲信義而亡，須當往吊。已再三叮嚀張勤，令侍養老母。母須蚤晚勉强飲食，勿以憂愁，自當善保尊體。劭於國不能盡忠，於家不能盡孝，徒生於天地之間耳。今當辭去，以全大信。」母曰：「吾兒去山陽，千里之遥，月餘便回，何故出不利之語？」劭曰：「生如浮漚，死生之事，旦夕難保。」慟哭而拜。弟曰：「勤與兄同去，若何？」元伯曰：「母親無人侍奉，汝當盡力事母，勿令吾憂。」灑淚别弟，背一個小書囊，來蚤便行。有詩爲證：

辭親别弟到山陽，千里迢迢客夢長。
豈爲友朋輕骨肉？只因信義迫中腸。

沿路上饑不擇食，寒不思衣。夜宿店舍，雖夢中亦哭。每日蚤起趕程，恨不得身生兩翼。行了數日，到了山陽。問巨卿何處住，徑奔至其家門首，見門户鎖着。問及鄰人，鄰人曰：「巨卿死已過二七，其妻扶靈柩往郭外去下葬，送葬之人，尚自未回。」劭問了去處，奔至郭外，望見山林前新築一所土牆，牆外有數十人，面面相覷，各有驚異之狀。劭汗流如雨，走往觀之，見一婦人，身披重孝，一子約有十七八歲，伏棺而哭。元伯大叫曰：「此處莫非范巨卿靈柩乎？」其婦曰：「來者莫非張元伯乎？」張曰：「張劭自來不曾到此，何以知名姓耶？」婦泣曰：「此夫主再三之遺言也。夫主范巨卿，自洛陽回，常談賢叔盛德。前者重陽日，夫主忽舉止失措，對妾曰：『我失却元伯之大信，徒生何益？常聞人不能行千里，吾寧死，不敢有誤鷄黍之約。死後且不可葬，待元伯來見我尸，方可入土。』今日已及二七，人勸云：『元伯不知何日得來，先葬訖，後報知未晚。』因此扶柩到此，衆人拽棺入金井，并不能動，因此停住墳前，衆都驚怪。見叔叔遠來，如此慌速，必然是也。」元伯乃哭倒於地，婦亦大慟。送殯之人，無不下淚。

元伯於囊中取錢，令買祭物，香燭紙帛，陳列於前，取出祭文，酹酒再拜，號泣而讀，文曰：

維某年月日，契弟張劭，謹以炙鷄絮酒，致祭於仁兄巨卿范君之靈曰：於維巨卿，氣貫虹霓，義高雲漢。幸傾蓋於窮途，締盍簪於荒店。黄花九日，肝膈相盟；青劍三秋，頭顱可斷。堪憐月下凄凉，恍似日間眷戀。弟今辭母，來尋碧水青松；兄亦囑妻，佇望素車白練。故友那堪死别，誰將金石盟寒？丈夫自是生輕，欲把昆吾鍔按。歷千古而不磨，期一言之必踐。倘靈爽之猶存，料冥途之長伴。嗚呼哀哉！尚饗。

元伯發棺視之，哭聲慟地，回顧嫂曰：「兄爲弟亡，豈能獨生耶？囊中已具棺槨之費，願嫂垂憐，不棄鄙賤，將劭葬於兄側，平生之大幸也。」嫂曰：「叔何故出此言也？」劭曰：「吾志已決，請勿驚疑。」言訖，掣佩刀自刎而死。衆皆驚愕，爲之設祭，具衣棺營葬於巨卿墓中。

本州太守聞知，將此事表奏。明帝憐其信義深重，兩生雖不登第，亦可褒贈，以勵後人。范巨卿贈山陽伯，張元伯贈汝南伯。墓前建廟，號「信義之祠」，墓號「信義之墓」。旌表門閭，官給衣糧，以膳其子。巨卿子范純綬，及第進士，官鴻臚寺卿。至今山陽古迹猶存，題詠極多。惟有無名氏《踏莎行》一詞最好，詞云：

千里途遥，隔年期遠，片言相許心無變。寧將信義托游魂，堂中鷄黍空勞勸。

月暗燈昏，淚痕如綫，死生雖隔情何限。靈輀若候故人來，黄泉一笑重相見。

【校記】

〔一〕「張元伯」，底本及法政本均作「張伯元」，徑改。

單符郎全州佳遇

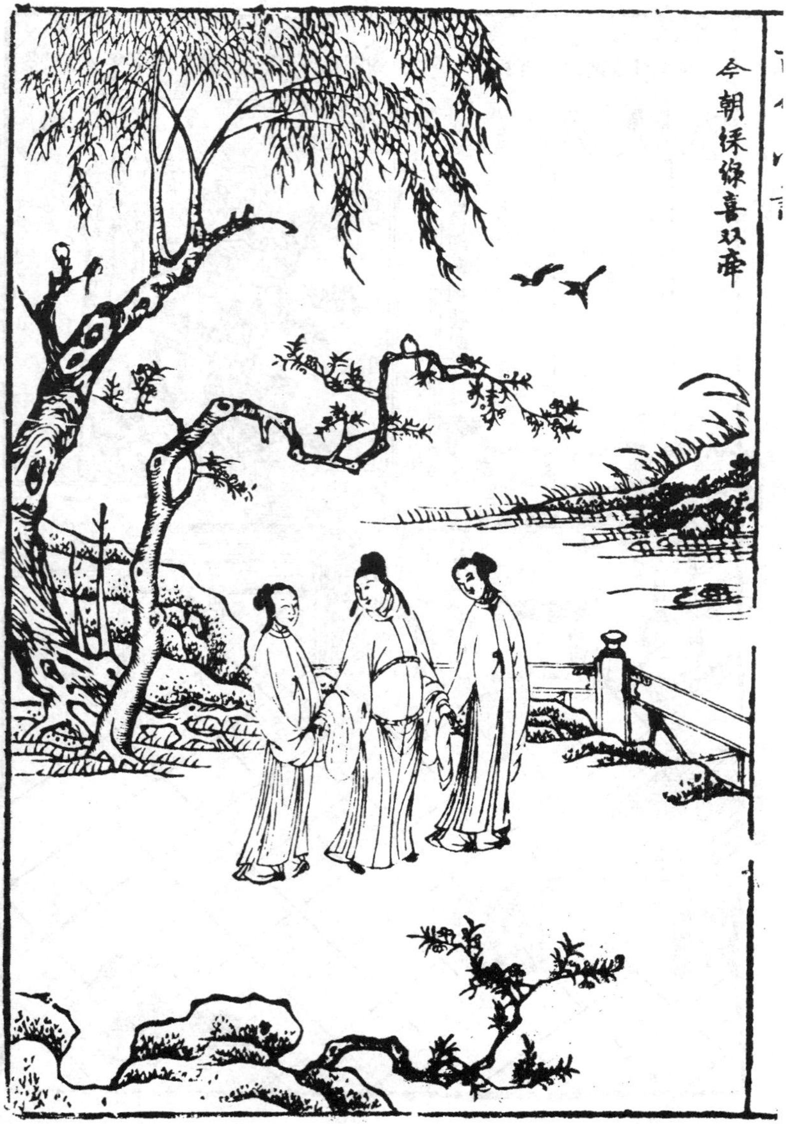
今朝綵線喜双牽

第十七卷　單符郎全州佳偶

郟鄏門開城倚天，周公拮搆尚依然。
休言道德無關鎖，一閉乾坤八百年。

這首詩，單說西京是帝王之都，左成皐，右澠池，前伊闕，後大河，真個形勢無雙，繁華第一，宋朝九代建都于此。今日說一樁故事，乃是西京人氏，一個是邢知縣，一個是單推官，他兩個都在孝感坊下，并門而居。兩家宅眷，又是嫡親姊妹，姨丈相稱，所以往來甚密，雖爲各姓，無異一家。先前兩家未做官時節，姊妹同時懷孕，私下相約道：「若生下一男一女，當爲婚姻。」後來單家生男，小名符郎；邢家生女，小名春娘。姊妹各對丈夫說通了，從此親家往來，非止一日。符郎和春娘幼時，常在一處游戲，兩家都稱他爲小夫婦。以後漸漸長成，符郎改名飛英，字騰實，進館讀書；春娘深居繡閣，各不相見。

其時宋徽宗宣和七年，春三月，邢公選了鄧州順陽縣知縣，單公選了揚州府推官，各要挈家上任。相約任滿之日，歸家成親。單推官帶了夫人和兒子符郎，自往揚州去做官不題。却説邢知縣到了鄧州順陽縣，未及半載，值金韃子分道入寇。金將幹離不攻破了順陽，邢知縣一門遇害。春娘年十二歲，爲亂兵所掠，轉賣在全州樂户楊家，得錢十七千而去。春娘從小讀過經書，及唐詩千首，頗通文墨，尤善應對。鴇母愛之如寶，改名楊玉，教以樂器及歌舞，無不精絶。正是：

三千粉黛輸顔色，十二朱樓讓舞歌。

只是一件，他終是宦家出身，舉止端詳。每詣公庭侍宴，呈藝畢，諸妓調笑謔浪，無所不至，楊玉嘿然獨立，不妄言笑，有良人風度。爲這個上，前後官府，莫不愛之重之。

話分兩頭。却説單推官在任三年，時金虜陷了汴京，徽宗、欽宗兩朝天子，都被他擄去。虧殺吕好問説下了僞帝張邦昌，迎康王嗣統。康王渡江而南，即位於應天府，是爲高宗。高宗懼怕金虜，不敢還西京，乃駕幸揚州。單推官率民兵護駕有功，累遷郎官之職，又隨駕至杭州。高宗愛杭州風景，駐蹕建都，改爲臨安府。有詩爲證：

山外青山樓外樓，西湖歌舞幾時休？

暖風薰得游人醉，却把杭州作汴州。

話説西北一路地方，被金虜殘害，百姓從高宗南渡者，不計其數，皆散處吴下。聞臨安建都，多有搬到杭州入籍安插。單公時在户部，閲看户籍册子，見有一邢祥名字，乃西京人。自思邢知縣名禎，此人名祥，敢是同行兄弟？自從游宦以後，邢家全無音耗相通，正在懸念。乃遣人密訪之，果邢知縣之弟，號爲「四承務」者。急忙請來相見，問其消息。四承務答道：「自鄧州破後，傳聞家兄舉家受禍，未知的否。」因流淚不止。單公亦愀然不樂。念兒子年齒已長，意欲别圖親事；猶恐傳言未的，媳婦尚在，且待干戈寧息，再行探聽。從此單公與四承務仍認做親戚，往來不絶。

再説高宗皇帝初即位，改元建炎。過了四年，又改元紹興。此時紹興元年，朝廷追叙南渡之功，單飛英受父蔭，得授全州司户，謝恩過了，擇日拜别父母起程，往全州到任。時年十八歲，一州官屬，只有單司户年少，且是儀容俊秀，見者無不稱羨。上任之日，州守設公堂酒會飲，大集聲妓。原來宋朝有這個規矩，凡在籍娼户，謂之官妓，官府有公私筵宴，聽憑點名唤來祗應。這一日，楊玉也在數内。單司户于衆妓中，只看得他上眼，大有眷愛之意。詩曰：

曾綰紅繩到處隨，佳人才子兩相宜。

風流的是張京兆，何日臨窗試畫眉？

司理姓鄭名安，滎陽舊族，也是個少年才子，一見單司户，便意氣相投，看他顧盼楊玉，已知其意。一日，鄭司理去拜單司户，問道：「足下清年名族，爲何單車赴任，不携宅眷？」單司户答道：「實不相瞞，幼時曾定下妻室，因遭虜亂，存亡未卜，至今中饋尚虚。」司理笑道：「離索之感，人孰無之？此間歌妓楊玉，頗饒雅致，且作望梅止渴何如？」司户初時遜謝不敢，被司理言之再三，説到相知的分際，司户隱瞞不得，只得吐露心腹。司理道：「既才子有意佳人，僕當爲曲成之耳。」【眉批】司理妙人。自此每遇宴會，司户見了楊玉，反覺有些避嫌，不敢注目，然心中思慕愈甚。司理有心要玉成其事，但懼怕太守嚴毅，做不得手脚。

如此二年，舊太守任滿升去，新太守姓陳，爲人忠厚至誠，且與鄭司理是同鄉故舊，所以鄭司理屢次在太守面前，稱薦單司户之才品，太守十分敬重。一日，鄭司理置酒，專請單司户到私衙清話，只點楊玉一名祗候。這一日，比公堂筵宴不同，只有賓主二人，單司户纔得飽看楊玉，果然美麗。有詞名《憶秦娥》，詞云：

香馥馥，樽前有個人如玉。人如玉，翠翹金鳳，内家妝束。　嬌羞慣把眉兒蹙，逢人只唱傷心曲。傷心曲，一聲聲是怨紅愁緑。

鄭司理開言道：「今日之會，并無他客，勿拘禮法，當開懷暢飲，務取盡歡。」遂斟巨觥來勸單司户，楊玉清歌侑酒。酒至半酣，單司户看着楊玉，神魂飄蕩，不能自持，假裝醉態不飲。鄭司理已知其意，便道：「且請到書齋散步，再容奉勸。」那書齋是司理自家看書的所在，擺設着書畫琴棋，也有些古玩之類。單司户那有心情去看，向竹榻上倒身便睡。鄭司理道：「既然仁兄困酒，暫請安息片時。」忙轉身而出，却教楊玉斟下香茶一甌送去。單司户素知司理有玉成之美，今番見楊玉獨自一個送茶，情知是放鬆了，忙起身把門掩上，雙手抱住楊玉求歡。楊玉佯推不允，單司户道：「相慕小娘子，已非一日。難得今番機會，司理公平昔見愛，就使知覺，必不嗔怪。」楊玉也識破三分關竅，不敢固却，只得順情。兩個遂在榻上，草草的雲雨一場。有詩爲證：

相慕相憐二載餘，今朝且喜兩情舒。
雖然未得通宵樂，猶勝陽臺夢是虛。

單司户私問楊玉道：「你雖然才藝出色，偏覺雅致，不似青樓習氣，必是一個名公苗裔，今日休要瞞我，可從實説與我知道，果是何人？」楊玉滿面羞慚，答道：「實不相瞞，妾本宦族，流落在此，非楊媪所生也。」司户大驚，問道：「既係宦族，汝父何官何姓？」楊玉不覺雙淚交流，答道：「妾本姓邢，在東京孝感坊居住，幼年曾許與母姨之子結婚。妾之父授鄧州順陽縣知縣，不幸胡寇猖獗，父母皆遭兵刃，妾被人掠賣至此。」司户又問道：「汝夫家姓甚？作何官職？所許嫁之子，又是何名？」楊玉道：「夫家姓單，那時爲揚州推官。其子小名符郎，今亦不知存亡如何。」説罷，哭泣不止。司户心中已知其爲春娘了，且不説破，只安慰道：「汝今日鮮衣美食，花朝月夕，勾你受用。官府都另眼看覷，誰人輕賤你？况宗族遠離，夫家存亡未卜，隨緣快活，亦足了一生矣。何乃自生悲泣耶？」楊玉蹙頞答道：「妾聞『女子生而願爲之有家』，雖不幸風塵，實出無奈。夫家宦族，即使無恙，妾亦不作團圓之望。若得嫁一小民，荆釵布裙，啜菽飲水，亦是良人家媳婦。比在此中迎新送舊，勝却千萬倍矣。」【眉批】説得可憐。司户點頭道：「你所見亦是。果有此心，我當與汝作主。」楊玉叩頭道：「恩官若能拔妾于苦海之中，真乃萬代陰德也。」

説未畢，只見司理推門進來道：「陽臺夢醒也未？如今無事，可飲酒矣。」司户道：「酒已過醉，不能復飲。」司理道：「一分酒醉，十分心醉。」司户道：「一分醉酒，十分醉德。」大家都笑起來。重來筵上，洗盞更酌，是日盡歡而散。

過了數日，單司户置酒，專請鄭司理答席，也唤楊玉一名答應。楊玉先到，單司户不復與狎昵，遂正色問曰：「汝前日有言，爲小民婦亦所甘心。我今喪偶，未有正室，汝肯相隨我乎？」楊玉含淚答道：「枳棘豈堪鳳凰所棲，若恩官可憐，得蒙收録，使得備巾櫛之列，豐衣足食，不用送往迎來，固妾所願也。但恐他日新孺人性嚴，不能相容。然妾自當含忍，萬一黴色發聲，妾情願持齋佞佛，終身獨宿，以報恩官之德耳。」【眉批】更可憐。司户聞言，不覺慘然，方知其厭惡風塵，出于至誠，非誑語也。少停，鄭司理到來，見楊玉淚痕未乾，戲道：「古人云『樂極生悲』，信有之乎？」楊玉斂容答道：「憂從中來，不可斷絶耳。」單司户將楊玉立志從良説話，向鄭司理説了。鄭司理道：「足下若有此心，下官亦願效一臂。」這一日飲酒無話。

席散後，單司户在燈下修成家書一封，書中備言岳丈邢知縣全家受禍，春娘流落爲娼，厭惡風塵，志向可憫。男情願復聯舊約，不以良賤爲嫌。單公拆書觀看大驚，隨即請邢四承務到來，商議此事，兩家各傷感不已。四承務要親往全州，主張親事，教單公致書於太守，求爲春娘脱籍。單公寫書，付與四承務收訖，四承務作别而行。不一日，來到全州，徑入司户衙中相見，道其來歷。單司户先與鄭司理説知其事，司理一力攛掇，道：「諺云『貴易交，富易妻』，今足下甘娶風塵之女，不以存亡易心，雖古人高義，不是過也。」遂同司户到太守處，將情節告訴。單司户把父親書札呈上，太守看了，道：「此美事也，敢不奉命。」次日，四承務具狀告府，求爲釋賤歸良，以續舊婚事，太守當面批准了。

候至日中，還不見發下文牒。單司户疑有他變，密使人打探消息，見厨司正在忙亂，安排筵席。司户猜道：「此酒爲何而設？豈欲與楊玉舉離别觴耶？事已至此，只索聽之。」少頃，果召楊玉祗候，席間只請通判一人。酒至三巡，食供兩套，太守唤楊玉近前，將司户願續舊婚，及邢祥所告脱籍之事，一一説了。楊玉拜謝道：「妾一身生死榮辱，全賴恩官提拔。」太守道：「汝今日尚在樂籍，明日即爲縣君，將何以報我之德？」楊玉答道：「恩官拔人于火宅之中，陰德如山，妾惟有日夕籲天，願恩官子孫富貴而已。」太守嘆道：「麗色佳音，不可復得。」不覺前起抱持楊玉，説道：「汝必有以報我。」那通判是個正直之人，見太守發狂，便離席起立，正色發作道：「既司户有宿約，便是孺人，我等俱有同僚叔嫂之誼。君子進退當以禮，不可苟且，以傷雅道。」太守踧踖，【眉批】聞正論不容不踧踖矣。謝道：「老夫不能忘情，非判府之言，不知其爲過也。今得罪于司户，當謝過以質耳。」乃令楊玉入内宅，與自己女眷相見。却教人召司理、司户二人到後堂同席，直吃到天明方散。

太守也不進衙，徑坐早堂，便下文書與楊家翁媪，教除去楊玉名字。楊翁、楊媪出其不意，號哭而來，拜着太守，訴道：「養女十餘年，費盡心力。今既蒙明判，不敢抗拒。但願一見而別，亦所甘心。」太守遣人傳語楊玉，楊玉立在後堂，隔屏對翁嫗説道：「我夫妻重會，也是好事，我雖承汝十年撫養之恩，然所得金帛已多，亦足爲汝養老之計。從此永訣，休得相念。」嫗兀自號哭不止。太守喝退了楊翁、楊嫗，當時差州司人從，自宅堂中擡出楊玉，徑送至司户衙中，取出私財十萬錢，權佐資奩之費。司户再三推辭，太守定教受了。是日鄭司理爲媒，四承務爲主婚，如法成親，做起洞房花燭。有詩爲證：

風流司户心如渴，文雅嬌娘意似狂。
今夜官衙尋舊約，不教人話負心郎。

次日，太守同一府官員都來慶賀，司户置酒相待，四承務自歸臨安，回復單公去訖。司户夫妻相愛，自不必説。

光陰似箭，不覺三年任滿。春娘對司户説道：「妾失身風塵，亦荷翁嫗愛育，其他姊妹中相處，也有情分契厚的。今將遠去，終身不復相見。欲具少酒食，與之話别，不識官人肯容否？」司户道：「汝之事，合州莫不聞之，何可隱諱？便治酒話别，何礙大體？」【眉批】自是豪俠舉動，若腐儒，鮮不以爲蛇足矣。春娘乃設筵于會勝寺中，教人請楊翁、楊嫗，及舊時同行姊妹相厚者十餘人，都來會飲。至期，司户先差人在會勝寺等候衆人到齊，方纔來禀。楊翁、楊嫗先到，以後衆妓陸續而來，從人點客已齊，方敢禀知司户，請孺人登輿，僕從如雲，前呼後擁，到會勝寺中，與衆人相見，略叙寒暄，便上了筵席。飲至數巡，春娘自出席送酒。内中一妓姓李名英，原與楊嫗家連居，其音樂技藝，皆是春娘教導，常呼春娘爲姊，情似同胞，極相敬愛。自從春娘脱籍，李英好生思想，常有鬱鬱之意。是日，春娘送酒到他面前。李英忽然執春娘之手，説道：「姊今超脱汙泥之中，高翔青雲之上，似妹子沉淪糞土，無有出期，相去不啻天堂地獄之隔，姊今何以救我？」説罷，遂放聲大哭。春娘不勝凄慘，流淚不止。原來李英有一件出色的本事，第一手好針綫，能于暗中縫紉，分際不差。正是：

織髮夫人昔擅奇，神針娘子古來稀。
誰人乞得天孫巧？十二樓中一李姬。

春娘道：「我司户正少一針綫人，吾妹肯來與我作伴否？」李英道：「若得阿姊爲我方便，得脱此門路，是一段大陰德事。若司户左右要覓針綫人，得我爲之，素知阿姊心性，强似尋生分人也。」【眉批】此段姻緣更奇。春娘道：「雖然如此，但吾妹平日與我同行同輩，今日豈能居我之下乎？」李英道：「我在風塵中每自退姊一步，况今日雲泥迥隔，又有嫡庶之異，即使朝夕奉侍阿姊，比于侍婢，亦所甘心，况敢與阿姊比肩耶？」春娘道：「妹既有此心，奴當與司户商之。」

當晚席散，春娘回衙，將李英之事對司户説了。司户笑道：「一之爲甚，豈可再乎！」春娘再三攛掇，司户只是不允。春娘悶悶不悦，一連幾日。李英遣人以問安奶奶爲名，就催促那事。春娘對司户説道：「李家妹情性温雅，針綫又是第一，内助得如此人，誠所罕有。且官人能終身不納姬侍則已，若納他人，不如納李家妹，與我少小相處，兩不見笑。官人何不向守公求之，萬一不從，不過拚一没趣而已，妾亦有詞以回絶李氏。倘僥倖相從，豈非全美？」司户被孺人强逼數次，不得已，先去與鄭司理説知了，捉了他同去見太守，委曲道其緣故。太守笑道：「君欲一箭射雙雕乎？敬當奉命，以贖前此通判所責之罪。」【眉批】太守亦是高人。當下太守再下文牒，與李英脱籍，送歸司户。司户將太守所贈十萬錢，一半給與李嫗，以爲贖身之費，一半給與楊嫗，以酬其養育之勞。自此春娘與李英姊妹相稱，極其和睦。當初單飛英隻身上任，今日一妻一妾，又都是才色雙全，意外良緣，歡喜無限。後人有詩云：

官舍孤居思黯然，今朝綵綫喜雙牽。
符郎不念當時舊，邢氏徒懷再世緣。
空手忽縈雙塊玉，污泥挺出并頭蓮。

姻緣不論良和賤，婚牒書來五百年。

單司户選吉起程，别了一府官僚，挈帶妻妾，還歸臨安宅院。單飛英率春娘拜見舅姑，彼此不覺傷感，痛哭了一場。哭罷，飛英又率李英拜見。單公問是何人，飛英述其來歷。單公大怒，説道：「吾至親骨肉流落失所，理當收拾，此乃萬不得已之事。又旁及外人，是何道理？」【眉批】也説得是。飛英皇恐謝罪，單公怒氣不息。老夫人從中勸解，遂引去李英于自己房中，要將改嫁。李英那裏肯依允，只是苦苦哀求。老夫人見其至誠，且留作伴。過了數日，看見李氏小心婉順，又愛他一手針綫，遂勸單公收留與兒子爲妾。單飛英遷授令丞，上司官每聞飛英娶娼之事，皆以爲有義氣，互相傳説，無不加意欽敬，【眉批】近來世風惡薄，倘有此事，翻作罪案矣。累薦至太常卿。春娘無子，李英生一子，春娘抱之愛如己出。後讀書登第，遂爲臨安名族，至今青樓傳爲佳話。有詩爲證：

山盟海誓忽更遷，誰向青樓認舊緣？
仁義還收仁義報，宦途無梗子孫賢。

楊八老漳州被虜

楊八老越國奇逢

第十八卷　楊八老越國奇逢

君不見平陽公主馬前奴，一朝富貴嫁爲夫？又不見咸陽東門種瓜者，昔日封侯何在也？榮枯貴賤如轉丸，風雲變幻誠多端。達人知命總度外，傀儡場中一例看。

這篇古風，是説人窮通有命，或先富後貧，先賤後貴，如雲踪無定，瞬息改觀，不由人意想測度。且如宋朝吕蒙正秀才未遇之時，家道艱難。三日不曾飽餐，天津橋上賒得一瓜，在橋柱上磕之，失手落于橋下。那瓜順水流去，不得到口。後來狀元及第，做到宰相地位，起造落瓜亭，以識窮時失意之事。你説做狀元宰相的人，命運未至，一瓜也無福消受。假如落瓜之時，向人説道：「此人後來榮貴。」被人做一萬個鬼臉，啐乾了一千擔吐沫，也不爲過，那個信他？所以説：「前程如黑漆，暗中摸不出。」又如宋朝軍卒楊仁杲爲丞相丁晉公治第，夏天負土運石，汗流不止，怨嘆道：「同是一般父母所生，那住房子的，何等安樂？我們替他做工的，何等吃苦？正是：『有福之人人伏侍，無福之人伏侍人。』」這裏楊仁杲口出怨聲，却被管工官聽得了，一頓皮鞭，打得負痛吞聲。不隔數年，丁丞相得罪，貶做崖州司户。那楊仁杲從外戚起家，官至太尉，號爲皇親，朝廷就將丁丞相府第，賜與楊仁杲居住。丁丞相起夫治第，分明是替楊仁杲做個工頭。正是：

桑田變滄海，滄海變桑田。
窮通無定準，變換總由天。

閒話休題。則今說一節故事，叫做「楊八老越國奇逢」。那故事，遠不出漢、唐，近不出二宋，乃出自胡元之世，陝西西安府地方。這西安府乃《禹貢》雍州之域，周曰王畿，秦曰關中，漢曰渭南，唐曰關内，宋曰永興，元曰安西。話說元朝至大年間，一人姓楊名復，八月中秋節生日，小名八老，乃西安府盩厔縣人氏。【眉批】盩厔，音周至。妻李氏，生子纔七歲，頭角秀異，天資聰敏，取名世道。夫妻兩口兒愛惜，自不必說。一日，楊八老對李氏商議道：「我年近三旬，讀書不就，家事日漸消乏。祖上原在閩、廣爲商，我欲湊些貲本，買辦貨物，往漳州商販，圖幾分利息，以爲贍家之資，不知娘子意下如何？」李氏道：「妾聞治家以勤儉爲本，守株待兔，豈是良圖？乘此壯年，正堪跋跡，速整行李，不必遲疑也。」八老道：「雖然如此，只是子幼妻嬌，放心不下。」李氏道：「孩兒幸喜長成，妾自能教訓，但願你早去早回。」當日商量已定，擇個吉日出行，與妻子分別。帶個小廝，叫做隨童，出門搭了船隻，往東南一路進發。昔人有古風一篇，單道爲商的苦處：

人生最苦爲行商，抛妻棄子離家鄉。
飧風宿水多勞役，披星戴月時奔忙。
水路風波殊未穩，陸程鷄犬驚安寢。
平生豪氣頓消磨，歌不發聲酒不飲。
少貲利薄多貲累，匹夫懷璧將爲罪。
偶然小恙卧床幃，鄉關萬里書誰寄？
一年三載不回程，夢魂顛倒妻孥驚。
燈花忽報行人至，闔門相慶如更生。
男兒遠游雖得意，不如骨肉長相聚。
請看江上信天翁，拙守何曾闕生計？

話説楊八老行至漳浦，下在檗媽媽家，專待收買番禺貨物。原來檗媽媽無子，只有一女，年二十三歲，曾贅個女婿相幫過活。那女婿也死了，已經周年之外，女兒守寡在家。檗媽媽看見楊八老本錢豐厚，且是志誠老實，待人一團和氣，十分歡喜，意欲將寡女招贅，以靠終身。八老初時不肯，被檗媽媽再三勸道：「楊官人，你千鄉萬里，出外爲客，若没有切己的親戚，那個知疼着熱？如今我女兒年紀又小，正好相配官人，做個『兩頭大』。你歸家去，有娘子在家；在漳州來時，有我女兒。兩邊來往，都不寂寞，做生意也是方便順溜的。老身又不費你大錢大鈔，只是單生一女，要他嫁個好人，日後生男育女，連老身門户都有依靠。就是你家中娘子知道時，料也不嗔怪。多少做客的，娼樓妓館，使錢撒漫，這還是本分之事。官人須從長計較，休得推阻。」八老見他説得近理，只得允了，擇日成親，入贅於檗家。夫妻和須，自此無話。不上二月，檗氏懷孕。期年之後，生下一個孩兒，合家歡喜。三朝滿月，親戚慶賀，不在話下。

却説楊八老思想故鄉妻嬌子幼，初意成親後，一年半載，便要回鄉看覷。因是懷了身孕，放心不下，以後生下孩兒，檗氏又不放他動身。光陰似箭，不覺住了三年，孩兒也兩周歲了，取名世德，雖然與世道排行，却冒了檗氏的姓，叫做檗世德。楊八老一日對檗氏説，暫回關中，看看妻子便來。檗氏苦留不住，只得聽從。八老收拾貨物，打點起身。也有放下人頭帳目，與隨童分頭并日催討。

八老爲討欠帳，行至州前。只見挂下榜文，上寫道「近奉上司明文。倭寇生發，沿海搶劫，各州縣地方，須用心巡警，以防衝犯。一應出入，俱要盤詰。城門晚開早閉」等語。八老讀罷，吃了一驚，想道：「我方欲動身，不想有此寇警。倘或倭寇早晚來時，閉了城門，知道何日平静？不如趁早走路爲上。」也不去討帳，徑回身轉來。只說拖欠帳目，急切難取，待再來催討未遲。聞得路上賊寇生發，貨物且不帶去，只收拾些細軟行裝，來日便要起程。檗氏不忍割捨，抱着三歲的孩兒，對丈夫說道：「我母親只爲終身無靠，將奴家嫁你。幸喜有這點骨血，你不看奴家面上，須牽挂着小孩子，千萬早去早回，免使我母子懸望。」〔一〕言訖，不覺雙眼流淚。楊八老也掩淚道：〔二〕「娘子不須挂懷，三載夫妻，恩情不淺，此去也是萬不得已，一年半載，便得相逢也。」當晚檗媽媽治杯送行。

次日清晨，楊八老起身梳洗，别了岳母和渾家，帶了隨童上路。未及兩日，在路吃了一驚。但見：

舟車擠壓，男女奔忙。人人膽喪，盡愁海寇恁猖狂；個個心驚，只恨官兵無備禦。扶幼携老，難辭兩脚奔波；〔三〕棄子抛妻，單爲一身逃命。不辨貧窮富

貴，落難中總則一般。〔四〕那管城市山林，藏身處只求片地。正是：寧爲太平犬，

莫作亂離人。

楊八老看見鄉村百姓，紛紛攘攘，都來城中逃難，傳説倭寇一路放火殺人，官軍不能禁禦，聲息至近，唬得八老魂不附體。進退兩難，思量無計，只得隨衆奔走。且到汀州城裏，再作區處。

又走了兩個時辰，約離城三里之地，忽聽得喊聲震地，後面百姓們都號哭起來，却是倭寇殺來了。衆人先唬得脚軟，奔跑不動。楊八老望見傍邊一座林子，向刺斜裏便走，也有許多人隨他去林子中躲避。〔五〕誰知倭寇有智，慣是四散埋伏。林子内先是一個倭子跳將出來，衆人欺他單身，正待一齊奮勇敵他。只見那倭子，把海叵羅吹了一聲，吹得嗚嗚的響。四圍許多倭賊，一個個舞着長刀，跳躍而來，正不知那裏來的。有幾個粗莽漢子，平昔間有些手脚的，拚着性命，將手中器械，上前迎敵。猶如火中投雪，風裏揚塵，彼倭賊一刀一個，分明砍瓜切菜一般。唬得衆人一齊下跪，口中只叫饒命。

原來倭寇逢着中國之人，也不盡數殺戮。擄得婦女，恣意奸淫，弄得不耐煩了，活活的放了他去。也有有情的倭子，一般私有所贈。只是這婦女雖得了性命，一世

被人笑話了。其男子但是老弱，便加殺害；若是强壯的，就把來剃了頭髮，抹上油漆，假充倭子。每遇厮殺，便推他去當頭陣。官軍只要殺得一顆首級，便好領賞，平昔百姓中禿髮鬎鬁，尚然被他割頭請功，况且見在戰陣上拿住，那管真假，定然不饒的。這些剃頭的假倭子，自知左右是死，索性靠着倭勢，還有捱過幾日之理，所以一般行兇出力。那些真倭子，只等假倭擋過頭陣，自己都尾其後而出，所以官軍屢墮其計，不能取勝。昔人有詩單道着倭寇行兵之法，詩云：

倭陣不諠譁，紛紛正帶斜。
螺聲飛蛺蝶，魚貫走長蛇。
扇散全無影，刀來一片花。
更兼真僞混，駕禍擾中華。

楊八老和一群百姓們，都被倭奴擒了，好似甕中之鱉，釜中之魚，没處躲閃，只得隨順，以圖苟活。隨童已不見了，正不知他生死如何。到此地位，自身管不得，何假顧他人。莫説八老心中愁悶，且説衆倭奴在鄉村劫掠得許多金寶，心滿意足。聞得元朝大軍將到，搶了許多船隻，驅了所擄人口下船。一齊開洋，歡歡喜喜，徑回日本國去了。

原來倭奴入寇，國王多有不知者，乃是各島窮民，合夥泛海，如中國賊盜之類，彼處只如做買賣一般，其出掠亦各分部統，自稱大王之號。到回去，仍復隱諱了。劫掠得金帛，均分受用，亦有將十分中一二分，獻與本島頭目，互相容隱。如被中國人殺了，只作做買賣折本一般。所擄得壯健男子，留作奴僕使唤，剃了頭，赤了兩脚，與本國一般模樣，給與刀仗，教他跳戰之法。中國人懼怕，不敢不從。過了一年半載，水土習服，學起倭話來，竟與真倭無異了。

光陰似箭，這楊八老在日本國，不覺住了一十九年。每夜私自對天拜禱：「願神明護佑，我楊復再轉家鄉，重會妻子。」如此寒暑無間。有詩爲證：

異國飄零十九年，鄉關魂夢已茫然。
蘇卿困虜旄俱脱，洪皓留金雪滿顛。
彼爲中朝甘守節，我成俘虜獲何愆？
首丘無計傷心切，夜夜虔誠禱上天。

話説元泰定年間，日本國年歲荒歉，衆倭糾夥，又來入寇，也帶楊八老同行。八老心中一則以喜，一則以憂。所喜者，乘此機會，到得中國，陝西、福建二處，俱有親屬，皇天護祐，萬一有骨肉重逢之日，再得團圓，也未可知；所憂者，此身全是倭奴形像，便是自家照着鏡子，也吃一驚，他人如何認得？況且刀鎗無情，此去多凶少吉，枉送了性命。只是一說，寧作故鄉之鬼，不願爲夷國之人。天天可憐，這番飄洋，只願在陜、閩兩處便好，若在他方也是枉然。

原來倭寇飄洋，也有個天數，聽憑風勢：若是北風，便犯廣東一路；若是東風，便犯福建一路；若是東北風，便犯温州一路；若是東南風，便犯淮揚一路。此時二月天氣，衆倭登船離岸，正值東北風大盛，一連數日，吹個不住，徑飄向温州一路而來。那時元朝承平日久，沿海備禦俱疏，就有幾隻船，幾百老弱軍士，都不堪拒戰，望風逃走。衆倭公然登岸，少不得放火殺人。楊八老雖然心中不願，也不免隨行逐隊。這一番自二月至八月，官軍連敗了數陣，搶了幾個市鎮，轉掠寧紹，又到餘杭，其兇暴不可盡述。各府州縣寫了告急表章，申奏朝廷。旨下兵部，差平江路普花元帥領兵征剿。這普花元帥足智多謀，又手下多有精兵良將，奉命剋日興師，大刀闊斧，殺奔浙江路上來。前哨打探倭寇占住清水閘爲穴，普花元帥約會浙中兵馬，水陸并進。那倭寇平素輕視官軍，不以爲意。誰知普花元帥手下有十個統軍，都有萬夫不當之勇，軍中多帶火器，四面埋伏，一等倭賊戰酣之際，埋伏都起，火器一齊發作，殺得他走頭没路，大敗虧輸。斬首千餘級，活捉二百餘人，其搶船逃命者，又被水路官軍截殺，〔六〕也多有落水死者。普花元帥得勝，賞了三軍。猶恐餘倭未盡，遣兵四下搜獲。真個是：

饒伊兇暴如狼虎，惡貫盈時定受殃。

話分兩頭。却說清水閘上有順濟廟，其神姓馮名俊，錢塘人氏。年十六歲時，夢見玉帝遣天神傳命割開其腹，換去五臟六腑，〔七〕醒來猶覺腹痛。從幼失學，未曾知書，自此忽然開悟，無書不曉，下筆成文，又能預知將來禍福之事。忽一日，卧於家中，叫喚不起，良久方醒。自言適在東海龍王處赴宴，被他勸酒過醉。家人不信，及嘔吐出來都是海錯異味，目所未睹，方知真實。到三十六歲，忽對人說：「玉帝命我爲江濤之神，三日後，必當赴任。」至期無疾而終。是日，江中波濤大作，行舟將覆，忽見朱旙皂蓋，白馬紅纓，簇擁一神，現形雲端間，口中叱咤之聲。俄頃，波恬浪息。問之土人，其形貌乃馮俊也。於是就其所居，立廟祠之，賜名順濟廟。紹定年間，累封英烈王之號。其神大有靈應。倭寇占住清水閘時，楊八老私向廟中祈禱，問筶得個大吉之兆，〔八〕心中暗喜。與先年一般同被擄去的，〔九〕共十三人約會，大兵到時，出首投降。又怕官軍不分真假，拿去請功，狐疑不决。

到這八月二十八日，倭寇大敗，楊八老與十二個人，俱潛躱在順濟廟中，不敢出頭。正在兩難，急聽得廟外喊聲大舉，乃是老王千户，名喚王國雄，引着官軍入來搜廟。一十三人盡被活捉，綑縛做一團兒，吊在廊下。衆人口稱冤枉，都説不是真倭，那裏睬他。此時天色已晚，老王千户權就廟中歇宿，打點明早解官請功。事有凑巧，老王千户帶個貼身伏侍的家人，叫做王興，夜間起來出恭，聞得廊下哀號之聲，其中有一個像宜關中聲音，好生奇異。【眉批】此轉情節最奇。悄地點個燈去，打一看，看到楊八老面貌，有些疑惑，問道：「你們既説不是真倭，是那裏人氏？如何入了倭賊夥內，又是一般形貌？」楊八老訴道：「衆人都是閩中百姓，只我是安西府盩厔縣人。十九年前在漳浦做客，被倭寇擄去，髠頭跣足，受了萬般辛苦。衆人是同時被難的。今番來到此地，便想要自行出首。其奈形狀怪異，不遇個相識之人，恐不相信，因此狐疑不決。幸天兵得勝，倭賊敗亡，我等指望重見天日，不期老將軍不行細審，一概綑吊。明日解到軍門，性命不保。」説罷，衆人都哭起來。王興忙摇手道：「不可高聲啼哭，恐驚醒了老將軍，反爲不美。則你這安西府漢子，姓甚名誰？」楊八老道：「我姓楊，名復，小名八老。長官也帶些關中語音，莫非同郡人麽？」王興聽説，吃了一驚：「原來你就是我舊主人！可記得隨童麽？小人就是。」楊八老道：「怎不記得！只是鬚眉非舊，端的對面不相認了。自當初在閩中分散，如何却在此處？」王興道：「且莫細談，明早老將軍起身發解時，我跕在傍邊，你只看着我，喚我名字起來，小人自來與你分訴。」〔一〇〕説罷，提了燈自去了。衆人都向八老問其緣故，八老略説一二，莫不歡喜。

正是：

死中得活因灾退，絶處逢生遇救來。

原來隨童跟着楊八老之時，纔一十九歲，如今又加十九年，是三十八歲人了，急切如何認得？當先與主人分散，躲在茅厠中，僥倖不曾被倭賊所掠。那時老王千户還是百户之職，在彼領兵，偶然遇見，見他伶俐，問其來歷，收在身邊伏侍，就便許他訪問主人消息，誰知杳無音信。後來老王百户有功，升了千户，改調浙中地方做官。隨童改名王興，做了身邊一個得力的家人。也是楊八老命不當盡，禄不當終，否極泰來，天教他主僕相逢。

閒話休題。却説老王千户次早點齊人衆，解下一十三名倭犯，要解往軍門請功。正待起身，忽見倭犯中一人，看定王興，高聲叫道：「隨童，我是你舊主人，可來救我！」王興假意認了一認，兩下抱頭而哭。因事體年遠，老王千户也忘其所以了，忙喚王興，問其緣故。王興一一訴説：「此乃小人十九年前失散之主人也。彼時尋覓不見，不意被倭賊擄去。小人看他面貌有些相似，正在疑惑，誰想他到認得小人，喚起小人的舊名。望恩主辨其冤情，釋放我舊主人，小人便死在階前，瞑目無怨。」説罷，放聲大哭。衆倭犯都一齊聲冤起來，各道家鄉姓氏，情節相似。老王千户道：「既有此冤情，我也不敢自專，解在帥府，教他自行分辨。」王興道：「求恩主將小人一齊解去，好做對證。」老王千户起初不允，被王興哀求不過，只得允了。

當日將一十三名倭犯，連王興解到帥府。普花元帥道：「既是倭犯，便行斬首。」那一十三名倭犯，一個個高聲叫冤起來，内中王興也叫冤枉。王國雄便跪下去，將王興所言事情，禀了一遍。普花元帥準信，就教王國雄押着一干倭犯，并王興發到紹興郡丞楊世道處，審明回報。

故元時節，郡丞即如今通判之職，却只下太守一肩，與太守同理府事，最有權柄。那日，郡丞楊公升廳理事，甚是齊整。怎見得？有詩爲證：

吏書站立如泥塑，軍卒分開似木雕。
隨你兇人奸似鬼，公庭刑法不相饒。

老王千户奉帥府之命，親押一十三名倭犯到楊郡丞廳前，相見已畢，備言來歷。楊公送出廳門，復歸公座。先是王興開口訴冤，那一班倭犯哀聲動地。楊公問了王興口詞，先唤楊八老來審，楊八老將姓名家鄉備細説了。楊郡丞問道：「既是盩厔縣人，你妻族何姓？有子無子？」楊八老道：「妻族東村李氏，止生一子，取名世道。小人到漳浦爲商之時，孩兒方年七歲。在漳浦住了三年，就陷身倭國，經今又十九年。自從離家之後，音耗不通，妻子不知死亡。若是孩兒撫養得長大，算來該二十九歲了。老爺不信時，移文到盩厔縣中，將三黨親族姓名，一一對驗，小人之冤可白矣。」再問王興，所言皆同。衆人又齊聲叫冤。楊公一一細審，都是閩中百姓，同時被擄的。楊公沉吟半晌，喝道：「權且收監，待行文本處查明來歷，方好釋放。」

當下散堂，回衙見了母親楊老夫人，口稱怪事不絕。老夫人問道：「孩兒今日問何公事？口稱怪異，何也？」楊公道：「有王千户解到倭犯一十三名，說起來都是我中國百姓，被倭奴擄去的，是個假倭，不是真倭。內中一人，姓楊名復，乃關中盩厔縣人氏。他說二十一年前，別妻李氏，往漳浦經商。三年之後，遭倭寇作亂，擄他到倭國去了。與妻臨別之時，有兒年方七歲，到今算該二十九歲了。母親常說孩兒七歲時，父親往漳州爲商，一去不回。他家鄉姓名，正與父親相同，〔二〕其妻子姓名，又分毫不異，孩兒今年正二十九歲，世上不信有此相合之事。況且王千户有個家人王興，一口認定是他舊主。那王興說舊名隨童，在漳浦亂軍分散，又與我爺舊僕同名。所以稱怪。」老夫人也不覺稱道：「怪事，怪事！世上相同的事也頗有，不信件件皆合。

事有可疑，你明日再行吊審，我在屏後竊聽，是非頃刻可決。」

楊世道領命，次日重喚取一十三名倭犯，再行細鞫，其言與昨無二。老夫人在屏後大叫道：「楊世道我兒！不須再問，則這個盩厔縣人，正是你父親！那王興端的是隨童了。」驚得郡丞楊世道手脚不迭，一跌跌下公座來，抱了楊八老放聲大哭。請歸後堂，王興也隨進來。當下母子夫妻三口，抱頭而哭，分明是夢裏相逢一般。則這隨童也哭做一堆。哭了一個不耐煩，方纔拜見父親。隨童也來磕頭，認舊時主人、主母。楊八老對兒子道：「我在倭國，夜夜對天禱告，只願再轉家鄉，重會妻子。今日皇天可憐，果遂所願。且喜孩兒榮貴，萬千之喜。只是那一十二人，都是閩中百姓，與我同時被擄的，實出無奈。吾兒速與昭雪，不可偏枯，使他怨望。」楊世道領了父親言語，便把一十二人盡行開放，又各贈回鄉路費三兩，衆人謝恩不盡。一面分付書吏寫下文書，申覆帥府，一面安排做慶賀筵席。衙内整備香湯，伏侍八老沐浴過了，通身換了新衣，頂冠束帶。【眉批】一時無頭髮，不好戴網巾。〔二〕楊世道娶得夫人張氏，出來拜見公公。一門骨肉團圓，歡喜無限。

這一事鬧遍了紹興府前，本府檗太守聽説楊郡丞認了父親，備下羊酒，特往稱賀，定要請楊太公相見。楊復只得出來，見了檗公，敘禮已畢，分賓而坐。檗太守欣羨不已，楊郡丞置酒留款，飲酒中間，檗太守問楊太公何由久客閩中，以致此禍。楊八老答道：「初意一年半載便欲還鄉，何期下在檗家，他家適有寡女，年二十三歲，正欲招夫幫家過活，老夫入贅彼家，以此淹留三載。」檗公問道：「在彼三年，曾有生育否？」八老答道：「因是檗家懷孕，生下一兒，兩不相捨。不然，也回去久矣。」檗公又問道：「所生令郎可曾取名？」八老不知太守姓名，便隨口應道：「因是本縣小兒取名世道，那檗氏所生，就取名檗世德，要見兩姓兄弟之意。算來檗氏所生之子，今年也該二十二歲了，不知他母子存亡下落。」說罷，下淚如雨。檗太守也不盡歡，又飲了數杯，作別回去，與母親檗老夫人說知如此如此：「他說在漳浦所娶檗家，與母親同姓，年庚不差。莫非此人就是我父親？」檗老夫人道：「你明日備個筵席，請他赴宴，待我屏後窺之，便見端的。」

次日，楊八老具個通家名帖，來答拜檗公，檗公也置酒留款。檗老夫人在屏後偷看，那時八老衣冠濟楚，又不似先前倭賊樣子，一發容易認了。檗老夫人聽不多幾句言語，便大叫道：「我兒檗世德，快請你父親進衙相見！」楊八老出自意外，倒吃了一驚。檗太守慌忙跪下道：「孩兒不識親顏，乞恕不孝之罪。」請到私衙，與檗老夫人相見，抱頭而哭，與楊郡丞衙中無異。

正敘話間，楊郡丞遣隨童到太守衙中，迎接父親。聽説太守也認了父親，隨童大驚，撞入私衙，見了檗老夫人，磕頭相見。檗老夫人問起，方知就是隨童。此時隨童纔敘出失散之後，遇了王百户始末根由。闔門歡喜無限，檗太守娶妻蔣氏，〔一三〕也來拜見公公。檗公命重整筵席，請楊郡丞到來，備細説明。一守一丞，到此方認做的親兄弟。當日連楊衙小夫人張氏都請過來，做個合家歡筵席，這一塲歡喜非小。【眉批】楊公以纍囚異物，一朝而得二貴子兩夫人，以朱旛千鍾養焉。出九地，登九天，其離而合，疏而親，賤而榮，豈非天數爲之哉！分明是：

苦盡生甘，否極遇泰。豐城之劍再合，合浦之珠復回。高年學究，忽然及第連科；乞食貧兒，驀地發財掘藏。寡婦得夫花發蕊，孤兒遇父草行根。喜勝他鄉遇故知，歡如久旱逢甘雨。兩葉浮萍歸大海，人生何處不相逢。

楊八老在日本國受了一十九年辛苦，誰知前妻李氏所生孩兒楊世道，後妻檗氏所生孩兒檗世德，長大成人，中同年進士，又同選在紹興一郡爲官。今日天遣相逢，在枷鎖中脱出性命，就認了兩位夫人，兩個貴子，真是古今罕有。第三日，闔郡官員盡知奇事，都來賀喜。老王千户也來稱賀，已知王興是楊家舊僕，不相争執。王興已娶有老婆，在老王千户家，老王千户奉丞檗太守、楊郡丞，疾忙差人送王興妻子到于府中完聚。檗太守和楊郡丞一齊備個文書，到普花元帥處，述其認父始末。普花元帥奏表朝廷，一門封贈。檗世德復姓歸宗，仍叫楊世德。八老在任上安享榮華，壽登耆耋而終。此乃是死生有命，富貴在天，榮枯得失，盡是八字安排，不可强求。有詩爲證：

纔離地獄忽登天，二子雙妻富貴全。
命裡有時終自有，人生何必苦埋怨？

【校記】

〔一〕「免」，法政本作「勿」。
〔二〕「掩淚」，法政本作「命好」。
〔三〕「難辭」，法政本作「難禁」。
〔四〕「落難」，法政本作「急難」。
〔五〕「林子」，法政本作「林叢」。
〔六〕「官軍」，法政本作「官兵」。
〔七〕「換去」，底本及法政本均作「喚去」，據文意改。
〔八〕「問笞」，底本作「問笞」，據法政本改。
〔九〕「同」，法政本作「向」。
〔一〇〕「分訴」，法政本作「分解」。
〔一一〕「與」，底本作「相」，據法政本改。
〔一二〕本條眉批底本無，據法政本補。
〔一三〕「娶妻」，底本及法政本均作「聚妻」，據文意改。

龐老人大鬧公堂

第十九卷　楊謙之客舫遇俠僧

寶劍長琴四海游，浩歌自是恣風流。
丈夫莫道無知己，明月豪僧遇客舟。

楊益，字謙之，浙江永嘉人也。自幼倜儻有大節，不拘細行。博學雄文，授貴州安莊縣令。安莊縣地接嶺表，南通巴蜀，蠻獠錯雜，人好蠱毒戰鬬，不知禮義文字，事鬼信神，俗尚妖法，產多金銀珠翠珍寶。原來宋朝制度，外官辭朝，皇帝臨軒親問，臣工各獻詩章，以此卜爲政能否。建炎二年丁卯三月，楊益承旨辭朝，高宗皇帝問楊益曰：「卿爲何官？」楊益奏曰：「臣授貴州安莊縣知縣。」帝曰：「卿亦詢訪安莊風景乎？」楊益有詩一首獻上，詩云：

蠻煙寥落在東風，萬里天涯迢遞中。
人語殊方相識少，鳥聲睍睆聽來同。

桄榔連碧迷征路，象郡南天絶便鴻。
自愧年來無寸補，還將禮樂俟元功。

高宗聽奏是詩，首肯久之，惻然心動曰：「卿處殊方，誠爲可憫。暫去攝理，不久取卿回用也。」

楊益揮淚拜辭，出到朝外，遇見鎮撫使郭仲威。二人揖畢，仲威曰：「聞君榮任安莊，如何是好？」楊益道：「蠻煙瘴疫，九死一生，欲待不去，奈日暮途窮，去時必陷死地，煩乞賜教。」仲威答道：「要知端的，除是與你去問恩主周鎮撫，方知備細。恩主見謫連州，即今也要起身。」二人同來見鎮撫周望，楊益叩首再拜曰：「楊某近任安莊邊縣，煩望指示。」周望慌忙答禮，説道：「安莊蠻獠出没之處，家户都有妖法，蠱毒魅人。若能降伏得他，財寳儘你得了；若不能處置得他，須要仔細。尊正夫人亦不可帶去，恐土官無禮。」楊益見説了，雙淚交流，道言：「怎生是好？」周望憐楊益苦切，説道：「我見謫遣連州，與公同路，直到廣東界上，與你分别。一路盤纏，足下不須計念。」楊益二人拜辭出來，等了半月有餘，跟着周望一同起身。郭仲威治酒送别過，自去了。

二人來到鎮江，雇隻大船。周望、楊益用了中間幾個大艙口，其餘艙口，俱是水手搭人覓錢，搭有三四十人。內有一個游方僧人，上湖廣武當去燒香的，也搭在衆人艙裏。這僧人説是伏牛山來的，且是粗魯，不肯小心。共艙有十二三個人，都不喜他，他倒要人煮茶做飯與他吃。這共艙的人説道：「出家人慈悲小心，不貪欲，那裏反倒要討我們的便宜？」這和尚聽得説，回話道：「你這一起是小人，我要你伏侍？不嫌你也就勾了。」口裏千小人，萬小人，罵衆人。衆人都氣起來，也有罵這和尚的，也有打這和尚的。這僧人不慌不忙，隨手指着罵他的説道：「不要罵！」那罵的人就出聲不得，閉了口。又指着打他的説道：「不要打！」那打的人就動手不得，癱了手。

【眉批】有異態必有異才，肉眼一例看人，真小人哉！

這幾個木呆了，一堆兒坐在艙裏，只白着眼看。有一輩不曾打罵和尚的人，看見如此模樣，都驚張起來，叫道：「不好了，有妖怪在這裏。」喊天叫地，各艙人聽得，都走來看。也驚動了官艙裏周、楊二公，兩個走到艙口來看，果見此事，也吃驚起來。正要問和尚，這和尚見周、楊二人是個官府，便起身朝着兩個打個問訊，説道：「小僧是伏牛山來的僧人，要去武當隨喜的。偶然搭在寶舟上，被衆人欺負，望二位大人做主。」周鎮撫説道：「打罵你，雖是他們不是，你如此，也不是出家人慈悲的道理。」和尚見説，回話道：「既是二位大人替他討饒，我并不計較了。」把手去摸這啞的嘴，道：「你自説！」這啞的人便説得話起來。又把手去扯這癱的手，道：「你自動！」這癱的人便擡得手起來。就如耍場戲子一般，滿船人都一齊笑起來。周鎮撫悄悄的與楊益説道：「這和尚必是有法的，我們正要尋這樣人，何不留他去你艙裏問他。」楊益道：「説得是，我艙裏没家眷，可以住得。」就與和尚説道：「你既與衆人打夥不便，就到我艙裏權住罷。隨茶粥飯，不要計較。」和尚説道：「取擾不該。」和尚就到楊益艙裏住下。

一住過了三四日，早晚説些經典或世務話，和尚都曉得。楊益時常説些路上切要話，打動和尚，又與他説道要去安莊縣做知縣。和尚説道：「去安莊做官，要打點停當，方纔可去。」楊益把貧難之事，備説與和尚。和尚説道：「小僧姓李，原籍是四川雅州人，有幾房移在威清縣住，㈠我家也有弟兄姊妹。我回去，替你尋個有法術了利得的人，㈡相伴你去，纔無事；若尋不得人，不可輕易去。我且不上武當去了，陪你去廣裏去。」【眉批】撇却自己，替人幹事，纔是豪傑。楊益再三致謝，把心腹事備細與和尚説知。這和尚見楊益開心見誠，爲人平易本分，和尚愈加敬重楊公。又知道楊公甚貧，去自己搭連内取十來兩好赤金子，五六十兩碎銀子，送與楊公做盤纏。楊公再三推辭不肯受，和尚定要送，楊公方纔受了。

不覺在船中半個月餘，來到廣東瓊州地方。周鎮撫與楊公説：「我往東去是連州，本該在這裏相陪足下，如今有這個好善心的長老在這裏，可托付他，不須得我了，我只就此作別，後日天幸再會。」又再三囑付長老說道：「凡事全仗。」長老說：「不須分付，小僧自理會得。」周鎮撫又安排些酒食，與楊公、和尚作別。飲了半日酒，周望另討個小船自去了。

且說楊公與長老在船中，又行了幾日，來到偏橋縣地方。長老來對楊公說道：「這是我家的地方了，把船泊在馬頭去處，我先上去尋人，端的就來下船，只在此等。」和尚自駝上搭連禪杖，别了自去。一連去了七八日，并無信息，等得楊公肚裏好焦。雖然如此，却也諒得過這和尚是個有信行的好漢，决無誑言之事，每日只懸懸而望。到第九日上，只見這長老領着七八個人，挑着兩擔箱籠，若干吃食東西，又擡着一乘有人的轎子，來到船邊。掀起轎簾兒，看着船艙口，扶出一個美貌佳人，【眉批】大奇。年近二十四五歲的模樣。看這婦人生得如何？詩云：

獨占陽臺萬點春，石榴裙染碧湘雲。
眼前秋水渾無底，絕勝襄王紫玉君。

又詩云：

海棠枝上月三更，醉裏楊妃自出群。

馬上琵琶催去急，阿蠻空恨艷陽春。

說這長老與這婦人與楊公相見已畢，又叫過有媳婦的一房老小，一個義女，兩個小厮，都來叩頭。長老指着這婦人說道：「他是我的嫡堂侄女兒，因寡居在家裏，我特地把他來伏事大人。他自幼學得些法術，大人前路，凡百事都依着他，自然無事。」就把箱籠東西，叫人着落停當。天色已晚，長老一行人權在船上歇了。這媳婦、丫鬟去火艙裏安排些茶飯，與各人吃了，李氏又自賞了五錢銀子與船家。楊公見不費一文東西，白得了一個佳人并若干箱籠人口，拜謝長老，說道：「荷蒙大恩，犬馬難報。」長老道：「都是緣法，諒非人爲。」飲酒罷，長老與衆人自去別艙裏歇了。楊公自與李氏到官艙裏同寢，一夜綢繆，言不能盡。

次日，長老起來，與衆人吃了早飯，就與楊公、李氏作别，又分付李氏道：「我前日已分付了，你務要小心在意，不可托大。榮遷之日再會。」長老直看得開船去了，方纔轉身。

且說這李氏，非但生得妖嬈美貌，又兼禀性温柔，百能百俐，也是天生的聰明，與楊公彼此相愛，就如結髮一般。又行過十數日，來到牂牁江了。說這個牂牁江，東通巴蜀川江，西通滇池夜郎，諸江會劄，水最湍急利害，無風亦浪，舟楫難濟。船到江口，水手待要吃飯飽了，纔好開船過江。開了船時，風水大，住手不得。況兼江中都是尖鋒石插，要隨着河道放去，若遇着時，這船就罷了。船上人打點端正，纔要發號開船，只見李氏慌對楊公説：「不可開船，還要躲風三日，纔好放過去。」楊公説道：「如今没風，怎的倒不要開船？」李氏説道：「這大風只在頃刻間來了，依我説，把船快放入浦裏去躲這大風。」楊公正要試李氏的本事，就叫水手問道：「這裏有個浦子麽？」水手稟道：「前面有個石圯浦，浦西北角上有個羅市，人家也多，諸般皆有，正好歇船。」楊公説：「恁的把船快放入去。」水手一齊把船撑動，剛剛纔要撑入浦子口，只見那風從西北角上吹將來，初時揚塵，次後拔木，一江緑水都烏黑了。那浪掀天括地，鬼哭神號，驚怕殺人。這陣大風不知壞了多少船隻，直顛狂到日落時方息。李氏叫過丫鬟媳婦，做茶飯吃了，收拾宿了。

次日，仍又發起風來。到午後風定了，有幾隻小船兒，載着市上土物來賣。楊公見李氏非但曉得法術，又曉得天文，心中歡喜，就叫船上人買些新鮮果品土物，奉承李氏。又有一隻船上叫賣蒟醬，【眉批】蒟，音矩。這蒟醬滋味如何？有詩爲證：

白玉盤中簇絳茵，光明金鼎露丰神。
椹精八月枝頭熟，釀就人間琥珀新。

楊公説道：「我只聞得説，蒟醬是滇蜀美味，也不曾得吃，何不買些與奶奶吃？」叫水手去問那賣蒟醬的，這一罐子要賣多少錢，賣蒟醬的説：「要五伯貫足錢。」楊公説：「恁的，叫小厮進艙裏問奶奶討錢數與他。」小厮進到艙裏，問奶奶取錢買醬。李氏説：「這醬不要買他的，買了有口舌。」小厮出來回覆楊公，楊公説：「買一罐醬值得甚的，便有口舌！奶奶只是見貴了，不捨得錢，故如此説。」自把些銀子與這蠻人，買了這罐醬，拿進艙裏去。揭開罐子看時，這醬端的香氣就噴出來，顔色就如紅瑪瑙一般可愛。吃些在口裏，且是甜美得好。李氏慌忙討這罐子醬蓋了，説道：「老爹不可吃他的，口舌就來了。這蒟醬我這裏没有的，出在南越國。其木似穀樹，其葉如桑椹，長二三寸，又不肯多生。九月後，霜裏方熟。土人採之，釀醞成醬。先進王家，誠爲珍味。這個是盗出來賣的，事已露了。」

原來這蒟醬是都堂着縣官差富户去南越國用重價購求來的，都堂也不敢自用，要進朝廷的奇味。富户吃了千辛萬苦，費了若干財物，破了家，纔設法得一罐子，正要换個銀罐子盛了，送縣官轉送都堂，被這蠻子盗出來。富户因失了醬，舉家慌張，四散緝獲，就如死了人的一般。有人知風，報與富户。富户押着正賊，駕起一隻快船，二三十人，各執刀鎗，鳴鑼擊鼓，殺奔楊知縣船上來，要取這醬。那兵船離不遠，只有半箭之地。

楊知縣聽得這風色慌了，躲在艙裏説道：「奶奶，如何是好？」李氏説道：「我教老爹不要買他的，如今惹出這場大事來。蠻子去處，動不動便殺起來，那顧禮法！」李氏又道：「老爹不要慌。」連忙叫小厮拿一盆水進艙來，念個呪，望着水裏一畫，只見那隻兵船就如釘釘在水裏的一般，隨他撑也撑不動，上前也上前不得，落後也落後不得，只釘住在水中間。兵船上人都慌起來，説道：「官船上必然有妖法，快去請人來鬬法。」這裏李氏已叫水手過去，打着鄉談説道：「列位不要發惱！官船偶然在貴地躲風，歇船在此。因有人拿蒟醬來賣，不知就裏，一時間買了這醬，并不曾動。送還原物便罷，這價錢也不要了。」兵船上人見説得好，又知道醬不曾吃他的，説道：「只要還了原物，這原銀也送還。」水手回來復楊知縣，拿這罐醬送過去，兵船上還了原銀，兩邊都不動刀兵。李氏把手在水盆裏連畫幾畫，那兵船便輕輕撑了去，把這偷醬的賊送去縣裏問罪。楊知縣説道：「虧殺奶奶，救得這場禍。」李氏説道：「今後只依着我，管你没事。」【眉批】如此婦人，也直得怕老婆。次日，風也不發了。正是：

金波不動魚龍寂，玉樹無聲鳥雀棲。

衆人吃了早飯，便把船放過江。

一路上要行便行，要止便止，漸漸近安莊地方。本縣吏書門皂人役接着，都來參拜。原來安莊縣只有一知一典，有個徐典史，也來迎接相見了，先回縣裏去。到得水次，〔三〕人夫接着，把行李扛擡起來，把乘四人轎擡了奶奶，又有二乘小轎，幾匹馬，與從人使女，各乘騎了，先送到縣裏去。楊知縣隨後起身，路上打着些蠻中鼓樂，遠近人聽得新知縣到任，都來看。楊知縣到得縣裏，徑進後堂衙裏，安穩了奶奶家小，纔出到後堂，與典史拜見。禮畢，就吃公堂酒席。

飲酒之間，楊知縣與徐典史說：「我初到這裏，不知土俗民情，煩乞指教。」徐典史回話道：「不才還要長官扶持，怎敢當此。」因說道：「這裏地方與馬龍連接，馬龍有個薛宣尉司，他是唐朝薛仁貴之後，其富敵國。獠蠻犵狫，〔四〕只服薛尉司約束。本縣雖與宣尉司表裏，衙門常規，長官行香後，先去看望他，他纔答禮，彼此酒禮往來。煩望長官在意。」楊知縣說道：「我都知得。」又問道：「這裏與馬龍多遠？」徐典史回話道：「離本縣四十餘里。」又說些縣裏事務。

飲酒已畢，彼此都散入衙去。楊知縣對奶奶說這宣尉司的緣故，李氏說：「薛宣尉年紀小，極是作聰的。若是小心與他相好，錢財也得了他的。我們回去，還在他手裏。不可托大，說他是土官，不可怠慢他。」又說道：「這三日內，有一個穿紅的妖人無禮，來見你時，切不可被他哄起身來，不要採他。」楊知縣都記在心裏了。

等待三日，城隍廟行香到任，就坐堂，所屬都來參見，發放已畢。只見階下有個穿紅布員領戴頂方頭巾的士人，走到楊知縣面前，也不下跪，口裏説道：「請起來，老人作揖。」知縣相公問道：「你是那縣的老人？與我這衙門有相干也無相干？」老人也不回報甚麽，口裏又説道：「請起來，老人作揖。」知縣相公雖不採他，被他三番兩次在面前如此侮弄，又見兩邊看的人多了，褻威損重，又恐人耻笑，只記得奶奶説不要立起身來，那時氣發了，那裏顧得甚麽，就叫皂隸：「拿這老人下去，與我着實打！」只見跑過兩個皂隸來，要拿下去打時，那老人硬着腰，兩個人那裏拿得倒，口裏又説道：「打不得！」知縣相公定要打，衆皂隸們一齊上，把這老人拿下，打了十板。衆吏典都來討饒，楊公叱道：「赶出去！」這老人一頭走，一頭説道：「不要慌！」

知縣相公坐堂是個好日子，止望發頭順利，撞出這個歹人來，惱這一場，只得勉强發落些事，投文畫卯了，悶悶的就散了堂，退入衙裏來。李奶奶接着，説道：「我分付老爹不要採這個穿紅的人。你又與他計較。」楊公説道：「依奶奶言語，并不曾起身，端端的坐着，只打得他十板。」奶奶又説道：「他正是來鬬法的人。你若起身時，他便夜來變妖作怪，百般驚嚇你。你却怕死討饒，這縣官只當是他做了。那門皂吏書，都是他一路，那裏有你我做主？如今被打了，他却不來弄神通驚你，只等夜裏來害你性命。」楊公道：「怎生是好？」奶奶説道：「不妨事，老爹且寬心，晚間自有道理。」楊公又説道：「全仗奶奶。」

待到晚，吃了飯，收拾停當。李奶奶先把白粉灰按着四方，畫四個符。中間空處，也畫個符。就教老爹坐在中間符上，分付道：「夜裏有怪物來驚嚇你，你切不可動身，只端端坐在符上，也不要怕他。」李奶奶也結束，箱裏取出一個三四寸長的大金針來，把香燭硃符，供養在神前，貼貼的坐在白粉圈子外等候。

約莫着到二更時分，耳邊聽得風雨之聲，漸漸響近，來到房檐口，就如裂帛一聲響，飛到房裏來。這個惡物，如茶盤大，看不甚明白，望着楊公撲將來。撲到白圈子外，就做住，繞着白圈子飛，只撲不進來。楊公驚得捉身不住，李奶奶念動呪，把這道符望空燒了。却也有靈，這惡物就不似發頭飛得急捷了。説時遲，那時快，李奶奶打起精神，雙眼定睛，看着這惡物，喝聲：「住！」疾忙拿起右手來，一把去搶這惡物，那惡物就望着地撲將下來。這李奶奶隨着勢，就低身把手按住在地上，雙手拿這惡物起來看時，就如一個大蝙蝠模樣，渾身黑白花紋，一個鮮紅長嘴，看了怕殺人。楊公驚得呆了半晌，纔起得身來，李氏對老爹説：「這惡物是老人化身來的，若把這惡物打死在這裏，那老人也就死了，恐不好解手，他的子孫也多了，必來報仇。我且留着他。」把兩片翼翅雙疊做一處，拿過金針釘在白圈子裏符上，這惡物動也動不得。拿個籃兒蓋好了，恐猫鼠之類害他。李氏與老爹自來房裏睡了。

次日，起來升堂，只見有二十來個老人，衣服齊整，都來跪在知縣相公面前，説道：「小人都是龐老人的親鄰，龐某不知高低，夜來衝激老爹，被老爹拿了，煩望寬恩，只饒恕這一遭，小人與他自來孝順老爹。」知縣相公説道：「你們既然曉得，我若没本事，也不敢來這裏做官。我也不殺他，看他怎生脱身。」衆老人們説道：「實不敢瞞老爹，這縣裏自來是他與幾個把持，不由官府做主。如今曉得老爹的法了，再也不敢冒犯老爹。饒放龐老人一個，滿縣人自然歸順。」知縣相公又説道：「你衆人且起來，我自有處。」衆人喏喏連聲而退。知縣散了堂，來衙裏見李奶奶，備説討饒一事。李氏道：「待明日這干人再來討饒，纔可放他。」

又過了一夜，次日知縣相公坐堂，衆老人又來跪着討饒，此時哀告苦切，知縣説：「看你衆人面上，且姑恕他這一次。下次再無禮，决不饒了。」衆老人拜謝而去。知縣退入衙裏來，李氏説：「如今可放他了。」到夜來，李氏走進白圈子裏，拔起金針，那個惡物就飛去了。這惡物飛到家裏，那龐老人就在床上爬起來，作謝衆老人，説道：「幾乎不得與列位見了。這知縣相公猶可，這奶奶利害。他的法術，不知那裏學來的，比我們的不同。過日同列位備禮去叩頭，再不要去惹他了。」請衆老人吃些酒食，各人相別，説道：「改日約齊了，同去參拜。」

且説楊公退入衙裏來，向李氏稱謝。李氏道：「老爹，今日就可去看薛宣尉了。」楊公道：「容備禮方好去得。」李氏道：「禮已備下了：金花金段，兩疋文葛，一個名人手卷，一個古硯。」【眉批】好人事。〔五〕預備的，取出來就是，不要楊公費一些心。楊公出來，撥些人夫轎馬，連夜去。天明時分，到馬龍地方。這宣尉司，偌大一個衙門，周圍都是高磚城裏着。城裏又築個圃子，方圓二十餘里。圃子裏廳堂池榭，就如王者。知縣相公到得宣尉司府門旨，着人通報入去。一會間，有人出來請入去。薛宣尉自也來接，到大門上，二人相見，各遜揖同進。到堂上行禮畢，就請楊知縣去後堂坐下吃茶。彼此通道寒温已畢，請到花園裏廳上赴宴。薛宣尉見楊知縣人品雖是瘦小，却有學問，又善談吐，能詩能飲。飲酒間，薛宣尉要試楊知縣才思，叫人拿出一面紫金古鏡來，薛宣尉説道：「這鏡是紫金鑄的，冲瑩光潔，悉照秋毫。鏡背有四卦，按卦扣之，各應四位之聲，中則應黄鍾之聲。漢成帝嘗持鏡爲飛燕畫眉，因用不斷膠，臨鏡呢呢而崩。」楊公持看古鏡，果然奇古，就作一銘，銘云：

猗與茲器，肇制軒轅。大冶范金，炎帝秉虔。鑿開混沌，大明中天。伏氏畫卦，四象乃全。因時制律，師曠審焉。高下清濁，宮徵周旋。形色既具，效用不愆。君子視則，冠裳儼然。淑婉臨之，朗然而天。妍媸畢見，不爲少遷。喜怒在彼，我何與焉？

楊公寫畢，文不加點，送與薛宣尉看。薛宣尉把這文章番復細看，又見寫得好，不住口稱贊，說是漢文晉字，天下奇才，王、楊、盧、駱之流。又取出一面小古鏡來，比前更加奇古，再要求一銘。楊公又作一銘，銘云：

察見淵魚，實惟不祥。靡聽靡明，順帝之光。全神返照，内外兩忘。

薛宣尉看了這銘，說道：「辭旨精拔，愈出愈奇。」更加敬服楊公。一連留住五日，每日好筵席款洽楊公。

薛宣尉問起龐老人之事，楊公備說這來歷，二人都笑起來。楊公苦死告辭要回縣來，薛宣尉再三不忍拋別，問楊公道：「足下尊庚？」楊公道：「不才虛度三十六歲。」薛宣尉道：「在下今年二十六歲，公長弟十歲。」就拜楊公爲兄。二人結義了，彼此歡喜。又擺酒席送行，贈楊公二千餘兩金銀酒器。楊公再三推辭，薛宣尉說道：「我與公既爲兄弟，不須計較。弟頗得過，兄乃初任，又在不足中，時常要送東西與兄，以後再不必推却。」

楊公拜謝，别了薛宣尉，回到縣裏來。只見龐老人與一干老人，備羊酒段疋，每人一百兩銀子，共有二千餘兩，送入縣裏來。楊知縣看見許多東西，説道：「生受你們，恐不好受麽。」衆老人都説道：「小人們些須薄意，老爹不比往常來的知縣相公。這地方雖是夷人難治，人最老實一性的，小人們歸順，概縣人誰敢梗化？時常還有孝順老爹。」楊公見如此殷勤，就留這一干人在吏舍裏吃些酒飯，衆老人拜謝去了。

舊例：夷人告一紙狀子，不管准不准，先納三錢紙價。每限狀子多，自有若干銀子。如遇人命，若願講和，里鄰干證估兇身家事厚薄，請知縣相公把家私分作三股，一股送與知縣，一股給與苦主，留一股與兇身，如此就説好官府。蠻夷中另是一種風俗，如遇時節，遠近人都來饋送。楊知縣在安莊三年有餘，得了好些財物。凡有所得，就送到薛宣尉寄頓，這知縣相公宦囊也頗盛了。一日，對薛宣尉説道：「知足不辱。楊益在此，蒙兄顧愛，嘗叨厚賜，况俸資也可過得日子了，楊益已告致仕。只是有這些俸資，如何得到家裏？煩望兄長救濟。」薛宣尉説道：「兄既告致仕，我也留你不得了。這裏積下的財物，我自着人送去下船，不須兄費心。」楊公就此相别，薛宣尉又擺酒席送行，又送千金贐禮，俱預先送在船裏。楊公回到縣裏來，叫衆老人們都到縣裏來，説道：「我在此三年，生受你們多了。我已致仕，今日與你們相別。我也分些東西與你衆人，這是我的意思。我來時這幾個箱籠，如今去也只是這幾個箱籠，當堂上你們自看。」【眉批】此是做官的起身套。衆老人又禀道：「没甚孝順老爹，怎敢倒要老爹的東西？」各人些小受了些，都歡喜拜辭了自去。

起身之日，百姓都擺列香花燈燭送行。縣裏人只見楊公没甚行李，那曉得都是薛宣尉預先送在船裏停當了，楊公只像個没東西的一般。楊公與李氏下了船，照依舊路回來，一路平安。

行了一月有餘，來到舊日泊船之處，近着李氏家了。泊到岸邊，只見那個長老并幾個人伴，都在那裏等，【眉批】長老預算定刻期，異哉不爽。都上船來，與楊公相見，彼此歡天喜地。李氏也來拜見長老。楊公就教擺酒來，聊叙久別之情。楊公把在縣的事都説與長老，長老回話道：「我都曉得了，不必説。今日小僧來此，別無甚話，事爲舍侄女一事。他原有丈夫，我因見足下去不得，以此不顧廉耻，使侄女相伴足下，到那縣裏。謝天地，無事故回來，十分好了。侄女其實不得去了，還要送歸前夫，財物恁憑你處。」楊公聽得説，兩淚交流，大哭起來，拜倒在奶奶、長老面前，説道：「丟得我好苦！我只是死了罷。」拔出一把小解手刀來，望着咽喉便刎。李氏慌忙抱住，奪了刀，也就啼哭起來。長老來勸，說道：「不要苦了，終須一別。我原許還他丈夫，出家人不說謊。」【眉批】此丈夫又是何人，能使長老不失信？楊知縣帶着眼淚，說道：「財物恁憑長老、奶奶取去，只是痛苦不得過。」長老見這楊公如此情真，說道：「我自有處。且在船裏宿了，明日作別。」

楊公與李氏一夜不曾合眼，淚不曾乾，說了一夜。到明日早起來，梳洗飯畢，長老主張把宦資作十分。說：「楊大人取了六分，侄女取了三分，我也取了一分。」各人都無話說。李氏與楊公兩個抱住，那裏肯捨，真個是生離死別。李氏只得自上岸去了，楊公也開了船。那個長老又說道：「這條水路最是難走，我直送你到臨安纔回來。【眉批】有始有終，真俠客。我們不打劫別人的東西也好了，終不成倒被別人打劫了去。」這和尚直送楊知縣到臨安，楊知縣苦死留這僧人在家住了兩月。〔六〕楊公又厚贈這長老，又修書致意李氏，自此信使不絕。有詩爲證：

蠻邦薄宦一孤身，全賴高僧覓好音。
隨地相逢休傲慢，世間何處没奇人？

【校記】

〔一〕「幾房」，底本作「幾分」，據法政本改。

〔二〕「了利」，法政本作「手段」。

〔三〕「水次」，法政本作「本次」。

〔四〕「犵狫」，底本作「犵狣」，法政本同，徑改。

〔五〕本條眉批底本無，據法政本補。

〔六〕「往」，底本及法政本均作「徃」，據文意改。

陳從善梅嶺
失渾家

三年辛苦在中陽
恩愛夫妻痛斷腸

第二十卷　陳從善梅嶺失渾家

君騎白馬連雲棧，我駕孤舟亂石灘。
揚鞭舉棹休相笑，煙波名利大家難。

話説大宋徽宗宣和三年上春間，黄榜招賢，大開選場。去這東京汴梁城内虎異營中，一秀才姓陳名辛，字從善，年二十歲，故父是殿前太尉。這官人不幸父母蚤亡，只單身獨自。自小好學，學得文武雙全。正是文欺孔孟，武賽孫吴；五經三史，六韜三略，無所不曉。新娶得一個渾家，乃東京金梁橋下張待詔之女，小字如春，年方二八，生得如花似玉。比花花解語，比玉玉生香。夫妻二人，如魚似水，且是説得著，不願同日生，只願同日死。

這陳辛一心向善，常好齋供僧道，一日，與妻言説：「今黄榜招賢，我欲赴選，求得一官半職，改换門閭，多少是好。」如春答曰：「只恐你命運不通，不得中舉。」陳辛曰：「我正是『學成文武藝，貨與帝王家』。」不數日，去赴選場，偕衆伺候挂榜。旬日之間，金榜題名，已登三甲進士。瓊林宴罷，謝恩，御筆除授廣東南雄沙角鎮巡檢司巡檢。回家說與妻如春道：「今我蒙聖恩，除做南雄巡檢之職，就要走馬上任。我聞廣東一路，千層峻嶺，萬叠高山，路途難行，盜賊烟瘴極多。如今便要收拾前去，如之奈何？」如春曰：「奴一身嫁與官人，只得同受甘苦。如今去做官，便是路途險難，只得前去，何必憂心？」陳辛見妻如此說，心下稍寬。正是：

青龍與白虎同行，吉凶事全然未保。

當日陳巡檢唤當直王吉分付曰：「我今得授廣東南雄巡檢之職，争奈路途嶮峻，好生艱難，你與我尋一個使唤的，一同前去。」王吉領命，往街市尋覓，不在話下。

却說陳巡檢分付厨下使唤的：「明日是四月初三日，設齋多備齋供，不問雲游全真道人，都要齋他，不得有缺。」

不說這裏齋主備辦，且說大羅仙界有一真人，號曰紫陽真君，於仙界觀見陳辛奉真齋道，好生志誠。今投南雄巡檢，争奈他妻有千日之灾。分付大慧真人，化作道童：「聽吾法旨：你可假名羅童，權與陳辛作伴當，護送夫妻二人。他妻若遇妖精，你可護送。」道童聽旨，同真君到陳辛宅中，與陳巡檢相見禮畢，齋罷。真君問陳辛曰：「何故往日設齋歡喜，今日如何煩惱？」陳辛叉手告曰：「聽小生訴禀，今蒙聖恩，除南雄巡檢，争奈路遠難行，又無兄弟，因此憂悶也。」真人曰：「我有這個道童，唤做羅童，年紀雖小，有些能處。今日權借與齋官，送到南雄沙角鎮，便著他回來。」夫妻二人拜謝曰：「感蒙尊師降臨，又賜道童相伴，此恩難報。」真君曰：「貧道物外之人，不思榮辱，豈圖報答？」拂袖而去了。陳辛曰：「且喜添得羅童做伴。」收拾琴劍書箱，辭了親戚鄰里，封鎖門户，離了東京。十里長亭，五里短亭，迤逦而進。一路上，但見：

村前茅舍，莊後竹籬。村醪香透磁缸，濁酒滿盛瓦瓮。架上麻衣，昨日芒郎留下當；酒帘大字，鄉中學究醉時書。沽酒客暫解擔囊，趲路人不停車馬。

陳巡檢騎著馬，如春乘著轎，王吉、羅童挑著書箱行李，在路少不得饑餐渴飲，夜住曉行。羅童心中自忖：「我是大羅仙中大慧真人，今奉紫陽真君法旨，教我跟陳巡檢往南雄沙角鎮去。吾故意妝風做癡，教他不識咱真相。」遂乃行走不動，上前退後。羅如春見羅童如此嫌遲，好生心惱，再三要赶回去，陳巡檢不肯，恐背了真人重恩。羅童正行在路，打火造飯，哭哭啼啼不肯吃，連陳巡檢也厭煩了，如春孺人執性定要赶羅童回去。羅童越耍風，叫：「走不動！」王吉攙扶著行，不五里叫：「腰疼！」大哭不止。如春説與陳巡檢：「當初指望得羅童用，今日不曾得他半分之力，不如教他回去。」陳巡檢不合聽了孺人言語，打發羅童回去，有分教，如春争些個做了失鄉之鬼。正是：

鹿迷鄭相應難辨，蝶夢周公未可知。

當日打發羅童回去，且得耳根清净。陳巡檢夫妻和王吉三人前行。

且説梅嶺之北，有一洞，名曰申陽洞。洞中有一怪，號曰申陽公，乃猢猻精也。弟兄三人，一個是通天大聖，一個是彌天大聖，一個是齊天大聖。小妹便是泗州聖母。這齊天大聖神通廣大，變化多端，能降各洞山魈，管領諸山猛獸。興妖作法，攝偷可意佳人；嘯月吟風，醉飲非凡美酒。與天地齊休，日月同長。這齊天大聖在洞中，觀見嶺下轎中，擡著一個佳人，嬌嫩如花似玉，意欲取他。乃喚山神分付：「聽吾號令，便化客店，你做小二哥，我做店主人。他必到此店投宿，更深夜静，攝此婦人入洞中。」山神聽令化作一店，申陽公變作店主坐在店中。却好至黄昏時分，陳巡檢與孺人如春并王吉至梅嶺下，見天色黄昏，路逢一店，唤招商客店。王吉向前去敲門，店小二問曰：「客長有何勾當？」王吉答道：「我主人乃南雄沙角巡檢之任，到此赶不著館驛，欲借店中一宿，來蚤便行。」申陽公迎接陳巡檢夫妻二人入店，頭房安下。

申陽公説與陳巡檢曰：「老夫今年八十餘歲，今晚多口，勸官人一句：前面梅嶺好生僻静，虎狼劫盗極多。不如就老夫這裏安下孺人，官人自先去到任，多差弓兵人等來取却好。」陳巡檢答曰：「小官三代將門之子，通曉武藝，常懷報國之心，豈怕虎狼盗賊？」申公情知難勸，便不敢言，自退去了。

且説陳巡檢夫妻二人到店房中，吃了些晚飯，却好一更，看看二更。陳巡檢先上床脱衣而卧，只見就中起一陣風。正是：

吹折地獄門前樹，刮起酆都頂上塵。

那陣風過處，吹得燈半滅而復明。陳巡檢大驚，急穿衣起來看時，就房中不見了孺人。開房門叫得王吉，那王吉睡中叫將起來，不知頭由，慌張失勢。陳巡檢説與王吉：「房中起一陣狂風，不見了孺人。」主僕二人急叫店主人時，叫不應了。仔細看時，和店房都不見了，連王吉也吃一驚。看時，二人立在荒郊野地上，止有書箱行李并馬在面前，并無燈火，客店、店主人皆無踪迹。只因此夜，直教陳巡檢三年不見孺人之面。未知久後如何？正是：

雨裏煙村霧裏都，不分南北路程途。

多疑看罷僧繇畫，收起丹青一軸圖。【眉批】模擬極似。

陳巡檢與王吉聽樵樓更鼓，正打四更。當夜月明，星光之下，主僕二人，前無客店，後無人家，驚得魂飛天外，魄散九霄。只得教王吉挑了行李，自跳上馬，月光之下，依路徑而行。在路陳巡檢尋思：「不知是何妖法，化作客店，攝了我妻去？從古至今，不見聞此異事。」巡檢一頭行，一頭哭：「我妻不知著落。」迤邐而行，却好天明。王吉勸官人：「且休煩惱，理會正事。前面梅嶺，望著好生嶮峻崎嶇，凹凸難行，只得捱過此嶺，且去沙角鎮上了任，却來打聽，尋取孺人不遲。」陳巡檢聽了王吉之言，只得勉强而行。

且說申陽公攝了張如春，歸於洞中，驚得魂飛魄散，半晌醒來，淚如雨下。元來洞中先有一娘子，名喚牡丹，亦被攝在洞中日久，向前來勸如春，不要煩惱。申公說與如春娘子：「小聖與娘子前生有緣，今日得到洞中，別有一個世界。你吃了我仙桃、仙酒、胡麻飯，便是長生不死之人。你看我這洞中仙女，盡是凡間攝將來的。娘子休悶，且共你蘭房同室雲雨。」〔一〕如春見說，哀哀痛哭，告申公曰：「奴奴不願洞中快樂，長生不死，只求早死。若說雲雨，實然不願。」申公見他如此，〔二〕自思：「我爲他春心蕩漾，他如今煩惱，未可歸順，其婦人性執，若逼令他，必定尋死，却不可惜了這等端妍少貌之人？」〔三〕乃喚一婦人，名喚金蓮，洞主也是日前攝來的，在洞中多年矣。申公分付：「好好勸如春，早晚好待他，將好言語誘他，等他回心。」金蓮引如春到房中，將酒食管待。如春酒也不吃，食也不吃，只是煩惱。金蓮、牡丹二婦人再三勸他：「你既被攝到此間，〔四〕只得無奈何，自古道：『在他矮檐下，怎敢不低頭？』」如春告金蓮云：「姐姐，你豈知我今生夫妻分離，被這老妖半夜攝將到此，强要奴家雲雨，决不依隨，只求快死，以表我貞潔。古云：『列女不更二夫。』奴今寧死而不受辱。」金蓮説：「『要知山下事，請問過來人。』這事我也曾經來。我家在南雄府住，丈夫富貴，也被申公攝來洞中五年。你見他貌惡，當初我亦如此，後來慣熟，方纔好過。你既到此，只得没奈何，隨順了他罷。」如春大怒，駡云：「我不似你這等淫賤，貪生受辱，枉爲人在世，潑賤之女！」金蓮云：「好言不聽，禍必臨身。」遂自回報申公，説新來佳人，不肯隨順，惡言誹謗，勸他不從。申公大怒而言：「這個賤人，如此無禮！本待將銅鎚打死，爲他花容無比，不忍下手，可奈他執意不從。」交付牡丹娘子：「你管押著他，將這賤人翦髮齊眉，蓬頭赤脚，罰去山頭挑水，澆灌花木，一日與他三頓淡飯。」牡丹依言，將張如春翦髮齊眉，赤了雙脚，把一副水桶與他。如春自思，欲投巖澗中而死，「萬一天可憐見，苦盡甘來，還有再見丈夫之日」。不免含淚而挑水。

正是：

寧爲困苦全貞婦，不作貪淫下賤人。

不説張氏如春在洞中受苦，且説陳巡檢與同王吉自離東京，在路兩月餘，至梅嶺之北，被申陽公攝了孺人去，千方無計尋覓。王吉勸官人且去上任，巡檢只得棄捨而行。乃望面前一村酒店，巡檢到店門前下馬，與王吉入店買酒飯吃了，算還酒飯錢，再上馬而去。見一個草舍，乃是賣卦的，在梅嶺下，招牌上寫：「楊殿幹請仙下筆，吉凶有準，禍福無差。」陳巡檢到門前，下馬離鞍，入門與楊殿幹相見已畢。殿幹問：「尊官何來？」陳巡檢將昨夜失妻之事，從頭至尾，説了一遍。楊殿幹焚香請聖，陳巡檢跪拜禱祝。只見楊殿幹請仙至，降筆判斷四句，詩曰：

千日逢灾厄，佳人意自堅。
紫陽來到日，鏡破再團圓。

楊殿幹斷曰：「官人且省煩惱，孺人有千日之灾。三年之後，再遇紫陽，夫婦團圓。」陳巡檢自思：「東京曾遇紫陽真人，借羅童爲伴，因羅童嘔氣，打發他回去。此間相隔數千里路，如何得紫陽到此？」遂乃心中少寬，還了卦錢，謝了楊殿幹，上馬同王吉并衆人上梅嶺來。陳巡檢看那嶺時，真個嶮峻：

欲問世間煙障路，大庾梅嶺苦心酸。

磨牙猛虎成群走，吐氣巴蛇滿地攢。

陳巡檢并一行人過了梅嶺，嶺南二十里，有一小亭，名喚做接官亭。巡檢下馬，入亭中暫歇。忽見王吉報説：「有南雄沙角鎮巡檢衙門弓兵人等，遠來迎接。」陳巡檢喚入，參拜畢。過了一夜，次日同弓兵吏卒走馬上任。至于衙中升廳，衆人參賀已畢。陳巡檢在沙角鎮做官，且是清正嚴謹。光陰似箭，正是：

窗外日光彈指過，席前花影坐間移。

倏忽在任，不覺一載有餘，差人打聽孺人消息，并無踪迹。端的：

好似石沉東海底，猶如綫斷紙風箏。

陳巡檢爲因孺人無有消息，心中好悶，思憶渾家，終日下淚。正思念張如春之際，忽弓兵上報：「相公，禍事！今有南雄府府尹札付來報軍情：有一强人，姓楊名廣，綽號『鎮山虎』，聚集五七百小嘍囉，占據南林村，打家劫舍，殺人放火，百姓遭殃。札付巡檢，火速帶領所管一千人馬，關領軍器，前去收捕，毋得遲誤。」陳巡檢聽知，火速收拾軍器鞍馬，披挂已了，引著一千人馬，徑奔南林村來。

却説那南林村鎮山虎正在寨中飲酒，小嘍囉報説：「官軍到來。」急上馬持刀，一聲鑼響，引了五百小嘍囉，前來迎敵。陳巡檢與鎮山虎并不打話，兩馬相交，那草寇怎敵得陳巡檢過?鬭無十合,一矛刺鎮山虎於馬下,梟其首級,殺散小嘍囉。將首級回南雄府,當廳呈獻,府尹大喜,重賞了當。自回巡檢衙,辦酒慶賀已畢。只因斬了鎮山虎,真個是:

威名大振南雄府,武藝高强衆所欽。

這陳巡檢在任,倏忽却早三年官滿,新官交替。陳巡檢收拾行裝,與王吉離了沙角鎮,兩程并作一程行,相望庾嶺之下,紅日西沉,天色已晚。陳巡檢一行人,望見遠遠松林間,有一座寺。王吉告官人:「前面有一座寺,我們去投宿則個。」陳巡檢勒馬向前,看那寺時,額上有「紅蓮寺」三個大金字。巡檢下馬,同一行人入寺。元來這寺中長老,名號旃大惠禪師,佛法廣大,德行清高,是個古佛出世。當時行者報與長老:「有一過往官人投宿。」長老教行者相請。巡檢入方丈參見長老。禮畢,長老問:「官人何來?」陳巡檢備説前事:「萬望長老慈悲,指點陳辛,尋得孺人回鄉,不忘重恩。」長老曰:「官人聽禀:此怪是白猿精,千年成器,變化難測。你孺人性貞烈,不肯依隨,被他翦髮赤脚,挑水澆花,受其苦楚。此人號曰申陽公,常到寺中,聽説禪機,講其佛法。官人若要見孺人,可在我寺中住幾時。等申陽公來時,我勸化他回心,放還你妻如何?」陳巡檢見長老如此説,心中喜歡,且在寺中歇下。正是:

五里亭亭一小峰，上分南北與西東，
世間多少迷途客，一指還歸大道中。

陳巡檢在紅蓮寺中，一住十餘日。忽一日，行者報與長老：「申陽公到寺來也。」巡檢聞之，躲于方丈中屏風後面。只見長老相迎，申陽公入方丈叙禮畢，分位而坐，行者獻茶。茶罷，申陽公告長老曰：「小聖無能斷除愛欲，只爲色心迷戀本性，誰能虎項解金鈴？」長老答曰：「尊聖要解虎項金鈴，可解色心本性，色即是空，空即是色，一塵不染，萬法皆明。莫怪老僧多言相勸，聞知你洞中有一如春娘子，在洞三年。他是貞節之婦，可放他一命還鄉，此便是斷却欲心也。」【眉批】此長老甚不濟，或是申陽公惡貫未滿耳。〔五〕申陽公聽罷，回言：「長老，小聖心中正恨此人，罰他挑水三年，不肯回心。這等愚頑，決不輕放！」陳巡檢在屏風後聽得說，正是：

提起心頭火，咬碎口中牙。

陳巡檢大怒，拔出所佩寶劍，劈頭便砍。申陽公用手一指，其劍反著自身。申陽公曰：「吾不看長老之面，將你粉骨碎身，此冤必報。」道罷，申陽公別了長老回去了。自洞中叫張如春在面前，欲要剖腹取心，害其性命。得牡丹、金蓮二人救解，依舊挑水澆花，不在話下。

且說陳巡檢不知妻子下落，到也罷了；既曉得在申陽洞中，心下倍加煩惱。在紅蓮寺方丈中拜告長老：「怎生得見我妻之面？」長老曰：「要見不難，老僧指一條徑路，上山去尋。」長老叫行者引巡檢去山間尋訪，行者自回寺。只說陳辛去尋妻，未知尋得見尋不見？正是：

風定始知蟬在樹，燈殘方見月臨窗。

當日陳巡檢帶了王吉，一同行者到梅嶺山頭，不顧崎嶇峻嶮，走到山巖潭畔，見個赤脚挑水婦人。慌忙向前看時，正是如春。夫妻二人抱頭而哭，各訴前情，莫非夢中相見，一一告訴。如春說：「昨日申公回洞，幾乎一命不存。」巡檢乃言：「謝紅蓮寺長老指路來尋，不想却好遇你，不如共你逃走了罷。」如春道：「走不得。申公妖法廣大，神通莫測。他若知我走，赶上時，和官人性命不留。我聞申公平日只怕紫陽真君，除非求得他來，方解其難。官人可急回寺去，莫待申公知之，其禍不小。」陳巡檢只得棄了如春，歸寺中拜謝長老，說已見嬌妻，言：「申公只怕紫陽真君，他在東京曾與陳辛相會，今此間窵遠，如何得他來救？」長老見他如此哀告，乃言：「等我與你入定去看，便見分曉。」長老教行者焚香，入定去了一晌。出定回來，說與陳巡檢曰：「當初紫陽真人與你一個道童，你到半路赶了他回去。你如今便可往，急走三日，必有報應。」陳巡檢見説，依其言，急急步行出寺，迤邐行了兩日，并無踪迹。

且説紫陽真人在大羅仙境與羅童曰：「吾三年前，那陳巡檢去上任時，他妻合有千日之灾，今已將滿。吾憐他養道修真，好生虔心，吾今與汝同下凡間，去梅嶺救取其妻回鄉。」羅童聽旨，一同下凡，往廣東路上行來。這日却好陳巡檢撞見真君同羅童遠遠而來，乃急急向前跪拜，哀告曰：「真君，望救度！弟子妻張如春被申陽公妖法攝在洞中三年，受其苦楚，望真君救難則個！」真君笑曰：「陳辛，你可先去紅蓮寺中等，我便到也。」陳辛拜别，先回寺中，備辦香案，迎接真君救難。正是：

法籙持身不等閒，立身起業有多般。
千年鐵樹開花易，一日酆都出世難。

陳巡檢在寺中等了一日，只見紫陽真君行至寺中，端的道貌非凡。長老直出寺門迎接，入方丈叙禮畢，分賓主坐定。長老看紫陽真君，端的有神儀八極之表，道貌堂堂，威儀凛凛。陳巡檢拜在真君面前，告曰：「望真君慈悲，早救陳辛妻張如春性命還鄉，自當重重拜答深恩。」真君乃於香案前，口中不知説了幾句言語，只見就方丈裏起一陣風。但見：

無形無影透人懷，二月桃花被綽開。

就地撮將黄葉去，入山推出白雲來。

那風過處，只見兩個紅巾天將出現，甚是勇猛。這兩員神將朝著真君聲喏道：「吾師有何法旨？」紫陽真君曰：「快與我去申陽洞中，擒拿齊天大聖前來，不可有失。」兩員天將去不多時，將申公一條鐵索鎖著，押到真君面前。【眉批】申公神通也不濟。申公跪下，紫陽真君判斷，喝令天將將申公押入酆都天牢問罪。教羅童入申陽洞中，將衆多婦女各各救出洞來，各令發付回家去訖。張如春與陳辛夫妻再得團圓，向前拜謝紫陽真人。真人別了長老、陳辛，與羅童冉冉騰空而去了。這陳巡檢將禮物拜謝了長老，與一寺僧行別了，收拾行李轎馬，王吉并一行從人離了紅蓮寺。迤逦在路，不則一日，回到東京故鄉。夫妻團圓，盡老百年而終。有詩爲證：

三年辛苦在申陽，恩愛夫妻痛斷腸。
終是妖邪難勝正，貞名落得至今揚。

【校記】

〔一〕「同室」，法政本作「同床」。

〔二〕「他」，法政本作「説」。

〔三〕「端妍」，底本及法政本均作「端姸」，據《清平山堂話本·陳巡檢梅嶺失妻記》改。

〔四〕「攝」，底本及法政本均作「他」，據《清平山堂話本·陳巡檢梅嶺失妻記》改。

〔五〕「甚不濟」，法政本作「堪不濟」。